GÜNTER NEUWIRTH

Südbahn nach Triest

GÜNTER NEUWIRTH

Südbahn nach Triest

ROMAN

GMEINER

Personen und Handlung sind frei erfunden.
Ähnlichkeiten mit lebenden oder toten Personen
sind rein zufällig und nicht beabsichtigt.

FSC www.fsc.org
MIX
Papier | Fördert gute Waldnutzung
FSC® C014496

Besuchen Sie uns im Internet:
www.gmeiner-verlag.de

Im Ehnried 5, 88605 Meßkirch
Telefon 07575/2095-0
info@gmeiner-verlag.de

1. Auflage 2024

Herstellung: Mirjam Hecht
Umschlaggestaltung: U.O.R.G. Lutz Eberle, Stuttgart
unter Verwendung eines Bildes von: © ullstein bild – Imagno
Druck: GGP Media GmbH, Pößneck
Printed in Germany
ISBN 978-3-8392-0630-0

Personenverzeichnis

Brunos privates Umfeld

Bruno Zabini, 38, Inspector I. Klasse, Triest
Heidemarie Zabini, geb. Bogensberger in Wien, 60, Brunos Mutter
Salvatore Zabini (1836–1899), Brunos Vater
Maria Barbieri, geb. Zabini, 33, Brunos Schwester, Triest
Fedora Cherini, 35, Kostümbildnerin, Triest
Luise Dorothea Freifrau von Callenhoff, 28, Schriftstellerin, Sistiana und Triest

Die Triester Polizei

Dr. Stephan Rathkolb, 60, Polizeidirektor
Johann Ernst Gellner, 53, Oberinspector
Emilio Pittoni, 41, Inspector I. Klasse
Vinzenz Jaunig, 48, Inspector II. Klasse
Luigi Bosovich, 27, Polizeiagent I. Klasse
Romano Materazzi, 38, Polizeiagent I. Klasse
Ivana Zupan, 42, Schreibkraft

Die wichtigsten Akteure

Richard, 41, und Therese, 36, von Hartmannsthal, Luises Schwager und Schwester, Bad Ischl
Henriette Hohenau, geb. Kestranek (1833–1908), Witwe, Ehefrau von Stephan
Stephan Hohenau (1820–1888), Industrieller, Ehemann von Henriette
Eduard Kestranek, 33, Disponent der Südbahn, Triest
Meinrad Kestranek, 30, Kaufmännischer Hotelangestellter, Abbazia
Joseph Kestranek, 29, Offizier der k.u.k. Kriegsmarine, Pola
Karl, 58, und Liselotte, 57, Kestranek, Eltern der drei Brüder, Pola
Tassilo, 52, und Ernestine, 48, Wenzel, Gemischtwarenhändler, Görz
Ottilie Gomperz, 22, Zimmermädchen, aus Brünn
Lubomír Pospischil, 41, Kammerdiener, aus Kolleschowitz/Böhmen
Conrad Speyer, 42, Inspector I. Klasse, Wien
Isabelle de Nicolay, 28, Schauspielerin, Paris, Venedig

Prolog

Nie wieder würde sie ein Bankett ausrichten. Noch eine Woche danach war sie von der Undankbarkeit und Streitsucht ihrer Verwandten zutiefst beleidigt. Musste sie wirklich fünfundsiebzig Jahre alt werden, um mit solchen Vorwürfen konfrontiert zu werden? Sollte das Schicksal wollen, dass sie ihren achtzigsten Geburtstag erreichte, würde sie eine stille Feier in kleiner Runde veranstalten. Kaffee und Kuchen im Salon ihrer Beletage, eine Kerze für ihren geliebten Ehemann im Fenster, drei oder vier Gäste, mehr würde sie nicht wünschen. Henriette Hohenau verstand die heutige Welt kaum noch. Alles war so kompliziert und schnelllebig geworden. Natürlich war dieses Unverständnis ein Tribut an das Alter, das wusste sie sehr gut. Sie war betagt, aber nicht dumm.

Henriette Hohenau stand am Fenster der Bibliothek und schaute in den Park des Palais Schönburg. Aus der Ferne beobachtete sie, wie ein Eichhörnchen von einem Baum zum anderen lief und flink emporkletterte. Vögel zwitscherten. Sie richtete den Blick gen Himmel und verfolgte den Zug der Wolken. Die Naturbetrachtung stimmte sie milde, die Gedanken an den unschönen Ausgang des Festbanketts verschwanden. Ja, der Frühling war endgültig in Wien eingezogen, die Natur regte sich wieder. Wie oft hatte sie in Gedanken versunken hier am Fenster gestanden? Sie konnte es nicht schätzen. Sehr häufig. Sie liebte stille Tage wie diesen.

Am Vormittag hatte sie die Sonntagsmesse besucht, hatte in Andacht den Fürbitten und der Predigt gelauscht, danach die Kommunion empfangen. Nach der Messe hatte sie einen ausgedehnten Spaziergang unternommen. Trotz ihres Alters verzichtete sie nie auf kleine Rundgänge. Solange sie gut zu Fuß war, würde sie gesund bleiben, das war ihre feste Überzeugung. Natürlich, manche Alterserscheinungen plagten sie, aber im Allgemeinen hatte ihr Hausarzt wenig Grund zur Sorge um seine rüstige Patientin.

Zu Mittag hatte sie Suppe und frisches Obst als Dessert gegessen. Stephan und sie hatten ein Leben lang bescheiden gelebt, sie hatten Völlerei und Trunksucht verabscheut, sie hatten gemeinsam ungezählte Spaziergänge und Wanderungen unternommen, sie waren beide ausgezeichnete Reiter gewesen, und die Liebe zum Segeln hatte sie auch geeint. Sie hätte sich keinen besseren Ehemann wünschen können, und sie war ein Leben lang bestrebt gewesen, ihrem Stephan eine gute Ehefrau zu sein. Einmal im Monat besuchte sie sein Grab auf dem Centralfriedhof.

Dereinst würden sie im Grab wieder vereint sein.

Ein wenig hatte ihr Gehör im Laufe der Zeit nachgelassen, ebenso das Augenlicht, aber die Schritte auf dem Parkett vernahm sie eindeutig. Henriette Hohenau wandte sich überrascht vom Fenster ab und schaute hinter sich. Merkwürdig, sowohl Herr Lubomír als auch das Fräulein Ottilie waren doch außer Haus. Sie erwartete ihren Kammerdiener morgen im Laufe des Vormittags, und das Zimmermädchen würde überhaupt erst am Mittwoch zurück von der Reise nach Brünn sein. War etwas vorgefallen, weswegen Herr Lubomír früher zurückkehren hatte müssen? Hatte Fräulein Ottilie den Besuch bei ihren Eltern frühzeitig abgebrochen?

Henriette Hohenau ging in Richtung Vorzimmer. »Herr Lubomír, sind Sie es? Sind Sie schon zurück aus Stammersdorf?«

Im Gang und Vorzimmer war niemand. Die Wohnungstür war geschlossen und versperrt. Sie schaute in der Küche.

»Wo sind Sie denn? Herr Lubomír? Oder sind Sie es, Ottilie? Wo stecken Sie?«

Henriette Hohenau schritt sich umsehend durch ihre große Beletage.

»Ich habe mir das Geräusch doch nicht eingebildet«, murmelte sie.

Ein wuchtiger Schlag von hinten warf sie zu Boden. Hart prallte sie mit der Stirn auf das Parkett. Sie kam nicht dazu, einen Schrei auszustoßen, es ging so schnell. Etwas Kaltes lag plötzlich um ihren Hals. Sie griff danach. Draht, das wusste sie sofort, es war Eisendraht.

Schmerz. Unfassbarer Schmerz. Sie brachte nicht einen Laut hervor, nicht einmal ein Röcheln. Todesangst griff nach ihr. Dann brach ihr Blick.

Teil 1:
Im Prater blühen die Bäume

Sonntag, 5. April 1908

Im Licht der untergehenden Sonne dampfte der Zug über den Semmering. Das Abendrot beleuchtete die letzten Schneefelder der Gipfel, während in den Nadelwäldern der Berghänge der Winter schon gewichen war. Der Frühling kündigte sich bereits im Gebirge an. Bruno, Gerwin und Grete schauten während der gesamten Fahrt über die weltbekannte Bergstrecke gebannt aus dem Fenster. Bruno stand in der Mitte, die beiden anderen saßen auf ihren Fensterplätzen. Erst als der Zug das Flachland erreichte und es zusehends dunkler wurde, setzte sich Bruno wieder.

Sie ließen die Bahnhöfe Wiener Neustadt und Baden hinter sich, der Zug näherte sich der Hauptstadt.

Gerwin stand auf und drückte seine Nase gegen die Scheibe. »So viele Lichter!«, rief der beinahe sechsjährige Knabe. »Grete, schau nur!«

Das Kindermädchen spähte zum Fenster hinaus. »Man sieht von der Stadt nicht viel, außer die Tausenden Lichter.«

Der ältere Herr, der in Baden am Gang Platz genommen hatte, blickte von seiner Zeitung hoch und suchte Augenkontakt zu Luise. »Sind Sie zum ersten Mal nach Wien unterwegs, gnädige Frau?«

Luise und Bruno saßen einander gegenüber auf den mittleren Sitzen des Coupés.

»Also ich war schon mehrmals in Wien, aber für meine

Reisegefährten ist es tatsächlich die erste Ankunft«, antwortete Luise.

Der Herr lächelte freundlich. »Dann wünsche ich den beiden Herren und dem Fräulein einen schönen ersten Aufenthalt in der Kaiserstadt. Darf ich mich erkundigen, woher Sie kommen?«

Bruno wandte sich dem Mann zu. »Aus Triest.«

Dieser verzog beeindruckt seinen Mund. »So lange sind Sie schon im Zug? Die ganze Strecke von der Adria bis an die Donau?«

»Nun, wir haben uns während der Fahrt die Beine vertreten und im Speisewagen bei Tisch gesessen, aber ja, wir sitzen seit Sonnenaufgang im Zug.«

Der Mann schaute zum Gepäckträger hoch. »Anhand der Zahl Ihrer Koffer vermute ich einen längeren Besuch.«

»Wir haben für einen dreiwöchigen Aufenthalt gepackt«, erklärte Luise.

»In drei Wochen werden Sie so manches von Wien zu sehen bekommen.«

»Das ist der Grund der Reise. Im Herbst beginnt mein Sohn mit der Schule, da soll er vorher zumindest einmal die Hauptstadt besucht haben.«

»Leider war ich noch nicht in Triest, aber man liest viel in der Zeitung. Wirtschaftlich geht es stetig bergauf, der Seehandel prosperiert. Stimmt es, dass die Stadt jetzt einen zweiten Bahnhof hat?«

»Das ist richtig«, antwortete Bruno. »Vor zwei Jahren wurde in unmittelbarer Nähe zum Hafen der Bahnhof der k.k. Staatsbahnen eröffnet. Die Züge der Südbahn-Gesellschaft halten weiterhin am Triester Südbahnhof. Nicht nur der Hafen erfährt steten Ausbau, auch die Bahnstrecken. Wie Sie gesagt haben, der Seehandel prosperiert, der Schiffsbau gibt Tausenden Menschen Arbeit, also wächst Jahr um Jahr die Zahl der Einwohner Triests.«

Während der Zug auf den Wiener Südbahnhof zurollte, unterhielten sich Luise und Bruno mit dem Herrn. Kurz darauf fuhren sie in die Halle ein, und der mit leichtem Gepäck reisende Mann verabschiedete sich von ihnen. Bruno begann, die Koffer vom Gepäckträger zu hieven. Seit zwölf Stunden waren sie unterwegs, und endlich hatten sie ihr Ziel erreicht. Sie warteten ein wenig, bis sich das Gedränge am Gang aufgelöst hatte, dann nahm Luise Gerwin an der Hand.

»Jetzt aber raus aus dem Zug.«

»Ja, Mama. Ich bin so aufgeregt.«

»Das bin ich auch. Bitte nimm deinen Koffer.«

Bruno winkte ab. »Lasst nur, steigt ihr beiden schon aus, Grete und ich kümmern uns um das Gepäck.«

Luise nickte Bruno zu und gemeinsam mit ihrem Sohn verließ sie das Coupé.

Bruno ergriff zwei Koffer und schaute das Kindermädchen an. »Bist du ebenso aufgeregt, Grete?«

»Ja, Herr Zabini. Ich bin sehr neugierig auf Wien.«

Bruno lächelte Grete an. »Das bin ich auch. Lange hat es gedauert, aber jetzt sehe ich endlich die Hauptstadt.«

Montag, 6. April 1908

Conrad Speyer stand in der Telephonkabine und wartete, bis sein Anruf durchgestellt wurde.

»Hier spricht Polizeiagent Weber. Wer ruft an?«

»Speyer am Apparat.«

»Guten Tag, Herr Inspector.«

»Weber, sehr gut, dass ich Sie gleich erreiche. Ich gebe drei Namen durch, die Sie bitte notieren. Schauen Sie nach, ob wir Akteneinträge haben.«

»Sind Sie noch in der Brigittenau?«

»Ja, am Postamt. Ich fahre anschließend zurück in die Kanzlei. Haben Sie etwas zum Schreiben?«

»Jawohl, Herr Inspector.«

Speyer nannte die drei Namen der Verdächtigen, die er auf dem Bezirksamt recherchiert hatte. Der zwanzigste Bezirk Wiens war erst im Jahr 1900 vom benachbarten, deutlich größeren Bezirk Leopoldstadt getrennt worden. Gemeinsam bildeten Leopoldstadt und Brigittenau sozusagen die Wiener Insel, denn sie wurden seit der großen Flussregulierung von der Donau und dem Donaukanal umflossen und waren nur über Brücken zu erreichen. Mit dem seit Jahren ungebrochenen Zuzug aus allen Teilen der Monarchie waren auch in der Brigittenau schnell die Auwälder den Wohn- und Industriebauten gewichen. Der an der Grenze zwischen den beiden Bezirken liegende Nordwestbahnhof war einer der wichtigsten Bahnhöfe der Stadt, denn dort verkehrten die Züge in die Kronländer Niederösterreich, Mähren und Böhmen. In der Regel bearbeitete Speyer Fälle in den Stadtvierteln rund um den Wienfluss, aber als Inspector des k.k. Polizeiagenteninstituts war er häufig auch anderswo im Einsatz. Im Unterschied zu den Kommissariaten, die Rayons zugeordnet waren, erstreckte sich die Zuständigkeit des k.k. Polizeiagenteninstituts über die gesamte Stadt.

»Haben Sie die Namen notiert?«

»Jawohl, Herr Inspector.«

»Gut, dann komme ich jetzt in die Kanzlei. Vielleicht können Sie in der Zwischenzeit schon etwas herausfinden.«

»Einen Moment, Herr Inspector. Wir haben vor einer Viertelstunde eine Meldung erhalten.«

»Ein Einsatz?«

»Jawohl. Der Herr Oberinspector hat Order gegeben, dass Sie den Fall übernehmen sollen.«

»Himmelherrgott, was ist denn jetzt schon wieder passiert?«

»Offenbar ein Raubmord. Schönburg Straße 11 in unmittelbarer Nähe zum Palais Schönburg. Ein Todesopfer wurde gemeldet. Offenbar erdrosselt. Ein Dienstbote hat die ältere Wohnungsbesitzerin gefunden und die Polizei gerufen. Die Wohnung wurde durchwühlt. So weit die Meldung des Kommissariats.«

Speyer zog seine Taschenuhr. »Die Schönburg Straße auf der Wieden also. Jetzt ist es knapp nach neun Uhr. Wenn ich den Dreier nehme, bin ich in einer Dreiviertelstunde dort. Sofern nicht wieder die Straßen verstopft sind. Also, Weber, geben Sie die Namen weiter, die Akteneinsicht sollen andere übernehmen. Ich brauche Sie vor Ort.«

»Soll ich die Kommissionstasche und den Photoapparat mitnehmen, Herr Inspector?«

»Ohne brauchen Sie dort erst gar nicht aufzukreuzen. Sonst noch etwas?«

»So weit alles.«

»Gut, dann bis später.«

Speyer hängte den Hörer auf, verließ die Kabine und bezahlte am Schalter die Gebühr. Wenig später wartete er am Wallensteinplatz auf die Elektrische der Linie 3. Durch den zügigen Ausbau der Stadt und der Straßenbahnlinien war es gelegentlich herausfordernd, alle Linienpläne der Wiener Straßenbahn im Kopf zu behalten. Manche Kollegen verwendeten für ihre Fahrten durch die Stadt Kutschen oder sogar Automobile, Speyer hielt sich an die Tramway. Wenn man mit einem eigenen Fahrzeug an einem Tatort vorfuhr, bildeten sich sofort Trauben von Schaulustigen. Benutzte man allerdings wie ein gewöhnlicher Passant die Straßenbahn und ging zu Fuß durch die Gassen, war man sehr viel unauffälliger. Und genau das schätzte Speyer. Die Leute mussten ihm nicht an der Nasenspitze ansehen, dass er Inspector I. Klasse war und von seinem Vorgesetzten häufig auf die schwierigen Fälle angesetzt wurde.

Die Elektrische rollte heran. Der Fahrer stand auf der offenen Plattform und bremste die Garnitur, mehrere Passagiere stiegen aus, mehrere ein. Der Wagen war ziemlich voll. Speyer mischte sich unter die Fahrgäste, kaufte beim Schaffner eine Fahrkarte und stellte sich an ein Fenster. Die Tramway rollte los, bald überquerte sie den Donaukanal. Die beiden Fahrbahnen der Brigittabrücke waren vom Fächerwerk der Brücke umschlossen, während die Fußwege sich außerhalb des Trägerwerks befanden. Um die Belastungsgrenze nicht zu überschreiten, durfte immer nur eine Tramway den Donaukanal überqueren. Die Fahrt führte am Kaiser-Franz-Josefs-Bahnhof vorbei durch sämtliche Bezirke innerhalb des Gürtels bis zum Südbahnhof. So weit fuhr Speyer allerdings nicht, er stieg bei der Haltestelle Johann-Strauß-Gasse aus.

Wie immer ging er flott um den Häuserblock und sah schon aus der Ferne zwei Wachmänner vor einem Haus stehen. Als er näher kam, erkannte er einen der Polizisten, der soldatisch salutierte.

»Grüß Gott, Herr Inspector.«

»Grüß Gott. Ist Polizeiagent Weber schon hier?«

»Vor paar Minuten angekommen. Erster Stock, Herr Inspector.«

»Wie ist die Lage?«

Der Mann verzog leidend seine Miene. »Nicht besonders schön.«

»Wie heißt das Todesopfer?«

»Henriette Hohenau. Sie war fünfundsiebzig Jahre alt.«

»Wohlhabend?«

»Wir hier im Bezirk sagen nicht wohlhabend zu Frau Hohenau, sondern stinkreich.«

»Sie kannten die Dame also?«

»Wie man halt die Leut im Grätzel kennt.«

Speyer atmete einmal tief durch und nickte dem Mann zu. »Gut, dann schau ich mir den Pallawatsch einmal an.«

Samstag, 11. April 1908

In nur wenigen Tagen war es für Bruno selbstverständlich geworden, beim k.k. Hof-Operntheater aus der Straßenbahn zu steigen. Auf den Gleisen der Elektrischen am Ring verkehrten mehrere Linien, sodass man nie mit langen Wartezeiten bei den Haltestellen rechnen musste. Luise und Bruno verließen die Plattform und schlugen den Weg über die Sirk-Ecke in Richtung Hotel ein. Bruno bot seine Armbeuge, Luise hakte sich ein. Der lange Tag näherte sich dem Abend, auf den Straßen und Plätzen herrschte wie immer um diese Zeit viel Betrieb.

»Ich muss sagen, dass ich ziemlich erschöpft bin«, sagte Bruno.

»So ergeht es mir auch. Es war ein langer und ereignisreicher Tag.«

»Irgendwie fühle ich mich merkwürdig.«

»Inwiefern?«

»Natürlich habe ich gewusst, dass ich Verwandtschaft in Wien habe, und die Namen von Onkeln und Tanten waren mir ja auch bekannt, aber die Wiener Verwandten waren zeit meines Lebens Gestalten aus Geschichten und Legenden, keine *echten* Menschen. Und jetzt, nach achtunddreißig Jahren, habe ich viele von ihnen kennengelernt. Irgendwie fühlt es sich an, als wären sie zusammen mit Feen, Zauberern und Hexen aus den Märchen und Volkssagen meiner Kindheit nun auch Wirklichkeit – und damit Menschen aus Fleisch und Blut. Dieses Gefühl hat etwas Surreales.«

Luise schmunzelte. »Du bist also aus einem Traum erwacht. Ich vermute, dass gar nicht wenige Verwandtenbesuche eine derartige Konfrontation mit der Realität darstellen.«

In Vorbereitung auf die Reise hatte Bruno in mehreren Briefen sein Kommen angekündigt. Luise und er hatten an diesem Tag drei Wohnungen besucht, in denen sie an einem Tag alle Geschwister Heidemarie Zabinis, deren Eheleute und einige Neffen und Nichten kennengelernt hatten.

»Ein bisschen aufgeregt war ich beim Frühstück schon. Es hätte ja auch peinliche Szenen oder dumme Verwechslungen geben können. Das ist zum Glück ausgeblieben. Retrospektiv freue ich mich, all die Menschen getroffen zu haben.«

»Sie waren von deinen mitgebrachten Geschenken sehr angetan.«

»Bei deren Auswahl meine Mutter ja entscheidende Impulse gegeben hat. Ich hätte sonst ja nur Schnaps oder Wein mitgebracht. Mehr wäre mir nicht eingefallen. Vielen Dank im Übrigen, dass du mich begleitet hast. Das bedeutet mir sehr viel, du warst mir den ganzen Tag über eine große Stütze.«

»Na, deine Wiener Verwandten kennenzulernen, konnte ich mir doch nicht entgehen lassen. Bei meinem Entschluss, dich zu begleiten, spielte also eine gehörige Portion Neugier und Klatschsucht mit.«

»Außerdem hat es mächtig Eindruck gemacht, dass ich in Begleitung einer Baronin erschienen bin. Die Onkeln und Tanten sind dir förmlich zu Füßen gelegen.«

»Ich dachte eher, manche deiner Verwandten nahmen an, der Neffe aus Triest wäre ein passionierter Witwentröster.«

»Es ist erschreckend, wie boshaft du dir selbst und mir gegenüber sein kannst, meine Liebe.«

Die beiden lachten und überquerten die Fahrbahn. Wenig später betraten sie ihre Suite im Hotel Sacher.

»Guten Tag! Wir sind zurück. Ist jemand zu Hause?«, rief Luise bei der Tür.

Schon flitzte Gerwin heran, umarmte seine Mutter und reichte Bruno die Hand zum Gruß. Auch Grete erschien im Vorraum.

»Na, meine Lieben, wie ist es euch ergangen?«

»Gut, Mama, wir haben gerade in unseren neuen Büchern gelesen.«

Bruno half Luise aus dem Mantel und nahm ihren Hut. Die vier sammelten sich beim Tisch im Salon. »Seht mal, was wir mitgebracht haben.«

Bruno stellte den Korb auf den Tisch, mit dem er am Vormittag die Gastgeschenke transportiert hatte und der wieder gefüllt worden war.

Luise wandte sich an Grete. »Wie habt ihr den Tag verbracht?«

»So wie vereinbart, Euer Gnaden. Vormittags haben wir unsere Lektionen erledigt, zu Mittag waren wir im Speisesaal, am Nachmittag haben wir einen Spaziergang im Stadtpark unternommen und seit etwa anderthalb Stunden sind wir wieder zurück und lesen.«

»Die Lektionen sehe ich mir danach an, jetzt muss ich mich setzen und für eine Weile die Beine hochlegen. Grete, bitte lass uns eine Kanne Tee aufs Zimmer bringen.«

Sonntag, 12. April 1908

Das Gasthaus lag unweit des großen Parade- und Exerzierplatzes auf der Schmelz in der Herbst Straße in Sichtweite der Graf-Radetzky-Kaserne. So war es nicht verwunderlich, dass sich viele Uniformierte zum sonntäglichen Mittagessen einfanden. Karl Kestranek hatte eine Tafel für neun Personen bestellt. Er und seine Frau Liselotte wurden vom Kellner zu ihren Plätzen geführt.

»Gnädiger Herr, das ist der für die erlauchte Gesellschaft reservierte Tisch.«

»Vielen Dank«, sagte Karl Kestranek und zog seine Taschenuhr hervor. »Wir sind ein bisschen früh dran, daher warten wir noch mit der Bestellung.«

»Sehr wohl, der Herr. Ich komme dann später zu Ihnen.«

»Lisl, nimm doch bitte Platz.«

»Ich setze mich in die Mitte. Da hab ich alle im Blick.«

Karl nahm seiner Ehefrau den Mantel ab und rückte den Stuhl. Er ließ sich ihr gegenüber nieder. An jeder Seite der Tafel befanden sich fünf Stühle.

Kurz darauf erschienen Karls Schwester Ernestine, ihr Ehemann Tassilo und deren beiden Töchter Alma und Josephine. Sie begrüßten sich, das Ehepaar und die beiden Fräuleins nahmen links neben Karl ihre Plätze ein. Alma würde in einem Monat einundzwanzig Jahre alt werden, sie war verlobt, im Frühsommer würde die Hochzeit stattfinden.

Die achtzehnjährige Josephine besuchte noch die Schule und stand vor der Matura.

»Wo sind denn deine Buben?«, fragte Ernestine und setzte sich neben Liselotte.

»Joseph hat erst gestern den Schlafwagen genommen und muss vor zwei oder drei Stunden in Wien angekommen sein. Eduard war gestern mit uns im Zug, und Meinrad ist seit dem Bankett in Wien. Ich hoffe, dass die jungen Herren pünktlich sind. Wenn sie sich arg verspäten, ziehe ich ihnen die Löffel lang.«

»Das wird nicht nötig sein«, sagte Tassilo mit einem Blick zum Eingang, wo Eduard und Meinrad Kestranek eben erschienen und sich umblickten. Liselotte winkte ihren Söhnen. Sie traten an die Tafel und begrüßten ihre Verwandten aus Görz.

»Habt ihr etwas von Joseph gehört?«, fragte Liselotte.

Eduard hob unwissend die Hände. »Ich habe ihn heute noch nicht gesehen, und ob sein Schlafwagen Verspätung hat, weiß ich nicht. Ich war nicht am Südbahnhof und komme da heute auch gar nicht hin. Aber, Mama, er wird schon auftauchen.«

»Na ja, Pünktlichkeit war noch nie seine Stärke.«

Die beiden Männer Anfang dreißig nahmen neben ihren Eltern Platz, der Kellner erschien, brachte die Speisekarte und notierte die Getränkebestellungen. Wenig später servierte er die Gläser. Da wehte ein uniformierter Mann in die Gaststube, der sofort Aufsehen erregte. Joseph Kestranek trug seine Ausgehuniform. Den Dienstrang eines Fregattenleutnants sah man in Wien nicht oft. Auch höherrangige Offiziere im Gasthaus grüßten salopp den Vertreter der k.u.k. Kriegsmarine, der dies mit strammem Salut erwiderte.

»Unser geschätzter Herr Bruder lässt sich einen starken Auftritt niemals entgehen«, sagte Meinrad zu seiner Tante. »In der Uniform der Kriegsmarine erregt man in ganz Wien Aufmerksamkeit.«

Joseph Kestranek trat an den Tisch und fing den Kellner ab. »Bringen Sie mir ein Bier. Habt ihr schon bestellt?«

»Ja, das haben wir«, sagte Karl. »Wir sind im Vorteil, die Uhrzeit zu lesen, können also auch pünktlich sein. Oder willst du uns erklären, dass dein Zug drei Stunden Verspätung gehabt hat?«

»Drei Stunden nicht, Papa, eine halbe Stunde war er zu spät. Aber ich musste ja noch vorher ins Hotel, um mich für das Mittagsmahl zu adjustieren«, erklärte Joseph und wandte sich dem Kellner zu. »Bringen Sie mir bitte ein Wiener Schnitzel mit Erdapfelsalat.«

Der Angesprochene nickte und ging ab.

Joseph trat auf seine Tante zu. »Geliebte Tante, ich freue mich sehr, dich nach so kurzer Zeit wiederzusehen, auch wenn der Anlass ein trauriger ist. Onkel Tassilo. Liebe Cousinen, wie ich schon vor zwei Wochen sagte, ihr seid hinreißend schön. Mein Platz ist also am Ende der Tafel.«

»Wer nicht kommt zur rechten Zeit, muss warten, bis was übrig bleibt«, meinte Eduard.

»Was du nicht sagst, hochgeschätzter Bruder. Ich bequeme mich trotzdem neben dich, weil da habe ich dich besser im Griff.«

Nachdem Joseph Platz genommen und sein Bier erhalten hatte, schaute Karl die Tafel auf und ab, räusperte sich und ergriff das Wort. »Also, werte Familienmitglieder, der Grund, weswegen wir uns wieder in Wien versammeln, ist leider ein trauriger, man sogar muss sagen, ein tragischer.

Ich finde es übrigens skandalös, dass die Bestattung am Montag angesetzt wurde. Die Reise von und nach Pola dauert einen ganzen Tag, ich kann also frühestens am Mittwoch wieder in der Kanzlei sein.«

»Meine Rede, Karl«, sekundierte ihm Ernestine. »Wir sitzen ja praktisch nur mehr im Zug, und die Angestellten in unserem Geschäft machen sich ein paar faule Tage. Die Wiener haben das einfach über unsere Köpfe hinweg entschieden und uns vor vollendete Tatsachen gestellt. So sind diese Hohenaus.«

»Eduard, weißt du etwas von Otto? Wann kommt er aus Triest?«, fragte Karl.

»Onkel Otto und Tante Gerda sitzen im Zug und kommen abends in Wien an.«

»Ja, aber die Kinder nehmen sie hoffentlich mit zur Beerdigung.«

»Davon gehe ich aus, aber extra darauf habe ich den Onkel nicht angesprochen. Wir sehen es dann morgen am Friedhof.«

»Es ist ein Kommen und Gehen«, jammerte Ernestine. »Dieses Frühjahr hat es in sich, so oft bin ich noch nie zwischen Görz und Wien hin- und hergefahren. Und die verflixte Polizei hat wahrscheinlich noch immer keine Ahnung, wer Tante Henriette beraubt und erwürgt hat. Das ist eine einzige Katastrophe.«

»Du sagst es, Schwester, eine Katastrophe.«

»Wer weiß, ob nicht die Polizei die Eröffnung des Testaments verschleppt, solange sie hinsichtlich des Täters im Dunklen tappt. Dürfen die das überhaupt?«, fragte Eduard.

Karl winkte verärgert ab. »Diese Trottel werden den Täter nie finden. Der ist doch längst mit dem Schmuck und dem Geld über alle Berge. Das gebe ich dir schriftlich. Aber der Kriminalfall und das Testament sind zwei Paar Schuhe.«

»Wir werden zur Testamentseröffnung noch einmal anreisen müssen.«

»Das ist schon sehr strapaziös.«

Montag, 13. April 1908

Bruno öffnete die Augenlider. Das erste Tageslicht brach durch das Fenster. Ein wohliges Brummen entstieg ihm. Sein Magen knurrte, er hatte Appetit auf ein gutes Frühstück. Bruno lag allein im Bett. Mit der Hand strich er über die Stelle des Leintuchs, an der Luise gelegen hatte. Er glaubte, noch ihre Körperwärme zu spüren. Nur ein wenig hob er den Kopf und sah zum Schreibtisch beim Fenster. Die Vorhänge waren geöffnet. Luise saß bei Tisch über ihre Schreibarbeit gebeugt. Bruno schob den Polster zurecht, bettete seinen Kopf und beobachtet Luise, ohne sich weiter zu regen oder ein Geräusch zu verursachen.

Luise hatte den Schlafrock über ihr Nachthemd gezogen, ihr langes blondes Haar bedeckte Schultern und Rücken. Bruno musterte ihr Profil aus der Ferne. Wie schön sie war. Wie sehr er sie liebte. Wie überaus er ihren Anblick genoss. Sie war offenbar völlig in ihre Arbeit vertieft und hatte noch nicht bemerkt, dass er erwacht war.

Zweifelsfrei rettete sie wieder Traumbilder vor dem Vergessen, indem sie sie niederschrieb und dabei ausformulierte. Sämtliche ihrer Gedichte verfasste sie unmittelbar nach dem Aufwachen, wenn die Gefühle und Gedanken der Träume noch nachhallten. Tagsüber bearbeitete sie die Gedichte, feilte diese oder jene Kante ab, verpasste der Sprache eine Politur, aber die ersten Fassungen entstanden ausschließlich im Morgengrauen. Sie schrieb ihre Gedichte stets auf Italienisch. Die Musikalität der Sprache eigne sich für ihre Lyrik vorzüglich, sagte sie stets. Ihre Novellen und ihren ersten Roman hatte sie auf Deutsch geschrieben. Bruno hatte nach dem Stoff für den geplanten zweiten Roman gefragt, und Luise hatte nach einigem Zögern davon erzählt. Wie Bruno war Luise zweisprachig, sie sprachen sowohl das triestinische Italienisch wie das österreichische Deutsch fließend. Untereinander verwendeten sie mal diese, mal jene Sprache.

Luise hob ihren Kopf, schaute sinnierend durch das Fenster, gestikulierte und zeichnete mit der Füllfeder Figuren in die Luft. Sie wandte sich wieder dem Papier zu und schrieb noch ein paar Zeilen. Dann legte sie die Füllfeder ab, hob den Bogen und blies über die Tinte, um sie zu trocknen. Luise erhob sich und wandte sich dem Bett zu.

»Guten Morgen, meine Schöne«, sagte Bruno leise.

»Guten Morgen. Bist du schon länger wach?«

»Nicht lang genug, um mich an dir sattzusehen.«

Luise lächelte, schritt barfuß auf das Bett zu, streifte den Schlafrock ab und kroch unter die Decke. Bruno empfing sie mit offenen Armen, sie schmiegten sich aneinander.

»Es ist angenehm warm bei dir. Die Morgenstunden sind noch recht frisch.«

»Obwohl die Räume beheizt sind. Das ist immerhin das Hotel Sacher.«

»Unter der Decke mit dir ist es immer wohliger als irgendwo sonst.«

»Ein Gedicht?«

»Ja.«

»Du musst es mich später lesen lassen.«

»Nach dem Frühstück überprüfe ich, ob es Unsinn ist oder nicht. Wenn es brauchbar ist, kannst du es gerne lesen.«

»Hast du gut geschlafen?«

»Sehr gut.«

»Ich auch. Und ich habe schon Appetit auf das Frühstück.«

»Spätestens in einer halben Stunde werden Gerwin und Grete wach sein. Also ein klein wenig Geduld musst du noch aufbringen.«

Bruno rieb seine Wange an ihrer. »Mit dir unter einer Decke fällt das überhaupt nicht schwer.«

»Du brauchst wieder eine Rasur.«

»Darauf werde ich nicht vergessen.«

»Seit über einer Woche bist du an meiner Seite, wir leben wie ein Ehepaar. Das macht mich glücklich.«

»Mich auch.«

»Und hier gibt es auch kein Gerede über unsere Liaison. Anders als in Triest.«

»Als ob du jemals etwas auf das Gerede der Leute gegeben hättest.«

»Es ist eher dein Ruf, der mir gelegentlich Sorge bereitet. Als hochrangiger Polizist bist du im letzten Jahr in allerlei amouröse Verwicklungen verstrickt gewesen. Zuerst der Skandal um Fedora und jetzt, noch vor Ablauf des Trauerjahres, bist du der Galan der Baronin Callenhoff, gehst mit ihr auf Reisen, besuchst die Hauptstadt und residierst sogar im Hotel Sacher.«

»Dr. Rathkolb ist ein sehr toleranter Polizeipräsident und den dreiwöchigen Urlaub habe ich mir redlich verdient.«

»Das hast du.«

Es klopfte leise an der Tür zum Nebenzimmer. Die beiden schauten hoch.

»Ja bitte!«, rief Luise.

Gerwin öffnete einen Spalt und steckte seine Nase herein.

Luise setzte sich auf und breitete die Arme aus. »Gerwin, mein Schatz, komm zu mir unter die Decke. Hier ist es fabelhaft warm.«

Bald feierte Luises Sohn Gerwin seinen sechsten Geburtstag, im Herbst würde er in Triest sein erstes Schuljahr antreten. Im Nachthemd lief er los und huschte unter die Decke.

»Schläft Grete noch?«, fragte Luise flüsternd.

»Ja.«

»Dann wollen wir sie nicht wecken. Und wir können auch noch ein bisschen im Bett faulenzen. Bist du damit einverstanden?«

»Ja.«

Gerwin kuschelte sich zwischen Bruno und Luise unter die Decke. Bruno strich über Gerwins blondes Haar. Er sah in dem Knaben so viel von Luise. Von Gerwins leiblichem Vater dagegen nichts beziehungsweise nichts, was Bruno nicht übersehen konnte. Sie waren jetzt eine Familie. Alles andere war nebensächlich.

Conrad Speyer schaute nach links und rechts, dann eilte er über die Fahrbahn. In den letzten drei Jahren hatte sich die Anzahl der Automobile auf den Straßen Wiens sicherlich verdoppelt. Nicht nur die hochwohlgeborene Adelswelt oder die Großkapitalisten bequemten sich in luxuriösen Limousinen chauffieren zu lassen, auch immer mehr Geschäftsleute und Spediteure setzten auf die Transportkapazitäten von Kraftfahrzeugen. Hinter ihm rollte ein Lastwagen vorbei, auf dessen Ladefläche sich leere Gemüsekisten stapelten. Der Transport der Frischwaren von der Großhandelshalle zum Naschmarkt wurde nicht mehr mit Fuhrwerken bewerkstelligt, sondern mit einem Lastkraftwagen. Ein einziger Laster ersetzte dank seiner hohen Zuladung und Geschwindigkeit mindestens vier Fuhrwerke. Das war ein beträchtlicher Fortschritt. Solche Entwicklungen fanden in allen Vierteln Wiens statt. Die Bevölkerung, das Liniennetz der Elektrischen und die Schnelligkeit auf den Straßen wuchsen Jahr für Jahr.

Speyer trat durch die offen stehende Tür in sein Stammcafé. Er blickte auf die Wanduhr. Es war knapp nach neun Uhr. Am Zeitungstisch schnappte er sich je eine Ausgabe der Neuen Freien Presse und der Arbeiter-Zeitung und trat an den Tisch beim zweiten Fenster, der um diese Zeit für ihn reserviert war. Speyer legte Mantel und Hut ab und setzte sich.

»Gschamster Diener, Herr Inspector. Wie ist das werte Befinden am Montagmorgen?«, fragte der herantretende Oberkellner.

»Danke der Nachfrage, Johann. Heute wie das Wetter, heiter bis wolkig.«

»Es soll recht mild werden, hat meine Göttergattin prophezeit.«

»Na, wenn sie es sagt, wird's wohl seine Richtigkeit haben. Ihre Gattin liegt mit ihren Wetterprognosen selten daneben.«

»Was darf ich bringen?«

Speyer überlegte kurz. Er hatte gestern wegen einer blutigen Familientragödie in der Reinprechtsdorfer Straße kaum Zeit gehabt, richtig zu essen. Und gleich nach dem Aufstehen aß er nichts, sondern trank nur eine Tasse Kaffee und schmauchte seine Pfeife.

»Johann, seien Sie doch so gut und bringen Sie eine Eierspeis aus drei Eiern, zwei Butterbrote mit Schnittlauch und einen großen Mokka.«

Johann hob seine Augenbrauen. »Herr Inspector, mit Verlaub, immer wenn Sie eine Eierspeis bestellen, haben Sie am Vortag wieder nichts gegessen. Stimmt's oder habe ich recht? Dabei ist die regelmäßige Nahrungsaufnahme für die Gesundheit des Menschen von elementarer Bedeutung. Noch dazu an einem Sonntag. Skandalös, dass Sie auch am Tag des Herrn arbeiten müssen.«

Speyer strich sich über den scharf gestutzten Schnauzbart. »Ja, so geht es einem, Dienst ist Dienst, und das Verbrechen kennt keine Feiertage. Aber Sie, lieber Johann, passen schon auf mich auf.«

»Ja freilich, Herr Inspector. Das Frühstück kommt sofort, kommt sogleich«, sagte der Oberkellner lächelnd und marschierte ab.

Inspector I. Klasse Conrad Speyer griff in die Tasche seines Sakkos und legte die Pfeife, die Streichhölzer und den Tabakbeutel auf den Tisch. Nach dem Essen würde er sich die zweite Pfeife des Tages stopfen. Abends nach Dienstschluss, wenn er zu Hause war und seine Frau ihm den Schlafrock brachte, schmauchte er in der Regel noch eine. Früher hatte er Nil-Cigaretten gekauft, war aber davon abgekommen, weil er einfach zu viel geraucht und einen hartnäckigen Hustenreiz bekommen hatte. Dreimal pro Tag eine mit mildem Tabak gestopfte Pfeife war genau das Richtige für ihn.

Er blätterte die Zeitung auf und überflog die Überschriften. Wenig später trat Johann mit dem Kaffee und einem appetitlich duftenden Teller heran.

Der Klangkörper in der Bahnhofshalle folgte den musikalischen Gesetzen einer bizarren Symphonie. Es war das

Opus magnum eines verrückten Komponisten, der mit Dissonanzen durch die Sätze taumelte und die Kakophonie menschlicher Stimmen zum Leitmotiv erkoren hatte. Nicht Oboen, Violinen und Posaunen erschallten, sondern der Ruf der Blumentrödlerin, das Knarren der Gepäckwagen in den kräftigen Händen der Dienstmänner, das Pfeifen des Bahnhofsvorstehers auf dem Perron, die Hunderten Laute der Passanten und Fahrgäste, das Flattern der Tauben im Trägerwerk der Halle und das Lachen eines Kindes, dessen Vater nach langer Reise wieder in der Hauptstadt angekommen war.

Sie standen in der Kassenhalle des Wiener Südbahnhofs. Vor ihnen lag die prunkvolle Stiege, die zur Bahnsteighalle und zu den Perrons emporführte.

Bruno sog die Atmosphäre in sich auf. Obwohl er beinahe fehlerlos den Dialekt des Wiener Viertels Gumpendorf sprach, hatte er achtunddreißig Jahre alt werden müssen, um erstmals nach Wien zu kommen. Seine Mutter war in Gumpendorf aufgewachsen, ehe sie als Zimmermädchen in den Dienst bei Gräfin Windischgraetz genommen worden und mit ihrer Herrin nach Triest gereist war. In Triest hatte das Wiener Mädel dem stattlichen Beamten Salvatore Zabini den Kopf verdreht und war dabei so klug gewesen, nicht nur die sommerliche Affäre des Herrn, sondern dessen Braut geworden zu sein. So war Heidemarie Bogensberger aus Gumpendorf nach Triest übersiedelt, hatte geheiratet und ihrem Mann einen Sohn und eine Tochter geboren. Heidemarie hatte mit ihren Kindern stets so gesprochen, wie sie selbst es erlernt hatte, nämlich in wienerischem Deutsch. Bruno und seine jüngere Schwester Maria waren zweisprachig aufgewachsen. Wien machte einen Teil seiner Identität aus, Bruno hatte sich immer irgendwie als italienischer

Wiener an der Adria gefühlt. Dennoch hatte es beinahe vier Jahrzehnte gedauert, bis er zum ersten Mal die kaiserliche Hauptstadt mit eigenen Augen zu sehen bekam. Er würde es Luise ein Leben lang danken, dass sie die Reise möglich gemacht hatte.

Luise hatte für drei Wochen eine Suite im Hotel Sacher reserviert, in einem der vornehmsten Häuser der Hauptstadt. Sie hatten in den letzten Tagen Stadtausflüge und Besichtigungen unternommen. Jeden Tag waren sie woanders. Wien hatte so viel zu bieten, selbst drei Monate würden nicht reichen, um sich ein umfassendes Bild der Stadt zu machen. Für den heutigen Nachmittag hatte sich Gerwin gewünscht, einen Bahnhof zu besichtigen, also waren sie mit der Elektrischen von der Ringstraße zum Südbahnhof gefahren.

Natürlich hätten sie auch zu Wiens größtem Bahnhof, dem Nordbahnhof, in die Leopoldstadt fahren können. Sie hätten den Westbahnhof, den Ostbahnhof oder andere Bahnhöfe besuchen können, aber sie hatten sich für den Südbahnhof entschieden, den zweitgrößten Bahnhof der Hauptstadt und jenen, der für sie, die sie aus den österreichischen Küstenlanden kamen, der wichtigste war. Täglich verkehrten mehrere Züge zwischen Wien und Triest, nachts rollten Schlafwagen über die Strecke. Mit dem Nachtzug konnte man abends in Triest einsteigen und am nächsten Morgen in Wien das Frühstück einnehmen. Eigentlich war es ganz einfach, von der Adria an die Donau zu reisen, rund zwölf Stunden Fahrt trennten die beiden Städte Triest und Wien, dennoch hatte sich in Brunos Leben nie zuvor die Gelegenheit für eine Reise ergeben.

Erst als Luise ihren Willen bekundet hatte, mit ihrem Sohn Gerwin Riesenrad im Prater zu fahren, hatte Bruno die Möglichkeit ergriffen. Zu viert hatten sie den Frühzug nach Wien bestiegen, Bruno, Luise, Gerwin und das Kindermädchen Grete.

Luise Dorothea von Callenhoff war im Alter von achtundzwanzig Jahren zur Witwe geworden, ihr Sohn Gerwin hatte noch vor seinem sechsten Geburtstag den Vater verloren. Baron Helmbrecht Engelbert von Callenhoff hatte nach einigen Jahren unglücklicher Ehe die Güte besessen, in Brasilien an Malaria zu erkranken und an einem Fieberschub zu sterben. Er hatte als narzisstischer Gewalttäter das Leben seiner jungen, kaum erwachsenen Ehefrau zur Hölle gemacht, hatte sie mittels Gewaltanwendung geschwängert, sie mit ihren Ängsten und ihrer Verzweiflung allein gelassen, sie für ihre Persönlichkeit und Intelligenz verachtet und verspottet, ihr den Sohn entwendet und ihn seiner notorisch boshaften Mutter zur Obsorge übergeben. Mit einem Wort, Helmbrecht von Callenhoff hatte alles Menschenmögliche getan, seinem Eheweib einen standesgemäßen Erben abzutrotzen und sie dann in den Freitod zu treiben.

Luise war nicht von den Klippen gesprungen, obwohl sie schon vor dem Abgrund gestanden hatte. Sie war einfach zu schwach gewesen, um sich fallen zu lassen. Und dann hatte sie begonnen, auch mit der Hilfe ihres Arztes Dr. Samigli, ihre Verzweiflung niederzuschreiben. Aus der Therapie war eine Leidenschaft geworden, sie hatte die Literatin in sich entdeckt, und der Freitod war ein Stück in die Ferne gerückt. Vor allem aber hatte sie sich dank Brunos Hilfe ins Leben zurückgekämpft. Und als ihr Ehemann in Übersee verstorben war, war Luise dem Joch einer unglücklichen Ehe entkommen.

Ja, es war Brunos Verdienst gewesen, dass sie sich nicht von der Steilküste in Duino kopfüber dem Meer übergeben hatte. Nicht nur deswegen liebte sie Bruno, sie liebte ihn, weil er sie liebte. Und weil Bruno ihren Sohn Gerwin an seiner Begeisterung für das moderne Leben teilhaben ließ. Nur deswegen waren sie zum Bahnhof gefahren, nur deswegen standen sie nun am Perron und beobachteten die Menschen, die dem eben eingefahrenen Zug entstiegen, ihr Gepäck sammelten und nun über den Bahnsteig schwärmten.

Als die meisten Passagiere den Perron verlassen hatten, traten Bruno und Gerwin an die Lokomotive heran. Sechs vierachsige Personenwagen und ein zweiachsiger Gepäckwaggon bildeten den Zug, an dessen Kopf die Lokomotive scheinbar voll unerschöpflicher Kraft, doch jetzt in aller Ruhe im Stillstand vor sich hin schnaufte.

Bruno hielt die Hand des Knaben. »Gerwin, ich habe dir das letzte Mal erklärt, wie man die Achsformel von Lokomotiven nach den neuesten Richtlinien des Vereins Deutscher Eisenbahnverwaltungen bestimmt. Kannst du dich daran noch erinnern?«

»Ja, Herr Zabini.«

»Also, was ist das für eine Lok?«

Gerwin löste sich von Bruno und zählte die Achsen der Lokomotive. Bruno wusste, dass Gerwin ganz nach seiner Mutter kam, er war überaus gelehrig und konnte jetzt schon, noch vor seiner Einschulung, gut lesen und verstand sich auf Addition und Subtraktion. Aber die Typenbestimmung einer Dampflokomotive fiel ihm dennoch schwer. Er zählte ein zweites Mal die Achsen.

»Nun, weißt du es oder soll ich es dir sagen?«, fragte Bruno.

Gerwin kratzte sich am Kopf und dachte angestrengt nach. Dann blickte er Hilfe suchend zu Grete.

»Das ist eine vierzylindrige 1C1 Verbundlokomotive mit Schlepptender.«

Bruno und Luise fassten das Kindermädchen überrascht ins Auge.

Bruno nickte bestätigend. »Liebe Grete, das ist korrekt.«

»Die Lokomotive gehörte zur Serie SB 110 und ist eine der leistungsfähigsten Schnellzuglokomotiven der Gegenwart. Die zugelassene Höchstgeschwindigkeit beträgt achtzig Kilometer pro Stunde.«

Bruno lachte erfreut auf. »Völlig richtig.«

Gerwin stellte sich stolz neben Grete und ergriff ihre Hand. »Das wollte ich auch gerade sagen.«

»Die Serie 110 hat 1906 eine Goldmedaille gewonnen«, führte Bruno aus. »Anlässlich der Eröffnung des Simplontunnels wurde in Mailand eine große Eisenbahnausstellung veranstaltet und die besten Lokomotiven Europas prämiert. Die Lokomotivfabrik Floridsdorf hat mit einem Exemplar der 110 den Grand Prix gewonnen.«

»Wo liegt denn der Simplontunnel?«, fragte Gerwin.

»Er unterquert das Simplongebiet, das ist eine Berglandschaft an der Grenze zwischen der Schweiz und Italien. Die Städte Brig und Iselle di Trasquera werden durch den mit fast zwanzig Kilometern längsten Eisenbahntunnel der Welt verbunden.«

»Im Simplontunnel verkehren elektrisch betriebene Lokomotiven«, ergänzte das Kindermädchen.

Luise schmunzelte. »Grete, ich bin überrascht, dass du dich derart für das Eisenbahnwesen interessierst und so gut Bescheid weißt.«

»Ich höre gern zu, wenn Herr Zabini Gerwin die Funktion von Maschinen und Apparaten erklärt.«

»Ja, ich höre das auch laufend«, sagte Luise amüsiert,

»aber offenbar bin ich nicht so aufmerksam und gelehrig wie du, meine Liebe.«

»Ich finde die Ausführungen sehr aufschlussreich.«

Bruno nickte anerkennend und zwinkerte Luise zu. »Siehst du, meine Teure, es gibt also doch Menschen, die sich für meine technologischen und naturwissenschaftlichen Vorträge interessieren.«

»Jetzt tust du mir unrecht, geschätzter Bruno, ich interessiere mich auch für Fahrzeuge und Maschinen, und deinen überaus kundigen Vorträgen könnte ich stundenlang lauschen. Doch die Frage bliebt bestehen, ob ich mir all die vielen Details auch merken kann.«

»Der Zug hat eine Vakuumbremse«, rief Gerwin.

Bruno klatschte lachend in die Hände. »Sehr richtig, junger Mann. In Österreich ist es Vorschrift, dass Personenzüge mit Vakuumbremse ausgerüstet sind.«

»Ich weiß auch, warum«, sagte Gerwin.

»Nun, dann lass uns an deinem Wissen teilhaben, mein Sohn«, forderte Luise Gerwin auf.

»Wegen der vielen Bergstrecken in den Alpen. Die Vakuumbremse ermöglicht ein fortlaufendes Bremsen bei der Abfahrt auf Bergstrecken, dadurch erhöht sich der Komfort der Fahrgäste. Bei der anderen Bremse wird immer gebremst, nicht gebremst, gebremst, nicht gebremst. Daher werden die Fahrgäste durchgerüttelt.«

»Ich bin begeistert, Gerwin, das hast du dir sehr gut gemerkt. Weißt du noch, wie das andere in Europa weit verbreitete Bremssystem heißt?«

Gerwin kaute auf seiner Unterlippe. »Das ist … das ist …« Er schaute wieder Hilfe suchend zu Grete hoch.

»Weißt du es, Grete?«, fragte Bruno.

»Ja, Herr Zabini.«

»Nichts sagen!«, rief Gerwin. »Mir ist es eingefallen. Das ist die Druckluftbremse.«

Die vier lachten herzlich auf dem Bahnsteig.

Bruno nickte dem Buben anerkennend zu. »Gerwin, ich glaube fast, dass du dereinst ein hervorragender Ingenieur wirst. Bravo.«

»Aber ich weiß nicht mehr«, sagte Gerwin zerknirscht, »warum das eine 1C1 Lokomotive ist.«

Bruno schaute Grete an. Das hübsche Fräulein aus den Tiroler Bergen war mittlerweile einundzwanzig Jahre und seit fünf Jahren als Gerwins Kindermädchen beschäftigt. Die beiden waren wie Geschwister. Hier die große Schwester, dort der noch nicht schulpflichtige kleine Bruder. Als Luises Schwiegermutter, die alte Baronin Callenhoff, im letzten Herbst schwer erkrankt war, hatte Luise die Gelegenheit ergriffen, ihren Sohn den Klauen seiner Großmutter zu entreißen. Fünf Jahre lang hatten ihr Ehemann und dessen Mutter verhindert, dass Luise ihren Sohn sehen konnte, und sie selbst war lange Zeit zu schwach gewesen, gegen die Macht der beiden anzukämpfen. Aber Luise war mit der Zeit stärker geworden, sie hatte sich für den Kampf gerüstet, und als dann die Kunde von Sieglinde von Callenhoffs Erkrankung zu ihr gedrungen war, hatte Luise gehandelt.

Zu ihrer grenzenlosen Überraschung hatte ihre Schwiegermutter den Enkelsohn noch nicht zu einem geistesgestörten Psychopathen geformt, sondern sie hatte das Kleinkind völlig der Obhut des Kindermädchens überlassen. Mit fünfzehn Jahren war Grete als jüngste Tochter eines Tiroler Bergbauern von der Baronin in den Dienst genommen worden. So war Grete aus den Alpen an das Küstenland gekommen und hatte verloren, verstört und verängstigt das Einzige getan, was ihr Leben erhalten hatte können. Sie hatte sich aufopfernd um den kleinen Knaben gekümmert und ihn dank ihrer Bescheidenheit, ihres Fleißes und ihrer Gutherzigkeit vor dem bösen Treiben der alten Hexe bewahrt.

Bis heute war es Luise nicht klar, warum ihre Schwiegermutter Gerwin nicht mit ihrem Hass auf das Leben und die Menschen infiziert hatte. Zwei Möglichkeiten sah Luise vor sich, zum einen, weil ein kleiner Rest von Menschlichkeit und Wärme in der alten Frau übrig geblieben war, oder zum zweiten, weil Gerwin noch zu jung für die jedes menschliche Feingefühl vernichtenden Erziehungsmethoden der alten Baronin gewesen war. Egal welcher Fall auch zutraf, Luise hatte für ihre Schwiegermutter eine erstklassige medizinische Betreuung im Kurhaus von Abbazia organisiert, sie war dabei tatkräftig vom Hausarzt der Familie Callenhoff unterstützt worden. Als sie zum ersten Mal Gerwin und sein Kindermädchen gemeinsam erlebt hatte, hatte Luise sofort gewusst, dass die beiden unzertrennlich waren. Grete bezog natürlich das Gehalt eines Kindermädchens, aber für Luise war sie keine Dienstbotin, sie war ein Teil der Familie.

»Grete, hast du dir die Bestimmung der Achsformel für Lokomotiven eingeprägt?«

»Jawohl, Herr Zabini. Soll ich sie erklären?«

Bruno schaute Gerwin an. »Soll Grete erklären?«

Gerwin nickte. »Ja, bitte.«

»Die Achsformel bezeichnet den Aufbau der Achsen einer Lokomotive von vorne nach hinten. Antriebslose Laufachsen werden immer in Zahlen angegeben, gekuppelte Treibachsen in Buchstaben. Wobei jeder Buchstabe im Alphabet für eine Treibachse steht. A steht für eine angetriebene Achse, B für zwei und C für drei angetriebene Achsen. Die SB 110 ist eine 1C1, weil sie eine Vorlaufachse hat, drei gekuppelte Treibachsen und eine Nachlaufachse.«

Gerwin sprang und klatschte. »Danke, Grete, jetzt weiß ich es auch wieder. Da drüben, das ist eine 1C. Stimmt das, Herr Zabini?«

Bruno schaute hinüber zum nächsten Perron. »Ja, Gerwin, das ist korrekt, das ist eine Lokomotive mit der Achsformel 1C. Die SB 60 ist eine weit verbreitete, robuste und sparsame Lokomotive. Die k.k. Staatsbahnen setzen diese Lokomotive seit 1895 im großen Stil ein, ungefähr zweihundert Maschinen sind in der gesamten Monarchie im Dienst, und die Fabriken liefern immer noch weitere Exemplare. Die k.k. privilegierte Südbahn-Gesellschaft hat von der erfolgreichen Serie mehrere Dutzend Stück gekauft und nutzt sie im Allgemeinen Personen- und Güterverkehr. Die mächtige SB 110 hier vor uns wird im hochrangigen Schnellzugverkehr auf den Hauptstrecken verwendet. Der Eilzug ist vor Sonnenaufgang in Villach abgefahren, über Klagenfurt nach Marburg unterwegs gewesen, hat unter anderem in Graz, Mürzzuschlag, Gloggnitz und Wiener Neustadt Halt gemacht, ehe er jetzt am Wiener Südbahnhof sein Ziel erreicht hat. Wie üblich wurden je nach Teilstrecke verschiedene Lokomotiven den Waggons vorgespannt. In jedem Fall haben die sieben Waggons heute schon eine große Strecke zurückgelegt.«

Luise schaute zwischen den beiden Maschinen hin und her. »Also, ich muss schon sagen, der Unterschied zwischen den Lokomotiven ist augenscheinlich. Die SB 60 wirkt in ihrer Anmutung zweifelsfrei tüchtig, aber ein klein wenig bieder. Wenn man das bei einer fünfzig Tonnen schweren Lokomotive überhaupt so sagen kann. Habe ich das Gewicht einigermaßen richtig geschätzt, Bruno?«

»Du hast sehr gut geschätzt.«

»Na, wer sagt es denn, langsam kriege ich einen Blick

für die Eisenbahn. Und dieser legt nahe, dass die 110 trotz ihrer Größe regelrecht elegant aussieht. Da sind bei Weitem nicht so viele Rohre am Kessel wie bei der 60. Die am hinteren Ende der 110 unter dem Führerstand und unmittelbar vor dem Tender abgesetzte Nachlaufachse wirkt, als ob die Lokomotive wie ein weit ausschreitendes Pferd im Galopp liefe.«

Bruno lachte. »Luise, das ist ein sehr bildhafter Vergleich. Und ja, Ingenieur Gölsdorf hat mit der 110 ein Meisterwerk geschaffen. Er hat so viele Rohre wie möglich innerhalb des Kessels angebracht, was bei der Wartung Arbeit macht, aber den Betrieb erleichtert. Dadurch sieht die Lokomotive trotz ihrer Größe windschlüpfig aus.«

»Ist der Zug auch über den Semmering gefahren?«, fragte Gerwin.

Bruno nickte. »Natürlich. Die Bahnstrecke über den Semmering gehört zum Schienennetz der Südbahn-Gesellschaft und ist die wichtigste Verbindung zwischen der Hauptstadt und dem Süden der Monarchie.«

»Ich kann mich noch gut an den Semmering erinnern. Überall die schönen Berge und der grüne Wald.«

»Auch für mich war der Ausblick einprägsam. Ich werde meine erste Überquerung der Bergstrecke niemals vergessen. Da haben wir beide uns an der Fensterscheibe die Nase zerquetscht, nicht wahr?«

Luise griff nach Gerwins Hand. »Wollen wir noch bis zum Ende des Perrons gehen? Ihr könnt ja während des Spaziergangs eure hochinteressanten Fachgespräche über Achsformeln, Bremssysteme und Einsatzgebiete von Lokomotiven weiterführen.«

»Ja, Mama, gehen wir ganz zum Ende. Vielleicht sehen wir einen abfahrenden Zug.«

»Das ist hier der Wiener Südbahnhof, mein Bub, hier verkehren viele Züge. Ich bin zuversichtlich, eine Ab- oder Einfahrt zu erleben.«

Da Conrad Speyer ohnedies in der Innenstadt zu tun gehabt hatte, war er die Kärnthner Straße hochgegangen und in der Endstation Walfischgasse in eine Garnitur der Linie 71 gestiegen. Während der Fahrt hatte er mehrmals auf die Uhr geschaut, er war knapp dran und hoffte, die Trauergemeinde noch vor dem Kondukt anzutreffen. Sein Vorhaben war, den Trauerzug von der Aufbahrungshalle zum Grab in diskretem und pietätvollem Abstand zu begleiten. Immer mehr Familien entschieden sich dafür, die verstorbenen Angehörigen nicht mehr im Haus aufzubahren, sondern in der stilvollen Aufbahrungshalle beim neu gebauten Eingangsportal. Der ehemals ungeliebte Centralfriedhof hatte sich in den letzten Jahren durch die Neu- und Ausbauten und durch den Anschluss an das Straßenbahnnetz gemausert.

Er stieg an der Haltestelle bei Tor 2 aus und betrat das Areal. Schon beim Durchschreiten des Portals entdeckte er den Kondukt, der eben aus der Aufbahrungshalle kam. Der Sarg wurde von den Friedhofswärtern auf einem dezent geschmückten Zweispänner abgestellt. Der Kutscher saß nicht auf dem Bock, sondern führte gehend die Pferde am Zügel. Speyer wartete abseits, bis sich der Trauerzug in Bewegung setzte. Der vor zwanzig Jahren verstorbene Stephan Hohenau hatte nur ein schlichtes Grabmal für sich gewünscht, er wollte auch im Tode nicht durch Geltungssucht und Pomp auffallen. Seine Ehefrau würde ihm in dieses Grab nun folgen. Wenn Friedhofsbesucher und Passanten den Kondukt sahen, hielten sie inne, zogen ihre Hüte oder bekreuzigten sich.

Nach etwa zehn Minuten erreichte der Trauerzug die offene Grabstelle. Speyer sah aus der Ferne, wie der Pfarrer die Einsegnung vornahm und danach der Sarg abgesenkt wurde. Die Trauergemeinde folgte der Zeremonie, soweit Speyer beobachten konnte, mit gefassten Gesichtern und in stiller Trauer. Weinende Gesichter waren nicht zu erkennen.

Speyer wurde, wie so oft, wenn er an einer Bestattung teilnahm, auch wenn er nur ein entfernter Beobachter war, von der Trauerstimmung erfasst. Selbst das frühlingshafte Wetter vermochte die Stimmung nicht zu heben. Nach Abschluss der Zeremonie ging er mit den Händen in den Taschen seines Mantels und den Hut tief in die Stirn gezogen noch eine Weile durch den parkähnlich angelegten Friedhof. Hatte er irgendetwas über den Fall in Erfahrung bringen können? Nein. Die einzige Erkenntnis war, dass sich die Trauergesellschaft fast ein bisschen zu schnell in alle Windrichtungen zerstreut hatte.

Bruno öffnete die Tür zum Kaffeehaus und ließ die drei eintreten. Das Café Kaiserhof in der Krugerstraße war in der kurzen Zeit ihres Aufenthalts zum Stammcafé der Gäste aus Triest geworden. Nur ein paar Schritte vom stets belebten Hotel Sacher entfernt bot es gediegene Ruhe, gehaltvollen Kaffee und darüber hinaus erstklassige Mehlspeisen. Ihre Excursion zum Südbahnhof hat die kleine Gesellschaft hungrig gemacht, also hatten sie schon in der Elektrischen beschlossen, im Kaiserhof einzukehren. Bruno trat als Letzter durch die Tür und schaute sich um. Der Kaiserhof war ein typisches, eher kleines Wiener Kaffeehaus, im hinteren Bereich standen ein Billardtisch und einige Tische, die vor allem von den Schachspielern besetzt wurden, im größeren vorderen Bereich befanden sich die Sitzgruppen für die Gäste. Das Kaffeehaus war gut besucht, nur zwei Tische waren noch frei.

»Meine Verehrung, was für eine Freude, die gnädigen Herrschaften aus Triest wieder begrüßen zu dürfen«, sagte der Ober mit galantem Kopfnicken und wandte sich an Bruno. »Belieben Euer Gnaden sich an diesen Tisch zu bequemen?«

»Vielen Dank, der Tisch ist für unsere Zwecke ganz ausgezeichnet.«

Bruno half Luise, der Ober Grete aus dem Mantel. Bruno half auch Gerwin und platzierte die Kleidungsstücke auf dem Garderobenständer. Der Ober wartete diskret im Hintergrund, bis sie sich gesetzt hatten, dann trat er an den Tisch heran. Sie beratschlagten, was sie essen und trinken sollten, und entschieden sich für zwei Tassen heiße Schokolade und zwei große Mokka. Gerwin orderte ein Stück Sachertorte mit Schlagobers, Grete ein Stück Topfenstrudel, Luise und Bruno wählten Apfelstrudel. Noch ehe der Mann abging, fügte Bruno der Bestellung noch ein Glas Cognac hinzu.

Wenig später wurden die Getränke und Mehlspeisen serviert. Gerwin schaute den Ober aus großen Augen erwartungsvoll an. Dieser schmunzelte.

»Nun, junger Herr, hier bitte die vorzügliche Sachertorte mit einer extragroßen Portion Schlagobers. Ein Gustostückerl.« Er übertrieb nicht, in der Küche hatte man nicht gespart. »Und für den erlauchten Geschmack des Herrn

Papa haben wir auch das Richtige. Bitte sehr, Euer Gnaden«, sagte er und stellte den Cognacschwenker ab.

Bruno lächelte höflich. Während ihres Aufenthaltes war es mehrmals vorgekommen, dass die Leute annahmen, Luise und er wären ein Ehepaar und Gerwin ihr Sohn. Sie korrigierten diese Annahme nicht, wozu auch?

»Meine Damen und Herren, ich wünsche guten Appetit.« Der Mann trat mit einem Kopfnicken zurück.

Luise griff nach Brunos Hand, sie schmunzelte hintergründig und flüsterte: »Die Wiener Kellner wissen, wie man sich rechtzeitig ein großzügiges Trinkgeld sichert. Dabei eilt ihnen der Ruf voraus, immerzu grantig und unfreundlich zu sein. Ich habe fast befürchtet, er würde dich mit Herr Professor oder mit Herr Hofrat titulieren.«

Die kleine Stichelei kitzelte Bruno, er blinzelte Luise zu. »Für solche Titel bin ich zwar noch nicht alt genug, aber er würde gewiss noch eine Unzahl weiterer Anreden aus dem Talon ziehen, um mich abzulenken, während er die göttliche Schönheit der gnädigen Dame unbeschwert anbeten kann.«

Luise nickte anerkennend. »Wie immer bewundere ich deinen Esprit und deine Schlagfertigkeit. In jedem Fall hat er, was die Verwandtschaftsverhältnisse betrifft, den ideellen Kern unserer Reise erfasst.«

Bruno lächelte geschmeichelt. »Mein Liebe, du wärmst mein Herz.«

Gerwin bekam von dem Wortgeplänkel nichts mit, denn er stach mit glänzenden Augen die Kuchengabel in das Tortenstück, tunkte dieses in das Schlagobers und beförderte den Happen in seinen Mund.

»Aber Gerwin«, tadelte Grete, »du musst doch warten, bis alle essen.«

Gerwin schaute erschrocken hoch.

»Nun, lieber Sohn, Grete hat schon recht. Man beginnt zu essen, wenn die anderen auch essen, aber in diesem Fall wollen wir angesichts der wundervollen Torte großzügig sein. Guten Appetit.«

Nachdem sie ihre Mehlspeisen verzehrt hatten, taten sie sich an ihren Getränken gütlich.

»Gerwin, was hat dir bis jetzt in Wien am besten gefallen?«, fragte Luise.

»Der Besuch im Wurstelprater«, rief der Bub. »Das war so lustig.«

»Die Fahrt mit dem Riesenrad war spektakulär.«

»Ja, das war phantastisch. Das Kasperltheater war lustig. Oder das Ringelspiel mit dem Großen Chineser.«

»Allerdings, das Karussell mit der kleinen Dampfeisenbahn beim Calafati war ein Höhepunkt. Und du, Grete, hat dir der Wurstelprater Spaß gemacht?«

»Oh ja, es gab so viele verschiedene Belustigungen. Etwa das Spiegelkabinett.«

»Schön war auch der Spaziergang im Schlosspark von Schönbrunn. So ein riesiges Schloss habe noch nie gesehen«, sagte Gerwin.

»Schönbrunn ist das Schloss des Kaisers, daher ist es so groß und prächtig.«

»Schade, dass wir den Kaiser nicht gesehen haben.«

»Gerwin, der Kaiser ist immer sehr beschäftigt. Man muss um eine Audienz ansuchen, um zu Seiner Majestät vorgelassen zu werden, so bestimmt es das höfische Zeremoniell.«

»Was ist das Zeremoniell?«

»Das sind die Regeln, wie man sich bei Hofe zu verhalten, zu sprechen und zu bekleiden hat.«

»Auch die Regel, dass man sich hinter den Ohren waschen muss?«, fragte Gerwin.

Luise lachte. »Ja, auch das ist geregelt. Trete niemals mit ungewaschenen Ohren vor den Kaiser! Das wäre ein Eklat.«

»Was ist ein Eklat?«

»Wenn jemand gegen die Regeln verstößt, dann ist es ein Eklat.«

»Muss man dann ins Gefängnis?«

»Kommt darauf an, wie gravierend man die Regeln bricht. Für ungewaschene Ohren wird man wohl nicht eingesperrt.«

»Sehr schön fand ich auch die Bootsfahrt auf der Alten Donau«, sagte Grete. »Herr Zabini kann sehr gut rudern.«

Bruno lächelte. »Gelernt ist gelernt. Wozu habe ich denn in meiner Jugend Regatten bestritten? Und ja, wir haben bei der Bootsfahrt wirklich prächtiges Wetter gehabt. Sonnig und sehr mild.«

Luise wandte sich an Bruno. »Wann beginnt morgen der Kongress an der Technischen Hochschule?«

»Einlass ist um halb neun, der erste Vortrag beginnt um neun.«

Luise richtete sich nun an Grete und Gerwin. »Morgen ist der schon erwähnte Tag, an dem Bruno tagsüber bei einem Kongress über das Eisenbahnwesen in Österreich-Ungarn sein wird. Wir werden uns einen gemütlichen Tag machen, im Stadtpark spazieren gehen, im Restaurant essen und verschiedene Kaufhäuser aufsuchen. Vielleicht finden wir ja ein schönes Kleid für Grete oder einen Sommeranzug für dich, Gerwin. Was haltet ihr davon?«

»Das wäre sehr schön«, sagte Gerwin.

»Außerdem braucht ihr beide Badekleidung. Ich kann nicht länger dulden, dass ihr als Bewohner der Küstenlande nicht schwimmen könnt. Im Sommer werden wir viel Zeit in Sistiana verbringen, und da ist es höchst angeraten, so oft wie nur möglich in der Bucht zu baden. Und ihr werdet nach der neuesten Wiener Bademode bekleidet sein.«

»Darauf freue ich mich sehr, Mama.«

»Und übermorgen, meine Lieben, kommen Onkel Richard und Tante Therese aus Bad Ischl nach Wien. Ihr werdet meine zweitälteste Schwester, ihren Ehemann und ihre Kinder, Erhard, Maria und Franziska, kennenlernen.«

»Wie alt sind die Kinder?«, fragte Gerwin.

»Erhard ist achtzehn, die Zwillinge Maria und Franziska sind fünfzehn.«

Dienstag, 14. April 1908

Er hatte sich an das Klappern der Schreibmaschine längst gewöhnt. Als Conrad Speyer vor fünfzehn Jahren seinen Dienst im k.k. Polizeiagenteninstitut angetreten hatte, hatte es noch keine einzige in der Kanzlei gegeben. Der damalige Oberinspector hatte von seinen Männern kategorisch verlangt, sie mögen beim Verfassen der Berichte gewissenhaft, sauber und mit schöner Handschrift schreiben. Unleserliche oder schlampig verfasste Berichte hatte er den betreffenden Untergebenen in der Regel mit strenger Miene auf den Tisch geknallt und eine ordentliche Abschrift gefordert. Mit der Pensionierung des alten und dem Amtsantritt des neuen Oberinspectors war die erste Schreibmaschine für die Kanzlei angeschafft worden. Mittlerweile verfügte das k.k. Polizeiagenteninstitut über sage und schreibe vierzehn Schreibmaschinen, neun davon waren erstklassige Underwood No. 5. Auch ein Morseapparat und vier Telephonapparate gehörten zum Inventar.

Conrad Speyer überblickte die vor ihm ausgebreitet liegenden Papiere und sinnierte. Nach einer Weile hob er seinen Blick zur offen stehenden Tür seines Bureaus.

»Weber!« Er wartete, doch er war offenbar nicht gehört worden. »Weber, kommen Sie in mein Bureau!«

Das Klappern hielt inne und Polizeiagent II. Klasse Heinz Weber erschien im Türstock. »Sie haben gerufen, Herr Inspector?«

»Haben Sie Ihr Notizbuch dabei? Ah, sehr gut. Setzen Sie sich.«

Der achtundzwanzigjährige Polizeiagent rückte den Stuhl vor dem Schreibtisch zurecht und ließ sich sinken. Wie immer waren seine Ohren gespitzt. Speyer hatte unter den jungen Polizeiagenten Weber ausgewählt. Er sollte als sein Assistent fungieren. Der Mann verfügte über eine schnelle Auffassungsgabe, arbeitete sehr ordentlich und dienstbeflissen und seine Berichte strotzten nicht vor orthographischen Unzulänglichkeiten. Außerdem war keiner der Männer in der Kanzlei so versiert im Umgang mit dem Morseapparat. Speyer sortierte die Papiere und klappte den Aktenumschlag zu.

»Die Fortschritte im Fall Henriette Hohenau sind geradezu beschämend. Weit und breit ist kein Täter auszumachen, und der gestohlene Schmuck ist nirgendwo aufgetaucht. Wenn wir nicht bald zumindest kleine Fortschritte machen, wird der Herr Oberinspector anordnen, den Fall zurückzustellen.«

»Das befürchte ich auch, Herr Inspector.«

»Dabei können wir uns keinen Vorwurf machen, wir haben pflichtschuldig sämtliche Investigationen durchgeführt, wir haben Fingerabdrücke genommen, die Familienmitglieder und Dienstboten peinlich befragt und mit der Nachbarschaft im Haus und in der Gasse gesprochen. Nichts ist dabei herausgekommen. Das ist sehr unangenehm.«

»Sie waren ja gestern beim Begräbnis. Ist Ihnen da irgendetwas aufgefallen?«

Conrad Speyer schaute sinnierend zum Fenster. »Gar nichts.«

Nach einer Weile räusperte sich Weber. »Äh, Herr Inspector, und was ist mit dem von Ihnen gehegten Verdacht?«

Speyer schaute seinem Assistenten in die Augen. »Was soll damit sein? Wir drehen uns im Kreis. Sie wissen, Weber, ein Verdacht ist noch lange kein Indiz, und ein Indiz ist erst recht kein Beweis. Und die Zeiten, in denen der Verdacht eines Polizisten unmittelbar zum Strang des Henkers geführt hat, sind Gott sei Dank lang vorbei.«

Weber rückte den Stuhl zurecht und hielt seinen Bleistift bereit. »Wie gehen wir weiter vor?«

Speyer trippelte mit den Fingern auf der Tischplatte. »So schnell gebe ich mich nicht geschlagen. Wir werden tiefer schürfen, wir werden der Sache auf den Grund gehen. Und zu diesem Zweck werden wir ein Telegramm an die Polizeidirektion der Reichsunmittelbaren Stadt Triest senden. Das ist etwas für Sie, Weber. Also, notieren Sie!«

Bruno stand etwas abseits beim offen stehenden Fenster und nahm einen Schluck Kaffee. Alle vier Fenster vor dem Hörsaal waren geöffnet, so konnte der Rauch der Zigaretten und Zigarren abziehen. Bruno genoss die knisternde Atmosphäre von Belesenheit, Forscherdrang und Neugierde, zum ersten Mal hielt er sich im Gebäude der Technischen Hochschule auf. Es war aufwühlend, sich unter die Studenten, Lehrer, Fachleute und Ingenieure zu mischen. Seit er die Steintreppe emporgegangen war, fühlte er sich, als wäre er ein Teil dieser Welt. Der dreitägige Kongress über die Zukunft des Eisenbahnwesens in Österreich-Ungarn bot am letzten Tag Vorträge für die Öffentlichkeit, an den beiden Tagen zuvor hatte es Veranstaltungen für ein reines Fachpublikum gegeben. Die Gelegenheit, die bedeutendsten Lokomotivbauer der Monarchie in öffentlichen Vorträgen zu hören, hatte sich Bruno nicht entgehen lassen können. Die kleine Teilnahmegebühr hatte er gern entrichtet und somit das Recht erworben, sich unter die anwesenden Herren zu mischen. Zwar hatte Bruno auch einige Frauen entdeckt, aber das waren Ehefrauen, die ihren Männern zur Seite standen. Bruno schätzte, dass knapp hundert Personen den Vorträgen lauschten. Zwei große Referate hatten bereits stattgefunden, gegenwärtig machte man Pause und danach würde Karl Gölsdorf höchstpersönlich ans Rednerpult treten. Bruno war richtiggehend aufgewühlt.

Aus den Augenwinkeln sah er einen Mann auf sich zukommen. Bruno wandte sich der Person zu und stellte sogleich die Untertasse auf dem Fensterbrett ab.

»Herr Zabini, habe ich mich zuvor doch nicht geirrt. Sie sind es leibhaftig.«

Bruno schüttelte die dargebotene Hand. »Meine Verehrung, Herr Dr. Sanzin, es ist mir eine große Freude, Sie hier zu treffen.«

»Was führt Sie in die Hauptstadt zu diesem Kongress?«

»Die reine Neugier und die Faszination für die hochinteressanten Dinge, über die hier gesprochen wird. Ich gratuliere herzlich im Nachhinein zu Ihrer Promovierung und sogar zur Habilitation an der Technischen Hochschule in Graz. In der Triester Zeitung sind Artikel über Ihre akademischen Erfolge abgedruckt worden. Ich habe sie alle mit Freude gelesen.«

»Vielen Dank. Wie geht es Ihrer hochgeschätzten Frau Mutter?«

»Herzlichen Dank für die Nachfrage, sie erfreut sich bester Gesundheit und hat schon begonnen, die Gemüsebeete anzulegen. Sie wissen bestimmt noch aus der Jugend, meine Mutter kann ohne ihre Beete nicht leben.«

»Daran erinnere ich mich lebhaft. Das Haus Ihrer Mutter hat ja eine so schöne Lage am Hang von Cologna und ist jetzt auch mit der Localbahn sehr gut zu erreichen, wie ich hörte.«

»Die Localbahn hat Cologna direkt an die Stadt angebunden, es werden dieser Tage mehrere Wohnhäuser gebaut. Unsere Heimatstadt, Herr Doktor, wächst und wächst. Im Übrigen habe ich Ihre Frau Mama erst von drei Wochen getroffen.«

»Wohl wieder bei einem Bücherkränzchen Ihrer Mutter?«

»Allerdings, unsere Mütter, Herr Doktor, und die weiteren Damen des Kränzchens treffen sich ja nach wie vor zu ihren Gesprächsrunden über die interessantesten Bücher der Saison.«

Bruno kannte Rudolf Sanzin, weil dessen Mutter ihn früher wiederholt zu Heidemarie Zabinis Bücherkränzchen mitgebracht hatte. Sanzin hatte wie Bruno die deutsche Realschule in Triest absolviert, aber auf dem Schulhof wäre Bruno wohl kaum auf den vier Jahre jüngeren Schüler aufmerksam geworden. Wenn es dem Knaben beim Gespräch der belesenen Damen zu langweilig geworden war, hatte er die Nähe zu Bruno gesucht und sich nach dessen Schulaufgaben erkundigt. Bruno war damals schon aufgefallen, dass der kleine Rudolf Sanzin über eine schnelle Auffassungsgabe verfügte. Außerdem war für Bruno offensichtlich gewesen, dass Rudolf ab einem gewissen Alter für Brunos Schwester Maria schwärmte und er deswegen seine Mutter zum Bücherkränzchen begleitete. Nun, Bruno hatte gewusst, dass die Hälfte aller Gymnasiasten in Triest offen für Maria schwärmte, die andere Hälfte tat das nur im Stillen.

»Wie geht es Ihrer Frau Schwester?«

»Sehr gut. Ihre Kinder blühen und gedeihen, ihr Mann Teodoro sorgt gewissenhaft für die Familie, und Marias Kunstwerke werden immer begehrter.«

Sanzin zog erfreut die Augenbrauen hoch. »Ja, ich erinnere mich, Ihre Schwester hat mich mit ihrer Kunstfertigkeit beim Skizzieren mehrmals überrascht. Wenn ich Sie richtig verstehe, hat sie ihre Fähigkeiten weiterentwickelt.«

»Ja. Mittlerweile muss sie sich nicht mehr bemühen, ihre Bilder zu verkaufen, sondern man gibt bei ihr Bilder in Auftrag. Sie arbeitet jetzt in einem Atelier am Fuße des Colle di San Giusto. Ihr Malzimmer zu Hause musste sie aufgeben, weil die Kinder größer wurden und es in der Wohnung immer enger wurde.«

»Respekt, das ist ja erfreulich. Sie müssen mir die Adresse notieren, damit ich per Brief auch ein Bild beauftragen kann.«

Bruno zog sein Notizbuch aus der Sakkotasche, schrieb die Adresse darauf, riss die Seite ab und reichte sie Sanzin. »Wenn ich mir die Bemerkung erlauben darf, Herr Doktor, Ihr Vortrag war höchst interessant.«

»Danke. Sie interessieren sich also für den Lokomotivbau?«

»Außerordentlich. Wobei, ich interessiere mich auch für Schiffsbau und für viele weitere Aspekte der modernen Technik. Als ich nach Wien kam und in der Zeitung die Ankündigung dieses Kongresses las, habe ich mich sofort angemeldet. Der Rundumblick über Ihre Versuchsreihen zur Leistungsfähigkeit von Dampflokomotiven war faszinierend. Ich kann meine Begeisterung nicht verheimlichen, die mich befällt, wenn ich die Fortschritte in Technik und Industrie betrachte. Auch der Vortrag von Ingenieur

Johann Rihosek über diesen spektakulären Bremsversuch am Arlberg war erstaunlich. Fünfundsiebzig Güterwaggons wurden mit der Vakuumbremse stoßfrei bei der Abfahrt gebremst. Herrn Rihoseks Construction hat sich also auch im Güterzugsverkehr bewährt.«

»Die internationale Kommission war vom Verlauf des Versuches zutiefst beeindruckt. Heuer wird noch ein weiterer Bremsversuch durchgeführt, und zwar sollen im Flachland einhundert Waggons mit der Vakuumbremse gebremst werden. Die Vorbereitungen laufen auf Hochtouren.«

»In welch faszinierender Zeit wir doch leben.«

»Herr Zabini, Sie sind ja ein richtiger Freund der Technik.«

»Das entspricht den Tatsachen. Und ich freue mich schon auf den Vortrag von Karl Gölsdorf über die Entwicklung von Dampftrocknern und die Möglichkeiten von Heißdampflokomotiven. Ich habe von diesen neuen Entwicklungen bisher nur Andeutungen vernommen. Hat die Dampftrocknung Zukunft, Herr Doktor?«

Sanzin nickte. »Definitiv, Dampftrockner und Überhitzer sind die Zukunft. Die Nassdampflokomotiven bringen gute Leistungen, aber durch die Überhitzung wird einfach ein höherer Wirkungsgrad erreicht. Das spart Kohle und ermöglicht größere Zuglasten am Haken. Natürlich muss das Problem der Schmierung der Zylinder bei den höheren Temperaturen der Heißdampflokomotiven noch gelöst werden. Der Herr Ingenieur wird über die Nutzung des Clench-Gölsdorf-Dampftrockners in den 1C1-Lokomotiven der Serie 329 sprechen, so viel kann ich schon verraten.«

Bruno sah aus der Ferne, dass Karl Gölsdorf von einer großen Riege an Herren umringt war. Der Großmeister des Lokomotivbaus würde mit einem Vortrag über seine jüngste Construction den Höhepunkt des Kongresses und gleichzeitig dessen Abschluss bilden. »Ich habe die 329 in Triest leider noch nicht zu Gesicht bekommen.«

Sanzin wiegte den Kopf. »Mit der ersten Lokomotive der Serie konnte ich im Winter Leistungstests durchführen.«

Bruno riss die Augen weit auf. »Und? Bringt die Maschine, was von ihr verlangt wird?«

Sanzin lächelte milde. »Wie sämtliche Constructionen Gölsdorfs hält sie ihre Leistungsauflagen mit Leichtigkeit und bietet darüber hinaus noch einen beträchtlichen Spielraum für Höchst- und Spitzenlasten. Die kkStB 329 schließt fugenlos an die erstklassigen Maschinen der Serien 170, 180 und 110 an. Sie ist ein Meisterstück des österreichischen Lokomotivbaus.«

»Nun, dann kann ich kaum erwarten, bis Ingenieur Gölsdorf seinen Vortrag beginnt.«

Sanzin winkte einem Mann, der Bruno bekannt vorkam. Dieser trat an die beiden heran.

»Herr Kestranek, kennen Sie Herrn Zabini?«

Der angesprochene Mann Anfang dreißig nahm förmlich Aufstellung und neigte seinen Kopf. »Mit Verlaub, Herr Doktor, ich habe noch nicht das Vergnügen gehabt.«

»Dann darf ich bekannt machen: Herr Bruno Zabini aus Triest. Ich kenne Herrn Zabini noch aus meiner Schulzeit. Herr Eduard Kestranek, ebenfalls aus Triest. Herr Kestranek ist ein Kollege von mir in der Südbahn-Gesellschaft.«

Bruno reichte Kestranek die Hand zum Gruß. »Guten Tag, Herr Kestranek, es ist mir eine Ehre, Sie kennenzulernen. Wie mir scheint, bilden wir hier eine Exklave der Adria in der Hauptstadt.« Die drei Männer lachten über den kleinen Scherz. »Sind Sie auch Ingenieur im Lokomotivbau?«

»Nein, gar nicht, ich bin technisch leider unbegabt. Ich

bin Disponent und kümmere mich um den Umlauf von Waren und Material. Da ich aber aus beruflichen und privaten Gründen in Wien weile, nutze ich die Gelegenheit, dem Kongress beizuwohnen. Man lernt hier viele bedeutende Persönlichkeiten kennen.«

»Sehen Sie, Herr Kestranek, genauso habe ich es auch getan. Allerdings bin ich aus rein privaten Gründen in Wien. Entschuldigen Sie, wenn ich nachfrage, aber kann es sein, dass Sie im Februar bei einem Konzert des Turnvereins Eintracht zu Gast waren?«

»Ja, das kann sein. Ich besuche regelmäßig die Veranstaltungen des Vereins.«

»Da habe ich Sie gesehen, jetzt weiß ich es mit Gewissheit. Sind Sie geborener Triestiner?«

»Nein, wie meine Brüder bin ich in Pola geboren und aufgewachsen. Wegen meiner Anstellung bei der Südbahn bin ich nach Triest übersiedelt. Und weil man in Triest, anders als in Pola, nicht nur grimmige Seeleute der Kriegsmarine, sondern hübsche Fräuleins trifft.«

Die Herren lachten. Ein livrierter Diener trat in den Gang vor dem Hörsaal und klingelte mit einem Glöckchen. Sanzin zog seine Taschenuhr hervor, warf einen Blick darauf und reichte Bruno und Kestranek die Hand.

»Meine Herren, auf zu neuen Taten. Es hat mich sehr gefreut, Bekannte getroffen zu haben.«

Bruno schüttelte die Hand. »Die Freude war ganz auf meiner Seite, auf Wiedersehen, Herr Doktor. Auf Wiedersehen, Herr Kestranek.«

Die beiden Männer mischten sich unter die Menge vor den Türen zum Hörsaal. Bruno wartete ein wenig. Er hatte zuvor weit hinten gesessen, immerhin war er ja in dieser erlauchten Gesellschaft so etwas wie ein Zaungast.

Die 329 war also mit einem Clench-Gölsdorf-Dampftrockner ausgestattet. Rasend interessant. Bruno würde Karl Gölsdorfs Vortrag hören. Er war richtiggehend aufgekratzt.

Luise saß im Bett und blätterte um. Die Nachttischlampe spendete genug Licht für die Lektüre. Es war beinahe elf Uhr abends, Grete und Gerwin waren längst in ihrem Zimmer, ihr Sohn würde bestimmt schon schlafen, und sein Kindermädchen las oder schaltete in diesem Moment das Licht ab. Luise war erstaunt, wie schnell man sich an die Annehmlichkeiten des modernen Lebens gewöhnen konnte. Auf dem Landsitz ihrer Eltern hatte es keine Elektrizität gegeben, in ihrer Kindheit und Jugend hatten allein Kerzen und Öllampen nach Einbruch der Nacht für Helligkeit gesorgt. In ihrer Triester Wohnung verfügte sie über elektrisches Licht, was sich auf ihre Lebensgewohnheiten ausgewirkt hatte. Plötzlich war es kein Problem mehr, noch abends um elf nach einem Buch zu greifen oder einen Brief zu schreiben. Also hatte Luise beschlossen, auch ihre Villa in Sistiana an das elektrische Netz anzuschließen. Dazu waren allerdings Investitionen nötig, denn vom Ortskern von Sistiana bis zu ihrem Haus lag eine beträchtliche Strecke. Luise hatte sich mit ihrem Advokaten beraten und schließlich dem Bürgermeister ein Angebot unterbreitet. Wenn die Gemeinde die Errichtung einer elektrischen Leitung genehmigte und deren Bau organisierte, würde sie einen Großteil der Kosten übernehmen. Der Bürgermeister und vor allem Luises Nachbarn in der Randzone des Gemeindegebietes hatten den Vorschlag der Baronin mit

Kusshänden angenommen. Dreiundzwanzig Häuser würden durch diese Leitung an das Stromnetz angeschlossen. Die letzten Nachrichten aus Sistiana lauteten, dass die Bauarbeiten an der Hauptleitung Ende März begonnen hätten, und spätestens im Juni würde Luises Villa über Elektrizität verfügen.

Die Tür zum Schlafzimmer wurde geöffnet und Bruno trat ein. Luise blickte kurz hoch. Mit leisen Schritten huschte er über das Parkett, knipste die Lampe auf seiner Seite des Himmelbettes an und legte den Schlafrock ab. Luise tat so, als ob sie weiterlesen würde, aber ihre Aufmerksamkeit galt nicht mehr den Lettern im Buch.

Bruno legte sich zu Bett und blickte zu ihr hinüber. »Beliebt es dir, noch länger zu lesen?«

»Wer sagt, dass ich lese?«

»Der simple Augenschein legt die Vermutung nahe.«

»Bitte keine weiteren Simplifizierungen im Leben, darüber sind wir doch längst hinaus.« Aus den Augenwinkeln heraus verfolgte sie, wie sich ein breites Grinsen auf sein Gesicht legte und er sich ihr zudrehte.

»Wenn du noch länger lesen willst, greife ich auch zum Buch.«

»Ich habe mit großer Freude beim Abendessen deinen begeisterten Erzählungen über den Eisenbahn-Kongress gelauscht. Mit welchem Eifer und Feuer du dich für Themen interessieren kannst, ist für mich inspirierend. Auch Grete und Gerwin haben an deinen Lippen gehangen.«

»Schön, wenn ihr an meinem Faible für Naturwissenschaft und Technik Gefallen findet.«

»Tagsüber habe ich mich ein bisschen gelangweilt. Ich saß zwei Stunden im Stadtpark und habe in die Luft geguckt, während Gerwin mit den anwesenden Kindern spielte und Grete mit anderen Kindermädchen Kontakt geknüpft hat.«

»Du hättest doch mit einer der flanierenden Damen ins Gespräch kommen können.«

»Dazu war ich nicht gestimmt. Ich habe lieber nachgedacht. Es hat mich hellhörig gemacht, wie sehr du mir gefehlt hast. Kaum eine Woche leben wir wie ein Ehepaar und schon kann ich mir ein anderes Dasein nicht mehr vorstellen.«

»Deine Worte sind eine Wohltat, meine Liebe.«

»Du duftest nach Zahnpasta und Seife«, sagte Luise, ohne den Blick vom Buch zu wenden.

»Das hat eine gründliche Abendtoilette zur Folge. Man nennt den Sachverhalt Kausalität.«

»Hast du im Badezimmer das Licht ausgemacht?«

»Natürlich. Und pass auf, es kommt noch besser, ich schalte auch meine Nachttischlampe aus«, sagte Bruno und betätigte den Schalter.

»Das finde ich sehr gewissenhaft und stromsparend.«

Bruno rückte näher und tastete mit der Hand unter ihre Decke.

»Begibst du dich auf Excursion, mein Lieber?«

»Ich will nur erproben, wie lange es dauert, bis auch du deine Lampe ausmachst.«

»Also noch eine naturwissenschaftliche Exploration?«

Bruno schlüpfte vollends unter ihre Decke. »Sozusagen.«

Luise klappte das Buch zu, legte es weg und betätigte den Lichtschalter. »Ich verstehe nicht, warum du dir ein Nachthemd angezogen hast.«

»Du hast ja auch eines an.«

»Ich hoffe, nicht mehr lange.«

Mittwoch, 15. April 1908

Bruno und Luise saßen im Restaurant des Hotels Sacher bei einer Kanne Kaffee. Grete und Gerwin hatte es nicht auf den Plätzen gehalten, sie rannten durch das Foyer und die Treppen hoch und runter. Immer wieder hielten Gäste den aufgeweckten Buben an, verwickelten ihn in ein Gespräch, erkundigten sich über seine Herkunft und winkten der Baronin Callenhoff. Bruno hatte für den Anlass seinen guten Anzug gewählt. Er schaute auf seine Armbanduhr. »Vor einer halben Stunde ist der Zug angekommen. Die Gesellschaft wird wohl jede Minute eintreffen.«

Luise nickte Bruno zu. »Nun, dann sollten sich die beiden langsam bei Tisch einfinden.«

»Ich werde nach ihnen sehen.«

»Nicht nötig, da ist Grete«, sagte Luise und winkte dem Kindermädchen.

Grete nahm Gerwin an der Hand und führte ihn an den Tisch.

»Gerwin, mein Lieber, bitte unterbrich deine Erkundungsreisen und setz dich. Tante Therese und Onkel Richard werden bald eintreffen.«

»Sehr wohl, Mama.«

Ein Kellner kam heran und verneigte sich. »Haben die Herrschaften noch einen Wunsch?«

Bruno winkte ab. »Nein, vielen Dank, aber Sie können das Geschirr abservieren.«

Der Kellner stellte die Kanne und die Tassen auf sein Tablett und entfernte sich wieder. Vom Foyer kommend betraten Anna Sacher, der Concierge und der Oberkellner in ein Gespräch vertieft das Restaurant. Die berühmte Hotelbesitzerin paffte eine Zigarre, schaute sich um und begrüßte die Gäste. Auch Brunos Tisch stattete sie einen Besuch ab, erkundigte sich, ob alles zur Zufriedenheit sei, und empfahl sich.

Bruno schaute der Dame und den sie begleitenden Herren nach. »Na, wer sagt es denn? Auch eine Frau kann ein Hotel leiten und Männern Instruktionen geben.«

»Und Frau Sacher macht das exzellent. Der Ruf des Hauses ist seit Jahren ungebrochen. Gefällt dir das Hotel?«

Gerwin nickte eifrig. »Die Luster sind sehr schön. Und die Fenster. Und die Teppiche. Alles ist so schön.«

»Und du, Grete, bist du zufrieden mit unserer Wahl?«

»Außerordentlich, Euer Gnaden. Anfangs habe ich geglaubt, in einem Märchen zu sein. Solchen Prunk und Luxus habe ich nie zuvor gesehen. Es muss ein Vermögen kosten, hier drei Wochen zu logieren.«

Luise lachte auf. »Dein Sinn für das Praktische und Naheliegende ist intakt, meine Liebe. Ja, es kostet ein kleines Vermögen. Aber so oft weilen wir nicht in der Hauptstadt, daher sind die Kosten tolerierbar. Da ist Therese!«

Bruno schaute in Richtung Foyer. Ein groß gewachsener Herr mit dichtem Schnauzbart, eine elegante Dame, ein junger Mann und zwei Fräuleins betraten das Haus. Ein Hotelpage und ein Dienstmann stellten das Gepäck der Reisegruppe ab.

Die vier erhoben sich und gingen auf Baron Richard von Hartmannsthal, seine Frau Therese und die drei Kinder zu. Therese erblickte Luise. Die beiden Frauen umarmten sich herzlich.

»Luise, meine Liebe, wie schön, dich nach so langer Zeit wiederzusehen.«

»Ja, das Treffen tut so gut.«

Gerwin und Grete stellten sich neben Luise auf, Bruno dahinter. Er musterte Luises Schwester. Sie war exquisit gekleidet und trug einen ausgesucht schönen Hut. Therese war acht Jahre älter als Luise und zwei Jahre jünger als Bruno, die vornehme Dame Mitte dreißig war rundlicher als Luise, doch die Schwestern sahen einander unverkennbar ähnlich.

Therese fasste Gerwin lächelnd in den Blick und legte ihm die Hand auf die Wange. »Und bist also der kleine Baron Callenhoff. Meine Güte, was für ein hübscher Bub du bist! Du kommst ganz nach deiner Mutter. Weißt du, wer ich bin?«

Gerwin neigte wohlerzogen sein Haupt. »Euer Gnaden, das weiß ich. Ihr seid meine Tante Therese aus Bad Ischl.«

»Na schau, ein schlaues Bürschchen bist du auch. Was für eine Freude, dass wir uns endlich kennenlernen.« Therese deutete Grete eine Begrüßung an, diese wiederum machte einen Knicks. Dann fasste sie Bruno scharf ins Auge und trat auf ihn zu. »Und Sie, mein Herr, sind, wenn mich nicht alles täuscht, der Herr aus Triest.«

Bruno verneigte sich respektvoll und leistete den Handkuss. »Euer Gnaden, es ist mir eine große Ehre, Euch zu begegnen. Bruno Zabini aus Triest, zu Euren Diensten.« Bruno las im Mienenspiel der Dame. Die reservierte Distanz verwandelte sich nach einem musternden Blick in Wachsamkeit. Gut, dass er den schönen Anzug gewählt und sich morgens einer scharfen Rasur unterzogen hatte.

Therese wandte sich wieder ihrer jüngeren Schwester zu, fasste mit beiden Händen nach ihren. »Jetzt auch persönlich, geliebte Schwester. Ich wünsche dir mein herzliches Beileid zu deinem schlimmen Verlust. Ein Kondolenzbrief kann niemals so viel ausdrücken wie ein persönliches Wort. Ich habe für deinen Gemahl Helmbrecht eine Messe lesen lassen.«

»Therese, deine Worte sind Balsam und vielen Dank für die Messe.«

»Kaum ein halbes Jahr ist der Todesfall her, mir erscheint es, als ob es letzte Woche gewesen wäre. Ist es richtig, dass der Baron in Übersee beigesetzt wurde?«

»Das habe ich dir so geschrieben, ja, das ist richtig.«

»Ja, warum hast du denn seine sterblichen Überreste nicht in die Heimat bringen lassen?«

»Ich habe mich mit den Familienmitgliedern des Hauses Callenhoff abgestimmt und man war mehrheitlich der Meinung, dass ein würdevolles Grab in jener Gemeinde, in welcher die Kaffeeplantagen im Besitze meines verstorbenen Ehegatten liegen, ganz im Sinne des Herrn Baron wäre. Helmbrecht war ein Reisender und er liebte Brasilien über alles, so fand er dort seine letzte Ruhestätte. Wenn es meine Belange erlauben, will ich dereinst nach Übersee aufbrechen und dem Grabmal einen Besuch abstatten.«

Bruno bewunderte, mit welchem Selbstbewusstsein Luise ihre Stellung behauptete, denn natürlich waren Thereses Fragen ein frontaler Angriff gegen das skandalöse Verhalten ihrer jüngeren Schwester, sich nicht an das übliche Trauerjahr zu halten. Und dass Helmbrecht von Callenhoffs Gebeine in Südamerika vergraben worden waren, war Luise auch sehr genehm gewesen. Bruno und Luise hatten noch vor Antritt der Reise nach Wien offen über all diese Belange gesprochen. Sie hatte von Anfang an abgelehnt, nach außen hin das Bild der trauernden Witwe vorzutäuschen. Luise hatte Bruno gebeten, ihr den Rücken zu stärken, um in Augenblicken wie dem gegenwärtigen alle Gesetze des Staates pflichtgemäß einzuhalten, sich aber gegen die Scheinheiligkeit der gesellschaftlichen Usancen zu stemmen. Bruno, der ja selbst einen gewissen Hang hatte, fragwürdige Gebräuche abzulehnen, hatte geschworen, Luises Bitte nach Kräften nachzukommen.

Therese musterte eingehend das Antlitz ihrer jüngeren Schwester, warf einen kurzen Blick auf Bruno und Gerwin und lächelte gewinnend. »Nun denn, so sei es. Erhard, Maria, Franziska, kommt her, begrüßt eure Tante Luise und euren Cousin Gerwin aus den österreichischen Küstenlanden.«

Die jungen Leute traten vor. Der Stammhalter Erhard war wie sein Vater groß gewachsen, ein fescher junger Mann, der nach der Matura an der Montanistischen Hochschule studieren würde. Die Zwillinge Maria und Franziska wurden im Haus ihrer Eltern in Bad Ischl von Privatlehrern unterrichtet.

»Verehrte Schwägerin, Gott zum Gruße. Meiner Seel, wie lange ist es her, seit wir uns zuletzt getroffen haben? Drei Jahre? Vier?«, sagte Richard von Hartmannthals, der inzwischen den Abtransport des Gepäcks in die reservierte Suite veranlasst hatte und nun Luises Hand küsste.

»Lieber Richard, es müssen wohl fast vier Jahre sein. Ich freue mich sehr, dich zu treffen.«

»Na, die Freude ist ganz auf meiner Seite. Lass dich anschauen, Schwägerin. Wie machst du das? Mit jedem Mal bist du noch schöner. Das Leben als Witwe bekommt dir offenbar gut. Mein herzliches Beileid im Übrigen. Und du bist also der Baron Callenhoff. Grüß dich, junger Mann.«

Gerwin schüttelte die Hand. »Grüß Gott, Euer Gnaden.«

Richard übersah Grete, trat auf Bruno zu und musterte ihn von Kopf bis Fuß. Er reichte nicht seine Hand zum Gruß. »Guten Tag, mein Herr.«

Bruno verneigte sich. »Guten Tag, Herr Baron.«

»Ich habe schon von Ihnen gehört.«

»Mir ist es eine Ehre, auch von Euch gehört zu haben, Euer Gnaden.«

»Für einen Italiener sprechen Sie gut Deutsch.«

»Ich hatte die Gelegenheit, die deutsche Realschule in Triest zu besuchen, wo ich in der Sprache meiner Mutter gründlich unterrichtet wurde.«

»Ah, Ihre Mutter ist eine Deutsche?«

»Ein Wink des Schicksals hat meine Mutter aus Wien-Gumpendorf nach Triest verschlagen.«

»Wunderbare Stadt übrigens, die Küstenlande mausern sich. Dort sind gute Geschäfte zu machen. Was üben Sie für einen Beruf aus?«

»Ich bin Polizist im Dienst des k.k Polizeiagenteninstituts.«

»Schau an, ein Polizist. Interessant, dass Sie sich mit einem Beamtengehalt den Aufenthalt im Hotel Sacher leisten können.«

»Ich habe das Vergnügen, für meinen Aufenthalt in diesem ehrenwerten Haus ein Jahresgehalt auszugeben.«

Richard von Hartmannstahl maß Bruno erneut mit prüfendem Blick. »Na, Gott sei es gedankt, sind Sie ein Beamter. Da werden hoffentlich die Skandale ausbleiben. Also, gehaben Sie sich wohl, mein Herr. Therese, lass uns gleich die Suite aufsuchen. Du kannst ja Luise später treffen.«

Bruno blickte dem abgehenden Baron mit einem Schmunzeln hinterher. »Auf Wiedersehen, Euer Gnaden.«

Luise hakte sich bei Bruno ein, sie warteten, bis die Familie im Fahrstuhl verschwunden war. »Du bist so tapfer, Bruno.«

»Du aber auch.«

»Ich glaube, Richard wird dich morgen auf der Stiege oder im Foyer nicht einmal aus der Ferne grüßen.«

»Ich glaube, er wird heute Abend schon nicht mehr grüßen.«

»So ist er nun einmal, Adel der alten Schule. Und Therese passt gut zu ihm. Dennoch freue ich mich sehr, mit ihr und den Kindern ein paar Tage zu verbringen.«

»Wann reist der Herr Baron weiter nach Budapest?«

»Übermorgen früh.«

Donnerstag, 16. April 1908

Das sonnige und milde Wetter hatte die Gäste aus dem Küstenland veranlasst, einen offenen Fiaker zu nehmen. Über die Ringstraße rollte der Wagen zügig geführt zum Franz-Josefs-Kai und näherte sich der Aspernbrücke. Obwohl sie die Strecke zum Prater schon zweimal befahren hatten, waren sie damit beschäftigt, möglichst viele Eindrücke aufzuschnappen. Der breite Boulevard war ebenso beeindruckend wie der Kai entlang des Donaukanals mit seinen Prachtbauten, Grünanlagen und den Anlegestellen für die Schiffe. Wie Bruno nachgelesen hatte, war das Flussbett des Donaukanals im Mittelalter der Hauptarm der Donau gewesen. Im siebzehnten Jahrhundert hatte sich nach mehreren Hochwassern die Donau weiter östlich in den Boden gegraben und so hatte sich in der Stadt das Wort Donaukanal etabliert. Nach der umfassenden Donauregulierung in den Siebzigerjahren des vorigen Jahrhunderts fungierte der Donaukanal mit seinen Anlegestellen als wichtige Verkehrsader in unmittelbarer Nähe der Innenstadt. Bruno sah eine Dampfbarkasse, die sich stromaufwärts gegen die Strömung langsam voranschob. Aus der Entfernung erkannte er, dass das Lastenschiff mit Kohle und Brennholz beladen war. Zwar war der Frühling in Wien eingezogen und mit ihm milde Temperaturen, wodurch kaum mehr geheizt werden musste, aber die Bäckereien, Wäschereien und viele andere Gewerbebetriebe in der Stadt benötigten auch in der warmen Jahreszeit Brennmaterial.

Der Fiaker reihte sich hinter einer Garnitur der Elektrischen ein und überquerte die Aspernbrücke in den Stadtteil Leopoldstadt. Auf der recht schmalen Brücke standen nur zwei Fahrstreifen für den Verkehr zur Verfügung, daher bildete sie ein dicht befahrenes Nadelöhr. Doch auf der breiten Praterstraße war die Fahrbahn vom Gleiskörper der Straßenbahn getrennt, stadtauswärts gesehen links lagen die beiden Schienenstränge, während sich in der Straßenmitte die Automobile und Fuhrwerke bewegten. Aus der Ferne war das hoch emporragende Tegetthoff-Denkmal im Zentrum des Pratersterns zu sehen. Österreich-Ungarns größter und bedeutendster Bahnhof, der Nordbahnhof, befand sich am Praterstern. Von hier aus verkehrten die Züge nach Krakau und Lemberg. Über die Nordbahn wurde die Steinkohle aus den Schlesischen Revieren in die Hauptstadt gebracht, daher hatten sich hier die Kohlenhöfe auf dem weitläufigen Areal zwischen Bahnhof und Donau angesiedelt. Doch nicht die Kohlenhöfe waren ihr Fahrziel, sie bogen vom Praterstern in die Hauptallee, jene schnurgerade Allee, die durch Rodungen im ehemals kaiserlichen Jagdgebiet entstanden war. Viele Jahrzehnte war der Prater ein bevorzugtes Ausflugsziel des Adels gewesen, durch die Einführung der Straßenbahn in Wien gelangte nun auch das breite Volk in die weitläufigen Wälder und Wiesen.

Ihr Ziel war die 1872 anlässlich der Weltausstellung erbaute Rotunde und die Trabrennbahn in der Krieau. Im imposanten Bauwerk mit dem kreisrunden Fundament und Kegeldach wurden große Ausstellungen, Konzerte, Volksfeste und Zirkusvorführungen veranstaltet. Zuerst wollten sie das Gebäude besichtigen und danach die Trabrennbahn aufsuchen. Bei ihrem ersten Besuch im Prater hatten sie die Tramway benutzt, doch heute waren sie mit dem Fiaker unterwegs.

Es lag schlicht und ergreifend außerhalb des Denkbaren, dass Baron Hartmannsthal auf die Plattform einer Elektrischen springen und sich unter das gemeine Volk mischen könnte. Der Baron und seine Familie würden in einer Stunde das Hotel verlassen und mit einem Automobil zur Rennbahn Krieau in den Prater kommen. Es war vereinbart, dass die Gesellschaft gemeinsam die heutigen Rennen verfolgen würde. Der Baron hatte ein Faible für Trabrennen und setzte immer wieder beträchtliche Summen auf hoffnungsträchtige Gespanne. Aus diesem Grunde würde er auch nach Budapest reisen, denn dort wurde das große Frühjahrsderby veranstaltet. Die halbe Monarchie fand sich dieser Tage in der ungarischen Hauptstadt ein. Wie Bruno wusste, konnte man bei Pferdewetten manchmal hübsch gewinnen, meist aber verlässlich verlieren. Letzteres fiel im Falle des Barons wohl kaum ins Gewicht, durch große forstwirtschaftliche Betriebe und mehrere Sägewerke in seinem Besitz zählte das Geschlecht von Hartmannthal nicht zu den mittellosen Adelshäusern.

Der Fiaker rollte auf die Rotunde zu.

Gerwin hüpfte staunend auf. »Das ist aber ein riesiges Haus! Vom Riesenrad aus hat es gar nicht so groß ausgesehen.«

Grete fasste ihn am Arm und zog ihn angesichts der wackeligen Fahrt auf seinen Platz zurück. »Vorsicht, sonst fällst du vom Fiaker.«

Bruno ließ den Blick schweifen. »Die Wiener können sich glücklich schätzen, den Prater zu haben. Schaut nur, die Kastanienbäume entfalten ihre Blätter. Der Frühling ist im Prater nicht mehr aufzuhalten. Eine so weitläufige Parklandschaft in unmittelbarer Nähe zum größten Bahnhof der Monarchie und einem zentralen Verkehrsknoten stellt einen enormen Erholungswert für die Einwohner dar. Wir in Triest liegen am Meer, die Wiener haben die Donau und den Prater. So hat jede Stadt ihre guten Seiten.«

Der Fiaker hielt an, die Gesellschaft stieg aus. Bruno bezahlte den Fahrer. Luise hakte sich bei Bruno ein, Grete nahm Gerwin an der Hand, so spazierten sie rund um die Rotunde und besichtigen auch ihr Inneres.

Nach ungefähr einer Stunde schaute Luise auf ihre Armbanduhr. »Kommt, meine Lieben, gehen wir zum Portal der Trabrennbahn. Richard und Therese werden wohl in den nächsten Minuten vorfahren.«

Der Applaus und das Gejohle der Menschen verebbten nach und nach. Das favorisierte Gespann war tatsächlich als Sieger durch das Ziel gelaufen, anders als beim ersten Rennen des Nachmittags, als ein Außenseiter gewonnen hatte. Erst in einer Stunde würde der nächste Wettbewerb gestartet werden, das zahlreich erschienene Publikum hatte also Gelegenheit, sich die Beine zu vertreten, sich in der Kantine zu stärken, bei einem der Läden eine Erfrischung zu kaufen oder die Toilette aufzusuchen. Luise und die Zwillinge Maria und Franziska erledigten Letzteres, während Erhard sich anschickte, Grete und Gerwin zu begleiten. Die drei stellten sich in der Reihe vor dem Straßenverkäufer an, der in seinem Bottich Salzgurken anbot und sich in der Rennpause des lebhaften Absatzes seiner Ware erfreute. Wie Bruno beobachtet hatte, schien sich der junge Herr durchaus für das hübsche Kindermädchen seines Cousins zu interessieren.

Baron Hartmannstahl war gleich zu Beginn verschwunden, er hatte sich mit Freunden getroffen, um gemeinsam mit den Herren die Rennen zu verfolgen. So blieben Therese und Bruno zu zweit auf der Tribüne zurück.

Therese rückte ihren Hut zurecht und schaute Bruno von der Seite an. »Herr Zabini, wollen Sie mir nicht ein wenig Gesellschaft leisten und sich neben mich stellen?«

Bruno neigte den Kopf und trat neben Therese. »Liebend gern, Euer Gnaden.«

»Ich kann schon die Faszination verstehen, die Trabrennen auf so viele Männer ausübt. Die Rösser donnern in vollem Lauf über die Piste, Muskeln, Schweiß, Triumph oder Niederlage, der ewige Kampf um Ruhm, Anerkennung und den Siegespreis. Mein Mann ist förmlich verrückt danach, jedes Mal, wenn wir in Wien sind, schleppt er mich hier raus. Aber ich persönlich finde weniger die Pferde interessant, ich besuche Rennen, weil stets so viele Menschen der Gesellschaft zusammenkommen. Wie halten Sie es mit Pferderennen, Herr Zabini?«

»Tatsächlich ähnlich wie Ihr, Euer Gnaden. Ich fühle keine besondere Liebe zu trabenden oder galoppierenden Pferden. Ich bin der strikten Meinung, dass Pferdebesitzer ihre Tiere gut behandeln sollten. Ich bin für saubere Stallungen, gutes Futter, keine überschwere Anstrengung und vor allem keine Schläge. So sollten diese gutmütigen und nützlichen Tiere behandelt werden. Wenn ich Rennen besuche, dann zumeist aus beruflichen Gründen, und bei meiner Profession habe ich stets mit Menschen zu tun.

Also ja, ich besuche die Rennbahn auch, weil hier so viele Menschen zusammenkommen.«

Therese von Hartmannsthal lächelte hintergründig. »Na sehen Sie, Herr Zabini, da haben wir also doch einen Gleichklang gefunden. Sie sind unverheiratet?«

Bruno ahnte, was da auf ihn zukam: das peinliche Verhör. »So ist es.«

»Baron Callenhoff ist ein halbes Jahr tot und seine Witwe begibt sich mit einem unverheirateten Mann auf Reisen. Das lässt doch auf eine längere Bekanntschaft schließen, oder täusche ich mich?«

Bruno lächelte höflich. »Euer Gnaden, was wollt Ihr wissen? Ich stehe Euch für jede mögliche Frage zur Verfügung, aber bitte berücksichtigt eines: Ich bin Inspector I. Klasse und seit über fünfzehn Jahren im Polizeidienst. Ich habe einst einen heruntergekommenen Hafenarbeiter verhaftet, der einen Obdachlosen wegen sieben Kronen und einer Flasche Branntwein heimtückisch erschlagen hat. Ich habe ebenso einen älteren Edelmann, der sein Zimmermädchen zuerst wiederholt missbraucht und, als sie schwanger wurde, mit dem Jagdgewehr erschossen hat, hinter Gitter gebracht. Was ich sagen will, ich lasse mich durch Standesunterschiede kaum beeindrucken oder einschüchtern. Meine persönliche Einstellung zum Leben der menschlichen Gesellschaft ist von so etwas wie Gerechtigkeitssinn und Freiheitsliebe getragen. Ich empfinde recht wenig Zuneigung für den Feudalismus und die Privilegien des Adels, kann aber mit Routine die üblichen und von mir erwarteten Formen der Etikette einhalten. Also, Euer Gnaden, Luise und ich sind seit vier Jahren liiert, ich habe in ihr die Liebe meines Lebens gefunden. Wahrscheinlich würde Luise etwas Gleichlautendes über mich sagen, zumindest hat sie mir gegenüber mehrfach ähnliche Ansichten geäußert. Dass ich bürgerlicher Herkunft bin und sie von Adel, ist mir herzlich egal, Luise ebenso. Ich bin ganz vernarrt in ihren Sohn Gerwin, der so viel von ihr in sich trägt, deshalb werde ich den jungen Baron nach Kräften fördern und beschützen, so lange, bis er selbst für sich Verantwortung übernehmen kann.«

Therese zog erstaunt über Brunos Äußerungen die Augenbrauen hoch. »Reden können Sie in jedem Fall, Herr Zabini.«

Brunos Miene war undurchdringlich. »Habt Ihr Helmbrecht von Callenhoff gekannt, Euer Gnaden?«

»Ich bin ihm nur ein einziges Mal begegnet, nämlich bei der Vermählung mit Luise in Görz.«

»Ich kannte den Herrn Baron nur aus der Ferne, nicht persönlich, weil ich mich sonst mit ihm hätte schießen müssen. Der Mann war ein Scheusal, und er hat Eure Schwester, geschätzte Baronin, unablässig erniedrigt, mehrmals auch mit roher Gewalt behandelt. Der Baron war ein exzellenter Schütze, wie er auf Jagdausflügen vielfach bewiesen hat, aber ich bin auch geübt im Umgang mit Waffen. Im Unterschied zum Herrn Baron schieße ich nicht auf wehrlose Tiere im Wald. Ja, ein mögliches Duell mit dem Herrn Baron wäre in jedem Fall blutig ausgegangen, daher bin ich froh, dass eine Tropenkrankheit mich vor diesem Kampf bewahrt hat. Klärt das die meisten Eurer Fragen, Euer Gnaden?«

Theresa musterte Bruno interessiert. »Selbstbewusst sind Sie, so viel habe ich schon verstanden. Respekt. Da hat sich Luise also einen Mann geangelt, der sie zu beschützen weiß. Aber so war Luise schon immer. Ein Lächeln, und alle haben sich die Beine ausgerissen, ihr zu Diensten zu sein. Ich in jedem Fall bin sehr unzufrieden mit Ihnen, Herr Zabini.«

»Unzufrieden, Euer Gnaden?«

»Ja, ich wollte Sie doch so richtig schön ausfragen, aber Sie gönnen mir die Freude nicht. Sie sind ein Lümmel, mein Herr.«

Bruno lachte. »Euer Gnaden, ich vernehme mit großer Bewunderung, dass Ihr einen feinen Sinn für hintergründigen Humor habt, ganz wie Eure so hinreißende jüngste Schwester.«

»Haben Sie vor, Luise zu heiraten?«

»Über eine Heirat haben Luise und ich noch nicht gesprochen. Da Luise noch von ihrer ersten Ehe geradezu traumatisiert ist, stellt sich für sie die Frage wohl derzeit nicht. Und ich habe mich mit meinem Status als Junggeselle längst arrangiert.«

»Bleiben Sie bei dieser Haltung. Selbst wenn Sie, wie Sie eben sehr eindringlich ausgeführt haben, keinen Respekt dem Feudalismus entgegenbringen, so leben wir doch in einer Welt der Standesunterschiede. Sie würden Luise und Gerwin mit einer Hochzeit schaden.«

»Euer Gnaden, ich sehe die Angelegenheit wie Ihr, und schaden will ich Luise beileibe nicht.«

»Was halten Sie von Luises Ambitionen, schriftstellerisch tätig zu sein?«

»Ich hege größte Bewunderung für Luises literarische Arbeit. Ihre Gedichte in italienischer und ihre Novellen in deutscher Sprache sind an Kunstfertigkeit kaum zu überbieten.«

Therese zog den Mund breit. »Das habe ich befürchtet. Ich hoffe, Sie sind nicht selbst ein verkappter Künstler?«

Bruno runzelte die Stirn. »Nein, Euer Gnaden, bei aller Faszination für die schönen Künste habe ich schon in jungen Jahren enttäuscht festgestellt, dass ich über keine besondere Begabung für die künstlerische Arbeit verfüge. Wenn Ihr mir eine Gegenfrage erlaubt: Lehnt Ihr Luises Schriftstellerei ab?«

Therese winkte ab. »Ablehnen? Ach was. Soll sie halt schreiben, wenn sie will. Was sie allerdings schreibt, macht mir Kopfzerbrechen. Luise war immer schon verträumt und in Gedanken versunken, es war früh zu befürchten, dass sie neben ihrem Tagebuch irgendwann auch Gedichte und Erzählungen schreiben würde. Wie Sie vielleicht wissen, Herr Zabini, hatten wir Geschwister im Haus unserer Eltern eine italienische Hauslehrerin, also konnten wir alle die italienische Sprache erlernen. Seit ich in Oberösterreich lebe, gebrauche ich Italienisch kaum und meine Sprachkenntnisse sind eingerostet, aber so viel beherrsche ich schon noch, dass ich Luises Gedichte verstehe. Auf meine Anfrage hat Luise, knapp nachdem ihr Gedichtband erschienen ist, mir ein signiertes Exemplar geschickt. Ja, ich war schon ein bisschen stolz auf meine kleine Schwester, dass sie ein Buch in einem renommierten Mailänder Verlag herausgebracht hat, aber als ich die Gedichte gelesen habe, fand ich sie gelinde gesagt skandalös. Kennen Sie diese Gedichte, Herr Zabini?«

»Selbstverständlich. Einige kann ich sogar auswendig.«

»Natürlich, das hätte ich mir denken können, ein antifeudaler Freigeist mit der Neigung zum Ehebruch findet so etwas gut. Die Hälfte aller Gedichte hängt erotischen Phantasien nach, die andere Hälfte halte ich für umstürzlerische Subversion gegen Kaiser, Kirche und Vaterland. Ich habe diesen Gedichtband schnell in der hintersten Ecke der Bibliothek verschwinden lassen. Mein Gemahl hat zwar nie Italienisch erlernt, aber aus der Gymnasialzeit ist ihm Latein bekannt, und Französisch spricht er recht gut. Es wäre also möglich, dass Richard die Gedichte inhaltlich versteht. Das musste ich verhindern.«

»Der Herr Baron hält sich wohl an konservative Werte.«

»Das tu ich auch, und deshalb habe ich Angst, dass meine allzu freigeistige Schwester die Familie in Verruf bringt. Und Sie, Herr Zabini, scheinen in diesem Zusammenhang auch nicht gerade ein angemessener Umgang zu sein. Und das, obwohl Sie Polizist sind. In Triest herrschen wohl recht lose Sitten.«

Bruno musterte Thereses Miene und war sich unsicher. »Baronin, ich muss gestehen, dass ich noch nicht ganz klar sehe, ob Ihr mir eine strenge Gardinenpredigt haltet oder ob Euer Gnaden mit mir, wie die Wiener sagen, *Schmähführen* wollen. Vielleicht beides.«

Jetzt entglitt Therese doch ein verräterisches Lächeln. »Sie sind nicht nur ein Lümmel, Herr Zabini, Sie sind sogar ein frecher Spitzbub.«

Die beiden lachten.

»Warum kommen Luise und Sie nicht einmal zu uns auf Besuch nach Bad Ischl? Im Frühling sind die Berge und Wälder wunderbar. Und im Sommer, wenn sich der Kaiser in seine Sommerresidenz begibt, ist der Hochadel aus halb Europa zu Gast. Die Bälle und Empfänge sind herrlich.«

Bruno verneigte sich ehrerbietig. »Euer Gnaden, vielen herzlichen Dank für diese Einladung.«

Die beiden sahen, dass sich Luise und die Zwillinge näherten, und wandten sich ihnen zu.

Luises Blick schwenkte von Bruno zu Therese. »Wie ich feststelle, habt ihr euch angefreundet und scherzt miteinander.«

Wieder verneigte sich Bruno ehrerbietig, diesmal sowohl vor Therese wie Luise. »Liebe Luise, ich hatte das exquisite Vergnügen, der Baronin Hartmannsthal Gesellschaft zu leisten. Und durfte feststellen, dass Begegnungen auf der Trabrennbahn höchst unterhaltsam sein können.«

»Und, geliebte Schwester«, fügte Therese mit aristokratischer Noblesse hinzu, »ich habe Herr Zabini und dich eingeladen, mich in Bad Ischl zu besuchen.«

Luise war erstaunt, mit einer Einladung hatte sie nicht gerechnet. »Das ist äußerst freundlich von dir, Therese. Herzlichen Dank für die Einladung, die wir gerne bei nächster Gelegenheit annehmen werden.«

»Ihr könnt jederzeit anreisen«, sagte Therese und fasste dann Bruno streng in den Blick. »Allerdings muss ich gewisse Personen durch den Dienstboteneingang ins Haus schleusen.«

Für eine Sekunde lag Stille zwischen ihnen, dann brachen Therese und Bruno in Gelächter aus.

Freitag, 17. April 1908

Schon bei ihrem ersten Spaziergang durch die Wiener Innenstadt hatten sie mehrere Buchhandlungen besucht. Sie könne, hatte Luise gesagt, doch nicht durch die Hauptstadt flanieren, ohne die neuesten Bücher in den Schaufenstern und auf den Ladentischen zu inspizieren. Der Besuch der Buchhandlungen sei mindestens so wichtig wie der des Stephansdoms oder der Hofburg. So hatten sie in den ersten Tagen ihres Aufenthalts einen Stapel Bücher gekauft. Gerwin hatte sich für zwei hübsch illustrierte Kinderbücher entschieden, Grete für zwei Heimatromane, Luise für einen Gedichtband und drei Romane und Bruno für ein dickes Buch über die Geschichte Wiens von der Zeit des römisches Legionslager Vindobona bis zum Bau der Ringstraße und seiner Palais.

Bruno blätterte um. Seine Aufmerksamkeit war gebannt, eben las er das Kapitel über Marcus Aurelius und die Markomannenkriege. Er saß im Café Kaiserhof, auf dem Tisch vor ihm standen eine halb leere Kaffeeschale, ein Wasserglas und ein geleerter Cognacschwenker. Aus den Augenwinkeln nahm er eine Bewegung wahr.

»Guten Tag.«

Bruno schaute hoch. Der stattliche Herr trug einen unauffälligen, aber exzellent geschneiderten Anzug, der Oberlippenbart war scharf gestutzt und natürlich hatte der Mann beim Eintritt ins Kaffeehaus seinen Hut abgenommen. Bruno streckte den Rücken. »Guten Tag.«

»Darf ich mich erkundigen, ob Sie Herr Zabini aus Triest sind?«

Bruno legte das Lesezeichen in das Buch und klappte es zu. »Der bin ich.«

Der Mann schaute sich kurz um und nahm dann eine Visitenkarte aus der Brusttasche seines Sakkos. »Gestatten Sie, dass ich mich vorstelle? Mein Name ist Conrad Speyer. Hier meine Karte.«

Bruno nahm die Visitenkarte entgegen und erhob sich sofort. Ein nur kurzer Blick auf die Karte hatte genügt. Der Mann ihm gegenüber war Inspector I. Klasse des hiesigen k.k. Polizeiagenteninstituts. Ein Wiener Kollege also. Bruno reichte ihm die Hand zum Gruß. »Es ist mir eine besondere Ehre, Sie kennenzulernen, Herr Speyer. Darf ich Sie bitten, sich zu mir zu setzen?«

»Herr Zabini, still habe ich gehofft, Sie würden mir das anbieten.«

Die beiden Männer setzten sich. Bruno schätzte Speyer auf vierzig, vielleicht knapp darüber. Das dunkelblonde Haar war nach der aktuellen Mode geschnitten, die blauen Augen schienen ruhelos zu spähen, das Kinn war kantig und ausdrucksstark, Speyer war kaum größer als Bruno und von kräftigem Wuchs. Zweifellos war er ein Polizist, der sich auch in brenzligen Situationen zu behaupten wusste. Wäre er sonst Inspector I. Klasse? Wohl kaum. Bruno wusste natürlich, dass er selbst von seinem Gegenüber auf ganz ähnliche Weise taxiert wurde.

Der Ober bemerkte den neuen Gast und trat an den Tisch. Speyer bestellte einen Braunen, Bruno einen Mokka.

Speyer schaute auf den Umschlag des Buches. »Ich bin untröstlich, Ihre Lektüre zu stören. Überhaupt ist es eine Zumutung, Sie in der Karwoche zu behelligen.«

»Keine Sorge, Herr Speyer, ich kann abends weiterlesen. Die Buchstaben verschwinden ja nicht. Und wegen der Karwoche machen Sie sich bitte keine Gedanken, am Sonntag werde ich die Ostermesse im Stephansdom besuchen. Das wird für christliches Seelenheil sorgen. Vielmehr interessiert mich, was mir die Freude Ihres Besuches verschafft. Haben Sie nach mir gesucht?«

Speyer nickte zustimmend. »Das habe ich allerdings. An der Rezeption im Hotel Sacher hat man mir geraten, in den Kaiserhof zu gehen. Wie ich sehe, war das ein sehr guter Hinweis.«

»Bereits zu Beginn meines Aufenthaltes habe ich dieses Kaffeehaus entdeckt. Zum einen liegt es nur einen Steinwurf vom Hotel Sacher entfernt, zum anderen ist es hier bedeutend ruhiger und auch heimeliger als im Foyer. Im Hotel herrscht ein ständiges Kommen und Gehen.«

»Das kann ich verstehen. Zum Lesen ist es hier bestimmt angenehmer. Rauchen Sie nicht?«, fragte Speyer mit Blick auf den leeren Aschenbecher.

»Ich rauche nur selten, wenn überhaupt, dann nur bei gesellschaftlichen Anlässen. Aber wenn Sie rauchen wollen, Herr Speyer, tun Sie sich bitte keinen Zwang an.«

Speyer winkte ab. »Ich habe meine Rituale. Nach dem Aufwachen, nach dem Frühstück und vor dem Zubettgehen eine Pfeife. Tagsüber habe ich zu tun, daher auch kein Verlangen nach Tabak und auch nicht die Zeit, mir eine Pfeife zu stopfen. Herr Zabini, schon nach wenigen Worten stelle ich fest, dass Ihr Deutsch frei jeden Akzents klingt. Das ist überraschend für einen Italiener.«

Der Ober servierte den Kaffee, die beiden hielten in ihrem Gespräch inne und warteten, bis sich der Mann wieder entfernt hatte.

»Ich bin halb Deutscher, halb Italiener. Meine Mutter stammt aus Gumpendorf, mein Vater aus Triest, so ist meine Muttersprache Deutsch, meine Vatersprache Italienisch.«

»Aus Gumpendorf!«, rief Speyer überrascht. »Da wohnt meine Schwester mit ihrer Familie. Nicht allzu weit entfernt von hier.«

»Die Welt ist ein kleines Dorf und wir sind alle eine große Familie.«

»Das haben Sie sehr schön formuliert, Herr Zabini«, sagte Speyer lächelnd. »Wenn Sie also Wiener Verwandtschaft haben, werden Sie sich ja wohl gut hier auskennen.«

»Vielleicht klingt es überraschend, aber ich bin tatsächlich zum ersten Mal in der Hauptstadt.«

»Ist das wahr? Und wie gefällt Ihnen Wien?«

»Was soll ich sagen? Wien ist eine Weltmetropole, zwei Millionen Einwohner, die Residenz des Kaisers, hier wird jeden Tag Geschichte geschrieben, Wissenschaft und Kunst neu erfunden, Wien ist das kräftig pulsierende Herz eines kontinentalen Großreichs. Die Anzahl an historischen Bauten, Palästen und Sehenswürdigkeiten ist überwältigend. Am meisten hat mich die Ringstraße mit ihren Palais begeistert. Ein einzigartiger Prachtboulevard. Wobei ich mir auch einen Nachmittag Zeit genommen habe, auf den Wienerberg zu fahren.«

Speyer zog die Augenbrauen hoch. »Haben Sie die Siedlung der Ziegelarbeiter besucht?«

»Allerdings. Wie Sie wissen, Herr Speyer, bringt es unser Beruf mit sich, mal diesen Teil der Welt zu erleben, mal einen anderen.«

»Seit Victor Adler in seinen Artikeln das Elend der Ziegelarbeiter dokumentiert hat, ist vieles verbessert worden. Vor zwanzig Jahren war das Leben der Ziegelböhmen wirklich erbärmlich. Wenn die Sozialdemokratie einen Nutzen im Lande hat, dann bestimmt den, die Lage der Arbeiter schrittweise zu verbessern.«

»Wegen der Artikel bin ich dorthin gefahren. Schon als junger Mann habe ich im fernen Triest mit Interesse die Arbeit Dr. Adlers verfolgt. Wir haben in Triest keine so große Ziegelei wie auf dem Wienerberg, aber wir haben den Hafen, Werften und Fabriken, also auch Viertel, in denen Arbeiter leben.«

Speyer verzog anerkennend den Mund. »Sie lassen sich also nicht vom strahlenden Glanz der Kaiserstadt blenden, Sie blicken auch hinter die schönen Kulissen.«

»Ich ergötze und weide mich am Glanz Wiens. Achtunddreißig Jahre alt musste ich werden, um erstmals hier sein zu können, da will ich gerne und in vollen Zügen die Schönheit, Lebendigkeit und Pracht der Metropole erleben. Aber bei aller Begeisterung weiß ich doch stets, dass hinter jeder schmucken Fassade harte Arbeit und viel Schweiß, manchmal auch Blut stecken.«

»Die Baronin Callenhoff ist mit ihrem Sohn und dem Kindermädchen unterwegs?«

Bruno schmunzelte. »Sie haben sich erkundigt, wie ich höre.«

Speyer hob um Verständnis heischend die Hände. »Herr Zabini, Sie wissen, wie die Arbeit läuft.«

Bruno nickte zustimmend. »Die Baronin ist mit ihrer Schwester aus Bad Ischl zusammen. Die edlen Damen und die Kinder sind zu einer Excursion in den Augarten aufgebrochen, sie besichtigen das dortige Palais und werden anschließend in ein Restaurant einkehren.«

»Vielleicht werde ich Sie eines Tages fragen, wie es zustande kam, dass Sie in Begleitung der Baronin Callenhoff in Wien Ihren Urlaub verbringen und im Hotel Sacher logieren, aber unser heutiges Zusammentreffen hat einen anderen Grund, der Sie wohl interessieren möchte.«

»In der Tat, ein bisschen wissbegierig bin ich.«

Speyers Miene wurde ernst. »Heute Vormittag hatte ich die Ehre, mit Oberinspector Gellner zu telephonieren. Er hat mir gesagt, dass Sie sich dieser Tage in Wien aufhalten, daher habe ich die Gelegenheit ergriffen, mich mit Ihnen zu treffen. Ich soll übrigens die besten Grüße Ihres Vorgesetzten ausrichten.«

»Vielen Dank.«

Speyer schaute sich im Kaffeehaus um, niemand schien dem Gespräch der beiden Herren zu lauschen. »Ich arbeite an einem Fall, der manche Bezüge in die Küstenlande und in die Hafenstadt Triest aufweist. Ich glaube, dass ich mich in Wien rechtschaffen auskenne, aber mit den Verhältnissen im Litoral bin ich nur mäßig vertraut. Ich hege die leise Hoffnung, dass Sie mir, sozusagen aus erster Hand, einiges über Triest berichten können. Allerdings ist diese Hoffnung eine Zumutung, immerhin sind Sie Gast in Wien und wollen Ihre Zeit unbeschwert verbringen. Ich könnte mir vorstellen, dass Sie froh sind, für eine Weile nicht von der Alltagsarbeit behelligt zu werden.«

»Wir haben alle unsere Instinkte, Herr Speyer, und jetzt haben Sie mich neugierig gemacht. Da der Aufenthalt in Wien schon einige Tage währt und ich mir ein recht umfassendes Bild der Hauptstadt machen konnte, kann ich mich ohne Weiteres ein paar Stunden Ihnen und Ihren Fragen widmen. Ich stehe Ihnen voll und ganz zur Verfügung.«

Speyer griff zur Schale und leerte den Rest mit einem Schluck. »Das ist sehr freundlich von Ihnen, ich möchte mich für Ihre Bereitschaft herzlich bedanken. Vielleicht möchten Sie einen kleinen Spaziergang unternehmen. Der Tag ist sonnig und lädt zum Flanieren auf der Ringstraße ein.«

»Das ist ein ganz ausgezeichneter Vorschlag.«

Speyer winkte dem Kellner. »Herr Ober, bitte zahlen! Herr Zabini, ich bitte um die Ehre, die Rechnung begleichen zu dürfen.«

Die beiden Herren überquerten den Albertinaplatz und schlugen den Weg zur Ringstraße ein. Eine Elektrische der Linie 61 rollte die Operngasse entlang in Richtung Endhaltestelle Neuer Markt. Bruno genoss das geschäftige Treiben auf den Straßen Wiens. Triest verfügte ebenfalls über ein gut ausgebautes Straßenbahnnetz, aber mit der schieren Anzahl von Linien und Garnituren konnte seine Heimatstadt nicht annähernd mit der Hauptstadt konkurrieren. Er mochte auch die Sprachenvielfalt Wiens, die sich von jener Triests erheblich unterschied. Man vernahm hier selten Italienisch und Slowenisch, dafür verschiedene Varianten von Deutsch. So etwa die Umgangssprache der Wiener Vorstadt oder das anders klingende Schönbrunner Deutsch der Oberschicht. Man hörte Tschechisch, Ungarisch, Polnisch, Ruthenisch, Jiddisch und noch so manch weitere Sprachen.

Als sie die Ringstraße erreichten, nahm Speyer unwillkürlich den Weg in Richtung Rathaus. Auf diese Weise näherten sie sich dem Schottenring, also auch jenem Gebäude, in welchem sich die k.k. Polizeidirektion befand. Speyer brauchte bei Fußmärschen durch die Stadt nicht nachzudenken, welche Richtung er einzuschlagen hatte. Scherzhaft sagte er immer wieder, er verfüge über ein ähnliches Orientierungsvermögen wie Zugvögel und

Brieftauben. So wusste er bei Regen, Nebel oder Dunkelheit und egal, wo er sich befand, stets, in welcher Richtung die Kanzlei lag. Er schaute sich um, aber niemand beobachtete die beiden schweigend nebeneinander gehenden Männer.

»Kennen Sie das Palais Schönburg, Herr Zabini?«

»Nein, kenne ich nicht.«

»Das ist nicht weiter verwunderlich, wenn Sie zum ersten Mal in Wien sind. Es ist ein recht kleines Palais und liegt auf der Wieden, genauer auf dem Schaumburgergrund. Das Grätzel war einmal eine Vorstadt knapp außerhalb der Stadtmauern und ist schon vor über fünfzig Jahren als Teil des Bezirkes Wieden eingemeindet worden. Wie in allen Bezirken innerhalb des Gürtels ist der Vorstadtcharakter längst dichter Bebauung gewichen. Das Palais hat sich mit einem kleinen Park erhalten, während rundherum ein Wohnhaus nach dem anderen gemauert wurde. Die Schönburg Straße verbindet die Wiedner Hauptstraße mit dem Gürtel. Und in dieser Straße liegt das Haus Nummer 11. Darum geht es im Weiteren.«

Bruno zog amüsiert die Augenbrauen hoch. »Die Nummer 11 also. Entspricht das nicht auch der Hausnummer der k.k. Polizeidirektion? Wenn ich mich recht erinnere, liegt Ihre Kanzlei am Schottenring 11?«

Brunos kleines Wortspiel bewirkte bestenfalls ein zaghaftes Lächeln auf den Lippen des Wiener Inspectors. »Das ist reiner Zufall. Folgen Sie mir doch bitte weiter in das genannte Haus.«

Bruno nickte zustimmend. »Gut, ich folge Ihnen.«

»In der Beletage dieses Gebäudes hat bis vor Kurzem eine sehr wohlhabende ältere Dame gelebt. Mit Ihrem kollegialen Einverständnis nenne ich Namen und Details, die ich ansonsten nicht mit Privatpersonen teile. Sind Sie einverstanden, Herr Zabini?«

»Ja, selbstverständlich, ich betrachte Ihre Ausführungen als Amtsgeheimnis.«

»Vielen Dank. Die Dame hieß Henriette Hohenau und war fünfundsiebzig Jahre alt. Die Dienstboten der Dame berichten, dass Frau Hohenau sich trotz ihres Alters guter Gesundheit erfreute und am Sonntag bei jedem Wetter ausgedehnte Spaziergänge im Wienerwald oder im Prater unternahm. Frau Hohenau war in jungen Jahren eine exzellente Reiterin, besaß zum Zeitpunkt ihres Todes noch zwei Pferde, ritt aber längst nicht mehr selbst. Die Pferde sind in einer Stallung in St. Marx untergebracht und werden von der Familie Hohenau für Kutschfahrten eingesetzt. Ich habe auch mit dem Hausarzt gesprochen, der Frau Hohenau für das Alter beste geistige und körperliche Gesundheit attestierte und sich sicher ist, dass sie noch viele Jahre unter den Lebenden geweilt hätte.«

»Sie wurde also ermordet.«

»Erdrosselt. Zuerst wurde sie von hinten mit einem stumpfen Gegenstand niedergeschlagen und dann mit einem Eisendraht erwürgt. Die Wundmale waren eindeutig.«

»Traurig.«

»Frau Hohenau war die Witwe des Industriellen Stephan Hohenau, geboren 1820 und nach kurzer, schwerer Krankheit 1888 verstorben. Dieser Mann hat in jungen Jahren ein Schmiedeverfahren entwickelt, das in kurzer Zeit neue Maßstäbe in der industriellen Produktion von Schmiedeteilen schuf. Stephan Hohenau war nicht nur ein einfallsreicher Schmied, er war vor allem ein guter Geschäftsmann. So gelang es ihm, am Stadtrand von Wien eine Fabrik aufzubauen, in der leistungsfähige Schmiedemaschinen erzeugt wurden. Diese mit Dampf angetriebenen Hämmer sind in der gesamten Monarchie gefragt, ohne sie wäre etwa der Bau von hoch belastbaren Bauteilen sehr viel aufwendiger und würde niemals die nötige Qualität erreichen. Hochwertige Werkzeuge, Achszapfen, Antriebswellen oder Schubstangen zum Beispiel, Gegenstände also, ohne die unsere Industrie gar nicht auskommen könnte.«

»Ich habe Hohenau-Dampfhammer schon im Einsatz gesehen.«

»Tatsächlich?«

»Ja, in der Schmiede des Lloydarsenals stehen zwei derartige Maschinen. Es ist sehr eindrucksvoll zu beobachten, wie Schmied und Hammerführer in wenigen Minuten große Werkstücke ausschmieden. Von Hand könnte man das gar nicht bewältigen.«

»Dann sind Sie ja vom Fach, Herr Zabini«, sagte Speyer beeindruckt.

»Vom Fach wäre übertrieben, aber ich befasse mich hin und wieder mit technischen Entwicklungen.«

»Sehr gut. Herr Hohenau hat in späteren Jahren, als seine Fabrik über prall gefüllte Auftragsbücher verfügte, durch kluge und umsichtige Investitionen sein Vermögen weiter vermehrt. Verwandte und Dienstboten berichten, dass Stephan Hohenau trotz des großen Vermögens ein bescheidener Mann geblieben ist und sich selbst sowie seiner Frau ein vielleicht nicht spartanisches, aber doch sparsames Leben verordnet hat. Manche sagen, er wäre geizig gewesen. Da stimmen die Erzählungen nicht überein. Ich kann das nicht beurteilen, immerhin ist der Mann seit zwanzig Jahren tot. Klar ist in jedem Fall, dass Henriette Hohenau zwar nicht geizig, aber außerordentlich sparsam gelebt hat. Da die Ehe kinderlos geblieben ist, hat Stephan Hohenau offenbar befürchtet, dass sich sein Vermögen nach seinem Tod in alle Windrichtungen zerstreuen könnte und am Ende seine geliebte Ehefrau ohne Absicherung allein zurückbleiben würde. Also hat er seiner Frau vor seinem Tod große Teile des Vermögens überantwortet und auch ein Testament zu ihren Gunsten hinterlassen. Er hat nichts dem Zufall oder dem Einfallsreichtum gewiefter Advokaten überlassen. Ganz im Sinne ihres Gemahls verwaltete Frau Hohenau das Erbe äußerst sorgsam. Es ist bekannt, dass Henriette Hohenau für karitative Zwecke beträchtliche Summen gespendet hat. Sie hat auch in die Ausbildung von Verwandten investiert, wenn diese sich ihrer strengen Prüfung unterzogen und sie eine Förderung als angemessen beurteilte. Aber das waren allesamt genau überlegte und streng kalkulierte Ausgaben, wie Angehörige, Dienstboten und der Advokat der Dame berichten.«

»Sie hatte also Angehörige. Etwa Geschwister?«

»Allerdings. Sowohl Stephan als auch Henriette Hohenau hatten jeweils zwei Geschwister und diese wiederum haben Kinder und Kindeskinder.«

»Und sind diese Familien auch wohlhabend?«

»Stephan und Henriette stammten aus einfachen Verhältnissen, sie haben sich mit Fleiß und Sparsamkeit in der Gesellschaft hochgearbeitet, damit auch den Status ihrer jeweiligen Familien vermehrt. Die Familien sind dem Bürgertum zuzuordnen, aber niemand erreichte den Reichtum des kinderlosen Ehepaares.«

»Ich verstehe. Frau Hohenau war also eine alte, quicklebendige Erbtante.«

»So ist es.«

»Die auch Förderungen oder Apanagen erteilte, wenn man als Bittsteller vor sie getreten und sich als würdig erwiesen hat.«

»Ebenso hat die Dame es gehalten.«

»Ich ahne beträchtliches familiäres Konfliktpotenzial.«

»Das es tatsächlich gibt. Ich habe zwei Familienlinien vorgefunden, die gegenseitig, aber auch unter sich heillos zerstritten sind.«

»Was sind die Möglichkeit für die Gewalttat?«

»Schauen Sie sich um, Herr Zabini. Das ist Wien. Hier ist jede Möglichkeit in Betracht zu ziehen. Derzeit ist in Wien eine Bande am Werk, die in Villen oder Beletagen am Stadtrand einbricht und viel Schaden verursacht. Die Ermittlung sind schon weit fortgeschritten, wir haben drei Männer aus Siebenbürgen im Auge. Beim nächsten Einbruch werden sie uns in die Falle gehen. Die Lage der Wohnung von Frau Hohenau passt nicht ganz zur Methode der Bande, aber zuzutrauen ist den Männern der Raubmord jederzeit.«

»Was wurde gestohlen?«

»Eigentlich gar nicht so viel. Schmuck und Bargeld. Aber wie zuvor gesagt, die Dame war sparsam und hatte nur das Nötigste im Haus. Wertpapiere und Goldmünzen liegen in Schließfächern und Geld auf Bankkonten. Da haben Räuberbanden in Wien schon wesentlich höhere Geldsummen und kostbare Wertgegenstände erbeutet. Die entwendeten Schmuckstücke waren wertvoll, aber es waren nur einige wenige.«

»Ist irgendetwas davon schon am Schwarzmarkt aufgetaucht?«

»Nichts.«

»Herr Speyer, was sind nun die Bezüge zum Litoral, deretwegen Sie mich kontaktiert haben?«

Speyer schaute sich um. »Da kommt die Elektrische, Herr Zabini. Was halten Sie davon, in meinem Bureau eine Schale Kaffee zu trinken?«

»Herzlich gern, Herr Speyer.«

Ein Trupp von Gärtnern arbeitete auf den Wiesen. Es erfolgten die Pflanzungen in den Blumenbeeten. Der in französischem Stil angelegte Augarten bot neben seinen Alleen und kleinen Wäldern auch weitläufige Rasenflächen, auf denen Jahr für Jahr farbig blühende Blumenbeete das Gemüt der zahlreichen Besucher erfreuten. Nachdem im März der Winter Wien noch mit Kälte und Schnee im Griff gehalten hatte, war nun der anbrechende Frühling nicht mehr aufzuhalten. Rechtzeitig zum Osterfest stellten sich Sonnenschein und milde Temperaturen ein.

Luise hatte sich bei ihrer Schwester eingehängt, so flanierten sie gemächlich auf den Schotterwegen. Beide hatten ihre umherlaufenden Kinder im Auge. Gerwin hatte schnell sein Herz an die Zwillinge Maria und Franziska verloren, den ganzen Tag über hielt er sich an die beiden Fräuleins, die viel Spaß zu dritt hatten. Und es war für Luise und Therese nicht zu übersehen, dass Erhard die Nähe Gretes suchte. Die beiden unternahmen einen Spaziergang.

Zuerst hatten sie das prächtige Palais Augarten besucht. Das im späten siebzehnten Jahrhundert vom berühmten Baumeister Johann Bernhard Fischer von Erlach erbaute Palais befand sich im Besitz der kaiserlichen Familie und wurde regelmäßig als Stätte für Feste und Bälle verwendet. Danach hatten sie in einem Restaurant bei Tisch gesessen, jetzt verbrachten sie den Nachmittag im großen Barockpark. Das Wetter lud dazu ein.

»Ich hoffe, dein Kindermädchen weiß sich zu benehmen«, sagte Therese. »Erhard ist noch ein bisschen zu jung für unehelichen Nachwuchs. Er steht knapp vor der Matura, da will ich von Frauengeschichten nichts hören.«

»Ich zweifele nicht im Geringsten, dass du deinem Sohn Anstand und Moral beigebracht hast. Er ist nicht nur ein fescher Bursche, sondern seine erstklassigen Umgangsformen sind mir sehr wohl aufgefallen.«

»Na ja, bemüht habe ich mich zumindest, die Kinder so etwas wie gutes Benehmen zu lehren, aber wenn die jungen Männer erst einmal im Saft stehen, sind sie kaum zu bändigen. Und wenn sich so ein Fräulein auch noch verliebt, dann ist eine Schwangerschaft praktisch unausweichlich.«

»Nein, Therese, es gibt Möglichkeiten, ungewollte Schwangerschaften zu verhindern.«

»Du meinst gewiss das stille Gebet und die gottgefällige Beichte. Oder im rechten Moment den Galan auch wieder loszuwerden? Das erfordert aber ein gewisses Maß an Übung.«

Luise schmunzelte. »Ich dachte an etwas sehr viel Praktischeres und auch für die Dame Lustvolleres als katholische Selbstzüchtigung oder Coitus interruptus.«

Therese bekreuzigte sich. »Sprichst du etwa von Parisern? Luise, das ist Teufelswerk. Die Kirche verdammt solche Praktiken.«

»Wie sorgen dein Gemahl und du vor?«

»Red nicht so schamlos von meinem Gemahl, Schwesterherz.«

»Ich bitte um Entschuldigung.«

Sie gingen schweigend ein paar Schritte.

»Mein Gemahl beehrt mich seit Längerem nicht.«

»Das tut mir leid.«

»Mir nicht so sehr. Ich hab gern meine Ruhe.«

»Hat Richard eine Mätresse?«

»Was glaubst du, warum er in den letzten zwei Jahren fast die Hälfte seiner Zeit in Budapest logiert? Allein wegen der Pferderennen ist er nicht dort. Man hat mir zugeflüstert, dass er mehrfach in Gesellschaft einer Revuetänzerin gesehen wurde.«

»Bist du verärgert?«

»Natürlich. Ein bisschen zumindest. Richard ist kein schlechter Mensch, er hat seine Meriten, eine andere Meinung als die seine lässt er nicht gelten, aber er hat Stil, Anstand und Charakter. In der ersten Zeit der Ehe war ich sehr verliebt in ihn. Als die Kinder klein waren, hat er sich gewissenhaft um sie und mich gekümmert. Wir sind vor Gott verbunden, ich habe den Stammhalter der Familie Hartmannsthal geboren, zwei hübsche Töchter zum Verheiraten habe ich auch. In Bad Ischl habe viele Freundinnen. Mir ist niemals langweilig. Was brauche ich mehr?«

»Dein Sinn für Pragmatismus ist bewundernswert.«

Therese warf Luise einen Blick zu. »Allerdings, wenn ich mir deinen Italiener so anschaue. Meiner Seel, Luise, bei so einem Mann würde ich vielleicht die alltägliche Bequemlichkeit hintanstellen.«

»Bruno ist kein Italiener. Er ist Triestiner.«

»Man sieht es euch beiden an, dass ihr glücklich seid.«

»Oh, das sind wir.«

Thereses Miene wurde ernst, ihr Blick schweifte in die Ferne. Still gingen sie ein Stück. »Wenn ich all das gewusst hätte, Luise, wenn ich nur geahnt hätte, was dein Gemahl dir angetan hat, ich schwöre es dir, ich hätte ihm die Leviten gelesen. Warum hast du mir nicht geschrieben? Du hättest doch zu mir kommen können.«

Therese hatte Luise um Auskunft über die Jahre ihrer Ehe mit Helmbrecht von Callenhoff gebeten. Erst hatte Luise gar nicht mehr daran denken, also auch nichts erzählen wollen, dann aber hatte sie sich geöffnet und ihrer Schwester Einblick in manche Ereignisse gegeben. Es hatte sich für Luise gut angefühlt, ein mitfühlendes Ohr gefunden zu haben. Thereses Stimmung hatte allerdings unter der Erzählung gelitten.

»Ach, Therese, lassen wir die Vergangenheit ruhen. Mein Ehemann hat mir eine schöne Villa hinterlassen, seine Geschäfte waren und sind einträglich, ich bin nicht mittellos, ich habe nach Jahren der Trennung endlich Gerwin bei mir, Grete habe ich ins Herz geschlossen. Und Bruno steht an meiner Seite. Nach der dunklen Zeit sehe ich Jahre des Lichts vor mir.«

»Das erleichtert mich.«

»Du musst mich unbedingt in Sistiana besuchen, Therese. Seit ich die Innenausstattung nach Helmbrechts Tod verändert habe, ist das Leben dort viel heller und luftiger. Die Villa liegt inmitten eines Pinienhains, im Sommer duften die Bäume und spenden Schatten. Die Bucht erreicht man mit einem Fußmarsch, das Meer ist herrlich. Mit Gerwin und Grete ist Leben in das Haus eingekehrt.«

»Das klingt mehr als verlockend. Eine Reise an die Adria würde mich reizen. Die Mädchen liegen mir ohnedies immer in den Ohren, endlich wieder ans Meer zu fahren.«

»Ihr seid jederzeit herzlich willkommen.«

Bruno rührte etwas Zucker in seinen Kaffee. Wie meist hatte er auf Milch oder Obers verzichtet. Der junge Polizeiagent hatte das Tablett mit den Kaffeetassen gebracht und setzte sich eben auf den zweiten Stuhl vor Speyers Schreibtisch. Bruno beobachtete die Bewegungen des jüngeren Kollegen. Speyer hatte Bruno gleich beim Betreten der Kanzlei mit dem Polizeiagenten Heinz Weber bekannt gemacht. Natürlich war zu erwarten gewesen, dass die Größe der Kanzlei des Wiener k.k. Polizeiagenteninstituts über jener in Triest liegen würde, jetzt aber, wo er die Räumlichkeiten sah, war er dann doch von der Mannschaftsstärke beeindruckt. Triest hatte rund zweihunderttausend Einwohner, Wien mehr als zwei Millionen. Daher war es naheliegend, dass auch die Wiener Polizeibehörde im Vergleich zu Triest etwa zehnmal so viel Personal aufbot.

Weber griff die letzte auf dem Tablett verbliebene Tasse und nahm einen Schluck.

»Herr Weber, darf ich fragen, wie alt Sie sind?«, fragte Bruno.

»Ich bin neunundzwanzig.«

»Und Sie sind als Adjutant Inspector Speyer zugeordnet?«

»Jawohl, Herr Inspector.«

»Das heißt, Sie sind vollständig in den vorliegenden Fall eingeweiht?«

»Vollständig.«

»Haben Sie auch einen Adjutanten, Inspector Zabini?«, fragte Speyer.

»Ja. Der Polizeiagent Luigi Bosovich ist mir zugeteilt. Wie ich gehört habe, beherrschen Sie die Arbeit an der Schreibmaschine, dem Morsegerät, dem Photoapparat und in der Dunkelkammer.«

»Ja, ich komme damit ordentlich zurecht.«

»Mein Adjutant hat in den letzten Monaten im Umgang mit den neuesten Apparaten ganz beträchtliche Fortschritte gemacht und nimmt mir viel Arbeit ab. Ich bin froh, ihn zu haben«, erläuterte Bruno.

»Schön, wenn die Zusammenarbeit klappt«, sagte Speyer, öffnete einen Aktenumschlag und reichte ein Blatt Papier über den Tisch. »Herr Inspector, werfen Sie bitte einen Blick darauf.«

Bruno beugte sich vor und nahm den Zettel an sich. »Auf den ersten Blick schaut es wie ein Stammbaum aus.«

»Genau. Wenn ich Familienverhältnisse in einem Fall überblicken muss, zeichne ich gern solche Stammbäume. Sie sehen, die Skizze ist sehr schematisch und schlicht, es geht mir nicht um ein schönes Bild, sondern um Übersicht. Ich habe zuvor schon erwähnt, dass im Fall Hohenau zwei Familienlinien vorliegen, einerseits die Verwandtschaft von Stephan Hohenau, die in Wien und in der näheren Umgebung lebt, andererseits die Verwandtschaft von Henriette Hohenau, geborene Kestranek, die zum überwiegenden Teil in den Küstenlanden wohnt.«

Bruno spitzte die Ohren. »Sagten Sie Kestranek?«

»Ja. Ist Ihnen der Name aus Triest geläufig?«

»Ich habe neulich einen Mann dieses Namens kennengelernt, allerdings nicht in Triest, sondern hier in Wien.«

»Ach so, ja, der Name Kestranek ist auch hier durchaus anzutreffen.«

»Nein, nein, Herr Speyer, der Mann, den ich bei einem Kongress in Wien kennengelernt habe, lebt in Triest. Er arbeitet in der Kanzlei der Südbahn-Gesellschaft. Moment, vielleicht fällt mir der Vorname ein. Wie war der? Hm. Es war nur eine kurze Begrüßung mit einem gemeinsamen Bekannten.«

Speyer kniff die Augen zusammen. »Er arbeitet bei der Südbahn-Gesellschaft?«

»Ja.«

»Ist der Name Eduard Kestranek?«

»Das ist es! Eduard Kestranek, Anfang dreißig, brünettes Haar, rund einen Meter fünfundsiebzig groß.«

Speyer warf Weber einen Blick zu. »Dann reden wir von ein und demselben Mann, Herr Zabini. Genau um diese Familie geht es im Folgenden.«

»Ich sehe den Namen Eduard auf dem skizzierten Stammbaum.«

»Gehen wir von oben nach unten. Henriette Hohenau, geborene Kestranek, ist wie ihre Geschwister in Wiener Neustadt aufgewachsen. Ihr älterer Bruder Friedhelm war beim Militär und wurde 1860 nach Pola berufen. Sein Beruf war Baumeister und er spielte eine wichtige Rolle beim Ausbau der Hafenanlagen der Kriegsmarine. So haben er und seine Frau Anna sich in Istrien angesiedelt. Dem Ehepaar entsprangen drei Kinder, zwei Söhne und eine Tochter, die in Pola aufwuchsen. Der älteste Sohn namens Karl heiratete eine Frau namens Liselotte und lebt in seiner Heimatstadt Pola. Auch Karl ist bei der Marine, aber ebenso wie sein Vater war er kein Seemann, sondern ist in der Verwaltung. Er arbeitet im Hafenamt in leitender Position. Dem Ehepaar Karl und Liselotte Kestranek entsprangen drei Söhne. 1875 wurde der schon genannte Eduard geboren, 1878 der Zweitgeborene Meinrad und 1879 der jüngste Bruder namens Joseph. Die drei Männer sind also Großneffen der getöteten Henriette Hohenau.«

Bruno hatte der Schilderung genau zugehört und dabei den Stammbaum betrachtet. »Frau Hohenau hatte aber auch noch eine jüngere Schwester. Gerhilde, wie ich lese.

Sie war mit Kasper Hellmann verheiratet. Anhand der Verzweigungen der Familie Hellmann und einiger mir bekannter Namen vermute ich, dass damit die Unternehmerfamilie Hellmann aus Triest gemeint ist. Ist das korrekt?«

»Korrekt. Henriette Hohenaus Schwester hat nach Triest geheiratet. Wie das kam, weiß ich nicht, möglich ist ja, dass Gerhilde Kestranek ihren älteren Bruder in den Küstenlanden besucht hat und dort Kasper Hellmann kennengelernt hat. In jedem Fall lebt die Witwe Hellmann hochbetagt nach wie vor in Triest. Kennen Sie die Familie Hellmann?«

»Natürlich«, antwortete Bruno. »Kaspar Hellmann ging zur Lehre bei Pasquale Revoltella, dem bedeutendsten Triester Bankier und Unternehmer des letzten Jahrhunderts. Herr Hellmann hat sich irgendwann selbstständig gemacht und ein bis heute florierendes Handelsunternehmen aufgebaut. Die Familie Hellmann ist eine der vornehmsten deutsch-jüdischen Familien der Stadt, Kaspar Hellmann hat ein Ehrengrab auf dem israelitischen Friedhof.«

»Wie es scheint, hat Henriette Hohenau mit ihrer jüngeren Schwester und deren Triester Familie keinen Kontakt gehalten, während Mitglieder der Familie Kestranek regelmäßig in Wien zu Besuch waren. Auch von mehreren Aufenthalten Frau Hohenaus in Pola, Abbazia und Görz wird berichtet. Anlässlich ihres fünfundsiebzigsten Geburtstages Ende März waren die Verwandten der Familie Kestranek in Wien. Frau Hohenau hat ein Festbankett mit über vierzig geladenen Gästen ausgerichtet. Ich habe hier die Gästeliste.«

Bruno nahm das Papier mit der Auflistung von vierzig Namen entgegen. Neben vielen, aber nicht allen Namen waren der Wohnort und das Geburtsjahr angeführt. »Ich sehe nirgendwo den Namen Hellmann. Vor allem Hohenau und Kestranek.«

»Wie ich gehört habe, sollen Henriette Hohenau und Friedhelm Kestranek ihrer jüngeren Schwester Gerhilde nicht verziehen haben, dass sie einen Juden geheiratet und ihre Kinder im jüdischen Glauben erzogen hat. Möglich, dass deswegen das Verhältnis der Geschwister zerrüttet war. Von den Hellmanns ist niemand nach Wien gekommen, von den Kestraneks alle. Und die Hohenaus leben ja hier an der Donau, so war klar, dass sie zum Festbankett eingeladen waren.«

»Ich sehe, dass Stephan Hohenau zwei Brüder hatte und diese durchwegs Söhne.«

»Exakt. Durch die Heirat der Männer hat sich der Name Hohenau verbreitet. Stephan Hohenau hatte drei Neffen und insgesamt fünf Großneffen sowie eine Großnichte.«

Bruno legte die Namensliste auf dem Schreibtisch ab und suchte Blickkontakt mit Speyer. »Wenn ich Ihre Nachforschungen richtig verstehe, vermuten Sie ein Verbrechen im Familienkreis. Ist das korrekt?«

Speyer zuckte mit den Schultern. »Ich kann es nicht ausschließen, daher muss ich mir ein Bild der Lage verschaffen. Natürlich haben wir in der letzten Woche auch andere Möglichkeiten erwogen und Nachforschungen angestellt, aber da konnten wir keine Ansätze finden. Wir haben auch im Familienkreis keinen Verdächtigen festmachen können. In Wahrheit drehen sich unsere Ermittlungen im Kreis.«

»Wie ist das Erbe von Henriette Hohenau geregelt?«

»Das ist eine interessante Frage, Herr Inspector. Da Frau Hohenau ja keine eigenen Kinder hatte, aber ein ganz beträchtliches Vermögen besaß, war natürlich eine Einsicht in das Testament nötig. Ich habe hier eine Abschrift im Akt.

Frau Hohenau hat schon vor Langem ein renommiertes Notariat mit der Testamentsvollstreckung beauftragt. Wie mir mitgeteilt wurde, sind die Vermögenswerte von Frau Hohenau sehr akkurat ermittelt, das heißt, der baldigen Testamentseröffnung steht nichts im Wege. Das Vermögen wird durch eine peinlich genaue Auflistung der Beträge und Wertgegenstände vererbt. Schon Stephan Hohenau hat zu Lebzeiten darauf geachtet, was nach seinem Tod mit seinem Vermögen geschieht, dass es nämlich überwiegend seiner Frau zufällt. Henriette Hohenau folgte dem Beispiel ihres Mannes und hat, wie der Notar berichtet hat, viel Mühe darauf verwendet, den Fluss des Vermögens an die Nachkommen ihrer Familie zu regeln. Jetzt kommt es, Herr Zabini, passen Sie auf: In der Familie Hohenau gibt es drei Neffen, in der Familie Kestranek zwei Neffen und eine Nichte. Diese sechs Personen erhalten vergleichsweise bescheidene Erbbeträge und ein paar schöne Möbelstücke. Die Hauptmasse des Erbes ist für die Generation der Großneffen und Großnichten bestimmt. In der Familie Hohenau sind das, wie zuvor schon erwähnt, fünf Großneffen und eine Großnichte. In der Familie Kestranek vier Großneffen und drei Großnichten. Sie sehen die Namen auf dem Stammbaum. Und jetzt der Zündstoff.«

»Lassen Sie mich raten, Herr Speyer. Die Verteilung der Erbmasse ist in den Familienlinien unterschiedlich.«

»Volltreffer, Herr Zabini. Rund drei Viertel der Erbmasse fällt auf die sieben Erben der Familie Kestranek, und ein Viertel geht an die sechs Vertreter der Familie Hohenau.«

»Das sorgt bestimmt für böses Blut.«

»Die längste Zeit kannten die Familienmitglieder den Inhalt des Testaments nicht. Zumindest haben das alle behauptet. Henriette Hohenau hat darüber nicht gesprochen. Es wäre aber durchaus möglich, dass Ernestine Wenzel, geborene Kestranek, etwas in Erfahrung gebracht hat. Henriette Hohenau war wiederholt in Görz zu Besuch bei Ernestine Wenzel, und die Nichte hat ihre Tante auch regelmäßig in Wien besucht. Ernestines Brüder haben diesbezüglich Andeutungen gemacht, die Dame selbst behauptet, wie alle anderen, bis zu jenem Festbankett nichts gewusst zu haben.«

Bruno spitzte die Ohren. »Bis zum Festbankett? Sagen Sie bloß, Henriette Hohenau hat das Essen genutzt, um der versammelten Familie ihr Testament bekannt zu machen?«

Speyer nickte mit verdrießlicher Miene. »Als die Teller abserviert waren, die Herren Zigarre und Cognac sowie die Damen Likör goutierten, hat Henriette Hohenau eine Abschrift des Testaments aufgelegt. Mir wurde von unschönen Szenen berichtet, Streit, Zwist und Hader brachen aus. Manche haben das Bankett wutentbrannt verlassen. Frau Hohenau soll von den Ereignissen überrascht worden sein, sie hat offenbar nicht bedacht, dass so viel Unfrieden entstehen könnte. Man berichtet, dass sie sehr erschüttert, aber auch verärgert von ihrer Nichte Ernestine und deren Ehemann Tassilo nach Hause gebracht wurde.«

»Wann fand dieses Festbankett statt?«

»Am Samstag, den 28. März, genau am fünfundsiebzigsten Geburtstag von Frau Hohenau. Eine Woche später war sie tot.«

Bruno kratzte sich am Kinn. »Was ist der Grund für die ungleiche Verteilung?«

»Nachdem ich mit allen Personen, die auf dem Stammbaum eingezeichnet sind, in der letzten Woche gesprochen habe, kann ich keinen triftigen Grund nennen. Es gibt verschiedene Vermutungen. Manche sagen, weil Walther Hohenau seine Tante vor fünfzehn Jahren beleidigt hat, sind die Hohenaus im Testament benachteiligt worden. Andere sagen, dass Karl und Otto Kestranek, vor allem aber Ernestine Wenzel sich bei ihrer Tante über Jahre, derb gesprochen, eingeschleimt haben. Wieder andere sagen, dass Henriette Hohenau und ihr Bruder Friedhelm Kestranek zeit ihres Lebens eine enge Beziehung hatten und dass deswegen die sieben Enkel Friedhelms die Hauptnutznießer des Erbes sind. Mir erscheint der letzte Grund am plausibelsten.«

Bruno griff erneut zum Stammbaum, auf dem auch die Geburtsjahre eingetragen waren. »Manche der Erben sind noch recht jung. Hier etwa, Ludwig Hohenau ist zehn Jahre alt, sein Bruder Hermann erst acht. Die Ältesten dieser Generation sind die drei Brüder Kestranek aus Pola. Eduard Kestranek ist dreiunddreißig, sein Bruder Meinrad dreißig und Joseph neunundzwanzig.«

Speyer fixierte Bruno mit stechendem Blick. »Wollen Sie mein Bauchgefühl hören, Herr Zabini?«

»Unbedingt.«

»Einer aus der Familie hat Dreck am Stecken und hat entweder den Mord an der Tante selbst verübt oder jemanden gedungen.«

»Welche Anhaltspunkte für den Verdacht haben Sie?«

»Leider keine stichhaltigen.«

»Wie sieht es mit Alibis aus?«

»Haben wir allesamt überprüft. Einige Mitglieder der Familie Kestranek waren nachweislich am Sonntag, den 5. April nicht in der Stadt, sondern sind nach dem Festbankett wieder in die Küstenlande zurückgekehrt. Andere waren in Wien, haben aber allesamt Alibis. Und die in Wien lebenden Mitglieder der Familie Hohenau haben auch Alibis.«

»Sind diese wasserdicht?«

Speyer zuckte mit den Schultern. »Was ist schon wasserdicht? Sie sind glaubhaft und, solange ich sie nicht als Lüge enttarnt habe, auch vor Gericht haltbar.«

»Gut, ich habe ein ungefähres Bild des Falls. Wobei, Herr Speyer, kann ich Ihnen nun helfen?«

»Kennen Sie Pola?«

»Ja. Ich bin privat wie dienstlich mehrfach in Pola gewesen.«

Speyer lehnte sich zurück und verschränkte die Arme. »Die Menschen hier in Wien, die nicht Verwandte oder sonstige Beziehungen in die Küstenlande haben, wissen oft gar nicht, dass unser Vaterland eine Handels- und Kriegsflotte hat. Ja, die Herrschaften der Oberschicht reisen im Winter zum Kuraufenthalt nach Abbazia, besuchen Triest und Fiume, fahren mit dem Dampfer nach Venedig, aber die breite Bevölkerung von Wien kennt die Küstenlande bestenfalls aus der Zeitung. Das soll bitte keine Herabsetzung Ihrer Heimat sein, Herr Zabini, die Wiener wissen nicht nur über die Küstenlande recht wenig, auch über die Bukowina, Siebenbürgen oder Dalmatien hört man kaum etwas. Die Wiener sind es gewohnt, dass man aus allen Richtungen der Monarchie auf sie schaut. Was passiert gerade in der Hauptstadt? Was sagt der Kaiser? Was machen die Minister?«

»Dafür habe ich vollstes Verständnis. Wenn ich in Triest ein Kaffeehaus besuche, greife ich auch gern zu den Zeitungen aus Wien. Die sind dann in der Regel schon mindestens einen Tag alt. Solange die Eisenbahn nicht sehr viel schneller unterwegs ist, wird sich das auch in Zukunft nicht ändern.«

Die drei Männer schmunzelten über den kleinen Scherz.

»Herr Zabini, erzählen Sie uns doch einfach, wie es in Pola zugeht.«

Bruno nickte zustimmend und holte Luft.

Das Zimmermädchen stellte das Tablett auf dem Tisch ab, trat einen Schritt zurück und machte einen Knicks.

»Das ist für Sie«, sagte Luise und steckte dem Fräulein eine Münze zu.

»Herzlichen Dank, Euer Gnaden.«

Das Zimmermädchen verließ die Suite, Luise wandte sich an Grete und Gerwin. »Greift zu, meine Lieben.«

Grete erhob sich und füllte die drei Tassen mit dampfendem Tee. Luise hatte beim Eintreffen im Hotel Sacher eine Kanne Ceylon und Teegebäck bestellt. Gerwin schnappte sich einen Butterkeks.

»Hat euch der Ausflug in den Augarten gefallen?«

Gerwin nickte kauend. »Ja, Mama, sehr gut. Die Zwillinge sind so lieb zu mir gewesen.«

»Maria und Franziska sind wahre Engel.«

»Unternehmen wir morgen wieder etwas mit ihnen?«

»Da das Wetter dieser Tage sehr schön ist, werden wir Rodaun besuchen, im Wienerwald einen Spaziergang unternehmen und im Gasthaus Stelzer zum Essen einkehren. Tante Therese hat einen Tisch reservieren lassen. Es gibt dort auch ein Thermalbad, das Therese gerne besucht. Wir werden also unsere neu erstandenen Badekleider erproben können«

»Hurra, ein Bad! Da freue ich mich darauf.«

»Wird Herr Zabini den Ausflug begleiten?«, fragte Grete.

»Na, das hoffe ich doch sehr. Therese reist am Ostermontag wieder ab, das heißt, wir haben noch zwei gemeinsame Tage vor uns. Morgen also der Ausflug nach Rodaun, am Ostersonntag besuchen wir die Messe im Stephansdom und werden danach in ein Kaffeehaus am Ringstraßenkorso einkehren.«

Es klopfte an der Tür. Grete sprang auf. »Ich schau, wer gekommen ist.«

»Bitte, liebe Grete, tu das.«

Grete eilte zur Tür und ließ Bruno eintreten.

»Ah, ich sehe, die werte Gesellschaft hat sich zum Tee eingefunden.«

Luise ging auf Bruno zu, umarmte ihn und küsste seine Wangen. »Lieber Bruno, gerade haben wir von dir gesprochen. Du kommst genau zur rechten Zeit. Setz dich doch und nimm dir eine Tasse Tee.«

»Liebend gern«, sagte Bruno und legte Mantel und Hut ab. »Wie war euer Tag? Habt ihr schöne Dinge erlebt?«, fragte Bruno Gerwin und Grete. Er hörte sich deren lebhaft vorgetragene Erzählung an und goss sich Tee ein.

»Und du, lieber Bruno, hast du einen angenehmen Tag verbracht?«, fragte Luise.

Bruno schaute sie mit großen Augen an. »Vor allem einen überraschend interessanten.«

»Ach, berichte davon.«

»Du wirst nicht glauben, wen ich heute kennengelernt habe.«

»Sag es uns.«

»Ich war heute Gast im Wiener k.k. Polizeiagenteninstitut und habe mit Inspector Speyer und Polizeiagent Weber Kaffee getrunken.«

Luise neigte neugierig den Kopf. »Das musst du genauer erzählen.«

Samstag, 18. April 1908

Die beiden Schwestern flanierten den Schotterweg entlang, Luise hatte sich bei Therese eingehängt. Auf der Wiese unweit des Gasthauses tummelte sich viel Volk, eine Gruppe von jungen Männern eines Turnvereins machte unter dem Kommando eines Vorturners gymnastische Übungen. Auch Radfahrer waren zu sehen. Erhard von Hartmannsthal spielte mit seinem jungen Cousin Reifentreiben. Es fiel Gerwin gar nicht so leicht, mit dem Stock den Reifen in Bewegung zu halten, aber Erhard war ein geduldiger Lehrer und führte ihm die richtige Technik immer wieder vor. Die Zwillinge Maria und Franziska brachten Grete Federball bei, auch sie erwiesen sich als geduldige Lehrmeisterinnen und vor allem als äußerst fähige Spielerinnen. Luise war beeindruckt, als sie aus der Ferne den beiden bei einem schier nicht enden wollenden Ballwechsel zusah. Grete zeigte sich als geschickte Schülerin, so hatten die drei Fräuleins enormen Spaß beim Spiel.

»Viel hast du nicht gegessen. Nur einen halben Knödel und ein paar Bissen vom Braten.«

»Das ist dir aufgefallen?«

»Allerdings. Du könntest ruhig ein bisschen frauliche Reife ansetzen, Luise. Ich finde dich ein bisschen mager. Und du bist kein junges Ding mehr.«

»Ich bin es gewohnt, mit mäßiger Nahrung auszukommen. Ich fühle mich gut in meinem Körper.«

»Also für mich wäre das nichts. Fürs Hungern bin ich nicht geboren, ich muss beim Essen satt werden.«

»Auch wenn jetzt die christliche Fastenzeit beginnt?«

Therese winkte ab. »Mit dem Katholizismus muss man bei Tisch nicht übertreiben. Wann fährst du zu Sylvia nach Brünn?«

»In einer Woche.«

»Und wie lange wirst du bleiben?«

»Zehn Tage.«

»Ich weiß noch genau, dass ihr beiden in der Kindheit immerzu unter einer Decke gesteckt habt.«

»Sylvia ist nur zwei Jahre älter als ich, da ist es doch naheliegend, dass sich zwei fast gleichaltrige Schwestern gut verstehen. Ich freue mich außerordentlich, sie wieder zu treffen.«

»Fährst du in Begleitung?«

»Ja natürlich. Sylvia hat in ihrem letzten Brief von der großen Vorfreude geschrieben, erstmals Gerwin zu treffen.«

»Das kann ich verstehen. Ich bin ja auch vor allem deswegen aus Bad Ischl angereist. Und ich muss sagen, Luise, dein Bub ist ein Goldengel. Hübsch, höflich und lebensfroh. Irgendwie passt sein sonniges Gemüt nicht zu dem von dir beschriebenen Charakter deiner verstorbenen Schwiegermutter, unter deren Fittiche er stand.«

»Dass Gerwin ein so lebensfrohes Kind ist, schulde ich ganz allein Grete. Sie hat mit ihrer Fürsorge meinen Sohn vor dem boshaften Einfluss seiner Großmutter bewahrt. Kein Dank, den ich ihr dafür aussprechen kann, ist groß genug, so hat sie einen beständigen Platz in meinem Herzen.«

»Sie ist lieb und tüchtig, da hast du recht. Ein hübsches Tiroler Mädchen, gelehrig und, wie man auf der Wiese sieht, auch sehr sportiv. Ich nehme an, dass so ein Kindermädchen recht bald selbst eine Familie gründen wird. Die jungen Burschen schauen sich nach ihr um.«

»Das habe ich auch bemerkt.«

Therese blickte demonstrativ über die Wiese zum Waldrand, wo Bruno mit hinterm Rücken verschränkten Händen spazierte. »Und dein Begleiter?«

»Bruno? Was meinst du?«

»Stellt er deinem Kindermädchen nach? Du weißt ja, wie oft so etwas vorkommt.«

»Nein, Bruno stellt Grete nicht nach. Eine Zeit lang sah ich, dass Grete für ihn schwärmte, aber offenbar hat sie akzeptiert, dass er an einer Liaison nicht interessiert ist.«

»So etwas kann sich schnell ändern.«

»Therese, selbst wenn dem so wäre, würde für mich nicht die Welt zusammenbrechen. Bruno und ich sind freie Menschen.«

»Deine losen Sitten sind geradezu skandalös, Schwesterchen. Begleitet er dich auch nach Brünn?«

»Nein. Bruno fährt zurück nach Triest, sein Urlaub endet und er muss wieder seinen Dienst antreten. Er reist am nächsten Samstag ebenfalls ab.«

»Ein bisschen nachdenklich wirkt der Gute.«

»Das ist mir heute auch schon aufgefallen.«

»Irgendetwas beschäftigt ihn.«

»Ich glaube, dass es dieser Kriminalfall ist, von dem er zuletzt gehört hat.«

Therese spitzte die Ohren. »Was für ein Kriminalfall?«

»Ein Wiener Inspector hat mit Bruno Kontakt aufgenommen und ihm von einem Raubmord berichtet. Offenbar gibt es da irgendwelche Verbindungen in die Küstenlande und nach Triest.«

»Das klingt spannend, das musst du mir genauer erzählen.«

»Viel weiß ich nicht.«

»Ich bestehe auf einen vollständigen Klatschbericht.«

Die beiden eleganten Damen lachten.

Dienstag, 21. April 1908

Inspector Conrad Speyer legte die Zeitung sowie seine Arbeitstasche auf dem Schreibtisch ab und hängte Mantel und Hut an den Kleiderhaken.

»Guten Morgen, Herr Inspector.«

Speyer wandte sich seinem Adjutanten zu, der einen Stapel Akten brachte. »Guten Morgen, Weber.«

»Haben Sie im Kaffeehaus gefrühstückt?«

»Nein, diesmal bin ich direkt von zu Hause ins Bureau gefahren. Ich habe ein bisschen verschlafen. Gestern ist es noch spät geworden und meine Frau hat mich nicht geweckt. Wie lange sind Sie schon in der Kanzlei?«

»Seit einer Stunde. Hier die vorbereiteten Papiere.«

Speyer nickte und wies Weber mit einer Geste an, sich zu setzen. Er nahm die Akten, legte sie direkt vor sich ab und schob dabei das Neue Wiener Journal zur Seite. »Haben Sie heute Zeitung gelesen, Weber?«

»Nur oberflächlich.«

Speyer tippte mit der Fingerspitze auf das Titelblatt der Tageszeitung. »Während der Fahrt mit der Straßenbahn habe ich den Leitartikel gelesen. Da geht es um die Flottendemonstration Italiens. Weil wir zuletzt ja einiges über die k.u.k. Flotte und die Verhältnisse in der Adria gehört haben, hat mich dieser Artikel interessiert.«

Weber verzog die Miene. »Sie meinen diesen Streit zwischen dem Königreich Italien und dem Osmanischen Reich?«

»Ja.«

»Ich habe das nur am Rande verfolgt. Worum geht es da?«

»Der Anlass zur Entsendung einer Eskadre in voller Kriegsstärke war der Streit über die Zulassung von italienischen Postämtern auf dem Gebiet des Osmanischen Reiches. In fünf Städten auf dem Balkan sollen diese nach dem Willen Italiens eröffnet werden, wo genau habe ich dem Artikel nicht entnommen. Österreich-Ungarn betreibt dreiunddreißig, Frankreich vierundzwanzig, Russland siebzehn und Italien drei Postämter auf ottomanischem Territorium. Den Italienern wollte die Hohe Pforte keine weitere Zulassung gewähren. Und was machen die Italiener? Sie rüsten drei Divisionen und kündigen eine Flottendemonstration an. Die erste Division ist schon in Richtung Ägäis ausgelaufen. So wird heutzutage Politik gemacht. Die Großmächte stellen Forderungen, und wer denen nicht nachkommen will, sollte unbedingt über eine starke Armee und eine gut gerüstete Flotte verfügen.«

»Na ja, Herr Inspector, so funktioniert die europäische Politik ja schon seit Jahrhunderten«, meinte Weber nüchtern.

»Nur leben wir mittlerweile im zwanzigsten Jahrhundert und eine mit Kreuzern oder Schlachtschiffen formierte Division kann im Kriegsfall mit einem Bombardement an nur einem Tag eine ganze Hafenstadt in Schutt und Asche legen. Außerdem hat der Reporter darauf hingewiesen, dass diese geharnischte Vorgangsweise Italiens durchaus auch eine klare Botschaft an Wien ist.«

»Ich verstehe. Die Italiener wollen zeigen, dass sie den Balkan nicht allein dem Einfluss Österreich-Ungarns zu überlassen gedenken.«

»Genau. Obwohl wir ja mit Deutschland und Italien im

Dreibund stehen, gibt es doch gewisse Rivalitäten an der Adria und am Balkan.«

»Und wird es zum Krieg zwischen Italien und dem Osmanischen Reich kommen?«

Speyer schüttelte verneinend den Kopf. »Die Hohe Pforte hat eingelenkt und gestattet die fünf Postämter, also schicken die Italiener die bereits abgegangene Division nicht gegen die Türken, sondern wahrscheinlich zu Übungszwecken nach Kreta. Die beiden weiteren Divisionen verlassen italienische Gewässer nicht. Das an die Gurgel gesetzte Messer hat seinen Zweck erfüllt.«

»Wie sagen die Franzosen? C'est la vie.«

»Ich finde nicht, dass man auf diese Weise Politik machen sollte. Was ist, wenn irgendwann eine Seite nicht auf die Drohung der anderen eingeht?«

»Dann bricht ein Krieg aus.«

»Finden Sie Politik der Kriegsdrohungen zukunftsweisend?«

»Wenn ich mir die Bemerkung erlauben darf, Herr Inspector, dann höre ich aus Ihrem kritischen Tonfall, dass Sie wieder pazifistische Schriften gelesen haben.«

»Das sollten Sie auch einmal tun, mein lieber Herr Weber. Lesen bildet ungemein und kann Horizonte erweitern.«

An der offen stehenden Tür erschien ein Amtsdiener und klopfte an den Türstock. »Guten Morgen, Herr Inspector.«

»Guten Morgen, Herr Schuster.«

»Da ist ein Herr, der Sie zu sprechen wünscht.«

»Wie ist der Name?«

»Bruno Zabini. Er sagt, er ist Inspector aus Triest.«

Speyer zog die Augenbrauen hoch. »Herr Zabini ist hier? Interessant. Schuster, führen Sie bitte den Herrn Inspector gleich herein.«

»Ist recht.«

Die beiden Wiener Polizisten schauten einander fragend an.

Wenig später erschien erneut der Amtsdiener. »Herr Zabini, bitte sehr.«

»Vielen Dank«, sagte Bruno und trat in das Bureau.

Speyer und Weber erhoben sich und begrüßten den Gast aus Triest mit Handschlag.

»Herr Zabini, was für eine freudige Überraschung. Guten Morgen.«

»Guten Morgen, Herr Inspector. Da habe ich aber Glück, dass ich Sie in der Kanzlei antreffe.«

»Was verschafft mir die Ehre Ihres Besuches?«

»Ein Anliegen. Darf ich es zum Vortrag bringen?«

»Selbstverständlich, Herr Kollege.«

Bruno drehte seinen Hut in der Hand. »In den letzten Tagen habe ich immer wieder an den Fall Hohenau denken müssen. Was soll ich sagen, ich bin zwar im Urlaub, aber der Beruf steckt mir doch im Blut. Ich möchte Sie ersuchen, mir Zugang zu den Ermittlungsakten zu gewähren. Ich würde mir gern ein genaues Bild verschaffen, damit ich nicht dauernd spekulieren und mir weiß Gott welche Geschichten ausdenken muss. Ich falle auch niemandem zur Last, ich setze mich in eine Ecke und lese mich in die Akten ein. Mehr verlange ich gar nicht.«

Speyer stemmte seine Fäuste in die Hüften und wiegte den Kopf. »Um ehrlich zu sein, Herr Inspector, Ihr Anliegen deckt sich mit meinem Interesse. Ich vermute ja, dass viel eher eine Person aus der Familie Kestranek in den Fall involviert ist als eine der Familie Hohenau. Und falls sich neue Erkenntnisse ergeben würden, wäre es doch sehr vorteilhaft, wenn Sie in Triest, basierend auf unserem Wissensstand, Ermittlungen anstellen könnten. Ich habe Sie nicht gefragt, weil erstens eine Zusammenarbeit der Wiener und der Triester Polizei derzeit nicht nötig erscheint und Sie zweitens im Urlaub sind.«

Bruno lächelte. »Also jetzt bin ich schon da.«

»Sehr gut. Weber, führen Sie doch den Herrn Inspector zum freien Schreibtisch im hinteren Bureau und bringen Sie ihm die Akten. Wenn Sie Fragen haben sollten, stehen Weber und ich Ihnen jederzeit zur Verfügung, vorausgesetzt, wir sind in der Kanzlei. Ist das genehm?«

»Vielen Dank, Herr Inspector, für das Vertrauen und die Möglichkeit.«

Speyer lächelte breit. »Eine Schale Mokka?«

Donnerstag, 23. April 1908

Die drei Brüder saßen rund um den Tisch, Eduard und Joseph rauchten. Dass der Frühling eingezogen war, erkannte man an der offen stehenden Kaffeehaustür. Ein noch morgendlich kühler Hauch strömte herein und sorgte für Luftzufuhr im Inneren. Sie hatten Kaffee und Cognac bestellt.

Eduard Kestranek schaute auf seine Taschenuhr. »Noch eine Stunde.«

»Wie lange braucht man von hier bis zum Notariat?«, fragte Meinrad, der mit dem Schlafwagen gekommen und direkt vom Südbahnhof in die Innenstadt gefahren war. Sein Koffer stand neben dem Stuhl.

»Nicht länger als zehn Minuten.«

»Dann haben wir tatsächlich noch ausreichend Zeit. Wir hätten uns später treffen können«, meinte Joseph.

»Glaubt ihr, dass Walther Hohenau das Testament anfechten wird?«, fragte Meinrad.

»Der Kerl soll bloß die Goschen halten«, knurrte Joseph. »So ein Trottel.«

»Nun, so wie er sich aufgepudelt hat, rechne ich damit«, meinte Eduard. »Und ihr wisst ja, der gute Mann ist im Ministerium ein hohes Tier. Doktor der Rechtswissenschaft, ein Kenner der Rechte und Gesetze. Er wird bestimmt ein Gerichtsverfahren anstreben.«

»Und seine Frau hat ja Gift und Galle gespuckt«, sagte Joseph. »Das ist kein Weib, das ist eine Hyäne.«

»Da hast du recht«, sagte Eduard. »Die beiden sind schwer zu ertragen. Typische Wiener, arrogant, großkotzig und präpotent. Die sollen lieber froh sein, dass die beiden Rotzbuben von Söhnen ein schönes Erbe erhalten. Hätten ja auch durch den Rost fallen können. Und wie Tante Henriette ihr Vermögen verteilt, war ganz allein ihre Entscheidung.«

Meinrad, dessen Temperament zurückhaltender als jenes seines älteren und jüngeren Bruders war, wiegte den Kopf. »Habt ihr eine Ahnung, wie hoch unser Erbteil sein wird?«

Joseph zerdrückte seine Zigarette im Aschenbecher. »Na, leer werden wir nicht ausgehen, aber genau weiß ich es nicht.«

Eduard beugte sich über den Kaffeehaustisch, seine Brüder taten es ihm gleich. Er flüsterte: »Wie ihr wisst, ist ja Tante Ernestine immer recht gut informiert.«

»Hat sie Andeutungen gemacht?«

Eduard nickte mit bedeutungsvollem Blick. »Das hat sie in der Tat.«

»Und, was weißt du?«

»Haltet euch fest, Burschen. Ernestine rechnet mit vierhunderttausend Kronen. Für jeden von uns.«

Meinrad riss überrascht die Augen auf. »So viel!«

Joseph zeigte ein sardonisches Grinsen. »Leute, wird sind fein raus. Das Leben wird eine einzige rauschende Ballnacht.«

Eduard lehnte sich wieder zurück. »Abwarten, würde ich sagen. Erstens ist Tante Henriette ermordet worden und zweitens wird Walther Hohenau versuchen, uns das Leben zur Hölle zu machen.«

Meinrad zuckte mit den Achseln. »Aber das mit dem Raubmord kann die Polizei doch nicht den Erben anlasten. In Wien treibt sich viel Lumpenpack herum.«

»Allerdings«, sagte Joseph. »Erst gestern habe ich in der Zeitung gelesen, dass die Polizei eine Bande auf frischer Tat ertappt und festgenommen hat. Drei Einbrecher aus Siebenbürgen, die gewerbsmäßig in Villen und Beletagen älterer Bewohner eingebrochen haben. Würde mich nicht wundern, wenn diese Verbrecher auch bei Tante Henriette eingestiegen sind und sie ermordet haben.«

Eduard wiegte den Kopf. »Ich habe von der Festnahme auch gelesen und mein erster Gedanke war, dass diese Bande für den Einbruch verantwortlich sein muss.«

»Na eben«, sagte Joseph. »Die Einbrecher sind gefasst, die Hohenaus können prozessieren, wie sie wollen, das Testament ist rechtsgültig und vom Notar besiegelt. Wir sind gemachte Männer, meine Herren. Vierhunderttausend Kronen! So viel hätte ich bei der Kriegsmarine mein Lebtag nicht verdient. Ich überlege, ob ich den Dienst quittiere und in Amerika auf Großwildjagd gehe. Bären oder Büffel wollte ich schon immer schießen.«

»Ich lasse mir zehn neue Anzüge und zwanzig paar Schuhe anfertigen«, schwelgte Meinrad.

»Und ich werde jeden Tag ein anderes Fräulein in Triest zum Tanz ausführen.«

Joseph griff zu seinem Zigarettenetui. »Burschen, das muss gefeiert werden. Herr Ober, bringen Sie noch drei Gläser Cognac!«

Teil 2:
Auf Schienen gen Süden

Samstag, 25. April 1908

Bruno erwachte beim ersten Glockenschlag des Weckers und stellte ihn sofort ab. Er hörte, wie Luise sich regte. Es war fünf Uhr früh, in anderthalb Stunden würde sein Zug abfahren. Bruno sprang aus dem Bett und bekleidete sich.

Luise streckte sich, erhob sich und griff nach ihrem Schlafrock. »Hast du gut geschlafen?«

»Eher unruhig. Das Wissen, dass der Wecker gnadenlos bimmeln wird, hat mir ein bisschen den Schlaf geraubt.«

»Du kannst während der Fahrt ein Nickerchen machen.«

»Natürlich. Gut, dass ich schon gestern die Koffer gepackt habe.«

»Ich werde dich ins Foyer begleiten.«

Bruno knöpfte sein Hemd zu. »Das ist doch nicht nötig. Wenn du das Nachthemd anlässt, kannst du anschließend noch einmal unter die Tuchent kriechen.«

»Da hast du recht, mein Zug fährt ja erst um elf Uhr.«

»Und du hast noch genug Zeit, um mit Grete und Gerwin ausgiebig zu frühstücken. Ich nehme den Kaffee und eine Semmel im Speisewagen.«

Während Bruno sich vollständig bekleidete, verschwand Luise im Bad. Als sie zurückkam, stand er mit seinen beiden Koffern bei der Tür und lächelte bis über beide Ohren. Sie huschte auf ihn zu und schmiegte sich an ihn, er umarmte sie.

»Geliebte Luise, die drei Wochen in Wien mit dir werden untilgbar in meiner Erinnerung bleiben. Ich bedanke mich für das Glück, das du mir beschert hast, für die Zeit, die du mir geschenkt hast, für die vielen hochinteressanten Eindrücke und Erlebnisse, die wir erfahren durften, und ich freue mich schon jetzt auf ein Wiedersehen in Triest.«

»All die von dir aufgezählten Danksagungen kann ich ebenso nennen und noch tausend hinzufügen.«

Für eine ganze Weile standen sie umschlugen beieinander, dann löste sich Luise und trat einen Schritt zurück. »Wenn du nicht die Bahnhofstreppe hochhetzen willst, solltest du langsam aufbrechen. Nimmst du einen Fiaker oder die Elektrische?«

»Die Elektrische. So weit ist es nicht zum Südbahnhof, und die zwei Koffer sind nicht so schwer.«

»Nun denn, dann wünsche ich eine gute Fahrt in den heimatlichen Süden.«

»Danke. Ich wünsche dir eine gute Fahrt nach Brünn. Richte viele Grüße an Gerwin und Grete aus, ebenso an deine Schwester, deren Gemahl und ihre Kinder.«

»Das werde ich gewissenhaft ausführen.«

Sie küssten sich zum Abschied, dann griff Bruno sich die Koffer und schloss die Tür hinter sich. Wenig später stand er an der Haltestelle. Er holte tief Luft, ließ den Blick schweifen und nahm Abschied von der Ringstraße, dem Hotel Sacher, der Sirk-Ecke und dem k.k. Hof-Operntheater. Da rollte schon die Tramway heran.

Bruno stieg die Treppe zu den Bahnsteigen hoch. Der Blick auf die Uhr zeigte, dass der Zug in einer Viertelstunde abfahren würde, also marschierte er den Bahnsteig entlang zum Kopfende. Ja, ein wenig verwandelte er sich wieder in einen kleinen Buben, der am Bahnhof fasziniert die schmauchenden Lokomotiven betrachtete. Der erste Waggon hinter der Lok enthielt ein Gepäckabteil, in das drei Bahnbedienstete Postsäcke, Zeitungen, Koffer und Eilfracht luden. Der Tender war mit Kohle beladen, der Heizer warf eben noch ein paar Schaufeln auf den Rost, während der Lokführer die Anzeigen und Handräder kontrollierte. Bruno las die Seriennummer vom Führerstand, wieder würde eine der starken und schnellen SB 110 den Zug in Richtung Semmering ziehen. Die Wagen schienen nagelneu zu sein. Auf der wichtigsten Bahnstrecke der Südbahn-Gesellschaft verkehrte hochrangiges Rollmaterial. Der Lokführer bemerkte Bruno und fasste sich an seine Mütze, Bruno erwiderte den Gruß, indem er die Koffer kurz abstellte und seinen Hut lüpfte.

Der Bahnsteig war sehr belebt, Fahrgäste drängten zu den Einstiegen, ein Mann schob einen weiteren Handkarren mit Postgut zum Gepäckabteil, zwei Zeitungsjungen eilten auf und ab und versuchten, so viele Zeitungen wie möglich zu verkaufen. Bruno ließ sich die Morgenausgabe der Neuen Freien Presse aushändigen und gab ordentlich Trinkgeld. Die Garnitur bestand aus sieben vierachsigen Reisezugwagen. Beginnend bei der Lokomotive fasste der erste Wagen zur Hälfte das Gepäckabteil und einige Coupés der ersten Klasse, weitere Coupés der ersten Klasse befanden sich im zweiten Wagen, der dritte war der von der Compagnie Internationale des Wagons-Lits betriebene Restaurationswagen, die Wagen vier bis sechs bildeten die zweite Klasse und der letzte Wagen die dritte Klasse.

Bruno hob seine beiden Koffer in den zweiten Wagen. Wie bei der Anreise von Triest hatte er für die Rückfahrt ein Billett erster Klasse erstanden. Er selbst hätte durchaus auch mit der zweiten Klasse vorliebgenommen, aber Luise hatte sich bei der Hinfahrt durchgesetzt, sodass er schließlich auch für die Rückfahrt etwas tiefer in die Tasche gegriffen hatte. Dadurch, dass Luise die Hotelkosten übernahm, war sein dreiwöchiger Aufenthalt in Wien für ihn finanzierbar gewesen. Er hatte Geld nur für Fahrscheine, Fiaker, Eintrittskarten, im Kaffeehaus oder Restaurant und für sonstige Einkäufe ausgegeben. Natürlich hätte Bruno, wenn er allein nach Wien gereist wäre, eine bedeutend schlichtere Herberge gewählt. Als Luise vorgeschlagen hatte, im Hotel Sacher zu logieren, war er anfangs peinlich berührt gewesen. Drei Wochen in einem der vornehmsten Hotels der Monarchie überstieg allemal das Budget eines Polizisten. Luise und er hatten ungefähr eine Woche lang die Quartierfrage verhandelt, ehe es ihr mit Hartnäckigkeit, viel Fingerspitzengefühl und Diplomatie gelungen war, ihn umzustimmen.

Auf dem Gang suchten mehrere Fahrgäste nach ihren Plätzen. Auch Bruno hatte eine Platzkarte gekauft, er wartete, bis der Weg frei war, dann trat er in das entsprechende Coupé. Auf der Gangseite saßen zwei halbwüchsige Burschen, die mittleren Sitzplätze wurden von einem älteren Ehepaar eingenommen. »Guten Tag. Erlauben Sie bitte, dass ich eintrete? Für den Sitz am Fenster habe ich eine Platzkarte.«

»Selbstverständlich, mein Herr, kommen Sie nur herein«, sagte der Mann. »Geht es mit den Koffern?«

»Ja, das geht. Kann ich die freien Plätze auf der Gepäckablage in Anspruch nehmen oder haben Sie noch weiteres Gepäck?«

»Nein, wir reisen mit wenig Gepäck. Die Ablage ist frei.«

»Vielen Dank.« Bruno hob die beiden Koffer und entledigte sich des Mantels und des Hutes. Er ließ sich auf den Platz in Fahrtrichtung sinken und schaute auf seine Armbanduhr. Noch fünf Minuten bis zur Abfahrt. Die Reise konnte beginnen. Er freute sich auf Triest, auf die Piazza Grande, den Colle di San Giusto und den Porto Vecchio, er freute sich, seine Freunde und Kollegen wiederzutreffen, auf eine Schale Kaffee von Ivana, ein Schwätzchen mit seinem Adjutanten Luigi und eine Billardpartie mit Lionello.

»Ist es gestattet, zu fragen, wohin Ihre Reise geht, mein Herr?«, eröffnete der ältere Herr die Konversation.

»Das ist wahrlich kein Geheimnis«, erwiderte Bruno. »Ich fahre bis zur Endhaltestelle dieses Zuges, nach Triest.«

Das ältere Ehepaar und die Buben schauten interessiert.

»So weit fahren Sie? Bis an die Adria also?«, sagte der Herr. »Wir fahren nicht so weit, meine Enkelkinder, meine Frau und ich steigen in Mürzzuschlag aus.«

»Das heißt, wir werden gemeinsam den Semmering überqueren.«

»Das ja. Wir haben familiäre Verpflichtungen in der steirischen Heimat meiner Gemahlin. Sind Sie aus beruflichen oder privaten Gründen nach Triest unterwegs?«

»Ich bin Triestiner und kehre nach einem außerordentlich lehrreichen und interessanten dreiwöchigen Aufenthalt in der Kaiserstadt in meine Heimat zurück.«

»Ah, ich verstehe. Sie haben die Sehenswürdigkeiten Wiens besucht.«

»Es war ein lang gehegter Wunsch von mir, einmal die Hauptstadt zu sehen.«

Auf dem Gang waren laute Stimmen zu hören. Die fünf schauten zur offen stehenden Schiebetür des Coupés. Es klang nach einem lautstark geführten Disput.

»Verflixt, Meinrad, warum kannst du nie etwas richtig machen?«

»Geht mir nicht auf die Nerven, es gab halt nur einen einzigen Fensterplatz.«

»Du hättest die Fahr- und Platzkarten früher kaufen sollen. Kein Wunder, dass zehn Minuten vor Abfahrt nichts mehr frei ist.«

»Hättest du sie halt gekauft. Dann wäre bestimmt alles einwandfrei gewesen.«

»Lass nur, Eduard, wir können froh sein, dass Meinrad Karten für die erste Klasse besorgt hat. Stell dir vor, wir müssten auf den Holzbänken der dritten Klasse hocken.«

Bruno verfolgte, wie sich die drei disputierenden Männer an der Tür vorbeischoben. Er kannte einen von ihnen. Bruno brauchte nicht lange zu überlegen, er hatte den Namen des Mannes schlagartig in Erinnerung. Eduard Kestranek, der Mitarbeiter der Südbahn-Gesellschaft, der Bruno beim Eisenbahn-Kongress von Dr. Sanzin vorgestellt worden war. Die beiden anderen Männer kannte er nicht, aber sie schauten auf den ersten Blick Eduard Kestranek ähnlich. Einer trug die Uniform eines Marineoffiziers. Unwillkürlich belebte sich Brunos Herzrhythmus. Waren die Brüder Kestranek nach Triest beziehungsweise Pola unterwegs? In jedem Fall hatten sie den denselben Zug wie er bestiegen.

»Ich hoffe«, sagte der ältere Herr mit einem Schmunzeln und schloss die Schiebetür des Coupés, »die Herren werden sich über die Verteilung ihrer Platzkarten einig werden.«

Bruno winkte ab. »Wenn nicht, muss halt der Kondukteur seines Amtes walten.«

Auf dem Perron erschallte ein Pfiff und der Zug setzte sich ruckelnd in Bewegung.

Bruno schaute sinnierend aus dem Fenster. Würde sich eine Gelegenheit ergeben, die Brüder zu befragen? Wie sollte er vorgehen? Eine Idee keimte in ihm. Warum eigentlich nicht?

Das Wiener Becken breitete sich rund um die Kaiserstadt aus und bildete das Vorfeld der Ostalpen. Die Ebene wurde von der Donau und der March durchquert, reichte im Nordosten bis zu den Karpaten und im Südosten ging es in das Pannonische Tiefland über. In den renommierten Kurorten Baden, Bad Vöslau und Bad Fischau lagen schwefelhaltige Thermalquellen und Badeanstalten. Die sonnenhellen Flanken der abfallenden Hügel des Wienerwaldes und der wertvolle Boden ermöglichten rund um die Ortschaft Gumpoldskirchen den Anbau erstklassigen Weins, dessen Ruf in der gesamten Monarchie bekannt war. Verließ man Wien auf den Gleisen der Südbahn, rollte man an den weitläufigen Weingärten vorbei. Da der Sonnenaufgang das Land erhellte, sah Bruno das zarte Grün des sich regenden Frühlings.

Die ältere Frau griff in einen Korb und verteilte sorgsam verpackte Butterbrote an ihre Enkel und ihren Mann, danach stellte sie vier Becher heraus und wickelte eine Feldflasche aus einem Handtuch. Sie wandte sich lächelnd Bruno zu. »Wollen der Herr vielleicht auch einen Becher voll Zichorienkaffee? Er ist noch schön warm.«

Bruno nickte höflich. »Ihr Angebot ist außerordentlich freundlich und klingt verlockend, doch ich will beileibe nicht Ihr Frühstück mit meinem Durst schmälern.«

»Ach, wir haben genug.«

»Gnädige Frau, mein Vorhaben ist es, im Restaurationswagen ein ausgiebiges Frühstück einzunehmen. Darauf freue ich mich, seit wir abgefahren sind.«

»Wie Sie meinen.«

»Vielen Dank für das Offert.«

Der Mann griff sich einen gefüllten Becher und führte ihn an den Mund. »Na ja, die richtige Temperatur hat der Kaffee nicht mehr, aber es geht.«

»Das Handtuch hält den Kaffee nicht ewig warm.«

»Ich habe neulich von einer sehr sinnreichen Erfindung gelesen«, sagte Bruno. »Nämlich von einer Kanne, mit der Getränke über sehr lange Zeit heiß oder kalt bleiben.«

Der Herr schaute Bruno neugierig an. »Ach so, eine Kanne?«

»Ja, eine Wiener Fabrik stellt für den Hausgebrauch Warmhaltekannen her, die auf einem einfachen physikalischen Prinzip beruhen.«

»Sie machen mich neugierig, mein Herr. Wie funktioniert diese Kanne?«

»Diese Kanne besteht aus zwei Teilen, und zwar aus einem stabilen äußeren Korpus aus Metall zum Schutz des inneren Teiles, dieser ist nämlich aus doppelwandigem Glas. Der Innenraum des doppelwandigen Glases ist luftleer, also ein Vakuum. Nun ist es so, dass erstens Glas Wärme sehr schlecht leitet und zweitens das Vakuum den Wärmefluss verhindert. Angeblich kann man noch nach Stunden heißen Kaffee genießen.«

»Das klingt verlockend.«

»Meines Wissens ist eine solche Kanne noch recht teuer, da die Fabrik erst letztes Jahr mit der Produktion begonnen hat. Bestimmt wird das Produkt erschwinglicher, wenn größere Stückzahlen erzeugt werden.«

»Wie heißt diese Fabrik?«

»Thermos GmbH. Diese Thermoskannen sind im qualifizierten Handel fast überall erhältlich.«

»Das nächste Mal, wenn ich in der Mariahilfer Straße einkaufe, werde ich mich nach der Thermoskanne erkundigen«, sagte die Dame. »Danke für diesen Hinweis, gnädiger Herr.«

»Sehr gerne.«

Bruno sah die Brüder Kestranek am Gang. Die Vermutung lag nahe, dass sie sich zum Frühstück in den Restaurationswagen begaben. Er wartete drei Minuten, dann erhob er sich. »Entschuldigen Sie bitte, aber jetzt ruft das Frühstück zu Tisch. Sie erlauben bitte.«

Bruno trat auf den Gang und zog hinter sich die Schiebetür zu. Er atmete kurz durch und konzentrierte sich.

Im Restaurationswagen herrschte viel Betrieb, alle Tische waren besetzt, Bruno war nicht der Einzige, der sich knapp nach Abfahrt mit einem Frühstück zu stärken gedachte. Die drei Brüder hatten einen Tisch ergattert und es sich bequem gemacht. Bruno ging langsam den Gang entlang und wie zufällig kreuzte sich sein Blick mit jenem Eduard Kestraneks.

»Ah, guten Tag, Herr Kestranek. Was für eine Überraschung.«

Eduard schien in seinem Gedächtnis zu graben, dann legte sich ein Lächeln auf seine Lippen, er erhob sich und reichte seine Hand zum Gruß. »Guten Tag, Herr … bitte helfen Sie mir auf die Sprünge.«

»Bruno Zabini.«

»Ja genau, Herr Zabini aus Triest. Sind Sie auf dem Weg in die Heimat?«

»Aber ja, Sie etwa auch?«

»Natürlich. Reisen Sie alleine, Herr Zabini?«

»Mich begleiten zwar Koffer, aber sonst bin ich allein. Ich bin auf der Suche nach einem Sitzplatz für das Frühstück.«

Eduard schaute sich um. »Viel Betrieb um die Uhrzeit. Herr Zabini, was halten Sie davon, sich zu uns zu setzen? Ein Platz ist hier noch frei.«

»Sie sind sehr freundlich, Herr Kestranek, aber ich will die Herren in keiner Weise inkommodieren.«

»Das ist doch keine Inkommodierung, wenn Sie hier einen Kaffee trinken und etwas essen. Das wollen wir doch auch tun.«

»Nun, unter diesen Umständen nehme ich das Angebot sehr gerne an.«

»Darf ich Sie mit meinen jüngeren Brüdern bekannten machen, Meinrad und Joseph Kestranek.«

»Es ist mir eine Ehre, den Herren zu begegnen. Ich darf mich vorstellen, Bruno Zabini aus Triest.«

Die beiden Brüder erhoben sich ebenso und reichten die Hand zum Gruß.

»Sagen Sie, Herr Zabini, spielen Sie vielleicht Bauernschnapsen oder Tarock?«, fragte Joseph.

»Herr Kestranek, ich spiele beides, aber niemals um hohe Summen.«

»Die Summen sind egal, es geht viel eher darum, die vielen Stunden bis zur Ankunft im Litoral zu vertreiben. Tarock spielt man am besten zu viert und für einen Bauernschnapser sind auch vier Mann nötig.«

»Leider habe ich keine Spielkarten im Gepäck, aber ich bin mir sicher, dass uns der Kellner welche leihen kann.«

»Nicht nötig«, sagte Joseph. »Ich bin Seemann, daher nie ohne Karten auf Reisen, weder zur See noch mit der Eisenbahn.«

»Ich muss Sie warnen, Herr Zabini«, warf Meinrad mit einem schiefen Grinsen ein. »Wir vermuten, dass seine Karten gezinkt sind. Wir konnten es ihm aber noch nicht nachweisen.«

Bruno lächelte breit. Das lief ja bestens. »Sind Sie am Ende stets der Sieger einer Kartenpartie, Herr Kestranek?«

»Oft, nicht immer.«

»Also, setzen wir uns«, forderte Eduard auf.

Die vier Männer nahmen ihre Plätze ein, Bruno saß Joseph gegenüber, neben Bruno saß Eduard am Fenster, Meinrad schräg gegenüber am zweiten Fensterplatz. Bruno blätterte die Menükarte auf und entschied sich schnell für ein Wiener Frühstück. Sie besprachen ihre Wahl, bis der Kellner erschien und die Bestellungen aufnahm.

Bruno ließ seinen Blick kreisen. »Von Ihnen weiß ich, dass Sie in Triest wohnen und arbeiten«, wandte er sich zuerst an Eduard, dann schaute er zu Joseph und Meinrad. »Wohnen die Herren auch in Triest?«

Joseph, der Jüngste von ihnen schien nicht nur wegen seiner Uniform der Schneidigste der Brüder zu sein. »Nein, ich bin in Pola stationiert. Dadurch, dass ich viel auf See bin, lebe ich gerne in meiner Heimatstadt. Nach Wochen oder Monaten an Bord wieder in Pola einzulaufen, ist immer wie ein Nachhausekommen für mich.«

»Und ich«, erklärte Meinrad, »bin zwar regelmäßig in Triest, wohne aber in Abbazia.«

Bruno zog die Augenbrauen hoch. »Oh schön, ich mag Abbazia. Den lieben langen Tag in der guten Luft im Park der Villa Angiolina spazieren gehen, ein Bad im Meer nehmen oder im Kaffeehaus sitzen, abends zu einem Konzert. Und man trifft die Hautevolee der gesamten Monarchie, insbesondere im Winter.«

Meinrad verzog die Lippen. »Mir wäre es auch genehm, in Abbazia die Sommerfrische fugenlos in den Winterurlaub übergehen zu lassen, aber irgendjemand muss im Kurort auch arbeiten, damit die Gäste ihren Aufenthalt genießen können. Ich arbeite in der Verwaltung des Grandhotel Kronprinzessin Stephanie.«

Bruno nickte beeindruckt. »Gleich an der ersten Adresse. Wie man auch in Triest weiß, logieren im Hotel Kronprinzessin Stephanie gekrönte Häupter und der Hochadel. Respekt.«

»Na ja, wie soll ich sagen? Gekrönte Häupter sind auch nur Menschen und gar nicht selten sogar welche mit, gelinde gesagt, exzentrischen Gewohnheiten.«

Die Runde lachte.

»Und welcher Arbeit gehen Sie nach, Herr Zabini?«, fragte Eduard. »Wenn ich mich recht erinnere, sagten Sie, Sie hätten aus privaten Gründen am Eisenbahn-Kongress teilgenommen.«

»Leider war es mir nicht vergönnt, ein technisches Studium zu absolvieren, aber ich bin rasend an allen technischen Belangen interessiert. Egal ob im Eisenbahn- oder Schiffsbau. Ich arbeite als Konzipist in der Verwaltung des österreichischen Lloyd. Zu meinen Aufgaben gehört es, die Entwürfe aus dem Constuctionsbureau zu konkreten Bautätigkeiten zu formen. In der Abteilung, in welcher ich tätig bin, werden vor allem die Installationen und Anlagen der Dampfer entworfen und gebaut. Also die Heizungen und Trinkwasserleitungen, die Frischluftzufuhr und die Sanitäranlagen. Die Ingenieure entwerfen die Anlagen, und die Schmiede, Schlosser und Nieter bauen sie in die Schiffsrümpfe ein. Und ich trachte danach, dass die Arbeit gut läuft.« Bruno hielt inne und lauschte nach vertiefenden Fragen in die Runde. Insofern, als dass sein langjähriger Billardpartner Lionello Ventura Leitender Ingenieur in jener Abteilung war, verfügte Bruno über Kenntnisse der dortigen Arbeitsabläufe. Genau deswegen hatte er sich diese Tarnung zurechtgelegt. Aber keiner der Brüder Kestranek schien irgendeinen Zweifel an Brunos Geschichte zu hegen. »Den Eisenbahn-Kongress habe ich also aus reiner Neugierde besucht. Da ich im Schiffsbau tätig bin, wollte ich ein bisschen bei den Eisenbahnern spionieren.«

Die Männer lachten erneut.

Der Kellner servierte das Frühstück. Bruno nahm eine Schale Mokka, einen Teller mit einer Semmel und einem Kipferl, Butter, Marmelade und ein weiches Ei in Empfang. Der Kaffee duftete belebend, war aber noch sehr heiß, also schnitt er die Semmel, bestrich sie mit Butter und schlug mit dem Löffel das Ei auf.

»Dadurch, dass ich heute früh mit leerem Magen aus dem Haus bin, habe ich schon einen Flameau«, sagte Joseph und biss herzhaft in sein Schinkenbrot.

Bruno nickte zustimmend. »Ganz genauso verhält es sich bei mir. Da konveniert ein Ei mit Semmel vortrefflich.«

Sie plauderten über allerlei Belanglosigkeiten und nahmen ihr Essen ein. Bruno fiel auf, dass Meinrad Kestranek einem hübschen Fräulein, welches mit ihren Eltern an ihrem Tisch vorbeiging, auffällig lange hinterherschaute. Sie beendeten ihr Mahl und widmeten sich nun dem Kaffee.

Joseph zog sein Zigarettenetui heraus, klappte es auf und hielt es Bruno hin. »Eine Nil gefällig?«

Bruno winkte ab. »Vielen Dank, aber ich rauche nur sehr selten.«

Auch Eduard steckte sich eine an.

Bruno bemerkte, dass Meinrad nicht zu seinen Zigaretten griff und von seinen Brüdern auch keine angeboten bekam. »Sind Sie etwa Nichtraucher, Herr Kestranek?«

»Ja. Ich habe es nicht einmal probiert. Ich finde den Geruch des Qualms nicht einladend, im Gegenteil sogar abstoßend.«

Joseph machte ein höhnisches Gesicht. »Meinrad gibt duftendem Rasierwasser den Vorzug vor einer guten Zigarette.«

»Ja, ich habe halt eine Nase und keinen Rotzzinken.«

Joseph nahm einen Zug und blies den Rauch in Richtung Meinrad, dieser fächerte sich mit verärgerter Miene Luft zu.

Bruno wandte sich dem gegenübersitzenden Joseph zu. »Wie ich an Ihrem Rangabzeichen sehe, stehen Sie schon in jungen Jahren im Rang eines Fregattenleutnants.«

Josephs Gesicht zeigte einen Anflug von Stolz. »Sie kennen die Rangabzeichen der Marine?«

»Ich war selbst bei der Marine und auch in Pola stationiert. Das war noch vor Ihrer Zeit. Auf welchem Schiff versehen Sie Ihren Dienst?«

»Auf dem Panzerkreuzer Sankt Georg. Ich kommandiere die Mannschaft der Backbord-Kasemattgeschütze.«

Bruno grub in seinem Gedächtnis. »Die Sankt Georg ist der neueste Panzerkreuzer der k.u.k. Kriegsmarine. Auf diesem Schiff Dienst zu leisten, ist ein hohes Privileg.«

»Allerdings. Sie ist der modernste, schnellste und stärkste Kreuzer der Kriegsmarine. Wir waren auch schon in Übersee, etwa in Jamestown in den Vereinigen Staaten zur großen Flottenparade anlässlich der Feiern zum dreihundertjährigen Bestehen der Stadt.«

Bruno verzog beeindruckt den Mund. »Sie haben also Amerika gesehen.«

»Nicht nur gesehen, ich habe den Kontinent auch betreten. Die Vereinigten Staaten sind ein kolossales Land. Ich muss dort wieder hin.«

»Wenn ich mich nicht irre, ist der vordere Turm der Sankt Georg mit zwei 24-cm-Geschützen armiert. Welches Kaliber haben die Kasemattgeschütze?«

»Stimmt, der vordere Turm trägt 24-cm-Kanonen. Der hintere Turm und die Kasemattgeschütze haben Kaliber von neunzehn Zentimetern. Die Rohre von Škoda sind außerordentlich leistungsfähig.«

»Und stechen Sie bald wieder in See?«

»Erst in fünf Wochen. Dieser Tage liegt mein Schiff zur Überholung auf dem Trockendock. Der Rumpf wird frisch lackiert. Auf welchem Schiff haben Sie gedient, Herr Zabini?«

»Auf der SMS Salamander. Diese damals schon betagte Fregatte lässt sich mit einem Giganten der Meere wie der Sankt Georg in keiner Weise vergleichen. Der alte Kahn hatte noch einen Holzrumpf und war armiert mit dreißig Vorderladern. Mit solchen Kanonen kann man der Sankt Georg nicht einmal Dellen in den Gürtelpanzer schießen.«

Joseph lachte herzhaft. »Das stimmt. Die Rüstung zur See schreitet schnell voran.«

Bruno versuchte, alle dunklen Erinnerungen an die Ereignisse des letzten Novembers zur Seite zu drängen, als er in eine hochexplosive und blutige Spionageaffäre rund um die im Bau befindlichen gewaltigen Schlachtschiffe der Radetzky-Klasse verwickelt gewesen war. Nur wenige Millimeter war eine Revolverkugel an seinem Ohr vorbeigezischt. Noch Wochen später hatte er dieses bösartige Geräusch in unruhigen Träumen, gelegentlich auch tagsüber gehört. »Recht bald nach der Grundausbildung wurde ich aber versetzt. Zu den Ruderern im Vierer. Da hatte ich dann ein feines Leben.«

»Haben Sie Regatten bestritten?«

»Mehrere. Ich hege schöne Erinnerungen. Kameradschaft, Sport und schnittige Boote, eine aufregende Zeit. Ich besitze heute noch ein Rennboot, allerdings sitze ich nur mehr selten selbst am Riemen. Es ist im Bootshaus des Rudervereins Hansa in Barcola untergebracht und wird dort regelmäßig von jungen Ruderern zu Übungszwecken verwendet.«

»Das Bootshaus kenne ich«, sagte Eduard. »Ein Arbeitskollege von mir hat mich einmal dorthin mitgenommen. Er ist Mitglied im Verein Hansa.«

»Darf ich mir eine Frage erlauben?«, erkundigte sich Bruno.

»Nur zu.«

»Drei Brüder, die in drei verschiedenen Städten der Küstenlande wohnen, fahren gemeinsam mit demselben Zug aus Wien ab. Ich würde vermuten, dass Sie aus familiären Gründen in Wien gewesen sind. Liege ich richtig mit dieser Annahme?«

Eduard nickte bestätigend. »Ja, da liegen Sie richtig. Wir waren im Laufe des Frühjahrs wiederholt aus familiären Gründen in Wien.«

»Sie haben also Verwandtschaft in der Hauptstadt?«

»Unsere geliebte Großtante hat hier gelebt.«

»Lebt sie denn jetzt nicht mehr in Wien?«, fragte Bruno naiv.

»Die Sache ist ein bisschen kompliziert«, wimmelte Eduard ab.

»Immerhin ist sie gut für uns ausgegangen«, warf Joseph ein.

»Das ja.«

Bruno zog neugierig die Augenbrauen hoch. Es war den Männern anzusehen, dass sie mit dem Lauf der Dinge mehr als zufrieden waren und wohl nur einen kleinen Schubs benötigten, um von den Geschehnissen zu erzählen. »Kompliziert, sagen Sie? Ich liebe komplizierte Geschichten.«

Meinrad holte Luft. »Unsere Großtante, Tante Henriette, ist vor drei Wochen leider von uns gegangen, Gott der Herr hat sie in sein Himmelreich geholt.«

»Mein Beileid, das tut mir sehr leid.«

»Vielen Dank.«

»Vor drei Wochen? So spät wurde der Leichnam beigesetzt?«

»Das Begräbnis war vor nicht ganz zwei Wochen.«

»Sie sehen mich ein wenig verwirrt, Herr Kestranek«, sagte Bruno. »Vor fast zwei Wochen war die Beisetzung und jetzt sind Sie noch immer oder erneut zu dritt in Wien. Offenbar ist die Sache wirklich kompliziert.«

»Lassen Sie mich ausholen, Zeit genug haben wir ja. Eine Woche vor ihrem Tod hat Tante Henriette ein großes Bankett anlässlich ihres fünfundsiebzigsten Geburtstags gegeben. Das war Ende März. Das Abendessen fand in sehr feierlichem Rahmen statt, vierzig Gäste der weitläufigen Verwandtschaft waren geladen, also auch wir drei. Da waren wir heuer zum ersten Mal in Wien. Unser Großvater war der ältere Bruder von Tante Henriette. Die beiden Geschwister haben wie Pech und Schwefel zusammengehalten. Außerdem haben sich Großvater und Großonkel Stephan, Tante Henriettes Ehemann, bestens verstanden, sie waren nicht nur Schwager, sie waren Freunde. So hatten wir, obwohl wir im Litoral aufgewachsen sind und Tante Henriette in Wien wohnte, immer wieder Kontakt mit unserer Großtante und unserem Großonkel. Zur Sommerfrische sind die beiden regelmäßig nach Pola gekommen. Onkel Stephan hatte eine Leidenschaft für Segelboote, die er mit unserem Großvater teilte. Die beiden Männer unternahmen Bootsfahrten in den Gewässern des Quarnero und kamen bis zur Inselwelt Dalmatiens. Heutzutage machen viele Segler derartige Excursionen, damals hatten die Fahrten noch etwas sehr Abenteuerliches.«

»Ich kann mich noch erinnern«, warf Eduard ein, »dass Großvater und Großonkel einmal sogar ihre Ehefrauen an Bord genommen haben und rund um die Isola Cherso gesegelt sind. Sie waren vier Tage auf See. Ich weiß noch, wie aufgeregt unser Vater war, weil seine Eltern sowie Onkel und Tante sich auf eine solch tollkühne Eskapade einließen. Das Boot war eine kleine Brazzera, die vier waren der Witterung schutzlos ausgesetzt.«

»Das nenne ich Abenteuerlust und Pioniergeist«, sagte Bruno.

Meinrad setzte fort: »Ich war zehn Jahre alt, als Onkel Stephan verstarb und unsere Eltern uns zum ersten Mal nach Wien mitgenommen haben. Könnt ihr euch erinnern?«

»Natürlich! Wie könnte ich das vergessen? Wir waren eine Woche in Wien und dann auch auf einer Beerdigung, vor allem aber haben wir in jungen Jahren die große Kaiserstadt gesehen«, sagte Eduard.

»Den Nachmittag im Wurstelprater werde ich immer in Erinnerung behalten. Was haben wir drei da große Augen gemacht. Und ich habe zum ersten Mal Lángos gegessen«, sagte Joseph.

Eduard lachte und wandte sich an Bruno. »Joseph hat nicht nur einen Lángos gegessen, sondern derer zwei. Und noch eine Salzgurke, ein Stanitzel kandierter Früchte und eine Riesenportion türkischen Honig. Dann hat er sich übergeben müssen.«

Bruno stimmte in das Lachen der Brüder ein.

Joseph winkte ab. »Das sind die schönen Momente des Lebens. Zuerst schlingen wie ein hungriger Wolf, dann Bauchweh und schließlich öffentliches Erbrechen. Meinen Eltern war das sehr peinlich, und die Tracht Prügel von meinem Vater habe ich bis heute nicht vergessen.«

»Ich finde«, warf Eduard gallig ein, »er hätte damals ruhig den Rohrstab verwenden sollen, zumindest den Gürtel. So wie er das bei mir immer getan hat.«

»Mir haben die Ohrfeigen vollkommen gereicht.«

»Und trotz der gesunden Abreibung ist aus dir nichts Besseres als ein Soldat geworden«, witzelte Meinrad.

»Ich bin kein Soldat, du taube Nuss, ich bin Seemann. Aber diesen Unterschied wird man wohl einem Tellerwäscher nicht um die Burg erklären können.«

»Und dir ist nicht begreiflich zu machen, dass es einen Unterschied zwischen einem Küchengehilfen und einem kaufmännischen Angestellten gibt.«

Bruno nahm zur Kenntnis, dass die Sticheleien zwischen den Brüdern anscheinend zum Alltagston gehörten. Seine Bereitschaft, sich dieses Gezerre lange anzuhören, war überschaubar, er musste vielmehr die Erzählung am Laufen halten. »Sie waren also Ende März zum Geburtstagsfest Ihrer Großtante in diesem Jahr zum ersten Mal gemeinsam in Wien. So haben Sie die Zählung begonnen. Dann wohl zum Begräbnis vor rund zwei Wochen wieder. Und jetzt waren Sie zum dritten Mal in der Hauptstadt. Doch nicht etwa zur Eröffnung des Testaments?«

Bruno schaute in drei breit grinsende Gesichter. »Liege ich mit dem Testament richtig?«

»So ist es.«

»So knapp nach der Beisetzung? Das ist überraschend. Manchmal dauert es Monate, bis ein Testament verlesen wird.«

»Unsere Großtante hat sehr gewissenhaft vorgesorgt, sodass all ihre Vermögenswerte dem Notariat offenliegen.

Es gab einfach keinen Grund, mit der Verlesung zu warten, also wurden wir nach Wien beordert.«

»War denn Ihre Großtante begütert?« Wieder blickte Bruno in breit grinsende Gesichter.

»Sie nagte nicht am Hungertuch«, blieb Eduard vage.

»Ich will nicht indiskret sein, meine Herren, aber ich hege die Vermutung, dass Ihre großzügige Großtante Sie in Ihrem Testament bedacht hat.«

»Das Feilschen mit Schneider, Hutmacher und Schuster hat endlich ein Ende«, sagte Meinrad.

»Aber hatte denn die Großtante nicht eigene Kinder, die beim Erbe bedacht werden mussten?«

»Ihre Ehe blieb kinderlos. Warum auch immer. In der Familie wurde mal so, mal so gemunkelt, dass entweder sie oder er oder beide keine Kinder zeugen konnten. Onkel Stephan hat eine Fabrik aufgebaut. Haben Sie schon etwas von der Firma Schmiedehammer Hohenau gehört?«, fragte Eduard.

»Ja natürlich. In der Schmiede des Lloydarsenals stehen zwei Hohenau-Dampfhämmer. War Ihr Großonkel etwa Stephan Hohenau?«

»Haben Sie von ihm gehört?«

»Er war der Mann, der den ersten universell einsetzbaren Dampfhammer entwickelt hat. Natürlich ist mir der Name geläufig. Die Maschinen Ihres Großonkels haben die technische Entwicklung der Monarchie beträchtlich vorangetrieben. Ist die Fabrik noch in Familienbesitz?«

»Nein, schon lange nicht mehr. Großonkel Stephan hat rechtzeitig den Verkauf der Fabrik in die Wege geleitet, und nach seinem Tod hat Großtante Henriette ein Vermögen dafür erhalten. Die Fabrik trägt zwar noch seinen Namen, gehört aber einem Konsortium von Großindustriellen.«

»Nun, dann verstehe ich Ihre Bemerkung, wonach das Feilschen mit den Herrenausstattern nicht mehr nötig ist.«

»Das muss begossen werden«, sagte Joseph und winkte dem Kellner.

»Du willst dich doch nicht in aller Herrgottsfrüh betrinken«, empörte sich Meinrad.

»Wer oder was sollte mich daran hindern? Herr Ober, bringen Sie mir einen Obstler. Die Herren, auch etwas Hochprozentiges gefällig?«

»Ach, was soll's. So jung kommen wir nicht mehr zusammen. Mir auch einen Obstler«, orderte Eduard. »Herr Zabini, ich lade Sie ein. Was meinen Sie?«

Bruno stand ganz und gar nicht der Sinn, sich knapp nach Sonnenaufgang mit Schnaps die Sinne zu benebeln, aber manche Gelegenheiten musste man einfach beim Schopfe packen. »Nun, heute muss ich nicht am Schreibtisch sitzen und ordentliche Arbeit abliefern. Ich nehme Ihre Einladung herzlich dankend an.«

Eduard nickte zufrieden. »Das ist doch ein Wort. Herr Ober, bringen Sie vier doppelte Obstler. Schau nicht so pikiert, Meinrad. Mitgefangen, mitgehangen.«

»Ich schleppe euch nicht zurück ins Coupé, damit das klar ist.«

Wenig später servierte der Kellner die Getränke.

»Meine Herren«, sagte Eduard feierlich, »erheben wir die Gläser im Andenken an unsere geliebte Tante Henriette. Möge sie in Frieden ruhen und oben im Himmel einen Ehrenplatz erhalten. Prost!«

Bruno nahm nur einen kleinen Schluck und stellte das Glas wieder ab. »Ich kann mir lebhaft vorstellen, dass die Witwe Stephan Hohenaus eine überaus begüterte Frau war, aber erstaunlich finde ich doch, dass sie ihre Großneffen beerbt hat. Zumeist erhalten doch die Vertreter der nächsten Generation und nicht die der Enkelgeneration das Erbe. Oder haben Ihre Eltern ebenso reich geerbt?«

»Da war unser Tantchen ein bisschen eigen, das muss man schon so sagen. Unsere Eltern, unsere Onkel und unsere Tanten, also die Geschwister unseres Vaters, haben Kunstgegenstände und Mobiliar erhalten, aber das Geld hat Großtante Henriette an ihre Großneffen und -nichten vererbt«, sagte Joseph. »Weiß der Teufel, warum, aber unser Schaden soll es nicht sein.«

»Tante Ernestine hat doch erläutert, warum«, warf Meinrad ein. »Hast du nicht zugehört?«

»Wann hat sie das erklärt? Davon weiß ich nichts.«

Eduard wandte sich an Meinrad. »Da war Joseph nicht zugegen. Keine Ahnung, wo du gesteckt hast, in jedem Fall hat Tante Ernestine die Intention geschildert.«

Joseph machte ein erstauntes Gesicht. »Dann klärt mich bitte auf.«

»Großtante Henriette hat gemeint, dass all ihre Neffen und Nichten Menschen sind, die erfolgreich mitten im Leben stehen und für ihren eigenen Unterhalt sorgen können, dass aber die Großneffen und Großnichten noch jung und voller Pläne sind, daher will sie ihnen mit dem Erbe ins Leben verhelfen. Die Eltern brauchen dann nicht für ihre Kinder vorsorgen und können mit ihrem eigenen Kapital deren eigenes Leben bestreiten.«

Bruno zog die Augenbrauen hoch. »Das ist ein sehr interessanter, vielleicht auch ein überraschender Gedanke. Häufiger hört man in Erbangelegenheiten, dass Kapital an reifere Menschen gegeben wird, weil diese wahrscheinlich das Geld nicht verjuxen.«

Joseph lachte dröhnend. »Na, Gott sei Dank war unser Tantchen da nicht so vernünftig und langweilig wie Sie, Herr Zabini. Wozu erbt man denn, wenn man das Geld nicht verpulvern kann. Rauschend müssen die Nächte sein, sonst hat man ja gar keine Freude im Leben. Ein Mulatschag muss den anderen jagen.«

Meinrad fasste Bruno ins Auge. »So verkehrt ist Ihre These nicht, Herr Zabini. Der Kindskopf hier wird sein Erbe in spätestens einem halben Jahr durchgebracht haben. Aber Umsicht ist keine Frage des Alters, sondern eine des Verstandes. Ich werde mein Erbe nicht mit leichten Mädchen, Kartenspiel und Schnaps verprassen. Da habe ich viel bessere Pläne.«

»Ach, bessere Pläne? Erzähl uns davon«, forderte Joseph. »Wie ich dich kenne, wirst du vor lauter edlen Anzügen, Mänteln und Hüten nicht wissen, was du anziehen sollst.«

»Geschmack muss man eben haben, dann braucht man für angenehme Gesellschaft nämlich nicht zu bezahlen.«

»Da stimme ich Meinrad zu«, warf Eduard ein. »Ich werde meine Garderobe auch rundweg erneuern. Die Fräuleins in Triest schwärmen für gut gekleidete Herren. Ich werde bei jedem Ball ein anderes Fräulein zum Tanz bitten.«

Bruno lauschte in sich hinein. Hatte er Witterung aufgenommen? Hörte er zwischen den lärmenden Sätzen der drei vom reichen Erbe geradezu besoffenen Brüder einen verdächtigen Unterton?

Ein überraschender Gedanke bemächtigte sich seiner. Würde sein Kollege Emilio Pittoni, mit dem Bruno ein denkbar schwieriges persönliches und dienstliches Verhältnis hatte, der aber über die geradezu hexenmeisterliche Fähigkeit verfügte, die Lügen der Menschen zu erahnen, den drei Brüdern auf die Schliche kommen?

Bruno wischte den Gedanken schnell beiseite, er musste sich auf sein eigenes Gespür und seine Anlage zur kausalen Rationalität verlassen. Hatte einer der drei den Mord an Henriette Hohenau begangen oder angestiftet? Hatten sie im Verbund gehandelt? Oder war ihnen das reiche Erbe völlig unschuldig in den Schoß gefallen?

Bruno bemerkte, wie Joseph die Stirn runzelte und über seine Schulter einem Mann hinterherblickte, der an ihrem Tisch vorbeiging und den Restaurationswagen in Richtung der zweiten Klasse verließ. Bruno erhaschte nur einen kurzen Blick von hinten auf den Mann mittlerer Größe. Die Flicken an den Ellbogen des dunklen Sakkos fielen ihm auf, dann schloss sich die Tür.

»War das nicht …?« Joseph vollendete den Satz nicht.

»War was?«, fragte Eduard.

Joseph griff zum Glas und leerte es mit einem schnellen Schluck.

»Was wolltest du sagen?«, erkundigte sich Meinrad.

»Ach nichts. Lasst uns gehen. Herr Ober! Bitte zahlen.«

»Ist dir die Feierlaune plötzlich vergangen?«, fragte Eduard.

»Nein, aber ein Obstler reicht für die Tageszeit«, sagte Joseph und griff nach seinem Portemonnaie.

Meinrad schaute zur Schiebetür. »Hast du jemanden gesehen, dem du aus dem Weg gehen willst? Etwa einem betrogenen Ehemann?«

»Es ist ganz einfach. Nach dem Frühstückskaffee muss ich auf den Abort.«

Der Kellner trat an den Tisch und hielt einen Notizblock in Händen.

Eduard griff ebenfalls zu seiner Geldbörse. »Da musst du dich aber beeilen, sonst komme ich dir zuvor. Herr Ober, rechnen Sie bitte alles zusammen. Herr Zabini, seien Sie mein Gast. Ich bezahle.«

»Das ist ausgesprochen großzügig, vielen Dank. Ich hoffe, Sie werden mir die Gelegenheit geben, mich erkenntlich zu zeigen.«

Eduard winkte lässig ab. »Diese wird sich finden, da bin ich sicher.«

Bruno ließ die Landschaft an sich vorbeiziehen. Der Zug hatte das Wiener Becken passiert und rollte nun auf die südöstlichen Ausläufer der Alpen zu. Die ersten Berge mit über zweitausend Metern Seehöhe kamen in Sicht, allen voran der Schneeberg, der seinem Namen alle Ehre machte und seinen strahlend weißen Gipfel der hellen Frühlingssonne präsentierte. Mitten hinein in dieses Gebirge führte die Semmeringbahn. Bruno kannte unzählige Geschichten über den Bau der ersten Hochgebirgsbahn Europas. Kaiser Franz Joseph I. hatte nur knapp nach seiner Thronbesteigung den Weg geebnet, die Länder der Monarchie Schritt für Schritt mit Eisenbahngleisen zu verbinden. Vorbei war die lähmende Stagnation unter der Regentschaft Kaiser Ferdinands I. und dessen übermächtigem Staatskanzler Fürst Metternich. Der junge und den technischen Neuerungen aufgeschlossene Kaiser förderte den Bau der Eisenbahn. Erzherzog Johann, der außerordentlich umtriebige jüngere Bruder des verstorbenen Kaisers Franz I., hatte sich schon früh für die Idee einer Eisenbahnlinie von Wien nach Triest begeistert und dabei ganz bewusst das Ziel im Auge gehabt, seine Heimat, das Herzogtum Steiermark, an diese Eisenbahnlinie anzuschließen. So war es ihm gelungen, Pläne zu vereiteln, die Strecke um die bergige Steiermark herum durch die Ebene Westungarns in Richtung der Adria zu führen. Und natürlich hatte das Kaiserhaus auch lebhaftes Interesse, die reichen Bodenschätze der Steiermark nutzbar zu machen. Eisenerz, Quarz, Braunkohle und Holz boten die Berge des Herzogtums, Rohstoffe, die für die Entfaltung der Industrie unerlässlich waren. Der geniale Ingenieur Carl Ritter von Ghega war beauftragt worden, den Alpenpass am Semmering zu überschienen. Rund zwanzigtausend Arbeiter hatten dieses epochale Bauwerk erschaffen, und so war es innerhalb von wenigen Jahren gelungen, einen zweigleisigen Schienenstrang zu legen, der den Ort Gloggnitz in Niederösterreich mit dem obersteirischen Mürzzuschlag verband und dabei von normalen Lokomotiven mit Adhäsionsantrieb befahren werden konnte. Damit waren Pläne hinfällig geworden, den Semmering mit Seilbahnen oder Zahnradbahnen zu überqueren. Am 17. Juli 1854 war die Semmeringbahn für den Passagierverkehr freigegeben worden. Nur drei Jahre später, im Jahr 1857, war die gesamte Südbahnlinie von Wien nach Triest errichtet und läutete eine neue Ära für den Personen- und Warenverkehr ein.

Sie erreichten den Bahnhof Gloggnitz. Wie Bruno wusste, würde der Zug hier zwanzig Minuten verweilen. Er erhob sich, verließ das Coupé, schob sich den Gang entlang und trat auf den Bahnsteig. Bruno ging auf einen uniformierten Bahnbediensteten zu, der vor dem Gebäude Aufstellung genommen hatte.

»Entschuldigen Sie bitte, Herr Bahnhofsvorstand.«

»Ja bitte?«

»Darf ich mich erkundigen, ob mein Zug nach Triest eine Vorspannlokomotive erhält?«

»Keinen Vorspann, mein Herr, wir wechseln die Lok.«

»Ach, die SB 110 wird abgekoppelt. Kriegen wir eine SB 170?«

Der Mann schmunzelte. »Sind der Herr vom Fach?«

»Sagen wir so, ich bin ein Freund der Technik.«

»Dann wird es Sie vielleicht erfreuen, dass Ihr Zug unsere nagelneue SB 180 erhält. Da rollt sie schon heran.«

Bruno war begeistert. »Die 180! Das ist großartig. Ist es gestattet, dass ich den Lokwechsel vom Bahnsteig aus beobachte?«

»Selbstverständlich, mein Herr. Nur bitte nicht zu nahe an die Gleise treten.«

»Das versteht sich von selbst, Herr Bahnhofsvorstand. Die tüchtigen Männer müssen ihre Arbeit verrichten.«

»Und vergessen Sie nicht, rechtzeitig wieder einzusteigen. Wenn er weg ist, ist er weg«, sagte der Mann und zwinkerte jovial.

Bruno lüpfte den Hut und ging den Bahnsteig entlang zur Lokomotive, neben der sich mehrere Männer versammelten, zum einen Bahnbedienstete, zum anderen weitere Schaulustige. Einer der Männer sicherte die Waggons gegen ein Fortrollen, indem er die Zusatzbremse festkurbelte, ein anderer tauchte zwischen die Puffer und löste die stählerne Kupplung. Als diese Verrichtungen abgeschlossen waren, winkte der Vorarbeiter dem Lokführer und die mächtige SB 110 setzte sich langsam in Bewegung.

Bruno entdeckte unter den Schaulustigen einen Mann in einem dunklen Sakko mit Flicken auf den Ellbogen. Wie zufällig stellte er sich neben den ungefähr Vierzigjährigen.

»Ein faszinierendes Spektakel, nicht wahr?«

Der Angesprochene musterte Bruno kurz und nickte. »Allerdings, nur viel Asche und Ruß fliegen einem um die Ohren.«

Bruno erkannte den Akzent. Nicht oft, aber wiederkehrend hörte er in Triest Deutsch sprechende Tschechen, der Sprachklang war unverkennbar. »Sind Sie schon öfter mit dem Zug über den Semmering gefahren?«

»Nein, noch gar nicht. Wenn meine Herrschaft ans Meer gefahren ist, bin ich zu Hause geblieben. Einer musste das Haus hüten und nach dem Rechten sehen. Und Sie, sind Sie schon öfter über den Semmering gefahren?«

»Nur ein Mal bislang. Heute ist das zweite Mal. Fahren Sie bis nach Triest?«

»Ja.«

»Privat oder geschäftlich?«

»Geschäftlich.«

»Sehen Sie die Lokomotive dort drüben? Die wird für die Bergfahrt gekuppelt.«

»Erhalten wir nach der Überquerung des Semmerings wieder eine andere Lokomotive?«

»Davon gehe ich aus. In Mürzzuschlag ist laut Fahrplan eine Viertelstunde Halt vorgesehen. Bin mir sicher, dass dann wieder eine Schnellzuglokomotive vorgespannt wird. Die fünffach gekuppelte SB 180 ist nur für den Bergdienst zuständig.«

Der Mann schaute Bruno interessiert an. »Kennen Sie sich mit Lokomotiven aus?«

»Ein bisschen. Und wir bekommen es mit einer Berühmtheit zu tun.«

»Berühmtheit? Was meinen Sie damit?«

»Die 180 ist die erste Lokomotive der Welt, die auf einem starren Rahmen fünf gekuppelte Achsen hat. Wenn sie näher kommt, werden Sie sehen, dass alle Achsen mit der besonders langen Schubstande verbunden, also angetrieben sind. Dadurch ist es möglich, einen großen, sehr leistungsfähigen Kessel auf den Rahmen zu setzen, der hohe Dampfmengen erzeugen kann. Fünf angetriebene Achsen bedeuten mehr Zugkraft am Haken und ermöglichen es, höhere Zuglasten über den Berg zu schleppen. Nur flott ist die Lokomotive nicht, sehen Sie die im Vergleich zur Schnellzuglok kleinen Räder? Die 180 wird für schwere Güterzüge und für den Schnellzugverkehr auf den Bergstrecken der Alpen verwendet.«

»Und warum ist die Lokomotive eine Berühmtheit?«

»Ihr Constructeur Karl Gölsdorf hat der 180 eine geniale Idee eingebaut. Wären alle fünf Achsen starr auf den Rahmen befestigt, dann würde die Lok im Kurvenlauf eine sehr hohe Abnützung von Schiene und Radsatz verursachen. Eine solche Lok würde wohl nach jeder längeren Fahrt in der Werkstatt stehen. Daher sind drei der fünf Achsen mit einem Seitenspiel versehen, die Stellung der Räder passt sich innerhalb bestimmter Grenzen dem Schienenprofil im Kurvenlauf an, ohne etwas von der Antriebskraft einzubüßen.«

»Ich verstehe, die Achsen können sich hin- und herbewegen.«

»Nur ein Stückchen, aber doch so viel, dass die Abnützung gering bleibt. Dieses Verfahren hat Gölsdorf schon beim Vorgänger der 180 ausgeführt, nämlich bei der von vier gekuppelten Achsen angetriebenen Serie 170. Die beiden Serien sehen sich auch architektonisch ähnlich, wobei die 180 natürlich ein ganzes Stück größer ist. Als die 180 vor Kurzem erstmals im Regelbetrieb eingesetzt wurde, sorgte das weltweit bei vielen Bahngesellschaften für Aufregung und enormes Interesse. Die 180 ist ein technischer Meilenstein im Lokomotivbau.«

»Sie kennen sich aber sehr gut aus, mein Herr. Danke für die Erklärungen.«

»Und da kommt sie schon.«

Langsam rollte die massige 180 heran, der Lokführer bremste auf den Zentimeter genau, schon tauchte der Kuppler zwischen die Puffer und hängte den Zug an den Haken der Lokomotive.

»Entschuldigen Sie bitte«, fragte Bruno, »aber habe ich Sie zuvor nicht im Restaurationswagen gesehen?«

Der Mann schaute zur Seite, ehe er distanziert antwortete: »Kann sein. Ich habe eine Schale Kaffee getrunken.«

Ein lauter Pfiff ertönte am Bahnsteig, der Bahnhofsvorstand ging auf und ab und bat die ausgestiegenen Fahrgäste, wieder ihre Sitzplätze einzunehmen. Bruno schaute auf seine Armbanduhr. In vier Minuten würde die Reise mit der Bergfahrt über den Semmering fortgesetzt werden. Der Heizer schaufelte noch eine Ladung Kohle auf den Rost der Feuerbüchse. Bruno verabschiedete sich, marschierte los und nahm wenig später wieder am Fenster Platz. Langsam rollte der Zug an.

Lubomír Pospischil saß im voll besetzten Coupé am Gangplatz entgegen der Fahrtrichtung. Manche Menschen bevorzugten Sitzplätze in Fahrtrichtung, ihm war es egal. Der Zug bewegte sich nun wesentlich langsamer als zuvor, Pospischil schätzte, dass sie mit höchstens vierzig Kilometern pro Stunde unterwegs waren. Der Herr im eleganten Anzug hatte erklärt, die Lokomotive für die Bergstrecke sei wesentlich langsamer als die Schnellzuglok, erreiche aber bergauf hohe Zugleistung. Wer war der Mann? Pospischil hatte den Eindruck, er wäre Italiener, obwohl er akzentfrei Deutsch gesprochen hatte.

Gleich nach seiner Dienstzeit bei der Armee war Lubomír Pospischil in die Hauptstadt gegangen, in seinem Dorf hatte es für ihn keinen Arbeitsplatz gegeben. Ein Leben lang als Knecht auf einem Bauernhof zu schuften, hatte er nicht gewollt. Er hatte die dörfliche Enge und Trostlosigkeit hinter sich lassen müssen. Nach dem Tod seines Vaters hatte er als Mündel im Haus seines Onkels die Drecksarbeit erledigt, und mehrmals im Monat hatte er eine Tracht Prügel bezogen, nicht, weil er ungehorsam gewesen war oder etwas angestellt hatte, sondern weil sich sein Onkel mit Bier und Schnaps betrunken hatte und dann gewalttätig geworden war.

Pospischils Mutter war knapp vor seiner Schulzeit an einem Fieber gestorben, der Vater nur zwei Jahre später. Die Schule fiel ihm leicht, er lernte ohne Schwierigkeiten Lesen, Schreiben und die Grundrechnungsarten. Da sowohl Tschechen wie Deutsche in seinem Dorf lebten, hatte er früh Kontakt mit der deutschen Sprache. Das brachte ihm während der Dienstzeit Vorteile, also schloss er sich den vielen auf dem Land aufgewachsenen Tschechen an, die nicht nach Prag oder Pilsen gingen, sondern nach Wien. Zuerst arbeitete er ein Jahr in einer dreckigen und dunklen Fabrikhalle, dann fand er eine Dienststelle in einem Gasthaus. Dort begriff er schnell, dass er als Kellner nicht nur besser verdiente, sondern auch nicht so viel Staub und Ruß schlucken musste. Innerhalb von drei Jahren arbeitete er sich vom Kellner eines Vorstadtgasthauses zum Ober in einem Kaffeehaus in der Josefstadt empor. Eines Tages las er die Annonce in der Zeitung und bewarb sich um die Stelle als Kammerdiener. Hoch war sein Gehalt bei der Herrin nicht, aber dafür war die Arbeit bequemer, er musste der Köchin und dem Zimmermädchen Anweisungen geben und führte den Haushalt für die Herrin zu ihrer vollsten Zufriedenheit. Ja, es war eine Stellung mit Privilegien und so manches Zimmermädchen der Bürgerhäuser seines Viertels zeigte sich auch seinen Avancen gegenüber aufgeschlossen. Zwölf Jahre hatte er ein komfortables und sicheres Auskommen, die Herrin respektierte ihn, er erledigte ihre Anweisungen stets sorgfältig und sparte sich trotz des bescheidenen Lohns ein wenig Geld an. Natürlich war die Herrin nicht mehr die Jüngste und spätestens nach ihrem Tod hätte er sich nach einer anderen Stelle umsehen müssen, aber sie war trotz ihres Alters von robuster Gesundheit. Einige Jahre hätte sie noch vor sich gehabt, da war er sich sicher, Jahre, in denen er sich als lang gedienter Kammerdiener wohl noch so manche kleine Reserve hätte zur Seite schaffen können. Wer, wenn nicht er, hätte der alleinstehenden Herrin die Kassa führen sollen, wenn sie selbst es wegen des Alters nicht mehr gekonnt hätte?

Dann war nur knapp nach dem großen Bankett anlässlich ihres Geburtstages der Raubmord geschehen.

Die Polizei hatte ihn einem scharfen Verhör unterzogen, hatte aber nichts anderes als die Wahrheit feststellen können, dass er nämlich nichts mit dieser Untat zu tun hatte. Zum Zeitpunkt des Überfalls hatte er in einem Gasthof in Stammersdorf übernachtet. Er hatte im Auftrag der Herrin den Bauernhof besucht, von dem sie seit Jahren Heizholz und geselchtes Fleisch bezogen hatte. Der Bauer und er waren einander seit Langem bekannt, sie hatten an jenem ominösen Abend zusammen gegessen und ein paar Gläser Bier getrunken, danach hatte er in einer Kammer des Gasthofes übernachtet. Sämtliche Zeugenaussagen hatten seinen Bericht untermauert, so hatte die Polizei jede weitere Untersuchung gegen ihn einstellen müssen.

Er war sich sicher, dass die Raubmörder sorgsam darauf geachtet hatten, dass er und das Zimmermädchen nicht in der Beletage der Herrin zugegen waren. Das hatte er dem Inspector gegenüber gesagt. Das Zimmermädchen war nämlich nach den umfangreichen Vorbereitungen für das Bankett zu einem mehrtägigen Besuch ihrer Eltern nach Brünn aufgebrochen. Für Lubomír Pospischil steckten keine zufällig dahergelaufenen Banditen hinter dem Mord an seiner Herrin. Ihre Henker hatten mit Vorsatz gehandelt. Wut erfüllte ihn, wenn er daran dachte, dass der Mörder ihn nicht nur seiner Stellung als Kammerdiener, sondern auch seines wachsenden Einflusses auf das Vermögen der Herrin beraubt hatte. Dafür suchte er Sühne. Deshalb war er auf dem Weg nach Triest. Deswegen saß er mit verkniffenen Augen im Coupé und verfolgte, wie der Zug Kurve um Kurve den Gebirgspass emporrollte.

Er war beinahe geschockt gewesen, als er die drei Taugenichtse im Restaurationswagen gesehen hatte. Aber sie hatten ihn nicht bemerkt. Vielleicht bot ihm der Zufall, im selben Zug zu sitzen, sogar eine Gelegenheit, an Informationen zu kommen.

Und dann hatte sich der elegante Herr zu den dreien gesetzt. Pospischil war der Mann zuvor nicht aufgefallen, aber er schien ein Bekannter der drei zu sein. Auf dem Bahnsteig in Gloggnitz hatte der Mann ihn in ein Gespräch verwickelt. Ein Zufall? Lubomír Pospischil war kein Dummkopf. Dieser Mann führte irgendetwas im Schilde. Er musste wachsam sein.

Unwillkürlich tauchten vor Brunos geistigem Auge Bilder der letzten Wochen auf. Er erinnerte sich an die vielen Spaziergänge mit Luise, Gerwin und Grete, an die Besichtigungen und die Bootsfahrt auf der Alten Donau. Er fühlte ein tief sitzendes Glück über diese Wendung in seinem Leben.

Nur wenige Stunden waren vergangen und schon vermisste er Luise. Bruno schwelgte eine Weile in seinen Erinnerungen, bis diese vom Kriminalfall überlagert wurden. Wer war der Mann mit den Flicken auf dem Sakko? Hatten die Brüder Kestranek etwas zu verbergen? Hatten sie gemeinsam oder nur einer von ihnen um des Erbes willen Hand an Henriette Hohenau gelegt? War er überhaupt befugt, in diesem Fall weiter zu ermitteln?

Mit gleichmäßigem Tempo rollte der Zug in Sichtweite des Flusses Schwarza die erste Rampe der Semmeringbahn empor. Bruno sah die Veränderung der Natur. Vor drei Wochen war er hier in Richtung Wien durch die Berglandschaft gefahren, in dieser Zeit hatte der Frühling das Antlitz der Landschaft verwandelt. Allenthalben grünten die Wiesen, Sträucher und Bäume. Selbst auf den Berggipfeln war der Schnee bis auf letzte kleine Inseln geschmolzen.

Eigentlich war die Welt ein schöner Ort.

Eduard Kestranek öffnete den Wasserhahn und seifte seine Hände ein. Allein für die gut ausgestatteten Aborte lohnte es sich, bei langen Zugfahrten ein Billett erster Klasse zu kaufen. Die Toilette dieses Wagens verfügte nicht nur über eine Heizung und ein Waschbecken, sondern auch über eine Klappe im Fallrohr sowie über eine Wasserspülung. Damit konnte jegliches Geschäft sauber auf die Gleise gespült werden. Vor Fahrtantritt wurde der Wasserbehälter gefüllt, dessen Inhalt für einen Tag in einem durchschnittlich besetzten Reisezugwagen reichte. In der dritten Klasse bestand die Toilette aus einer schlichten Muschel über dem Fallrohr, es gab weder Spülung noch Waschbecken oder Heizung.

Eduard trocknete seine Hände, prüfte vor dem Spiegel den Sitz seiner Krawatte, nahm sein Sakko vom Haken und schlüpfte hinein. Er verließ den Abort, vor dessen Tür eine ältere Dame wartete.

»Gnädige Frau, der Platz am Thron ist nun frei«, witzelte er und trat galant zur Seite.

»Vielen Dank, der Herr.«

Die Dame zog die Tür recht eilig hinter sich zu. Die beiden Wagen der ersten Klasse verfügten zwar über je einen Abort, aber gerade nach dem Frühstück konnten sich durchaus Warteschlangen bilden. Eduard schaute den Gang entlang. Am anderen Ende unterhielten sich zwei Herren bei einer Zigarette. Seine Brüder saßen im Coupé, niemand beachtete ihn, also ging er los.

Er durchquerte den Restaurationswagen und betrat den ersten der drei Waggons der zweiten Klasse. Dichter Qualm hing in der Luft, einige Passagiere standen rauchend im Gang und vor dem Abort warteten mehrere Personen. Der Kondukteur war gerade dabei, die Fahrkarten zu kontrollieren. In der ersten Klasse hatte er das knapp nach Verlassen Wiens erledigt. Eduard schob sich durch die Menge und erreichte den Übergang zum nächsten Wagen. Er ging an den Coupés vorbei und warf in jedes einen kurzen Blick.

Wo saß Ottilie?

Da entdeckte er sie. Ein kurzer Blickkontakt reichte, dann ging er weiter nach hinten bis zum Übergang in den vorletzten Wagen. Er schaute sich um. Die Toilette lag auf der anderen Seite des Wagens, so konnte er unbeobachtet vor den Wagentüren warten. Die neuen Reisezugwagen waren mit geschlossenen Plattformen ausgestattet, links und rechts lagen die Einstiegstüren, der Übergang zwischen den Wagen war durch eine weitere Tür erreichbar. Die Übergänge selbst waren durch Faltenbälge vor der Witterung geschützt. Dank dieser modernen Ausstattung konnten sowohl die Bahnbediensteten wie auch die Passagiere während der Fahrt die Wagen wechseln, darüber hinaus schützten die geschlossenen Plattformen vor Lärm und Kälte. Nicht zuletzt reduzierten sich dadurch die Unfälle. Immer wieder stürzten Fahrgäste von den offenen Plattformen und brachen sich dabei die Knochen.

Ottilie huschte um die Ecke, Eduard umarmte sie und drückte sie an sich.

»Da bist du endlich, du süßer Fratz. Gib mir ein Busserl.«

Ottilie schaute über ihre Schulter, niemand beobachtete sie. Eduard überschüttete sie mit Küssen im Gesicht und auf den Hals.

Ottilie kicherte. »Nicht so stürmisch.«

»Was soll das heißen? Du bist so hübsch, dich muss man einfach abbusseln.«

»Eduard, hör mir bitte zu«, sagte Ottilie und schob ihn ein wenig von sich.

»Zuhören? Ist irgendetwas?«

»Ja.«

»Was denn?«

»Herr Lubomír ist im Zug.«

Eduard trat einen Schritt zurück und warf seine Stirn in Falten. »Wer soll das sein?«

»Na, Herr Lubomír, der Kammerdiener der gnädigen Frau.«

Eduards Augen weiteten sich. »Der ist hier im Zug?«

»Ja. Ich habe ihn zum Glück schon am Bahnhof entdeckt, bin ihm aus dem Weg gegangen, habe ihn aber beobachtet. Ich war richtig erschrocken, als ich gesehen habe, dass er just in diesen Zug gestiegen ist. Er hat seinen Sitzplatz einen Waggon weiter hinten.«

»In welchem Coupé?«

»Im vierten in Fahrtrichtung.«

»Hat er dich gesehen?«

»Ich glaube nicht. Am Bahnsteig bestimmt nicht. Nach der Abfahrt ist er an meinem Coupé vorbeigegangen, wahrscheinlich war er im Restaurationswagen.«

»Verdammt, dann muss er uns entdeckt haben. Ich habe mit meinen Brüdern gefrühstückt. Ah, jetzt weiß ich, wen Joseph erkannt hat.«

»Was meinst du damit?«

»Joseph hat nach dem Frühstück jemanden gesehen, der ihm bekannt vorgekommen ist, aber auf die Frage, wen er da gesehen hat, hat er ausweichend reagiert. Wahrscheinlich hat er Lubomír gemeint. Warum hat er das verschwiegen?«

»Glaubst du, dass Lubomír auch nach Triest fährt?«

Eduard überlegte scharf. »Könnte gut sein.«

»Was will er dort? Das kommt mir sehr merkwürdig vor.«

»Da hast du allerdings recht, meine Liebe.«

»Ich kann den Kerl nicht ausstehen. Wie er sich immer benommen hat! Richtig gemein. Immer dieser Kasernenton und dann allerweil das Gegrapsche. Dutzendmal hab ich ihm gesagt, dass ich das nicht will, aber aufgehört hat er nicht. Und jetzt sitzt er mit uns im selben Zug. Da stimmt doch etwas nicht.«

Eduard nahm das ehemalige Zimmermädchen seiner Großtante erneut in die Arme. »Süße Otti, ich fürchte, dass du recht hast. Hier stinkt es ganz gewaltig zum Himmel.

Aber vor dem alten Deppen brauchst du keine Angst mehr zu haben. Wenn er dich jemals wieder antatscht, verpasse ich ihm eine Tracht Prügel, die er sein Lebtag nicht vergisst. Das schwöre ich.«

Ottilie schmiegte ihren Kopf an seine Schulter. »Du bist mein Beschützer. Hast du mich auch ein bisserl lieb?«

»Was heißt ein bisserl? Ich könnte dich mit Haut und Haaren verputzen.«

»Wir müssen herausbekommen, warum Lubomír im Zug sitzt.«

»Ich lasse mir etwas einfallen.«

»Das ist gut.«

»Hast du alles so gemacht, wie ich gesagt habe?«

»Ja freilich.«

Eduard drückte Ottilie fest an sich und stupste mit seiner Nase die ihre. »Du bist nicht nur hübsch wie eine Kirschblüte im Mai, du bist auch klug und durchtrieben, nicht wahr?«

»Aber Eduard, was meinst du mit durchtrieben?«

»Ich meine, wir sollten …« Er löste sich von ihr, schaute sich sorgsam um, öffnete die Tür zum nächsten Wagen und fasste sie an der Hand. »Komm mit. Der Abort im Nachbarwaggon ist frei. Die Tür lässt sich von innen verriegeln.«

»Was hast du vor?«

»Das wirst du gleich erfahren, meine Hübsche.«

Der Zug rollte in den Bahnhof Mürzzuschlag ein. Hier würde es wegen des Lokomotivwechsels wieder zu einem längeren Aufenthalt kommen. Die Auffahrt von Gloggnitz auf den Scheitelpunkt der Semmeringbahn hatte rund zweihundertvierzig Höhenmeter mehr zu überwinden als auf der Gegenseite von Mürzzuschlag aus. So war Bruno die Strecke vom Bahnhof Semmering bis zur obersteirischen Stadt recht kurz vorgekommen. Das ältere Ehepaar und ihre beiden Enkelsöhne machten sich zum Ausstieg bereit. Bruno erhob sich und verabschiedete sich höflich, dann trat er an das Fenster, öffnete es und schaute auf den Perron. Diesmal verließ er den Waggon nicht.

Mürzzuschlag lag in einem weitläufigen Talkessel, manche Häuser schmiegten sich an die aufsteigenden Hänge. Bruno bewunderte das saftige Grün der Wiesen und dicht bewaldeten Berge. Er lebte am Rande des Karsts mit seiner mediterranen Flora und Fauna, die sich von der alpinen deutlich unterschied. Er schloss das Fenster wieder und setzte sich.

»Entschuldigen Sie bitte, sind die Plätze hier frei?«, fragte ein an der Schiebetür auftauchender Mann.

Bruno hob die Hände. »Ich weiß nicht, ob Passagiere mit Platzkarten zusteigen. Wenn nicht, dann sind hier fünf Plätze frei.«

»Wir brauchen nur drei.«

»Dann setzen Sie sich bitte. Der Kondukteur wird Ihnen schon sagen, ob andere Fahrgäste Reservierungen haben.«

Bruno verfolgte, wie drei Herren Platz nahmen, die nur mit leichtem Reisegepäck und Aktentaschen unterwegs waren. Kaum hatten die Männer ihre Mäntel und Hüte abgelegt sowie Platz genommen, hob ein lebhaftes Gespräch an. Wie Bruno schnell mitbekam, war ein Unternehmer mit zwei seiner leitenden Angestellten in geschäftlichem Auftrag nach Graz unterwegs. Offensichtlich bereiteten sich die Männer auf eine schwierige Unterredung mit einer Advokaturkanzlei und einem wegen finanzieller Turbulenzen säumigen Geschäftspartner vor. Bruno konnte nicht umhin mitzuhören, dass der Unternehmer einen Holzgroßhandel und ein Sägewerk betrieb, einer seiner Angestellten Prokurist und der andere der Werksleiter war. Die Männer zogen Unterlagen aus ihren Aktentaschen und besprachen kaufmännische und technische Details, und das in einer Lautstärke und Intensität, die eine Lektüre der Zeitung oder eines Buches für Bruno unmöglich machte. Also klemmte er die Ausgabe der Neuen Freien Presse unter seine Achsel und verzog sich in den Restaurationswagen. In rund einer Stunde würde der Zug Graz erreichen, dann würde er hoffentlich wieder ein stilleres Coupé vorfinden.

Gegen neun Uhr war etwa die Hälfte aller Tische frei. Gezielt wählte er einen Vierertisch. Bruno ließ sich vom Kellner eine Schale Kaffee servieren, blätterte die Zeitung auf und las einige Artikel. Aus den Augenwinkeln entdeckte er Joseph Kestranek. Bruno machte sich bemerkbar und Joseph trat auf ihn zu.

»Herr Zabini, hat es Sie auch nicht auf dem Sitz gehalten?«

»Wie Sie sehen, Herr Kestranek. In meinem Coupé werden derzeit komplizierte Verhandlungen des hiesigen Holzgewerbes geführt, da habe ich kopfüber die Flucht ergriffen«, sagte Bruno mit einem Grinsen.

»Ich habe beim Vorbeigehen bemerkt, dass in Ihrem Abteil lautstark diskutiert wird. Erlauben Sie, dass ich Ihnen Gesellschaft leiste?«

Bruno legte die Zeitung weg und machte eine einladende Handbewegung. »Es wäre mir eine Ehre.«

Der uniformierte Mann setzte sich Bruno gegenüber, winkte dem Kellner und bestellte Kaffee. Joseph griff in seine Rocktasche und zog Spielkarten heraus. »Ist Ihnen eine Partie Mariage genehm?«

»Kommen Ihre werten Brüder zum Spiel?«

»Später. Eduard treibt sich irgendwo im Zug herum und Meinrad muss unbedingt noch einen überaus wichtigen Brief oder ein inspiriertes Gedicht schreiben. Daher Mariage für zwei.«

Bruno richtete sich auf dem Stuhl auf. »Das Angebot zum lasterhaften Zeitvertreib nehme ich an. Wie hoch soll der Einsatz sein?«

»Wir könnten eine Krone für das Bummerl festlegen. Oder doch lieber zehn? Fünfzig?«

»Fangen wir mit einer Krone an. Wenn ich Ihnen den Beutel geleert habe, können wir ja um Ihr Hemd spielen.«

Joseph grinste breit und reichte Bruno die Karten zur Prüfung. »Ihr Ehrgeiz in allen Ehren, mein Herr, aber noch ist lange nicht ausgemacht, um wessen Hemd gespielt wird. Befinden Sie die Karten für in Ordnung?«

Bruno zählte rasch das Blatt durch und mischte mit geschickten Fingern. »Die Karten sind genehm. Wer höher hebt, der gibt.«

Er legte den Stapel zwischen ihnen auf den Tisch. Joseph hob die Karozehn, Bruno die Herzdame. »Herr Ober, bitte Papier und Bleistift.«

Der Kellner sah, dass die Herren Karten spielen wollten. »Ich kann den gnädigen Herren einen Bummerlzähler anbieten.«

»Nehmen wir dankend.«

Ottilie Gomperz schob die Tür zum Coupé zur Seite, drängte sich an den anderen Fahrgästen vorbei, nickte entschuldigend, als sie mit ihrem Knie das der älteren Frau ihr gegenüber berührte und nahm am Fenster Platz. Sie starrte zum Fenster hinaus. Nur langsam kühlten ihre hitzigen Wangen. Hatten die anderen etwas bemerkt? Vorsichtig spähte sie um sich. Alle sechs Plätze des Abteils waren besetzt. Nein, niemandem war ihre Aufregung aufgefallen, die Sitznachbarn lasen in ihren Zeitungen oder Büchern, der alte Mann am Gang schien zu schlafen und das Mädchen direkt neben Ottilie zeichnete rote und blaue Blumen in ihr Malbuch.

Meine Güte, war das aufregend! Zuerst hatte sie gar nicht glauben können, was Eduard vorhatte, dann war sie von seiner Sündhaftigkeit und Wollust regelrecht erschrocken gewesen. Aber als er sie in den Abort geschoben, die Tür verriegelt und sie mit einer Vielzahl an Küssen verzaubert hatte, hatte sie sich ihm hingegeben. In einem fahrenden und voll besetzten Zug!

Natürlich fand sie ein solches Verhalten anrüchig und verdorben. Aber auch aufregend und verwegen.

Nach und nach beruhigte sich ihre Atmung. Sie schaute weiterhin zum Fenster hinaus.

Als Ottilie ihrem Elternhaus am Stadtrand der mährischen Hauptstadt Brünn den Rücken gekehrt hatte, nicht zuletzt, um der Tyrannei und den Schlägen ihres Vaters zu entkommen, und nach Wien gegangen war, hatte es nicht lange gedauert, bis sie die Anstellung bei Frau Hohenau bekommen hatte. Das Gehalt war ihr am Anfang hoch vorgekommen. Ihr Vater war Schustergeselle und arbeitete in einer kleinen Werkstatt, von seinem kargen Lohn musste das Elternpaar ihr Leben und das der Kinder bestreiten, so war Ottilie zwar nicht in bitterer Armut, aber in sehr bescheidenen Verhältnissen aufgewachsen. Die Möglichkeit, ihr eigenes Geld zu verdienen, hatte sie in die Kaiserstadt geführt. Wie stolz sie gewesen war, als sie mit ihrem ersten Lohn eine weiße Bluse und ein paar Socken hatte kaufen können. In der Kindheit und Jugend hatte sie zumeist die Kleidung ihrer älteren Schwester tragen müssen. Später hatte sie festgestellt, dass ihr Gehalt als Zimmermädchen unter dem Durchschnitt lag, aber da hatte sie sich bereits in der Beletage der Herrin eingelebt.

Die Arbeit selbst war ihr nicht schwergefallen, schon als Kind hatte sie der Mutter bei der Wäsche und beim Kochen zur Hand gehen müssen. Natürlich, manchmal hatte die Herrin genörgelt, weil ihr die Teller nicht ausreichend gespült waren, die Bettwäsche nicht sauber genug gewaschen und die Schränke nicht gewissenhaft abgestaubt waren, aber im Großen und Ganzen war Frau Hohenau selten schlecht gelaunt gewesen. Die arme alte Herrin. So schrecklich zu enden, hatte sie wahrlich nicht verdient. Als Ottilie vom Besuch ihrer Eltern zurück nach Wien gekommen war, hatte die Polizei den Leichnam längst fortgeschafft, aber niemand anderer als sie hatte mit Bürste, Seife und einem Kübel heißen Wassers die Spuren der Gewalttat vom Parkett putzen müssen. Das war schlimm gewesen, mehrere Nächte danach hatte sie von den getrockneten Blutspritzern und dem Urinfleck geträumt. Zum Glück waren diese nun wieder verschwunden.

Und jetzt die Fahrt nach Triest! Wie aufregend.

Der Aufbruch von Brünn nach Wien war ein gewaltiges Abenteuer gewesen, aber jetzt fuhr sie ans Meer, an die schöne Adria, in die große Hafenstadt Triest. Was hatte sie doch für ein Glück gehabt, dass sie dem jungen Herrn begegnet war und er sich sofort für sie interessiert hatte. Ottilie wusste, dass ein junges Mädchen ihrer Herkunft nur über eine Möglichkeit verfügte, dem Los einer Dienstmagd zu entkommen: Sie musste eine gute Partie machen. Ein Mädchen ihrer Herkunft musste so hübsch sein, dass sich ein junger Herr von Stand in sie verschaute, und dann musste sie ihn von der Heirat überzeugen.

Über eine mangelnde Zahl an Avancen brauchte sie sich wahrlich nicht zu beschweren, schon ihre Großmutter hatte sie in Mädchenjahren angesehen, wissend genickt und gesagt, dass die kleine Otti mal ein richtig hübsches, gut gewachsenes Fräulein werden würde. So war es dann auch gekommen. In den Jahren in Wien hatte sie schnell lernen müssen, welcher von den jungen Herren nur ein amouröses Abenteuer suchte und welcher ernste Absichten hegte. Leider zählten die allermeisten Herren zur ersten Kategorie, es hatte sie viel Mühe gekostet, allzu aufdringliche Kavaliere auf Abstand zu halten. Nur zwei Männern war sie begegnet, die sie angehimmelt hatten und auf der Stelle geheiratet hätten. Doch der eine war ihr zu hässlich und korpulent gewesen und schwitzte ständig, sodass sie seine Nähe kaum ertragen hatte, und der andere hatte einen Sprachfehler, sehr schlechte Augen und daher furchtbar dicke Brillen. Vor einigen Monaten hatte sich die Befürchtung eingestellt, dass sie zu wählerisch sei und am Ende ohne Ehemann übrig bleiben werde.

Doch dann war der junge Herr aus Triest in der Beletage erschienen. Sofort hatte sie sich in den attraktiven Enkel der Herrin verliebt. Und auch er hatte sein Herz, so wie er es mehrfach bekräftigt hatte, an sie verloren. Und wie galant er gewesen war, nicht so grob und aufdringlich wie viele andere Männer, der junge Herr hatte sie mit Komplimenten überhäuft, ihr im Geheimen kleine Liebesbriefe zugesteckt und ihr einmal sogar einen Blumenstrauß mitgebracht. Noch immer nannte sie Eduard für sich »den jungen Herrn«, obwohl sie wiederholt intim geworden waren und er von Hochzeit gesprochen hatte.

Ottilie war glücklich. Ihre Standhaftigkeit und Tugend hatten sich letztlich ausgezahlt. Endlich hatte sie einen Bräutigam, der nicht nur fesch war, sondern auch begütert, gebildet und gut situiert, der in Triest einen Posten bei der Südbahn-Gesellschaft innehatte und der ganz vernarrt in sie war. So wie sie in ihn. Ja, es schwang sogar Stolz in ihr mit, dass der junge Herr, ihr geliebter Eduard, sie inständig gebeten, ja sogar angefleht hatte, ihm nach Triest zu folgen. Es war alles so schnell gekommen, sie hatte nicht lange überlegen können, hatte sich rasch entscheiden müssen. Nicht einmal Zeit für eine Nachricht an ihre Eltern hatte sie gehabt. Wenn erst das Hochzeitsaufgebot bestellt war, dann würde sie ihren Eltern einen ausführlichen Brief schreiben, von der glücklichen Wendung ihres Lebens berichten und ihnen Geld schicken, damit sie sich standesgemäß einkleiden und Billetts nach Triest kaufen konnten.

Wenn sie nur wüsste, was dieser ungute Kerl in diesem Zug zu suchen hatte. Sie hatte Herrn Lubomír von Anfang an nicht ausstehen können.

Gedankenverloren ging ihr Blick zum Fenster hinaus. Das also war die Steiermark, das grüne Herz Österreichs mit seinen endlosen Bergen und Wäldern. Sie hatte den im Coupé vorhandenen Fahrplan und eine beiliegende Broschüre über die berühmte Südbahnstrecke genau studiert und wusste, dass sie sich gegenwärtig durch das Mürztal bewegten und bald in Bruck an der Mur halten würden, in jener Kleinstadt, wo die Mürz in die Mur mündete. Von dort ging es dann in einer Kurve in Richtung Süden auf Graz zu, die Hauptstadt des Herzogtums Steiermark.

Ottilie schmunzelte. Von dieser aufregenden Reise würde sie noch ihren Enkeln erzählen. Und dass sie Eduard eine ganze Schar Kinder schenken würde, daran hatte sie keinen Zweifel. So innig, wie sie sich liebten.

Bruno beobachtete sein Gegenüber genau. Selbst beim Kartenspielen konnte er nicht aus seiner Haut. Das war wohl eine Folge seines Berufes, seine Sinne waren auch dann geschärft und seine Wachsamkeit hoch, wenn er nicht im Dienst war. Er prüfte ständig das Verhalten, die Motive und die Ziele der Menschen. Bruno fand, dass Joseph Kestranek um eine Idee zu schnell ausspielte. Drei Mal war ihm aufgefallen, dass Kestranek die falsche Karte gezogen hatte, wodurch Bruno wertvolle Punkte sammeln konnte. Nach einer halben Stunde Mariage hatte Bruno Joseph mehr Bummerln angehängt als umgekehrt. Selbst wenn die fünf Kronen nur ein winziger Betrag waren, den Bruno einstreifen würde, so hatte Josephs Stimmung durch den Verlust einer mittlerweile gar nicht kleinen Anzahl an Spielrunden beträchtlich gelitten. Für Bruno wurde sichtbar, dass Joseph Kestranek über ein cholerisches Temperament verfügte und im Falle einer Serie an Niederlagen zu Zorn neigte.

Außerdem mutmaßte Bruno, dass der ihm gegenübersitzende Seemann eher in seichten Gewässern segelte.

Natürlich war Mariage ein Glücksspiel, und wenn man ein gutes Blatt in der Hand hatte, bedurfte es keiner geistigen Meisterleistung, eine Runde für sich zu entscheiden. Aber über viele Spielrunden hinweg setzte sich doch jener Spieler durch, der die gefallenen und noch offenen Karten besser im Blick hatte. Und da hatte Bruno offenbar die Nase vorn.

Bruno zögerte unmerklich und spielte dann die falsche Karte aus. Der Stich ging an Joseph, noch ein Stich, ein weiterer.

»Genug, ich habe sechsundsechzig!«, rief Joseph und zählte seine Punkte. »Sogar achtundsechzig. Wie viele haben Sie?«

Bruno zählte seine Punkte. »Nur achtundzwanzig.«

»Das sind zwei Punkte, Bummerl für Sie, Herr Zabini«, sagte Joseph mit sich aufhellender Miene und schob eine Kugel auf Brunos Seite auf dem Bummerlzähler. »Ich glaube, jetzt wendet sich das Geschick.«

Bruno machte ein verdrießliches Gesicht, mischte die Karten neu und dachte: Ja, das Geschick wendet sich tatsächlich. Auch die nächste Runde ging an Joseph, wenngleich sehr knapp, denn Bruno hatte zwei Trumpfkarten, die ihm einfach Stiche einbrachten und wo es auffällig gewesen wäre, wenn er diese nicht gemacht hätte.

Der Kondukteur ging mit der Taschenuhr in der Hand durch den Wagen und rief: »Sehr geehrte Fahrgäste, wir erreichen in Kürze Graz. Ankunft pünktlich in zehn Minuten. Ich wiederhole, wir erreichen in Kürze Graz.«

Bruno wandte sich an Joseph. »Herr Kestranek, darf ich vorschlagen, das Spiel für die Einfahrt in Graz zu unterbrechen? In jungen Jahren habe ich ein Jahr lang in der Stadt gelebt und noch viele lebhafte Erinnerung. Wenn ich schon hier nicht aussteige und einen Spaziergang am Schlossberg machen kann, so möchte ich zumindest ein paar Eindrücke aufschnappen.«

Joseph lächelte schief. »Ich glaube eher, Sie wollen Ihren Spielgewinn von vier Kronen sichern.«

Bruno lächelte ebenso. »Natürlich, so finanziere ich meine Reise. Aber wenn Sie erlauben, dann lade ich Sie auf einen Cognac ein.«

Joseph verzog anerkennend den Mund. »In jedem Fall sind Sie ein würdiger Sieger. Mit einem Cognac in der Hand vergesse ich gerne meine Spielschulden.«

Die beiden lachten, schoben die Karten zur Seite und Bruno winkte dem Kellner.

Kaum standen die Gläser am Tisch, kam Eduard Kestranek in den Restaurationswagen und trat auf den Tisch zu. »Das habe ich mir ja gedacht. Wo findet man meinen kleinen Bruder? Wie immer bei Glücksspiel und Schnaps. Dass Sie sich da hineinziehen lassen, Herr Zabini, erschüttert meinen Glauben an die Menschheit.«

Joseph griff nach seinem Zigarettenetui und steckte sich eine an. »Nur die Ruhe, großer Bruder, wirf deinen Glauben nicht gleich vor die Hunde, sondern setz dich, rauch eine und nimm auch ein Gläschen. Triest liegt noch fern und die Fahrt dauert an.«

»Ihr Bruder hat recht, Herr Kestranek, setzen Sie sich zu uns. Da Sie zuvor beim Frühstück so spendabel gewesen sind, möchte ich mich revanchieren und spendiere eine Runde. Nehmen Sie ein Glas?«

Eduard nickte und setzte sich neben Bruno. »Einer freundlichen Einladung zu widersprechen, wäre eine bodenlose Unhöflichkeit. Wie ich sehe, hat sich der Bummerlzähler schon gefüllt. Zu Ihren Gunsten, Herr Zabini, wie mir scheint.«

»Ich hatte zu Beginn eine Glückssträhne, aber in den letzten Runden hat Ihr Bruder mächtig aufgeholt.«

Joseph zog seine Geldbörse heraus und legte vier Kronen vor Bruno auf den Tisch. »Da ich fast annehme, dass unsere

Mariage-Partie zu Ende ist, begleiche ich meine Spielschulden, wie sich das für einen anständigen Seeoffizier gehört.«

Bruno streifte das Geld ein und deutete dem Kellner, noch ein Glas Cognac zu servieren. »Es ist mir eine Ehre, den Spielgewinn gleich wieder mit Ihnen auf den Putz zu hauen.«

»Wo hast du dich herumgetrieben, Bruderherz?«, fragte Joseph.

»Ach, ich habe mir nur ein bisschen die Beine vertreten.«

Bruno spitzte die Ohren. Er hatte ein feines Gehör für Lügen und ausweichende Antworten entwickelt. Eduards Äußerung klang stark danach.

Auch Meinrad Kestranek kam in den Restaurationswagen. Eduard winkte ihn herbei.

»Sagt bloß, ihr wartet auf mich für eine Runde Tarock?«

»Setz dich, bestell einen Cognac und mische die Karten«, sagte Eduard.

»Lasst uns doch die Einfahrt in Graz verfolgen. Herr Zabini möchte alte Erinnerungen auffrischen.«

Bruno nickte Joseph zu. »Das wäre mir sehr genehm, meine Herren. Wie ich Ihrem jüngsten Bruder schon sagte, habe ich vor Zeiten ein Jahr lang in Graz gelebt.«

»Ach, wo haben Sie denn gewohnt?«, fragte Meinrad.

»In der Nähe des Hilmteichs. Eine sehr schöne Wohngegend nicht unweit des Grazer Villenviertels. Ich habe allerdings nur in einer kleinen Studentenbude gehaust.«

»Sie haben also in Graz studiert?«

»Als außerordentlicher Hörer habe ich ein Jahr lang an der Juridischen Fakultät Vorlesungen besucht.«

»Sind Sie Jurist, Herr Zabini? Ich dachte, Sie arbeiten als Ingenieur«, fragte Meinrad.

Bruno zuckte bedauernd mit den Achseln. »Leider hat es bei mir weder zum Juristen noch zum Techniker gereicht.

Aber ein bisschen Ahnung habe ich von beiden Fachgebieten.«

»Da auf dem Berg! Das ist die Wallfahrtskirche Maria Straßengel«, sagte Eduard. »In ein paar Minuten erreichen wir die Stadtgrenze.«

Bruno schaute aus dem Fenster zur weithin sichtbaren Kirche. Alte Erinnerungen an seine Zeit in Graz kamen hoch. Er drängte die Vergangenheit zur Seite. Zu Hause in seiner Stube konnte er bei Kerzenlicht und einem Glas Terrano seinen Gedanken nachhängen, hier im Zugrestaurant in Gesellschaft der Brüder Kestranek war kein Platz dafür.

Lubomír stand im Gang am Fenster und blickte auf den Perron. Allein die Weitläufigkeit des Bahnhofareals kündete davon, dass Graz eine größere Stadt war. Natürlich hatte er schon von der steirischen Hauptstadt gehört, so wie von vielen anderen regional bedeutenden Orten der Monarchie, aber besonders interessierte er sich nicht für die Menschen und das Leben in der Steiermark. Hier war er nur auf der Durchreise. Er öffnete das Fenster, lehnte sich hinaus und winkte dem Zeitungsjungen. Dieser sah Lubomír und eilte herbei.

»Welche Zeitungen verkaufst du?«

»Die Kleine Zeitung, die Neue Freie Presse und die Tageszeitung, gnädiger Herr.«

»Die Kleine Zeitung kenne ich nicht. Ist das ein hiesiges Blatt?«

»Ja, die wird hier in Graz gedruckt.«

»Was kostet sie?«

»Zwei Heller.«

»So günstig? Gib mir eine Ausgabe«, sagte Lubomír, langte nach der Geldbörse in seiner Rocktasche und gab dem Jungen eine Zehn-Heller-Münze. »Der Rest ist für dich.«

»Danke, gnädiger Herr«, sagte der Junge, zog seine Mütze und ging weiter den Perron auf und ab.

Der Kondukteur blies in seine Pfeife, winkte dem Lokführer mit der Kelle und stieg ein. Die Lokomotive fauchte und stampfte, der Zug setzte sich in Bewegung.

Lubomír schloss das Fenster und nahm wieder Platz. Er blätterte die Zeitung auf und überflog die Schlagzeilen. Doch er konnte sich nicht auf die Artikel konzentrieren, zu viele Gedanken spukten durch seinen Kopf.

Von all den Verwandten der Herrin verachtete er Ernestine Wenzel am meisten. Die Nichte von Frau Hohenau aus Görz war bei ihren wiederkehrenden Besuchen in Wien wie eine Henne um den Napf herumgetrippelt, den puren Futterneid in den Augen. Tantchen hier, Tantchen da. Ist alles nach deinen Vorstellungen? Brauchst du noch etwas, Tantchen? Und immerzu hatte Ernestine ihn, den lang gedienten Kammerdiener, herrisch herumkommandiert, nie konnte er Anordnungen zu ihrer Zufriedenheit erledigen, an allem und jedem fand sie etwas herumzunörgeln. Dass die Frau fortwährend gegen die Wiener Verwandtschaft der Herrin hetzte, war Lubomír einerlei, dass sie aber jeden seiner Schritte mit Argusaugen verfolgte, hatte sie ihm verhasst gemacht. Wie ein Blutegel hatte sich Ernestine an Frau Hohenau geheftet. Dabei ging es nicht darum, die Herrin finanziell auszusaugen. Das wäre auch ohne Aussicht auf Erfolg geblieben, die Herrin hatte ihr Vermögen fest in Händen gehalten, nichts verschenkt oder verschleudert. Es ging Ernestine vielmehr darum, sich als liebevolle und sorgende Nichte in den Vordergrund zu spielen. Natürlich hatte Ernestine Wenzel allein das Erbe im Blick, um sich und ihren beiden Kindern einen fetten Brocken zu sichern.

Wie im Testament schließlich nachzulesen war, war dieser Plan trefflich gelungen. Und er, Lubomír, schaute durch die Finger.

Aber einen Trumpf hatte er im Talon. Einen, von dem im Testament nichts verlautbart worden war und der somit in der Aufstellung des Vermögens der Herrin gefehlt hatte. Somit hatte auch die Verwandtschaft keine Ahnung. Er aber wusste Bescheid.

Die Herrin hatte vor ihren Reisen an die Adria regelmäßig Geldbeträge von ihren Konten behoben, mehrmals hatte sie auch Goldmünzen aus ihrem Fundus mit auf die Reise genommen. Nichts von diesem Geld hatte sie wieder nach Wien zurückgebracht. Anfangs hatte Lubomír gedacht, die Herrin habe das Geld und die Goldmünzen ihren Verwandten übergeben, aber vor rund einem Jahr hatte er in den Papieren Aufzeichnungen über ein Schließfach in Triest gefunden. Warum sollte Frau Hohenau auf einer Triester Bank ein Schließfach einrichten? Diese Frage hatte ihm keine Ruhe gelassen, also hatte er vorsichtig weiter nach Hinweisen gesucht. Den eindeutigen Beweis hatte er nicht finden können, denn allzu offensiv durfte er nicht in den Dokumenten der Herrin wühlen, dennoch war sich Lubomír mittlerweile sicher, dass die Herrin das Geld und die Goldmünzen nicht verschenkt, sondern in diesem Bankschließfach deponiert hatte. Der Grund dafür lag leider im Dunklen, aber anhand einiger Notizen und Aufzeichnungen erwog Lubomír zwei Gründe, warum das Schließfach nach und nach abseits der notariell bekannten Vermögenswerte bestückt worden war.

Der erste Grund war, dass Frau Hohenau für die Kinder und Kindeskinder ihrer jüngeren Schwester Gerhilde Vorsorge treffen wollte. Gerhilde hatte ja vor Jahrzehnten einen Triester Juden geheiratet und ihre Kinder im jüdischen Glauben erzogen. Das hatte offenbar dem lange verstorbenen Ehemann der Herrin sehr missfallen, sodass es zum Abbruch des Kontakts gekommen war. Selbst nach dem Tod Stephan Hohenaus hatte sich seine Frau an den Bann gehalten und nicht versucht, die Relation zu ihrer Schwester wiederherzustellen. Zumindest war niemals etwas von solchen Versuchen offenkundig geworden. Dennoch hielt es Lubomír für möglich, dass die Herrin für Gerhilde Hellmanns Kinder und Enkel einen Erbteil festlegen wollte. Um den Willen ihres verstorbenen Ehemanns nicht zu konterkarieren, hatte sie das im Stillen getan, indem sie Vermögenswerte in das Schließfach gelegt hatte.

Der zweite mögliche Grund war, dass Frau Hohenau in Triest irgendeinen Erbschleicher durchfütterte. Was zur Folge hätte, dass das Schließfach wohl längst geleert und seine Fahrt nach Triest vergebliche Mühe war. Diese Möglichkeit bestand zwar, war aber unglaubwürdig. Die Herrin war einfach nicht die Frau gewesen, die einem Schlitzohr Geld in den Rachen geworfen hätte. Das war eigentlich undenkbar.

Lubomír hatte bei der Testamentseröffnung wie ein Luchs aufgepasst, ob der Notar etwas vom Inhalt des Schließfachs aufzählte, aber es war mit keiner Silbe erwähnt worden. Er musste Klarheit finden, er musste dieses Depot öffnen. Koste es, was es wolle. Er kannte zwar den Namen der betreffenden Bank und die Nummer des Faches, aber für die Öffnung war gewiss auch ein Losungswort notwendig. Er wusste, dass die Herrin drei verschiedene Losungsworte für ihre Konten verwendet hatte, weil er in ihren Aufzeichnungen einmal einen entsprechenden Vermerk gefunden hatte. Natürlich hatte er sich zu ihren Lebzeiten niemals an das Vermögen gewagt, die Banken führten genau Buch über Ein- und Auszahlungen. Es wäre der Herrin und ihrem Advokaten ein Leichtes gewesen, nicht legitimierte Abhebungen nachzuvollziehen. Und kurz nach ihrer Ermordung waren die Konten auf Geheiß des Notars gesperrt worden. Aber niemand wusste etwas vom Schließfach, und er war sich sicher, dass eines der Losungsworte richtig war. Er würde früher oder später an das Geld herankommen.

Lubomír Pospischil zog seine Taschenuhr hervor und schaute kurz zum Fenster hinaus. Der Zug rollte in Richtung der Untersteiermark, die nächste Haltestelle würde Marburg an der Drau sein. Er fuhr auf geradem Weg dem Tag der Wahrheit entgegen. Würde er für den Verlust des Zugriffs auf das Vermögen der Herrin entschädigt werden? Das galt es herauszufinden.

Lubomír wandte sich wieder den Zeitungsartikeln zu und suchte nach dem Lokalteil, in dem von Bränden, Raubüberfällen und hiesigen Familientragödien berichtet wurde.

Bruno lugte zum wiederholten Male zum Fenster hinaus. Der Zug hatte den Bahnhof Marburg an der Drau längst hinter sich gelassen. In Kürze würden sie in Pragerhof ankommen, also an der Haltestelle, an welcher die Bahnlinie nach Ungarn von der Hauptstrecke zwischen der Kaiserstadt und den Küstenlanden abzweigte. Die Züge von Triest nach Budapest rollten auf jenen Gleisen. Der Aufenthalt im Bahnhof Marburg hatte genau zehn Minuten gedauert. Bruno schätzte, dass kein Lokomotivtausch durchgeführt worden war, sonst hätte der Zug länger Halt gemacht. Die Stadt Marburg spielte für die k.k. privilegierte Südbahn-Gesellschaft eine wichtige Rolle, denn sie lag ziemlich genau im Zentrum des sich über mehr als zweitausendfünfhundert Kilometer erstreckenden Schienennetzes der Kompanie. Nach dem großen Stützpunkt beim Wiener Südbahnhof war in Marburg die zweite Hauptwerkstätte errichtet worden. Sämtliche in Triest, in den Küstenlanden und in der Krain eingesetzten Lokomotiven und Waggons wurden in Marburg gewartet und instandgesetzt. Die Südbahn-Gesellschaft war einer der wichtigsten Arbeitgeber in der Stadt an der Drau.

Bruno schätzte, dass in Marburg weder Wasser noch Kohle in den Schlepptender nachgefüllt worden war. Die SB 110, die man dem Zug in Mürzzuschlag vorgespannt hatte, war im Verbund mit ihrem großen Schlepptender für den Langstreckenlauf gebaut worden. Wahrscheinlich würde erst in Laibach wieder die Lokomotive getauscht werden. Die letzte Etappe auf dem Weg an die Küste war die Domäne der mächtigen SB 170 und der SB 32f, einer zwar schon älteren, aber sehr zuverlässigen Maschine. Von beiden Typen waren zahlreiche Exemplare in Triest stationiert.

Bruno konnte sich immer weniger auf das Kartenspiel konzentrieren. Herzkönig, Pik-Reiter, Sküs, Pagat, der Mond, mittlerweile war ihm die Partie einerlei und er tat sich zunehmend schwer, den Überblick über die gefallenen Karten zu bewahren. Seit über einer Stunde spielten sie Königrufen, die in Österreich-Ungarn weit verbreitete Tarockvariante. Bruno mochte das Spiel an sich, es war wesentlich anspruchsvoller und facettenreicher als Bauernschnapsen, und in einer illustren Runde geistreicher Spieler konnte eine Tarockpartie zu einem denkwürdigen Ereignis werden. Doch gerade hinsichtlich seiner Mitspieler kam Bruno nach und nach an das Ende seines Geduldsfadens. Nicht, weil die Brüder Kestranek besonders schlecht spielten, nein, sie hielten sich ausgesprochen wacker und der Spielstand war ausgeglichen, was aber Bruno an die Substanz ging, war der permanent zänkische Tonfall, den die drei Männer anschlugen. Mit dürftigen Witzen kaschierten sie nur mangelhaft ihre Gehässigkeiten.

Warum missgönnte ein Bruder dem anderen diesen oder jenen Stich? Warum beklagte sich ein Bruder über den anderen, wenn der zweite eine unglückliche Karte ausspielte? Warum überhaupt saß Bruno mit diesen Männern am Spieltisch?

Ja, er hatte versucht, mit gezielten Fragen etwas über den Tod der Erbtante der drei Brüder herauszubekommen, war aber während des Spiels nicht vorangekommen. Die Herren schienen keine Lust zu verspüren, über ihre Großtante und das ererbte Kapital zu sprechen. Auch entdeckte Bruno, dass der Kellner langsam nervös wurde, schließlich besetzten sie einen zentralen Tisch im Restaurationswagen. Immer mehr Fahrgäste tauchten auf, um das Déjeuner einzunehmen.

Eine Runde ging zu Ende. Bruno nutzte die Gelegenheit. »Meine Herren, darf ich vorschlagen, dass wir einen Schlussstrich unter den Spielstand machen? Wie offensichtlich ist, gelingt es keinem Spieler, sich vermehrt Gewinnpunkte zu sichern, was für ein sehr ausgewogenes Kräfteverhältnis spricht. Außerdem möchte ich mich über meinen Reiseproviant hermachen. Und nebenbei bemerkt, sollten wir den Platz für den Mittagstisch anderer Fahrgäste freigeben.«

»Herr Zabini, Sie haben völlig recht«, sagte Meinrad, der von allen am wenigsten begeistert die Karten warf. »Wir haben genug gespielt. Ich habe keine Lust mehr.«

Zum Glück hatten sie nicht zu viel Cognac getrunken, es war bei zwei Runden geblieben. Einen Vollrausch schon in der Mittagsstunde war nichts, wonach sich Bruno sehnte. Er winkte dem Kellner.

Joseph Kestranek plante, die nächsten Wochen über in Triest zu verweilen und dann den Dampfer nach Pola zu nehmen. Zwar verkehrten täglich mehrere Züge zwischen den beiden Städten, aber als Marineoffizier bevorzugte er den Seeweg. Die Fahrzeit der direkten Schiffsverbindung entsprach ungefähr der Dauer der Zugfahrt quer durch Istrien. Er hatte Bekannte in Triest, so würde er die Nächte zum Tag machen. Und die Theater, Kaffeehäuser und Bordelle Triests boten sehr viel mehr Abwechslung als jene in Pola. Allerdings war Sonntagfrüh noch eine Herausforderung zu meistern, weswegen er am heutigen Abend mit soldatischer Disziplin allen Verlockungen entsagen würde.

Wieder ließen sie einen Bahnhof hinter sich, erneut verschwand eine Stadt in der Landschaft. Joseph hatte gar nicht darauf geachtet, wo der Zug gehalten hatte. Sie saßen zu fünft im Coupé, neben seinen Brüdern reisten zwei distinguierte Männer mittleren Alters. Geschäftsreisende, die beide in Graz zugestiegen waren. Einer der Männer döste vor sich hin, der andere arbeitete Papiere durch. Sein Bruder Eduard las gelangweilt in der Zeitung, während Meinrad wieder an einem Brief feilte. An wen waren die Briefe gerichtet, die er bei jeder Gelegenheit verfasste? Selbst auf wiederholte Fragen hatte er keine Antwort gegeben, Meinrad schwieg wie ein Grab, stur, wie er nun einmal war. Joseph hatte keinen Zweifel, dass es Liebesbriefe waren. Schon als Jugendlicher hatte sich Meinrad in Mädchen verliebt, die für ihn unerreichbar waren. Er war und blieb ein Romantiker und Träumer. Joseph fand, dass Meinrad der Schwächste von ihnen war. Eduard nutzte bedenkenlos sein Glück bei der holden Weiblichkeit und knüpfte eine Affäre nach der anderen, er selbst, Joseph, stillte sein Verlangen lieber mit Dirnen. Das war für einen Seemann sehr viel unkomplizierter als irgendwelche Gspusis mit jungen Weibern, die von einem Mann auch etwas erwarteten. Es kam vor, dass er wochen-, manchmal sogar monatelang auf See war. Wenn er Einzug in das Bett einer Frau gewonnen hatte und dann lange fort war, war die Wahrscheinlichkeit hoch, dass zwischenzeitlich ein anderer Galan seinen Platz in jenem Bett einnehmen würde. Eine Dirne verlangte von einem Mann nur Bezahlung. Diese simple Formel zwischenmenschlicher Begegnung fand Joseph vorteilhaft. Meinrad hingegen verzettelte sich immerzu in poetisch anmutende Schwärmereien. Für die Empfindsamkeit und Gefühlsduselei der Poeten hatte Joseph herzlich wenig übrig.

Eine Weile schaute er zum Fenster hinaus. Ihn beschäftigte eine Frage. Er musste sich Klarheit verschaffen. Joseph erhob sich und langte nach seiner Dienstmütze. Die anderen Männer schauten hoch.

»Entschuldigen Sie, mein Herr, ich muss mir die Füße vertreten«, sagte er zum Geschäftsmann mit den Papieren, der vor der Schiebetür saß.

Der groß gewachsene Mann zog seine Beine ein und machte den Weg frei. »Selbstverständlich, bitte sehr.«

»Danke.« Joseph trat auf den Gang, schloss die Tür und

blickte in das Coupé. Seine Brüder beachteten ihn nicht weiter, also ging er los. Vorsichtig näherte er sich dem Coupé von Herrn Zabini. Joseph spähte durch die Verglasung und sah, dass der Mann wie zuvor am Fensterplatz saß und versunken in einem Buch las. Joseph huschte unerkannt an der Schiebetür vorbei, betrat den Restaurationswagen, durchquerte diesen und kam zu den Waggons der zweiten Klasse. Im ersten Wagen fand er den Kammerdiener seiner Großtante nicht, aber im zweiten wurde er fündig.

Joseph konnte sich zwar an den Namen nicht erinnern, aber jetzt, wo er dem Mann in die Augen schaute, erkannte er ihn wieder.

Entschlossen öffnete Joseph die Tür. »Guten Tag, die werten Herrschaften, ich bitte um Entschuldigung, Sie zu stören«, sagte er an die Fahrgäste des Coupés gerichtet, dann fasste er den Kammerdiener scharf ins Auge. »Mein Herr, darf ich Sie um eine Unterredung bitten?«

Offensichtlich war dem Angesprochenen die Situation unangenehm, der Mann fasste sich an die Krawatte und schob sie zurecht. »Worum geht es?«

»Das möchte ich Ihnen unter vier Augen mitteilen.«

Der Kammerdiener rutschte unbehaglich auf seinem Platz umher. »Was wollen Sie von mir?«

»Ich bitte nur um ein kurzes Gespräch.«

Das Gesicht des Mannes nahm einen streitbaren Ausdruck an. »Na gut, dann reden wir, Herr Offizier.«

Joseph postierte sich ein paar Schritte weiter bei einem Gangfenster und schaute hinaus. Sein Gesprächspartner nahm beim Nachbarfenster Aufstellung und blickte ebenfalls hinaus.

»Ich habe Sie im Restaurant gleich wiedererkannt.«

»Ich habe Sie und Ihre Brüder auch sofort erkannt.«

»Ich weiß zwar, dass Sie der Kammerdiener meiner Großtante waren, aber Ihren Namen habe ich vergessen.«

»Ich kenne Ihren schon, Herr Kestranek.«

»Nennen Sie mir Ihren Namen.«

»Warum sollte ich das tun? Sie werden ihn ja ohnedies wieder vergessen.«

Joseph schaute den Mann von der Seite an und lächelte. »Ich frage Sie höflich um Ihren Namen, ich könnte ihn aber auch aus Ihnen herausprügeln.«

»Mitten im Eilzug? Das wird der Kondukteur nicht zulassen.«

»Also?«

»Also *was?*«

»Sagen Sie mir nun Ihren Namen oder nicht? Und keine Sorge, mein Herr, ich weiß, welche Anstellung Sie bekleidet haben, also werde ich den Namen sowieso herausfinden.«

»Ich heiße Lubomír Pospischil.«

»Ein wohlklingender böhmischer Name. Es gibt keinen Grund, sich für ihn zu schämen.«

Lubomír verzog fragend sein Gesicht. »Was soll ich darauf sagen?«

»Sie könnten mir sagen, warum Sie in diesem Zug fahren.«

»Meines Wissens ist es in Österreich-Ungarn nicht verboten, mit dem Zug zu reisen.«

»Sie könnten ja genauso gut in Ihre Heimat nach Budweis, Pilsen oder Prag fahren. Warum Triest?«

»Woher wissen Sie, dass ich nach Triest fahre? Vielleicht steige ich in Laibach aus und besuche meinen Onkel, der dort einen böhmischen Gasthof betreibt?«

»Ist das der Grund Ihrer Reise in den Süden? Wollen Sie Ihren Onkel besuchen?«

»Ich sehe keine Veranlassung, warum ich über den Zweck meiner Reise Auskunft erteilen sollte, Herr Kestranek.«

Joseph kratzte sich am Kinn und schaute eine Weile zum Fenster hinaus. »Irgendetwas stimmt da nicht. Ich glaube kaum, dass Ihre Fahrt in diesem Zug Zufall ist.«

»Ich kann nicht beurteilen, was Sie glauben oder nicht.«

Joseph wandte sich scharf um und trat mit harter Miene auf Lubomír zu. »Haben Sie etwas mit der Ermordung meiner Großtante zu tun?«

Lubomír Pospischil wich nicht zurück. »Diese Frage muss eher ich Ihnen stellen, Herr Kestranek.«

Die Männer starrten einander kämpferisch an. Dann trat Joseph einen Schritt zurück und griff lässig nach seinem Zigarettenetui. »Nun denn, Herr Pospischil, ich werde darauf achten, ob Sie in Laibach aussteigen oder doch nach Triest fahren. Ich wünsche fürderhin eine gute Reise. Gehaben Sie sich wohl.«

»Guten Tag, Herr Kestranek.«

Bruno liebte dieses Teilstück der Wegstrecke. Die Gleise führten an der wildromantischen Sann entlang, einem Fluss, der sich durch dicht bewaldete Berge schlängelte. Er kannte die Strecke, während seines Studienjahres in Graz war er mehrmals hier entlanggefahren. Die altehrwürdige Stadt Cilli lag hinter ihnen, die nächste Haltestelle würde Steinbrück sein, wo sich die Sann in die Save ergoss, jenen bedeutenden Nebenfluss der Donau, an dessen Ufern die Städte Laibach und Agram lagen und der schließlich in der serbischen Hauptstadt Belgrad in die Donau mündete. Steinbrück war ein winziger Ort inmitten von Bergen, aber für die Südbahn war der Bahnhof ein wichtiger Knoten. Dort zweigten von der Strecke Wien–Triest die Gleise in Richtung der kroatischen Hauptstadt Agram ab.

Er schaute auf seine Armbanduhr und überlegte, ob Luise, Gerwin und Grete schon Brünn erreicht haben konnten. Luise sprach stets in den freundlichsten Tönen von ihrer Schwester Sylvia. Bruno bedauerte, dass es ihm nicht möglich war, weiter an ihrer Seite zu reisen, er hätte gern Luises Schwester und deren Familie kennengelernt. Luise hatte ihm versichert, dass Sylvias Ehemann zwar adelig und konservativ, aber sehr gebildet und tolerant sei, anders als Baron Hartmannsthal, dessen Bekanntschaft zu machen Bruno ja vor Kurzem das unsägliche Vergnügen hatte. Sylvia lebte mit ihren Kindern recht zurückgezogen auf dem Landsitz nicht unweit von Brünn. Anders als ihre jüngere Schwester unternahm sie kaum Reisen, war daher stets sehr erfreut, wenn Luise wieder einmal für ein paar Tage oder Wochen zu Besuch kam.

Bruno sinnierte über das Reisen. Er lebte gern in seinem vertrauten Umfeld in Triest, aber die Möglichkeiten der modernen Welt, in wenigen Tagen den halben Erdteil zu durchqueren, faszinierten ihn. Noch vor hundert Jahren dauerte eine Reise von Triest nach Wien zwei Wochen und stellte außerordentliche Anforderung an die Zähigkeit und Ausdauer der Reisenden, heute bewältigte man den Weg in zwölf Stunden und konnte dabei komfortabel Frühstück und Déjeuner zu sich nehmen. Und dann waren da noch der Hafen und die vielen Schiffsverbindungen der Adria, des gesamten Mittelmeers und nach Übersee.

Er war im Laufe seines Lebens schon recht viel herumgekommen, vor allem die östliche Adriaküste hatte er mehrfach bereist, seltener aus privaten Gründen, häufiger dienstlich. Einmal war er sogar in der Ägäis gewesen und hatte Smyrna, Mykene und Konstantinopel besucht. Bruno schmunzelte in sich hinein, nun, er hatte sich zwar ein paar Tage in der osmanischen Metropole am Bosporus aufgehalten, aber viel hatte er von der Stadt und ihren Sehenswürdigkeiten nicht gesehen. Er war während seines Einsatzes als Personenschutz des Grafen Urbanau und seiner Tochter Carolina mit dem Dampfer Thalia nach Konstantinopel gekommen, und dort hatte völlig überraschend Luise auf ihn gewartet. Nach vielen Wochen, in denen sie sich nicht getroffen hatten, war es eine ebenso aufwühlende wie innige Begegnung gewesen. Bruno schwelgte in süßer Erinnerung. Fünf Tage hatte die Thalia vor Anker gelegen, und für die Dauer des Aufenthaltes waren Luise und er kaum dem Bett entkommen.

Er lächelte und schaute zum Fenster hinaus. Ja, die Erinnerung an diese glücklichen Tage erfüllte ihn mit Wärme.

Bruno lehnte sich nach einer Weile wieder zurück. Er fand es undenkbar, eine lange Zugfahrt wie diese auf einem Sitz der dritten Klasse zurückzulegen. Nagende Rückenbeschwerden wären das Mindeste, was man von zwölf Stunden Verweilen auf einer unbequemen Holzbank davontragen würde. Natürlich waren Billetts der dritten Klasse wesentlich billiger als eine Karte der ersten Klasse, wodurch es auch Menschen mit wenig Geld möglich war, Fahrten mit der Eisenbahn zu unternehmen. Das Problem der dritten Klasse lag seiner Meinung aber weniger an den unbequemen Sitzmöbeln, sondern an der Armut an sich. Manche waren unermesslich reich und konnten sich in schöner Umgebung Villen oder gar Schlösser bauen, andere lebten von der Hand in den Mund und mussten sich in den Arbeitervierteln im Schichtbetrieb Betten teilen. Gar nicht wenige Menschen des Bürgertums, zu der er als Beamter gehörte, verachteten den Kommunismus. Aber was am Grundgedanken dieser Weltanschauung falsch sein konnte, dass nämlich die Reichtümer der Welt und Menschheit möglichst gerecht verteilt sein sollten, hatte noch niemand Bruno schlüssig erklären können. Und die Antwort, dass Gott, Kaiser und Vaterland die bestehende Ordnung einfach so wollten, war in Brunos Augen entweder der hilflose Ausdruck völliger geistiger Unzulänglichkeit oder geradezu gewissenlose Selbstsucht.

Er dachte an die Diskussionen mit Luise, die sich auf sein Anraten in den letzten Monaten mit den Lehren des griechischen Philosophen Epikur beschäftigt hatte. Bruno war zur Einsicht gelangt, dass im Epikureismus eine in vielerlei Hinsicht schlüssige Deutung der Welt der Menschen formuliert war. Geistige Einsicht und größtmögliche Lebensfreude ergänzten einander und formten den Menschen zu einem freudig ethischen Lebewesen. Anders als es die katholische Kirche in den dunklen Jahrhunderten des Mittelalters mit Kruzifix, Feuer und Schwert verfocht, dass nämlich Geist und Lust unversöhnliche Gegensätze waren. Da der Heilige Geist, dort die teuflische Lust. So waren unsägliche Gewalt und Verstümmelung über die Völker der Erde gekommen und hatten sich bis in die Gegenwart erhalten. Dabei hatten schon die alten Griechen vor über zweitausend Jahren die nötigen philosophischen Grundlagen für den Aufbau einer gerechten und guten Welt dargelegt. Die Menschen waren in Summe leider nicht im Geringsten so klug und vorwärts denkend wie manche ihrer hellsichtigen Vertreter. Ja, viele Menschen waren allzu offenkundig sogar erpicht darauf, dumme und brutale Tiere zu bleiben, viele hielten ihre Primitivität sogar für den natürlichen und logischen Zustand der Menschheit, die Philosophie und Wissenschaft hingegen für unverständliches Zeug oder großspurige Angeberei.

Bruno horchte in sich hinein. Warum waren die schönen Gedanken an Luise und die gemeinsame Zeit unversehens zu einer ernüchternden Reflexion geworden? Er fand recht schnell zu einer Antwort. Weil er zuvor mit den Brüdern Kestranek Karten gespielt hatte. Diese Erfahrung hatte gereicht, seine Zuversicht in die Zukunft der Menschheit zu erschüttern.

Aus den Augenwinkeln sah er, dass Meinrad Kestranek den Gang entlangging. Immerhin versuchte der Mittlere der Brüder, sich nicht vorbeizuschleichen. Joseph Kestranek hatte das zuvor getan, und Bruno hatte vorgetäuscht, es nicht zu bemerken.

Der Gedanke, die Brüder erst einzeln und dann im Verein einem strengen Verhör zu unterziehen, fühlte sich gut an. Und vielleicht würden ja ein paar Hintergründe über das gewaltsame Ableben von Henriette Hohenau bekannt werden. Aber für ein Verhör gab es keinerlei Handhabe.

Bruno wischte die Gedanken an die drei Männer beiseite. Er freute sich, seine Mutter und Schwester wiederzutreffen und ihnen all die Grüße ihrer Wiener Verwandten zu überbringen. Er freute sich auf Fedora und ihre pfiffigen Bonmots, auf Fedoras Söhne, auf seine Kollegen in der Kanzlei, auf seine Freunde vom Sportverein, mit einem Wort, er freute sich auf Triest, seine Heimat.

Meinrad Kestranek suchte im Fahrplan nach der geplanten Ankunftszeit in Laibach. »Schau an, der Zug ist praktisch auf die Minute pünktlich. Wie oft geschieht das schon?«

»Einmal im Jahr«, witzelte Eduard.

»Aber dafür haben wir wieder zwanzig Minuten Aufenthalt.«

»Könntest du jetzt schon wissen, warum das so ist. Ich sage nur: Lokomotiventausch.«

»Weiß ich doch, Herr Professor.«

Joseph erhob sich. »Ich schau, ob ich am Bahnsteig heiße Würstel kriege.«

Eduard nickte zustimmend. »Heute die erste gute Idee von dir.«

»Ich schließe mich euch an«, sagte Meinrad.

Die drei verließen den Wagen und fanden am Bahnhofsbuffet, wonach sie suchten. An einem Stehtisch nahmen sie gesottene Krainer Wurst mit Senf und Brot zu sich. Aus der Ferne verfolgten sie, wie die Lokomotive getauscht wurde. Zwischen Triest und Laibach müsste eine Eilzuglokomotive entweder mit Vorspann fahren oder man bewegte den Zug von vornherein mit einer langsamen, aber zugkräftigen Berglokomotive. Wobei die Bergfahrt von Triest nach Laibach über die Rampe durch den Karst höchste Ansprüche an die Lokomotiven stellten. In der anderen Richtung waren deutlich weniger Höhenmeter zu überwinden, die Abfahrt von der Anhöhe bei Adelsberg zum Meer war vor allem für die Bremsen eine Herausforderung.

Meinrad entdeckte bei den vielen geöffneten Fenster ein bekanntes Gesicht. Schon zuvor, als er im Zug auf und ab gegangen war, hatte er das Fräulein gesehen. Als sich ihre Blicke kreuzten, verschwand sie schnell vom Fenster.

»Ich frage mich, welcher schöne Umstand es gebracht hat, dass Tante Henriettes schnuckeliges Zimmermädchen auf dem Weg nach Triest ist und mit uns im selben Zug sitzt.« Er schaute seine Brüder an.

Eduard machte ein verdrießliches Gesicht.

»Das Zimmermädchen?«, fragte Joseph überrascht.

»Oh ja, ist das nicht eine glückliche Fügung?«

»Hast du sie gesehen?«

»Freilich, gerade eben hat sie ihr hübsches Köpfchen zum Fenster hinausgestreckt, aber als sie mich gesehen hat, hat sie gleich den Hals eingezogen. Warum bloß, warum?«

»Was willst du zum Ausdruck bringen?«, fragte Eduard düster.

Meinrad zuckte betont gelassen mit den Schultern. »Gar nichts. Mir ist sie halt nur aufgefallen.«

»Misch dich nicht in Angelegenheiten ein, die dich nichts angehen«, knurrte Eduard drohend.

»Liege ich richtig in der Annahme, dass die Kleine deinetwegen im Zug sitzt? Du hast doch mit ihr poussiert. Ist aus dem Gspusi etwa die große Liebe erstanden?«

Eduard schluckte seinen ersten Ärger hinunter und setzte eine betont gelassene Miene auf. »Deinen ironischen Tonfall kannst du dir schenken, Bruderherz. Ja, der süße Käfer fährt meinetwegen nach Triest. Gibt es daran etwas zu beanstanden?«

»Nicht das Geringste, außer vielleicht, dass unsere geliebte Großtante von irgendjemand ermordet worden ist.«

»Was soll diese saublöde Andeutung?«

»Vielleicht haben du und das hübsche Fräulein ein fatales Komplott geschmiedet, um bedeutende Reichtümer für das künftige Liebesglück zu ergattern.«

Eduard schüttelte ungläubig seinen Kopf. »Meinrad, du hast eine sonderbare Phantasie. Wie kommst du nur auf solche Verrücktheiten?«

»Wie also ist es zu verstehen, dass das Fräulein inkognito nach Triest reist?«

Eduard blickte Meinrad mitleidig an. »Siehst du, Brüderlein, du kannst in Sachen Frauenzimmer viel von mir lernen. Der kleine Fratz ist ganz vernarrt in mich, ein paar vage Andeutungen eine zukünftige Hochzeit betreffend, und schon wärmt sie mir das Bett. Und ja, ich finde sie possierlich, also habe ich sie überredet, mit mir nach Triest zu kommen.«

»Du hegst keine ernsten Absichten, dich mit einer Dienstmagd zu verloben oder gar zu verheiraten?«

»Machst du Witze, Meinrad? Wenn ich von ihr genug habe oder sie bezüglich einer Hochzeit enervierend wird, schicke ich sie frankiert und mit Poststempel zurück nach Wien.«

»Und wahrscheinlich mit einem Balg im Bauch«, warf Joseph ein.

»Der dann sicher nicht von mir ist, weil bei einem Fräulein, das mir nichts, dir nichts quer durch die Monarchie ludert, muss man mit einer Vielzahl an Liebhabern rechnen. Das wird jedes Gericht verstehen.«

Meinrad rümpfte pikiert die Nase. »Ich möchte nicht wissen, wie viele Zimmermädchen du schon geschwängert hast.«

Eduard zuckte mit den Schultern. »Es werden schon ein paar gewesen sein. Aber kein einziges musste ich zum Beischlaf zwingen und jedes hat viel Spaß dabei gehabt. Das kannst du mir glauben.«

Joseph schluckte den letzten Happen seines Brotes hinunter und wischte sich mit seinem Taschentuch die Finger ab. »Meine Herren, wie es scheint, haben die Eisenbahner die neue Lokomotive angespannt, es geht gleich weiter.«

Tatsächlich marschierte der Bahnhofsvorstand auf dem Perron umher und forderte die Fahrgäste auf, einzusteigen.

Die drei ließen die geleerten Teller zurück und gingen auf ihren Wagen zu.

»Was mich dagegen nachdenklich stimmt«, brummte Joseph, »ist, dass sowohl das Zimmermädchen unserer Großtante als auch ihr ehemaliger Kammerdiener im Zug sitzen. Das ist doch seltsam.«

Meinrad horchte überrascht auf. »Wie bitte, der Kammerdiener ist auch nach Triest unterwegs?«

Joseph zuckte mit den Achseln. »Schaut ganz so aus, denn in Laibach ist er nicht ausgestiegen. Oder er hat sich unerkannt über die Gleise verdünnisiert. Das artet ja zu einer herrlichen Vergnügungsreise an die azurne Adria aus.«

Nach der Fahrt durch die hinreißend schöne Landschaft des Karstes mit seinen Hügeln, Bergen und Wäldern erreichte der Zug seinen letzten Aufenthalt vor dem Endbahnhof Triest. Die Verwandlung der Flora war augenscheinlich. Der alpine Baumbestand war einem mediterranen gewichen, nicht Tannen, Fichten und ausladende Buchen bildeten die Wälder, sondern Pinien, Steineichen und Lorbeer. Bruno meinte, schon den Atem des Meeres zu verspüren.

Die Ortschaft Opicina lag nur wenige Kilometer von Triest entfernt am Rande des Hochplateaus, das steil zur Küste abfiel. Er hätte hier aussteigen können, um mit der Localbahn den Weg nach Cologna abzukürzen. Die Haltestelle der Tram in Opicina befand sich unweit vom Bahnhof, selbst mit den Koffern wäre das ein zu bewältigender Fußmarsch. Das Haus seiner Mutter war in Sichtweite der Haltestelle Cologna der knapp mehr als fünf Kilometer langen Strecke der Localbahn. Diese wurde größtenteils auf der eingleisigen Trasse mittels Adhäsionsantrieb geführt, den Steilhang allerdings überwand die Localbahn zweigleisig nach dem Prinzip einer Standseilbahn mit zusätzlichem Schubwagen. Jeweils eine Garnitur fuhr talwärts, gleichzeitig eine andere bergauf. Aber Bruno blieb im Fernzug sitzen. Er hatte von Luise den Auftrag erhalten, in ihrer Stadtwohnung nach dem Rechten zu sehen. Vom Bahnhof aus war es nur ein kleiner Spaziergang in das Borgo Teresiano.

Die Südbahn lief von Opicina auf Aurisina zu, um dort in einem weiten Bogen längs der Küste in den Steilhang einzufahren. Dadurch war die Streckenlänge der Hauptbahn sehr viel größer als jene der Localbahn, konnte aber wegen des geringen Gefälles von schweren Personen- und Güterzügen befahren werden. Ohne diese leistungsfähige zweigleisige Trasse wäre der ständig wachsende Zugverkehr zum bedeutendsten Hafen der Donaumonarchie gar nicht möglich.

Der Zug fuhr von Opicina ab und rollte wenig später ohne anzuhalten durch den Bahnhof Aurisina. Luises Landsitz lag gar nicht so weit von den Gleisen entfernt in Richtung Sistiana, war jedoch von hier aus nicht zu sehen. Sowohl von den Bahnhöfen Aurisina sowie Sistiana brauchte man etwa eine halbe Stunde zu Fuß, um die abseits in einem stillen Pinienhain gelegene Villa zu erreichen.

Und dann öffnete sich erstmals der Blick zum Meer.

Die Adria erstreckte sich in Fahrtrichtung rechts. Vor allem Bewohner des Binnenlandes, die zum ersten Mal ans Meer kamen, drängten zu den Fenstern, um einen Blick in die Weite zu erhaschen. Am Horizont verschwamm die Oberfläche des Meeres mit dem Himmel. Die sich senkende Sonne tauchte den Golf von Triest in schummriges Rot. Bruno kannte natürlich das Farbenspiel der Wolken, an der Küstenlinie und auf der Meeresoberfläche, aber auch ihn ergriff ein Glücksgefühl ob des Anblicks.

Nicht durchgehend konnte man von der Bahnstrecke aus zum Meer sehen, vorbeiziehende Bäume und Felseinschnitte versperrten den Blick. Für die Bahngleise hatte man sich vor über einem halben Jahrhundert auf gerader Linie durch die Steilküste geschürft. Tausende seiner Vorfahren im Litoral hatten diese schwere Arbeit im Schweiße ihres Angesichts geleistet, damit nachfolgende Generationen auf äußert bequeme Art reisen konnten. Bruno fand es bewundernswert, mit welcher Willenskraft die Menschen im vergangenen Jahrhundert mit einfachen Mitteln, mit Muskelkraft, Spitzhacken, Seilwinden und Hebeln die gesamte Strecke von Wien nach Triest gebaut hatten. Heutzutage verfügte man dank der technischen Entwicklungen der letzten Jahrzehnte über leistungsfähige Maschinen, mit denen der herausfordernde Bau einer derart anspruchsvollen Bahnlinie sehr viel einfacher wäre.

Die Lichter Triests kamen in Sicht. So aufregend der dreiwöchige Aufenthalt in Wien auch gewesen war, die Heimkehr fühlte sich für Bruno gut an. Im gesamten Zug erhoben sich die Fahrgäste und machten sich für den Ausstieg bereit, Koffer wurden von den Gepäckträgern gehoben, Kleidungsstücke verstaut und Fenster geöffnet, um die Einfahrt in den Südbahnhof zu verfolgen. Auch Bruno nahm Mantel und Hut, stellte seine beiden Koffer im Gang bereit und schaute aus dem Fenster.

Der Zug reduzierte sein Tempo und rollte im Bahnhof ein. Auf dem Perron standen Bahnbedienstete, Dienstmänner und Zeitungsjungen, eine Verkäuferin bot in einem Bauchladen Gebäck und Kekse an. Der Zug hielt. Bruno entdeckte die Brüder Kestranek, die zum Ausstieg drängten. Sein Blick kreuzte sich mit jenem Eduard Kestraneks. Bruno neigte den Kopf und lüpfte den Hut, Eduard erwiderte den Gruß. Der Perron füllte sich mit Stimmen, Gesten und Geräuschen. Bruno wartete, bis sich der Wagen weitgehend geleert hatte, dann hob er seine Koffer und stieg die Eisentreppe hinunter auf den Perron.

»Signor, soll ich Ihre Koffer nehmen?«, fragte ihn ein eifriger Dienstmann, der einen Handwagen zog, auf dem schon mehrere Gepäckstücke lagen.

»Danke, nein, ich habe es nicht weit.«

»Abendausgabe! Il Piccolo! L'Indipendente! Triester Zeitung! Edinost! Abendausgabe!«, rief ein Zeitungsjunge mit kräftiger Stimme.

Bruno trat auf den Jungen zu, stellte die Koffer ab und zog sein Portemonnaie. »Gib mir Piccolo und Edinost.«

»Sehr wohl, Signore.«

Bruno stand am Bahnsteig, überflog blätternd die Überschriften, dann faltete er die italienische und die slowenische Zeitung und steckte sie in seine Manteltasche. Es war recht mild, der Mantel war gar nicht nötig, aber für die kurze Strecke wollte er ihn nicht ausziehen und am Arm tragen.

Vier Bahnbedienstete leerten ohne große Eile das Gepäckabteil des ersten Waggons. Als Bruno an der Lokomotive vorbeikam, sah er, dass in Laibach tatsächlich eine SB 170 dem Zug vorgespannt worden war. Die schweren Reisezüge im Karst wurden mittlerweile fast ausschließlich von diesen Maschinen gezogen, denn im Vergleich zur SB 32f konnten sie zwei bis drei voll besetzte vierachsige Personenwagen mehr die Rampe hinaufbewegen. Der Lokführer und der Heizer lehnten am Führerstand und schauten entspannt zu, wie sich der Perron leerte.

Bruno erreichte die Bahnhofshalle. Aus den Augenwinkeln tauchte ein bekanntes Gesicht auf. Bruno wandte den Kopf und hielt an.

Polizeiamtsdiener Vlah kam breit lächelnd auf Bruno zu. »Herr Inspector, was für eine Freude, Sie zu treffen!«

Bruno stellte die Koffer ab und schüttelte die dargebotene Hand. »Signor Vlah, die Freude ist ganz auf meiner Seite. Wie schön, gleich bei der Ankunft einem Bekannten zu begegnen.«

Vlah schaute auf die Koffer und warf einen Blick zum Bahnsteig. »Sie sind eben mit dem Zug aus Wien eingetroffen, nicht wahr?«

»Ja, Vlah, gerade eben betrete ich wieder heimatlichen Boden.«

»Alle in der Kanzlei erwarten mit Freude Ihre Rückkehr«, sagte Vlah und beugte sich verschwörerisch vor. »Und unter uns gesagt, Herr Inspector, Ivana wird am Montag zur Begrüßung einen Gugelhupf mitbringen. Das wissen Sie aber nicht von mir.«

Bruno schmunzelte. »Ehrensache, ich halte dicht.«

»Wie war es in Wien?«

»Aufregend, hochinteressant, lehrreich, frühlingshaft. Ich bin voller Eindrücke, Erinnerungen und Bilder im Kopf, ich muss die Reise erst langsam in mein Bewusstsein sickern lassen. Es war eine großartige Erfahrung.«

Polizeiamtsdiener Vlah war ein Mann Anfang fünfzig und von schlichtem Gemüt, er war verlässlich, bescheiden und hatte sich gerade wegen seiner unauffälligen Erscheinung und stoischen Geduld bei Beobachtungen und Beschattungen als ausgesprochen fähig erwiesen. »Das glaube ich Ihnen gerne, Herr Inspector.«

Bruno schaute sich um. »Sind Sie im Dienst, Signor Vlah?«

»Ja, eine Stunde noch.«

»Liegt etwas an?«

»Ein sehr gewiefter Taschendieb treibt sich seit etwa einer Woche bei den Bahnhöfen herum. Inspector Jaunig hat mich abkommandiert, hier nach dem Rechten zu sehen.«

»Verstehe.«

»Heute ist alles ruhig. Auch gestern hat es keine neuen Anzeigen mehr gegeben. Inspector Jaunig glaubt, dass der Ganove schon nach Pola, Abbazia oder Fiume weitergezogen ist. Aber sicher ist sicher, vielleicht macht er nur eine Pause. Soll ich Ihre Koffer tragen, Herr Inspector?«

Bruno winkte ab. »Nicht nötig, Signor Vlah, so schwer sind sie nicht und ich habe es ja auch nicht weit.«

Eine aufgeregte Stimme und schnelle Schritte waren zu vernehmen. Bruno und Vlah hoben sofort die Blicke. Ein Bahnbediensteter rannte durch die Halle und verschwand in den Mannschaftsräumen. Nur Augenblicke später verließen fünf Männer, darunter der Bahnhofsvorstand, das Dienstzimmer. Der Bahnhofsvorstand wies einen Mann an, auf den Vorplatz zu laufen, die anderen folgten ihm in Richtung der Gleise.

»Da ist irgendetwas passiert«, murmelte Bruno.

»Schaut ganz so aus. Hoffentlich kein Unfall.«

Nur wenig später kam der Bahnbedienstete, der auf den Vorplatz gelaufen war, mit zwei uniformierten Polizisten im Schlepptau in die Halle zurück. Die drei Männer eilten ebenfalls zu den Bahnsteigen.

»Soll ich nachsehen, Herr Inspector?«

»Wir sehen uns das beide an, Vlah«, sagte Bruno und nahm seine Koffer.

Sie schaute in den Gang und entdeckte ihn nicht. Ottilie Gomperz war sich sicher, dass Lubomír sie während der zwölfstündigen Fahrt nicht bemerkt hatte. Sie trat an das Fenster und suchte auf dem Perron nach ihm. Er war nirgendwo zu sehen. Gut so, der Mann musste nicht wissen, dass sie in Triest war.

Konnte sie Eduard und seine Brüder entdecken? Sie öffnete das Fenster und lugte vorsichtig hinaus. Ja, die drei stiegen eben aus dem Waggon der ersten Klasse. Sie schnappte sich ihr Gepäck und eilte zum Ausstieg. Eduard hatte ihr zuvor nicht gesagt, wie es weitergehen würde, und sie hatte wegen der hitzigen Küsse vergessen, danach zu fragen. Wo würde sie ihn treffen? Am Bahnhof? Im Hafen? Sie hatte überhaupt keine Vorstellung davon, wie ein Hochseehafen aussah. Ottilie war in Brünn aufgewachsen und hatte in Wien gearbeitet, beide Städte lagen weit vom Meer entfernt. Würde sie ihn am Hafen ohne Treffpunkt überhaupt finden? Schon seit zwei Stunden erwog sie diese Fragen, hatte sie aber während der Fahrt immer wieder zur Seite geschoben und gedacht, wenn sie erst einmal in Triest angekommen wäre, würde sich schon alles klären.

In einiger Entfernung folgte sie inmitten der Menschenmenge den Brüdern. Die drei trugen ihr Gepäck nicht selbst, ein Dienstmann mit einem Karren begleitete sie zu den bereitstehenden Kutschen. Ottilie sah mit steigender Unsicherheit, wie die Brüder in einer offenen Kutsche Platz nahmen. Der Kutscher half dem Dienstmann bei der Verladung der Koffer, setzte sich auf den Bock und trieb seine Pferde an.

Eduard hatte sich nicht ein einziges Mal nach ihr umgesehen. Sie schnappte nach Luft und schaute sich auf dem Areal des Bahnhofsvorplatzes um. Das also war die große Hafenstadt Österreich-Ungarns, das Tor zur Welt der Donaumonarchie. Sie war der Panik nahe. Wohin sollte sie sich jetzt wenden? Worauf hatte sie sich eingelassen? Als sie zum ersten Mal nach Wien gekommen war, hatte sie die Adresse ihrer Vermieterin in der Tasche gehabt und konnte sich durchfragen. Jetzt hatte sie außer fünfzig Kronen nichts in Händen. Was sollte sie nur tun?

Eine ältere Frau trat auf sie zu und sprach sie an. Ottilie verstand kein Wort. War das Italienisch? Sie kannte die Sprache nicht. Ratlos starrte sie die freundlich lächelnde Frau an.

»Signorina, sprechen Sie Deutsch?«

»Ja.«

»Sind Sie eben angekommen?«

»Ja, mit dem Zug aus Wien.«

»Wohin wollen Sie?«

Ottilie suchte fieberhaft nach einer Antwort. »Zum Hafen.«

»Zum Porto Vecchio? Zum alten Hafen?«

»Äh, ja.«

»Gehen Sie einfach in diese Richtung. Diese Straße entlang bis zum Canal Grande, dann rechts. Sie können den Hafen nicht verfehlen.«

»Was ist der Canal Grande?«

»Eine Wasserstraße von der Altstadt in den Hafen. Sind Sie eine Auswanderin?«

Ottilie wurde immer verwirrter. »Ich verstehe nicht.«

»Wollen Sie nach Amerika? Brauchen Sie ein Quartier für die Nacht?«

Da war der Strohhalm, nach dem sie greifen konnte. »Ja, ich brauche ein Quartier.«

Die Frau zeigte auf einen Schaukasten am Bahnhofsgebäude. »Sehen Sie dort den Aushang? Da finden Sie in mehreren Sprachen Informationen für die Auswanderer, auch auf Deutsch. Die Schiffsgesellschaft Austro-Americana betreibt im Stadtviertel Chiarbola die Pensione degli Emigranti, das Auswandererheim. Dort finden Sie Unterkunft, bis Ihr Schiff nach Amerika ablegt.«

»Wie komme ich dorthin?«

»Mit der Elektrischen. Aber lesen Sie den Aushang, dort steht alles, was Sie benötigen.«

»Vielen, vielen Dank, gnädige Frau.«

Die ältere Frau nickte gütig und betrat die Bahnhofshalle.

Ottilie nahm ihren Koffer und den Korb und trat an den Schaukasten, vor dem sich auch andere Leute in schlichter Kleidung und mit Gepäck sammelten. Sie las die Beschreibungen und notierte die Adresse des Auswandererheims sowie die Straßenbahnlinie, mit der sie dorthin kommen würde. Im Schaukasten hing auch ein Stadtplan von Triest, den sie eingehend studierte.

Als sie sich wieder vom Schaukasten entfernte, hatte sich ihre erste Aufregung gelegt. Immerhin wusste sie, wohin sie sich wenden konnte. Ottilie fasste ihr Gepäck und eilte über die Fahrbahn.

Zwei Polizisten näherten sich ihr gemächlich, als sie über den Platz lief. Sie grüßte beim Vorbeigehen mit einem Knicks, einer der Wachmänner nickte ihr zu.

Jemand rief nach den Polizisten. Ottilie hielt an und schaute über ihre Schulter. Ein Mann in der Montur eines Bahnbediensteten lief auf die Polizisten zu und teilte ihnen aufgeregt irgendetwas mit. Zu dritt rannten die Männer los.

Ottilie wandte sich ab und ging weiter. Noch sah sie keine Tram der richtigen Linie. Sollte sie zum Hafen gehen? Die Neugierde übermannte sie. Zuerst wollte sie den Hafen sehen, danach würde sie mit der Elektrischen in das Auswandererheim fahren. Die ältere Frau hatte ja den Weg beschrieben, also marschierte Ottilie in die angewiesene Richtung. Sie kam nach einer Weile zu einer Brücke über einen Kanal, überquerte diese, wandte sich nach rechts und erreichte schließlich ein zum Meer hin offenes Areal. Mit großen Augen eilte sie auf die Kaimauer zu. Vor ihr lagen an einer Mole zwei kleine Dampfer und ein großer. Das Schiff war gewaltig, sie konnte gar nicht schätzen, wie lang und hoch es war. Überall war Bewegung, eine Kakophonie von Stimmen und Geräuschen umhüllte sie, Kutschen, Fuhrwerke und eine Straßenbahn rollten an ihr vorbei. In der Ferne sah sie ein auf den Hafen zulaufendes Schiff. Sie war an der Adria, das also war der Hafen.

Am fernen Horizont schien die Sonne ins Meer zu tauchen.

Bruno und Polizeiamtsdiener Vlah folgten zügig den uniformierten Polizisten zum Eilzug aus Wien. Vor dem letzten Waggon hatte sich eine Gruppe von Männern angesammelt. Bruno zog die Augenbrauen hoch. An den Waggon der dritten Klasse war, ohne dass es ihm aufgefallen war, ein zweiachsiger Gepäckwagen mit offenen Plattformen gekuppelt worden. Die Schiebetüre des Waggons stand offen, die Männer starrten in das Innere des Laderaums.

Die zwei Polizisten drängten sich durch die Menge, einer von ihnen kletterte hoch und verschwand im Inneren. Wie Bruno feststellte, war die Ladung noch im Waggon, die zwei Handkarren der Bahnbediensteten waren leer zur Seite geschoben worden.

Nur wenige Augenblicke später erschien der Polizist wieder an der Tür und stieg vom Waggon. »Fabio, wir brauchen Verstärkung. Lauf los!«

»Was ist hier vorgefallen?«, fragte Bruno mit erhobener Stimme.

Die Männer schauten Bruno und Vlah an, sahen einen Herrn in einem guten Mantel und mit zwei Koffern und einen Mann mit Mütze, Schal und schlichtem Sakko.

»Halten Sie sich fern, Signori! Das ist eine Amtshandlung«, rief der Bahnhofsvorstand. »Schaulustige zurücktreten!«

»Das ist Inspector Zabini vom k.k. Polizeiagenteninstitut«, konterte Vlah lautstark und zog seinen Dienstausweis. »Gehen Sie zur Seite. Lassen Sie den Inspector durch.«

Die Menge teilte sich, Bruno und Vlah traten auf die beiden Polizisten und den Bahnhofsvorstand zu. Bruno kannte beide Männer vom Sehen, auch sie schienen ihn zu kennen, denn sie salutierten.

»Also, was ist im Waggon vorgefallen? Was haben Sie gefunden?«

»Einen Toten, Herr Inspector. Ermordet.«

Bruno fühlte, wie sein Kreislauf in Schwung kam, seine Miene war hart. Er stellte seine Koffer ab und kletterte in den Laderaum. »Ermordet, sagen Sie? Sind Sie sich sicher?«

»Völlig sicher. Linker Hand, Herr Inspector, im Dienstabteil liegt der Mann.«

Brunos Sinne waren geschärft, er schaute sich genau um. Die gelöste Stimmung bei der Ankunft war hinfortgewischt, er war im Dienst und besichtigte einen Fundort. Jede Kleinigkeit konnte wichtig sein, er durfte kein Detail übersehen. Der Laderaum des Waggons war mit verzurrten Holzkisten, Postsäcken und zwei Hochseekoffern so beladen, dass man an der Seitenwand vorbeigehen konnte. In Fahrtrichtung vorn befand sich die Tür zum Dienstabteil. Diese war nur angelehnt. Mit der Fußspitze öffnete er den Spalt so weit, dass er durchschlüpfen konnte.

Die Lampe im Dienstabteil war nicht eingeschaltet, durch die schmutzigen Fenster drang nur fahles Licht. Im Abteil standen ein kleiner Schreibtisch mit mehreren Schubladen und ein schlichter Holzstuhl. In einem Wandregal über dem Schreibtisch steckten verschiedene Formulare und Papiere. Auf dem Schreibtisch befanden sich zwei Stempelkissen, eines mit roter, eines mit schwarzer Tinte. Auf einem Stempelhalter hingen drei verschiedene Stempel. Vier Bleistifte und eine Füllfeder lagen in einer Federschachtel.

Bruno ging in die Hocke. Der Mann war ihm bekannt, sie hatten im Laufe der Reise miteinander gesprochen. Es war der Mann mit den Flicken an den Ellbogen des Sakkos. Die Augen waren starr nach oben gerichtet, der Mund geöffnet. Bruno zählte fünf Wundmale im Gesicht und an der Stirn, an zwei Stellen war die Haut geplatzt, aus diesen Wunden war Blut geflossen. Auf den ersten Blick schien das Blut leicht getrocknet, was darauf schließen ließ, dass die Leiche wohl schon seit mindestens einer Stunde hier lag. Ein Schlagring? Bruno kniff die Augen zusammen. Sehr wahrscheinlich, er hatte während seiner Dienstjahre wiederholt durch Schlagringe verursachte Wundmale gesehen. Aber daran war der Mann nicht gestorben, das war völlig klar, durch die Schläge war er höchstens zu Boden geworfen worden.

Bruno musterte den Hals. Unverkennbar, der Tod war durch Strangulation herbeigeführt worden.

Bruno richtete sich auf, holte tief Luft und sammelte sich. Er ging zur offenen Schiebetür, die Blicke der versammelten Männer waren auf ihn gerichtet.

»Sie haben recht, es liegt der Verdacht eines Mordes vor. Vlah, Sie rufen sofort in der Kanzlei an. Hat Inspector Jaunig Dienst?«

»Ich glaube nicht, dass er noch im Bureau ist. Materazzi hat heute Journaldienst.«

»Materazzi soll sofort aufbrechen und eine Kommissionstasche sowie den Photoapparat mitbringen. Lassen Sie eine Nachricht an Bosovich schicken, er soll auf dem schnellsten Weg kommen. Kann Polizeiamtsdiener Vlah das Telephon am Bahnhof benutzen, Herr Bahnhofsvorstand?«

»Selbstverständlich, Herr Inspector. Stuparich, führen Sie den Wachmann zum Telephon.«

Die zwei Männer eilten los. Bruno wandte sich an die uniformierten Polizisten. »Wahrscheinlich haben sich viele Fahrgäste des Zuges schon in alle Windrichtungen zerstreut, aber schauen Sie dennoch, ob sich noch welche am Bahnhof befinden und nehmen Sie die Personalien für spätere Befragungen auf. Und wir brauchen Verstärkung, alarmieren Sie das Kommissariat. Sechs Mann sollen kommen, damit wir den Fundort sichern können.«

»Jawohl, Herr Inspector.« Die zwei Polizisten marschierten ab.

Bruno stieg vom Waggon. »Herr Bahnhofsvorstand, können Sie mir sagen, wo dieser Waggon an den Zug gehängt wurde? In Wien und Gloggnitz war er noch nicht dran.«

»Sind Sie etwa mit diesem Zug aus Wien gekommen?«, fragte der Bahnhofsvorstand erstaunt.

»Allerdings, Sie sehen ja meine Koffer. Das war insofern ein Glücksfall, weil ich jetzt schon hier bin und den Fundort der Leiche persönlich sichern kann. Also, wo ist der Waggon angekuppelt worden?«

»Das ist der Postwagen aus Marburg. Zwischen Triest

und Marburg ist ein täglich verkehrendes Wagenpaar im Einsatz. Der Waggon aus Marburg wird jeden Tag an den Frühzug aus Wien gekuppelt, der Waggon aus Triest an den Mittagszug. Die Wagen laufen also immer abends am Zielbahnhof ein, werden über Nacht entladen und für die nächste Fahrt bereitgestellt.«

»Das heißt, der Waggon sollte morgen Mittag für die Abfahrt bereitstehen?«

»Das sollte er.«

»Haben Sie Ersatz? Ich halte es für ausgeschlossen, dass dieser Waggon von der Polizei freigegeben wird.«

»Das ist keine Schwierigkeit, wir haben Ersatz.«

»Gut. Von wem wird das Dienstabteil benutzt? Sitzt da jemand während der Fahrt drin?«

»Selten, und nur dann, wenn kostbare oder besondere Fracht geladen ist. In der Regel wird das Dienstabteil für die Bearbeitung der Frachtpapiere bei der Be- und Entladung benutzt.«

Bruno schaute sich um, entdeckte aber die gesuchten Gesichter nicht. »Sind die Kondukteure nicht mehr hier?«

Der Bahnhofsvorstand blickte links neben sich. »Doch, hier stehen sie neben mir.«

Bruno wandte sich den beiden uniformierten Männern zu. »Sie habe ich aber bei der Abfahrt in Wien nicht gesehen, auch später nicht bei den Billettkontrollen.«

»In Laibach wurden die Kondukteure getauscht«, sagte der Ranghöhere der beiden Männer. »Mein Kollege und ich haben von den Wiener Kollegen übernommen.«

»Ist das der normale Ablauf?«

»Jawohl.«

Bruno griff nach seinem Notizbuch, fand es aber nicht. Natürlich, er war eigentlich noch bis Montag im Urlaub, daher war er nicht richtig ausgerüstet. »Ich brauche Ihre Namen und die der Wiener Kollegen schriftlich. Sie waren also auch im Zug?«, fragte Bruno den zweiten Kondukteur.

»Das war ich.«

»Haben Sie während der Fahrt das Dienstabteil betreten?«

»Während der Fahrt nicht, aber vor der Abfahrt war ich mit dem Wiener Kollegen im Dienstabteil und habe seine Dienstpapiere gestempelt. So wie es Vorschrift ist, um die ordnungsgemäße Übergabe zu bestätigen.«

»Das ist eine wichtige Information. Also wurde der Mord auf der Strecke zwischen Laibach und Triest durchgeführt.«

Der Kondukteur nickte bestätigend. »So viel ist sicher.«

»Waren die Türen des Waggons versperrt?«

»Waren sie nicht. Die seitlichen Ladetüren werden natürlich für die Fahrt verriegelt, aber nicht versperrt. Und die vordere und hintere Zugangstür sind in der Regel offen.«

»Man kann demnach vom Wagen der dritten Klasse den Gepäckwaggon betreten. Ist das korrekt?«

»Ja, man muss nur über die offene Plattform steigen. Die Tür muss unversperrt sein, sonst könnten wir während der Fahrt das Dienstabteil nicht betreten. Und manchmal ist das auch erforderlich.«

»Haben Sie keinen Schlüssel für den Gepäckwaggon?«

»Doch, aber wir versperren ihn nicht.«

»Ist es noch nie vorgekommen, dass sich ungebetene Gäste in den Gepäckwagen geschlichen und Wertgegenstände gestohlen haben?«

»Das gab es noch nie.«

Bruno wandte sich wieder an den Bahnhofsvorstand. »Wie wird normalerweise mit den Waggons und der Lokomotive verfahren?«

Der Mann schaute auf seine Taschenuhr. »Also in einer

Viertelstunde kommt die Verschublokomotive und zieht den gesamten Zug auf das Abstellgleis, wo die Waggons gereinigt und für die Abfahrt morgen früh ausgestattet werden. Die 170 fährt zuerst auf die Drehscheibe und wird dann im Lokschuppen abgestellt.«

»Wird dieselbe Lokomotive dem Frühzug nach Wien vorgespannt?«

»Das wird erst morgen entschieden. Wir haben morgens immer fünf Lokomotiven unter Dampf, die für die Eilzüge am Vormittag eingesetzt werden.«

»Und bleibt der Gepäckwaggon an der Stelle in der Garnitur, also direkt beim Waggon der dritte Klasse?«

»Nein, der wird entkuppelt, weil er ja nicht morgens, sondern erst mittags an den Zug nach Wien gehängt wird. Die Personenwagen bilden ja eine gesamte Garnitur, die zwischen Wien und Triest pendelt. Die Reihenfolge der Wagen ändert sich nur, wenn einer in der Werkstatt überholt werden muss. Der Zweiachser wird immer an das hintere Ende der Garnituren gereiht, weil es so einfach ist, ihn an- und auch wieder abzukuppeln.«

»Ist es möglich, für die Dauer der Investigation den Zug hier stehen zu lassen?«

Der Bahnhofsvorstand schüttelte den Kopf. »Nein, wir benötigen das Gleis für die folgenden Züge. Um halb acht fährt der Zug aus Budapest ein, bis dahin muss das Gleis frei sein.«

Bruno überlegte kurz. »Gut, dann sollen die Waggons wie vorgesehen auf das Abstellgleis gebracht werden. Für die Polizei ist es durchaus vorteilhaft, nicht am Bahnhof unter den Augen der Fahrgäste zu arbeiten. Herr Bahnhofsvorstand, kann ich inzwischen meine Koffer in Ihrer Kanzlei deponieren?«

»Natürlich, einer meiner Männer wird sie verwahren.«

»Vielen Dank. Die Entladung des Gepäckwaggons muss ich verbieten. Solange die Polizei den Waggon nicht freigegeben hat, darf er von niemandem betreten werden.«

»Jawohl, Herr Inspector.«

Bruno sah, dass sich Vlah mit ausgreifenden Schritten näherte. »Signor Vlah, haben Sie die Kanzlei erreicht?«

»Ja, Materazzi ist mit der Ausrüstung auf dem Weg.«

»Sehr gut. Vlah, helfen Sie den Kollegen bei der Suche nach Fahrgästen des Zuges, die sich noch auf dem Areal befinden. Ich brauche Namen und Adressen. Verstanden?«

»Habe ich, Herr Inspector.«

»Herr Bahnhofsvorstand, Ihre Leute können sich wieder ihrer Arbeit zuwenden. Wir sollten unnötiges Aufsehen auf dem Perron vermeiden.«

»Das ist ganz in meinem Sinne. Männer, ihr habt den Inspector gehört.«

Bruno wandte sich wieder dem Waggon zu und stemmte seine Fäuste in die Hüften. Das war jetzt kein Fall in Wien, von dem ihm ein Kollege erzählte, diese Leiche lag in Triest, das war sein Fall. Wer war der Mann mit den Flicken an den Ellbogen? Warum hatte man ihn während einer Bahnfahrt des Lebens beraubt?

Luigi Bosovich schaute auf seine Armbanduhr. Es war knapp vor halb neun Uhr. Ein Polizist des Kommissariats hatte ihn bei einer Billardpartie in seinem Stammkaffeehaus erreicht. Es war Samstagabend, er hatte heute seinen freien Tag und sich auf das Treffen mit seinen Freunden gefreut. Schon bei seinen ersten Kaffeehausbesuchen als Gymnasiast hatte er Feuer gefangen und sein Talent für das Billardspiel entdeckt. Nach dem Militärdienst hatte er Anschluss an eine Gruppe von jungen Spielern gefunden, die den Platzhirschen auf den Tischen der Triester Kaffeehäuser ordentlich Feuer unter dem Hintern gemacht hatten. Luigi spielte mit seinen Kameraden ausschließlich Dreiband, Einband war ihm mittlerweile zu einfach. Er war auch schon bei Turnieren angetreten und hatte sich gegen Großmeister recht passabel geschlagen.

Der uniformierte Kollege war von Polizeiagent Materazzi beauftragt worden, Luigi in seiner Wohnung aufzusuchen. Weil er aber nicht zu Hause gewesen war, hatte sich der Mann bei der Hausmeisterin erkundigt und von dieser den Hinweis auf Luigis Stammkaffeehaus erhalten. Luigis Freunde waren kurz überrascht gewesen, als ein Uniformierter ins Kaffeehaus gestürmt kam. Sie wussten nicht, dass ihr Freund so wichtig war, dass er sogar an seinem freien Tag abkommandiert werden konnte.

Die Elektrische hielt vor dem Bahnhofsgebäude, Luigi sprang von der Plattform. Ein paar Tage nachdem sein Vorgesetzter mit einer Armbanduhr im Dienst erschienen war, hatte Luigi seine Taschenuhr zum Pfandleiher gebracht und sich vom Erlös auch eine Schweizer Omega gekauft. Als er vom Polizeidirektor persönlich zu Inspector Zabinis Adjutant ernannt worden war, hatte sich sein Dienst völlig gewandelt.

Er hatte sich mit Begeisterung zur Polizei gemeldet. Die Vorstellung, für die Gerechtigkeit zu kämpfen, für Sicherheit und Ordnung zu sorgen, Verbrechen aufzudecken und Ganoven zu jagen, hatte ihn motiviert. Außerdem hatte er während des Militärdienstes festgestellt, dass eine Laufbahn bei der Armee für ihn keine Option war. Er hatte sich in der Kaserne beinahe zu Tode gelangweilt, auch die Möglichkeit, die Kadettenschule zu besuchen, um danach als Offizier Dienst zu leisten, hatte wenig Reiz auf ihn ausgeübt. Er hatte lieber Polizist werden wollen und war nach dem Eingangstest sofort aufgenommen worden. Da er das Gymnasium absolviert, die Matura mit ausgezeichnetem Erfolg abgelegt hatte und eine Stelle im k.k Polizeiagenteninstitut frei geworden war, hatte er in den erlesenen Kreis der Polizeiagenten eintreten können. Aber da stellte sich heraus, dass er als der Jüngste in der Kanzlei vor allem zu Schreibarbeiten eingeteilt wurde. Fast drei Jahre lang hatte er all die Arbeiten ausführen müssen, die den älteren und erfahreneren Kollegen zu fade oder mühselig gewesen waren. So war es gekommen, dass er am Schreibtisch oft stundenlang den Bleistift in den Fingern gedreht oder durch die Fenster den Flug der Wolken eingehend beobachtet hatte. Ja, er hatte sich unterfordert gefühlt und war gelangweilt gewesen, und ja, er hatte sich manchmal selbst gefragt, ob es eine gute Entscheidung gewesen war, den Dienst als Polizeiagent anzutreten.

Längere Zeit war er von Inspector II. Klasse Vinzenz Jaunig eingeschult worden, was anfangs sehr interessant, aber recht bald auch nicht gerade Ansporn gewesen war, sich besonders zu engagieren. Inspector Jaunig war über zwanzig Jahre älter als Luigi, er war aus seiner Heimat Kärnten während des Militärdienstes nach Triest gekommen, hatte eine Triestinerin geheiratet und eine Familie gegründet. Inspector Jaunig und Luigi waren in der Erscheinung zwei völlig unterschiedliche Männer, Jaunig war groß, breit und massig, er verfügte über die Kraft eines Bären, Luigi hingegen war mittelgroß, sehr schlank und flink, aber nicht besonders kräftig. Der Inspector war ein erfahrener Polizist, aber da er nicht mehr der Jüngste war und auch nicht den Posten des Oberinspectors anstrebte, leistete er seine Arbeit am liebsten dann, wenn gerade nichts zu tun war. Ja, die Ausbildung bei Inspector Jaunig war alles andere als nervenaufreibend gewesen, im Gegenteil.

Als Inspector Zabini wegen seiner amourösen Kapriolen suspendiert worden war, hatte sich die Stimmung in der Kanzlei überraschend schnell verschlechtert. Es war zu einem regelrechten Streit zwischen Oberinspector Gellner und Inspector I. Klasse Pittoni gekommen, Inspector Jaunig war dabei zwischen die Mühlen geraten, und den jungen Polizeiagenten war nicht verborgen geblieben, dass ihre Vorgesetzten in raue See abdrifteten.

Zum Glück hatte Dr. Rathkolb rechtzeitig eingegriffen und den schlingernden Kahn wieder in ruhige Gewässer gelotst. Der Polizeipräsident hatte Oberinspector Gellner endlich davon überzeugen können, Zabinis Vorschläge zur Modernisierung der Arbeit aufzugreifen. Lange hatten Gellner und Pittoni jegliche Veränderung auf die lange Bank geschoben, erst als Dr. Rathkolb Überzeugungsarbeit geleistet und schließlich auch klare Anweisungen gegeben hatte, hatte Gellner seine Blockade aufgegeben. Und der Polizeipräsident hatte die Suspendierung Zabinis beendet und ihn, Luigi, zum persönlichen Adjutanten des Inspectors ernannt.

Luigi war überzeugt, dass seine Arbeit als Polizist erst mit dieser Ernennung wirklich begonnen hatte. Jetzt hatte er echte Arbeit zu leisten, jetzt war er gefordert, jetzt wollte und musste er sich mit all seiner Kraft und seinem Verstand einbringen. Und dass er sich bei einem aufwühlenden Einsatz gegen eine Gruppe äußerst gewaltbereiter Geheimagenten im offenen Kampf bewährt hatte, hatte ihm in der

Kanzlei, in den Kommissariaten und sogar in der Polizeidirektion viele Sympathien eingebracht. Er war als Anerkennung seiner Leistungen zum Polizeiagent I. Klasse befördert worden. Nicht viele Polizeiagenten der Monarchie erreichten schon mit siebenundzwanzig Jahren diesen Rang.

Allerdings hatte er bei diesem nächtlichen Einsatz inmitten der Bora zum ersten Mal in seinem Leben eine Schusswaffe auf einen Menschen abgefeuert. Ja, er hatte mit seinem Einschreiten Inspector Zabini das Leben gerettet, das stimmte schon, dafür hatte sich Zabini auch mehr als dankbar gezeigt, aber er selbst, Luigi, hatte danach an Albträumen und Niedergeschlagenheit gelitten. Wie allen Polizisten war ihm der Umgang mit dem Revolver vertraut, auf dem Schießstand feuerte er regelmäßig seine Waffe ab. Bis zu jener Nacht hatte Luigi im Einsatz nicht eine einzige Patrone abgefeuert, nicht eine Kugel, und dann streckte er mit seinem ersten Schuss einen Mann nieder. Innerhalb weniger Minuten war dieser der Verletzung erlegen.

Die anderen Polizeiagenten, die Inspectoren, der Oberinspector und sogar der Polizeipräsident hatten versucht, ihn wieder aufzubauen, ihm Mut zuzusprechen, ihn abzulenken, aber erst als er eine Woche nach dem Vorfall zur Beichte gegangen war und vor Gott seine Tat bereut hatte, hatten die Albträume aufgehört.

Luigi betrat die Bahnhofshalle. Die Nachricht, die der Polizist überbracht hatte, war sehr knapp gewesen: »Inspector Zabini ruft zum Einsatz auf den Südbahnhof.« Das war es, mehr wusste Luigi nicht. Zabini? Der Inspector war doch seit drei Wochen auf Urlaub in Wien. Übermorgen würde er wieder in der Kanzlei erscheinen. Weshalb rief Zabini am Samstagabend zum Einsatz? Hatte er seinen Urlaub frühzeitig beendet?

Einer der uniformierten Kollegen entdeckte ihn und winkte. Luigi kannte den Mann, sie waren fast gleich alt und hatten gemeinsam die Grundausbildung durchlaufen.

»Ciao, Franco.«

»Ciao, Luigi. Du musst zu den Abstellgleisen.«

»Was ist überhaupt los? Man hat mich aus dem Kaffeehaus geholt.«

»Ein Mordopfer. Zabini und Materazzi sind vor Ort.«

»Zabini ist zurück in Triest?«

»Ja, er hat eine Leiche im Zug gefunden.«

Luigis Miene verdunkelte sich. »Führ mich hin, Franco.«

Bruno beendete seine Notizen, schraubte die Kappe fest und steckte die Füllfeder in die Brusttasche seines Sakkos. Als Polizeiagent Materazzi mit der Kommissionstasche gekommen war, hatte er sich sofort die Lederhandschuhe übergestreift, Lupe, Pinzette, Schere und Maßband bereitgelegt und anschließend den Leichnam einer gründlichen äußerlichen Untersuchung unterzogen. Der Bahnhofsvorstand hatte der Polizei drei handliche Karbidlampen bringen lassen, außerdem stand der mittlerweile abgekuppelte Gepäckwaggon neben einem Laternenmast mit elektrischem Licht. Mit einer der Handlampen hatte Bruno das Dienstabteil erhellt.

Lange war er der einzige Kriminalist gewesen, der zu Einsätzen mit einer nach den Prinzipien von Professor Hans Gross bestückten Tasche erschienen war. Anfangs hatten die werten Kollegen Witze über, wie sie es genannt hatten, »Zabinis Tatortköfferchen« gemacht, aber nach und nach hatte sich gezeigt, wie nützlich es bei Untersuchungen war, auf einen Griff immer die richtigen Utensilien bei der Hand zu haben. Und seit Polizeipräsident Dr. Rathkolb entschieden auf Modernisierungen im k.k. Polizeiagenteninstitut gedrängt hatte und Brunos Vorschläge in die Tat umgesetzt worden waren, verfügte die Kanzlei über vier jederzeit in der Kanzlei bereitstehende Kommissionstaschen. Bruno war auch nicht mehr der Einzige, der mit dem Photoapparat umgehen konnte und sich auf die Arbeit in der Dunkelkammer verstand. Im letzten Winter hatte sich vieles, wie Bruno meinte, zum Besseren gewandelt.

Sogar sein Kollege Emilio hatte sich zuletzt einer Kommissionstasche bedient. Lange Zeit hatte Inspector Pittoni Brunos Methoden belächelt, er habe schließlich eine ebenbürtige Aufklärungsquote wie Bruno, verwende aber für die Arbeit keinen wissenschaftlichen Apparat, sondern allein Bleistift und Menschenkenntnis. Emilio hatte knapp vor Brunos Urlaub einen Raubmörder mithilfe der Auswertung von Fingerabdrücken auf der Tatwaffe überführt. Alle anderen Kollegen waren von Bruno in die Methoden der Daktyloskopie eingeschult worden, nur Emilio hatte sich dieser Unterweisung entzogen. Bruno und Emilio waren die höchstrangigen Kriminalisten des Triester k.k. Polizeiagenteninstituts, aber aus verschiedenen Gründen hatten sie keine funktionierende Zusammenarbeit und schon gar keine vertraute Kollegenschaft entwickeln können. In all den Jahren hatten sich die beiden daran gewöhnt, einander aus dem Weg zu gehen. Bruno hatte es von Anfang an für undenkbar gehalten, dass sich Emilio von ihm in egal welcher Thematik hätte schulen lassen. So war es denn auch im Fall der Daktyloskopie gekommen. Andererseits hatte es Bruno auch nicht im Geringsten überrascht, dass sich Emilio offenbar selbst das nötige Wissen und Handwerk angeeignet hatte. Emilio war nicht von ungefähr die Karriereleiter in der Polizeibehörde hochgestiegen, er verfügte über einen messerscharfen Verstand, über die fast beängstigende Fähigkeit, Lügen der Menschen zu wittern, und war ein Meisterschütze mit Revolver und Gewehr. Was ihm als leichtgewichtigem Mann bei körperlichen Auseinandersetzungen an Kraft fehlte, kompensierte er vollständig durch eiserne Ruhe, Furchtlosigkeit und Wendigkeit.

Bruno trat einen Schritt zurück und stemmte die Fäuste in die Hüften. Alles, was hier nötig war, hatte er erledigt, der Leichnam konnte also abtransportiert werden. Er verließ das Dienstabteil und trat in den Laderaum. »Materazzi, wie weit sind Sie?«

»Ich komme voran, eine halbe Stunde noch.«

»Gut.«

An der offen stehenden Schiebetür erschien ein Mann und schaute neugierig in das Innere des Waggons.

»Guten Abend, Herr Inspector«, rief Luigi Bosovich. »Kaum vom Urlaub zurück und schon eifrig am Werk.«

»Luigi, wir haben dich hier schon vermisst. Steig herauf und pack mit an.«

»Sehr gerne, Herr Inspector.«

Luigi kletterte in den Laderaum und reichte Bruno die Hand zum Gruß. »Wie ist es Ihnen in Wien ergangen? Waren Sie auf dem Turm des Stephansdoms? Haben Sie auf der Donau eine Bootsfahrt gemacht? Konnten Sie den Kaiser sehen?«

Bruno lächelte. »Was heißt sehen? Ich habe mit dem Kaiser original Wiener Kaiserschmarrn gespeist. Danach haben wir einen Jagdausflug unternommen und Eichhörnchen im Schlosspark von Schönbrunn geschossen.«

Materazzi hielt in seiner Arbeit inne und stellte sich zu seinen Kollegen. »Davon haben Sie mir noch gar nichts erzählt, Herr Inspector«, empörte er sich. »Haben Sie dann gemeinsam mit dem Kaiser die Eichhörnchen am Spieß gebraten?«

Bruno nickte zustimmend. »Natürlich. Der Kaiser hat am Lagerfeuer Schnaps ausgeschenkt und patriotische Lieder gesungen.«

Die drei Männer lachten.

»So, meine Herren, genug geblödelt. Wir haben hier Arbeit zu verrichten.«

Luigis Miene wurde schlagartig ernst. »Wo liegt die Leiche?«

»Nebenan im Dienstabteil. Komm mit. Sie auch, Materazzi, wir bringen Luigi auf den Stand der Ermittlungen.«

Die drei Polizisten sammelten sich vor der Leiche. Luigi hockte sich hin und betrachtete den Toten.

»Also, Luigi, wie du siehst, ist der Mann erdrosselt worden, die Wundmale sind eindeutig. Ich habe auf der Haut des Mannes Fasern eines Hanfseiles gefunden, weitere auf dem Boden und hier an dieser Öse. Unter dem Arbeitstisch steht eine Kiste mit Seilen verschiedener Stärken, sehr dünne zum Verschnüren von Paketen, aber auch dickere zum Festzurren von schwerem Gepäck. Die Ösen am Boden und an der Wand dienen genau dem Zweck. Der gesamte Waggon ist damit ausgestattet. Sieh selbst.«

Bruno reichte Luigi die Lupe. Dieser beugte sich zum angezeigten Eisenring auf dem Boden.

»Die Öse ist ein bisschen rostig und weist kleine Kanten auf, an welchen das Seil geschabt hat«, sagte Bruno.

»Ja, ich sehe ein paar Fasern. Das Seil selbst ist nicht mehr hier?«

»Das konnte ich noch nicht feststellen. Ein paar Seilstücke liegen ja noch in der Kiste, aber ich nehme an, dass die Tatwaffe nicht dabei ist. Wahrscheinlich hat der Täter den für den Mord benutzten Strick mitgenommen.«

Luigi erhob sich wieder und dachte scharf nach. »Wie könnte die Tat durchgeführt worden sein?«

»Hör zu! Meine Theorie ist folgende: Täter und Opfer haben sich hier getroffen, möglicherweise um etwas im Geheimen zu besprechen. Dann hat der Täter mit einem Schlagring fünfmal auf das Opfer eingeschlagen. Du siehst die Wundmale im Gesicht und auf der Stirn. Wahrscheinlich kam der Angriff für das Opfer überraschend, ich habe keine Spuren eines Kampfes gefunden. Der Stuhl stand aufrecht, der Tisch war nicht verschoben, die Stifte befanden sich in der Schatulle, nichts lag am Boden.«

»Vielleicht hat der Täter aufgeräumt«, mutmaßte Luigi.

»Könnte sein.«

»Ich verstehe noch nicht, wieso an der Öse Hanffasern abgewetzt wurden.«

»Ich nehme an, der Täter kam nicht mit der Absicht zu morden hierher, sondern handelte spontan. Er hat also zugeschlagen, das Opfer ging durch die Wucht des Angriffs zu Boden. Der Täter schaut sich um, sieht die Kiste mit den Seilen und nimmt einen Strick. Jetzt wird es spannend. Es ist nicht leicht, mit einem Strick einen Mann zu erdrosseln, man benötigt dazu viel Kraft, außerdem schneidet sich das Seil nicht nur in den Hals, sondern auch in die Hand. Druckstellen oder gar kleine Wunden auf der Haut würden zurückbleiben und erst in einigen Tagen abheilen. Die Polizei könnte Rückschlüsse anhand dieser Spuren ziehen. Das will der Täter vermeiden, was auf einen klug agierenden Mann schließen lässt. Also bindet er ein Ende an die Öse, schlingt dem am Boden liegenden Mann den Strick um den Hals und wickelt das andere Ende um seinen Arm oder die Schulter. Dann legt er sich auf den Boden, stemmt die Beine gegen die Wand und spannt mit seinem Gewicht und der Kraft der Beine den Strick. Verstehst du? Deswegen liegt der Kopf des Opfers auch nahe der Wand und der Öse. Hier, neben Öse und Kopf, stützt der Täter sich mit den Füßen ab, sein Körper befindet sich quer zum Opfer und längs des Seiles. Die Spannung des Seiles ist durch das Körpergewicht des Täters so hoch, dass das Opfer keine Chance hat, sich zu befreien. Schau genau, drei Fingernägel sind abgebrochen, auf dem rechten Mittelfinger habe ich eine Hanffaser gefunden. Das Opfer hat also erfolglos versucht, sich das Seil vom Hals zu reißen. Der Täter hält die Spannung so lange aufrecht, bis der Todeskampf entschieden ist und das Opfer nicht mehr zuckt. Dann löst er das Seil, steckt es wahrscheinlich ein und verlässt den Tatort.«

Materazzi kratzte sich am Kinn. »Das klingt wie eine brutale Hinrichtung, nicht wie Mord im Affekt.«

Bruno wiegte den Kopf, »Der Affekt war gewiss vorhanden, aber die Handlungsweise war gezielt und folgerichtig.«

»Ist der Name des Mannes bekannt?«, fragte Luigi.

»Ja«, sagte Materazzi. »Ich habe in einem Coupé zurückgelassenes Gepäck gefunden und durchsucht. Nebenan im Laderaum steht der Koffer, der Pass des Opfers befand sich darin. Er hieß Lubomír Pospischil und wurde 1867 in Kolleschowitz im Königreich Böhmen geboren, er lebte aber zuletzt in Wien.«

»Was soll ich tun, Herr Inspector?«, fragte Luigi. »Wie gehen wir weiter vor?«

»Suche bitte hier im Dienstabteil noch nach Fingerabdrücken. Materazzi, ab sofort leiten Sie die Untersuchung, ich bin hier ja eigentlich nur Tourist. Wenn Sie fertig sind, können die Leute von der Südbahn den Waggon wiederhaben und die Fracht entladen. Auch die Wachmänner können dann zurück in die Wachstube. Wie viele Namen von Fahrgästen konnten erfragt werden?«

»Elf«, antwortete Materazzi. »Die Liste wird morgen früh in der Kanzlei abgeliefert.«

»Immerhin elf, das ist ein Anfang. Also werde ich meinen Urlaub um einen Tag verkürzen und morgen an diesem Fall weiterarbeiten. Für heute habe ich genug, immerhin bin ich seit dem Morgengrauen auf den Beinen und habe eine zwölfstündige Fahrt hinter mir.«

»Entschuldigen Sie, Herr Inspector«, sagte Luigi mit gerunzelter Stirn, »habe ich das richtig verstanden, dass Sie, das Opfer und der Täter im selben Zug gefahren sind?«

Bruno nickte mit düsterer Miene. »Das hast du völlig richtig verstanden, junger Mann. Und nicht nur das.«

»Was noch?«

»Nummer eins: Ich habe mit dem Mann während des Aufenthalts im Bahnhof Gloggnitz gesprochen. Nummer zwei: Ich weiß, dass er als Kammerdiener einer wohlhabenden Wiener Dame gearbeitet hat. Nummer drei: Diese Dame wurde vor drei Wochen brutal niedergeschlagen und erdrosselt. Nummer vier: Inspector Speyer vom Wiener Polizeiagenteninstitut hat mit mir ausführlich über diesen Mordfall gesprochen.«

Materazzi und Bosovich schauten Bruno überrascht an.

»Äh, das müssen Sie uns jetzt genauer erklären. Das waren zu viele Nummern auf einmal.«

»Morgen, Luigi, morgen folgt die Erklärung. Heute bin ich abgekämpft und müde.«

Bruno stapfte die Treppe hoch, im vierten Stock stellte er die Koffer ab und kramte in seiner Sakkotasche nach dem Schlüssel. Er öffnete die Tür und hievte sein Gepäck in das Vorzimmer. Bei einem Rundgang versicherte er sich, dass in Luises Wohnung alles in Ordnung war, nur die Luft war ein bisschen stickig. Er öffnete im Salon und in der Küche die Fenster. Die Haushälterin Maria war gewiss wie vereinbart einmal pro Woche gekommen, um die Zimmerpflanzen zu gießen und den Staub zu wischen. Bruno entnahm dem Küchenschrank zwei Krüge und holte am Gang Wasser.

Bald würde Luise diese Wohnung aufgeben und in die deutlich geräumigere Beletage in der Via Pietro Kandler ziehen. Die Übersiedlung war seit längerer Zeit geplant, aber der Auszug der Vorbesitzer hatte sich verzögert. Irgendwann im Sommer würde die Beletage frei werden, das ältere Ehepaar hatte das gesamte Wohnhaus an Luise verkauft und würde in Zukunft fernab der Betriebsamkeit der Stadt in ihrem Landhaus leben.

Er fühlte Wehmut, diese Wohnung in Zukunft nicht mehr zu betreten. Wie oft hatten sich Luise und er hier getroffen, die Tür versperrt, die Vorhänge zugezogen und sich in ein freiwilliges Exil begeben? Sie hatten die Welt ausgesperrt und sich auf ihre Insel der Glückseligkeit zurückgezogen. All die Bosheit, Schlechtigkeit und Dummheit der Menschen konnte sie für die Dauer ihres Zusammenseins hier nicht erreichen, sie waren frei, gut versteckt und einander zugetan. Dieses Lebensgefühl hing für Bruno in diesen Räumen, dem Interieur, dem Ambiente der Wohnung.

Er füllte ein Glas und nahm einen Schluck. Nun, die Zeit der geheimen Stelldicheins war ein für alle Mal vorbei, etwas Neues konnte und würde entstehen.

Die Worte der Baronin Hartmannsthal hallten in seinem Gedächtnis, er möge nicht an eine Heirat denken. Warum eigentlich nicht? Warum sollten Luise und er nicht Hochzeit halten und damit alle gesellschaftlichen Usancen verspotten? Der Feudalismus trug nicht nur den Kern gesellschaftlicher Ungerechtigkeit in sich, Bruno fand es schlicht und ergreifend idiotisch, Menschen nach Geburtsrecht und Stand in unvereinbare Gruppen zu teilen. Das mochte vielleicht im Mittelalter auf irgendeine Art nützlich oder geboten gewesen sein, doch Aufklärung, Wissenschaft und industrielle Revolution hatten die Welt grundlegend geändert. Das starre Festhalten an überkommenen Gebräuchen und Gepflogenheiten war in Brunos Augen widersinnig.

Solche Gedanken waren natürlich für einen österreichisch-ungarischen Polizisten ganz und gar unschicklich. Als Beamter hatte man hierzulande halsstarrig, obrigkeitsgläubig, kleinkrämerisch und kaisertreu zu sein.

Bruno stach der Hafer. Er schmunzelte boshaft. Was wäre, wenn man die Monarchie abschaffen und nach amerikanischem Vorbild alle paar Jahre einen Präsidenten frei und demokratisch wählen würde? Und natürlich würden nicht nur Männer zur Wahl zugelassen sein, wie es in Österreich-Ungarn rechtens war, sondern alle erwachsenen Menschen. Was wäre, wenn in Zukunft das Militär dem Volke dienen würde und nicht umgekehrt? Was wäre, wenn nicht der stärkere Staat den schwächeren herumkommandieren und drangsalieren könnte, sondern alle Staaten gleichberechtigt wären? Würde sich die Welt verbessern, wenn das in allen Erdteilen möglich wäre? Bruno wusste es nicht, aber er würde es auf einen Versuch ankommen lassen. Was außer den Privilegien des Adels und der Macht der Generäle hatte man schon zu verlieren?

Wehe, er würde derlei Ansichten in Anwesenheit seines Vorgesetzten Oberinspector Gellner verlautbaren. Die Strafversetzung in ein winziges Fischerdorf auf einer entlegenen Insel Dalmatiens wäre die Mindeststrafe für derlei reflexive Subversion.

Bruno hielt bei diesem Gedanken inne und ließ ihn sich durch den Kopf gehen. Wie wäre wohl das Leben als Fischer auf einer Insel? Solange Luise und Gerwin mit ihm kämen, wäre das ein gewiss sorgenfreies Leben. All die üblen Verbrechen in den Häuserschluchten Triests würden ihm erspart bleiben. Fischen, Gemüse ernten, kochen, essen, schlafen und lieben. Was sollte es Besseres geben?

Wenn also in Zukunft Luises Wohnung im Borgo Teresiano nicht mehr als Ort des Exils fungieren würde, so könnte eine adriatische Insel diese Rolle übernehmen. Er nahm sich vor, das Thema mit Luise eingehend zu diskutieren.

Ein Weilchen später absolvierte er seine Abendtoilette und begab sich im Gästezimmer zur Nachtruhe.

Teil 3: Sonnenaufgang am Golf von Triest

Sonntag, 26. April 1908

Bruno marschierte durch die Straßen und kam zum Canal Grande, bog in die Via della Caserma und betrat die Polizeidirektion. Zügig stieg er die Treppe empor, erreichte den Vorraum der Kanzlei, klopfte an die geschlossene Tür und ging gleichzeitig hinein. Das vertraute Klappern einer Schreibmaschine empfing ihn. »Guten Morgen, Regina. Wie ich sehe, sind Sie schon emsig bei der Arbeit.«

Regina Kandler erhob sich mit breitem Lächeln und deutete einen ehrerbietigen Knicks an. »Guten Morgen, Signor Zabini. Was für eine Freude, Sie nach so langer Zeit wiederzusehen.«

Bruno nahm den Hut ab und schlüpfte aus dem Mantel. »Ach, so lange sind doch drei Wochen nicht. Für mich ist die Zeit wie im Flug verronnen.«

»Wie war Ihr Aufenthalt in der Hauptstadt? Sie müssen mir alles erzählen.«

Bruno wiegte den Kopf. »Gerne, Regina, sehr gerne, aber leider bleibt jetzt keine Zeit dafür. Es gibt Arbeit zu leisten.«

Regina nickte wissend. »Signor Materazzi hat mir von Ihrem Fund am Bahnhof erzählt.«

»Ist Materazzi schon im Haus?«

»Ja, wir sind zeitgleich vor einer Viertelstunde eingetroffen. Ich bin eben dabei, die Berichte des gestrigen Fundes abzuschreiben.«

»Dann will ich Sie gar nicht länger aufhalten. Ich erwarte Signor Bosovich und Signor Marin in den nächsten Minuten. Auch Inspector Jaunig wird wohl in Kürze hier sein. Sobald die Kollegen eingetroffen sind, bitte ich um eine Besprechung im großen Zimmer.«

»Sehr wohl, Herr Inspector, ich werde die Herren gleich in Kenntnis setzen. Soll ich eine Kanne Kaffee aufbrühen?«

»Werte Regina, das wäre ganz ausgezeichnet.«

Bruno öffnete die Tür zu seinem Bureau, hängte Hut und Mantel an die Garderobe und öffnete das Fenster. Er holte tief Luft, setzte sich an den Schreibtisch und schaute sich um. Wieder zurück an seinem Arbeitsplatz, in seinem Bureau, in seinem kleinen Reich. Sein Blick fiel auf die Schreibmaschine. Er lächelte. Seit letztem Winter verfügte Bruno über eine Courier. Vier dieser kompakten Schreibmaschinen waren angeschafft worden. Er hatte zwar den Wunsch geäußert, dass das Modell Underwood No. 5 gekauft werden sollte, denn zwei dieser robusten Maschinen verwendeten die Schreibkräfte des k.k. Polizeiagenteninstituts, und diese hatten sich ausgesprochen gut bewährt. Doch Oberinspector Gellner hatte abgelehnt, zum einen weil diese Maschinen eigens aus den USA hätten importiert werden müssen, was mehrere Wochen Lieferzeit in Anspruch genommen hätte, zum anderen lag der Preis der Underwood deutlich über jenem der Courier und zum Dritten konnten letztere Maschinen sehr einfach bei einem Großhändler in Wien geordert werden. Innerhalb weniger Tage nach der Bestellung waren die von der Wiener Fabrik A. Greger & Co. Kommanditgesellschaft für Feinmechanik hergestellten Maschinen geliefert worden. Die Frachtzeit über den Atlantik und durch das Mittelmeer wurde somit deutlich abgekürzt. Die USA waren in Sachen Schreibmaschinenbau weltweit führend, so wunderte es nicht, dass die Courier der Nachbau einer amerikanischen Maschine war, nämlich der Oliver 3, welche von der Oliver Typewriter Company in Woodstock entwickelt worden war und für den nordamerikanischen Markt gefertigt wurde. Für Oberinspector Gellner waren aber weniger der Preis oder die Lieferzeit entscheidend, sondern dass die Schreibmaschinen von einer heimischen Fabrik hergestellt worden waren.

Bruno war mit der Courier völlig zufrieden. Natürlich war sie leichter und bei Weitem nicht so robust wie die Underwood, aber das Schriftbild war gut und die Polizeiagenten tippten ja auch nicht so viel wie die zwei Schreibkräfte. Im Gegensatz zu den Typenhebelmaschinen auf massivem Rahmen von Underwood war die Courier eine Typenbügelmaschine, bei der die Typen nicht von vorn auf die Walze schlugen, sondern von oben. Das hatte beim Lesen der geschriebenen Lettern kaum einen Nachteil, daher hatte Bruno der Entscheidung des Oberinspectors nach nur kurzem Zögern zugestimmt. So verfügte er selbst und sein Kollege Vinzenz Jaunig über eine eigene Schreibmaschine, die weiteren zwei Exemplare teilten sich die fünf Polizeiagenten. Das typische Klappern war in der Kanzlei mittlerweile ein vertrautes Geräusch.

Oberinspector Gellner hingegen vertraute auch weiterhin seiner Handschrift und delegierte Schreibarbeiten an Ivana und Regina. So wie es auch Inspector Pittoni tat.

Eine Viertelstunde später versammelten sich die Polizisten im großen Zimmer und rückten ihre Stühle. Bruno musste auf Anfrage einen kurzen Abriss seiner Reiseerlebnisse abliefern und sparte nicht mit Bewunderung für die prächtigen Bauten und vornehmen Etablissements der Kaiserstadt. Gelächter und heitere Gelassenheit lagen im Raum.

Inspector Emilio Pittoni erschien in der Tür. »Guten Morgen, meine Herren. Wie unschwer schon im Flur zu vernehmen ist, herrscht angesichts des prächtigen Frühlingswetters gute Stimmung in der Kanzlei.«

Bruno erhob sich und begrüßte seinen Kollegen mit Handschlag. »Guten Morgen, Emilio. Sehr gut, dass du auch gekommen bist, obwohl du heute gar nicht Dienst hast.«

Der schmächtige Mann mit den kantigen Gesichtszügen legte Mantel und Hut ab. »Wann haben wir nicht Dienst, Herr Kollege? Unsereins muss stets bereit sein und von den gestrigen Vorfällen am Bahnhof habe ich schon vernommen. Also, bringt mich auf den Stand der Dinge.«

Bruno nickte, stellte sich an die Tafel und griff zur Kreide. »Wir kennen die Identität der Leiche, haben das Gepäck sichergestellt und wissen, wie der Mann zu Tode kam. Die Strangulationsmale waren unverkennbar, ebenso die Wunden im Gesicht und an der Stirn.« Er schrieb den Namen und den Beruf des Opfers an die Tafel.

»Herr Inspector, Sie haben gestern erwähnt, dass Sie von der Wiener Polizei über den Mord an der Dienstherrin des Opfers instruiert wurden. Was hat es damit auf sich?«, fragte Luigi.

Bruno berichtete von der Begegnung mit Inspector Speyer und den Ermittlungsergebnissen des Wiener k.k. Polizeiagenteninstituts. Bosovich, Marin und Materazzi machten sich Notizen, während die Inspectoren Jaunig und Pittoni nur lauschten.

»Kommen wir nun zur Zugfahrt. Um halb sieben früh fuhr der Zug am Wiener Südbahnhof ab und kam fast auf die Minute pünktlich zwölf Stunden später um halb sieben abends in Triest an.« Bruno skizzierte schematisch an der Tafel die Zuggarnitur, also die Lokomotive und die sieben vierachsigen Wagen mit ihren jeweiligen Klassen. »In Marburg an der Drau wurde der zweiachsige Gepäckwagen an das hintere Ende gekuppelt. In diesem wurde der Mord verübt, dort haben die Bahnbediensteten bei der Entladung den Leichnam gefunden. In Laibach hatte der Zug einen längeren Aufenthalt, denn es wurde wieder ein Lokomotivtausch durchgeführt. Die Kondukteure wurden ebenfalls getauscht. Zwei Kondukteure haben knapp vor der Abfahrt in Laibach das Dienstabteil betreten. Der Mann aus Laibach hat die Dienstpapiere des Wiener Kondukteurs gestempelt und somit die ordnungsgemäße Übergabe des Zuges bestätigt. Wir wissen also, dass der Mord auf der Strecke durch den Karst geschehen ist.«

»Wo hast du gesessen?«, fragte Emilio.

Bruno markierte den zweiten Waggon der Garnitur auf der Tafel. »Mein Sitzplatz war hier, also fast am anderen Ende des Zuges.«

»Sieh an, sehr vornehm. Der Herr Inspector beliebt in der ersten Klasse zu reisen«, sagte Emilio mit süffisantem Grinsen.

»Ich war auch im Restaurationswagen, aber die hinteren Waggons habe ich während der Fahrt nicht betreten.«

»Natürlich, wenn man in so erlauchten Kreisen verkehrt wie du, mischt man sich nicht gern unter das einfache Volk.«

Bruno ignorierte Emilios Stichelei und schrieb drei Namen auf die Tafel. »Im Restaurationswagen habe ich mit drei Herren gefrühstückt und gegen die Mittagszeit Tarock gespielt. Diese Herren sind die Großneffen von Henriette Hohenau, sie wohnen allesamt an der Adria. Und sie reisten nach der Verlesung des Testaments als wohlhabende Männer nach Triest. Wie wir wissen, war Lubomír Pospischil, unser Mordopfer aus dem Gepäckwaggon, der Kammerdiener der Dame und mit demselben Zug unterwegs. Ich vermute, dass mindestens einer der Brüder, nämlich Joseph Kestranek, beim Frühstück Pospischil gesehen und erkannt hat. Und jetzt ist Pospischil tot. Das kann kein Zufall gewesen sein, hier gibt es bestimmt eine Verbindung und diese müssen wir aufdecken.«

Emilio zuckte mit den Schultern. »Dann solltest du den guten Mann vorführen lassen und einem scharfen Verhör unterziehen. So löst du am schnellsten diesen Fall.«

Bruno verzog seine Miene. »Der Mann ist Fregattenleutnant und durch das Erbe wohlhabend. Du weißt, dass die Kriegsmarine alles andere als freundlich reagiert, wenn man ohne konkreten Verdacht einen Offizier einem Verhör unterzieht. Und so wie ich diesen Mann einschätze, würde er nicht einen Augenblick zögern, die besten Advokaten der Stadt zu seiner Verteidigung zu beauftragen. Nein, dass er im selben Zug wie das Opfer fuhr, ist noch lange nicht genug, um ihn einzubestellen und zu verhören. Wir brauchen also konkrete Verdachtsmomente, Zeugenaussagen oder Beweise.«

Luigi Bosovich hob die Hand. »Herr Inspector, Sie haben gestern Abend gesagt, dass Sie mit dem Opfer gesprochen haben. Worüber?«

Bruno nickte. »Das ist korrekt. Vor der Fahrt über den Semmering habe ich mir auf dem Bahnsteig ein bisschen die Füße vertreten und beim Lokomotivtausch zugesehen. Wie zuvor gesagt, ist mir beim Frühstück aufgefallen, dass Joseph Kestranek einen Mann mit Flicken an den Ärmeln hinterhergeschaut hat. Ich vermute, er hat den Kammerdiener seiner Großtante erkannt, seinen Brüdern gegenüber aber schnell davon abgelenkt. Daher habe ich aus Neugier Pospischil völlig unverbindlich in Gloggnitz angesprochen. Wir haben über die Lokomotiven der Semmeringbahn gesprochen, mehr nicht.«

Emilio zog die Augenbrauen hoch. »Was höre ich da? Du speist mit den Brüdern, tarockierst sogar mit ihnen, du sprichst mit dem Kammerdiener, und dann geschieht vor deiner Nase ein Mord? Lässt du nach, Bruno?«

Bruno zog seine Lippen breit. »Auf diese Frage erspare ich mir die Antwort. Emilio, wenn du zur Klärung des Deliktes etwas beitragen willst oder kannst, bin ich sehr dankbar. Alles andere erachte ich als irrelevant. In diesem Zug saßen rund zweihundert Personen und niemand hat vom Mord etwas mitbekommen.«

Emilio verschränkte unnahbar lächelnd die Arme.

»Also, Signori, ich verteile jetzt die Aufgaben«, sagte Bruno und fasste die drei Polizeiagenten ins Auge. »Marin und Bosovich werten die gestern Abend genommenen Fingerabdrücke aus und sortieren sie. Materazzi, Sie arbeiten bitte die Liste mit den namentlich bekannten Fahrgästen durch, die wir gestern Abend nicht mehr befragen konnten. Das ist natürlich viel Laufarbeit, aber sie muss geleistet werden.«

Bruno fasste erst Emilio und danach Vinzenz ins Auge. »Könnt ihr etwas übernehmen?«

»Leider nicht«, winkte Emilio ab. »Ich habe drei Fälle, für die ich heute meinen freien Tag opfere. Ich wollte im Fall Pospischil nur Bescheid wissen.«

»Vielleicht ab morgen«, sagte Vinzenz. »Heute bin ich beschäftigt.«

»Gut, dann ist das geklärt. Ich selbst werde jetzt so viel Wissenswertes über die Familie Hohenau aus Wien und die

Kestraneks aus Pola sammeln wie möglich. Noch Fragen? Gut. An die Arbeit.«

Jahrelang hatte sie sich Mühe gegeben, hatte viel Zeit und noch mehr Nerven investiert, um voranzukommen. Wie viele Male war sie in den letzten zehn Jahren nach Wien gefahren? Zwei Dutzend Mal vielleicht, in jedem Jahr mindestens zweimal, gelegentlich hatte sie eine dritte Fahrt bestritten. Ihr Mann hatte einfach nicht verstehen wollen, warum das notwendig war, warum sie sich solche Last auferlegte. Ernestine Wenzel schaute durch das Fenster auf die vorbeiziehende Landschaft. Sie hatte den Frühzug aus Görz genommen, in einer Viertelstunde würde sie in Triest eintreffen. Nun, Tassilo war nicht besonders ehrgeizig, er führte die Gemischtwarenhandlung mit Routine und kaufmännischem Geschick, aber reich war er damit nicht geworden. Ihre Schwiegereltern waren aus Südböhmen nach Görz gekommen und hatten den Laden eröffnet. Tassilo führte als ältester Sohn nach der Pensionierung seines Vaters die Geschäfte weiter. Fünf Angestellte und einen Lehrbuben beschäftigte er derzeit, ja, die Umsätze stimmten, der Laden hatte einen guten Standort und brauchte sich um Kundschaft keine Sorgen zu machen. Die Familie genoss Ansehen in der Region, selbst die Statthalterei der österreichischen Küstenlande in Triest und das Rathaus von Görz ließen sich von der Kompanie Joh. Wenzel & Söhne mit Gebrauchsgegenständen des Alltags beliefern. Aber letztlich gehörte Tassilo und damit seine Familie nicht zur Hautevolee von Görz, er war und blieb ein geachteter Geschirr- und Möbeltandler, mehr nicht. Zu Höherem fühlte er sich auch nicht berufen. Daran hatte Ernestine in den letzten Jahren zunehmend zu kauen.

Im lang vergangenen Jahr 1849 hatte das Kaiserhaus nach den Unruhen der Napoleonischen Kriege, der Neuordnung Europas durch den Wiener Kongress, der langen Amtszeit von Fürst Metternich und den Aufständen 1848 die drei Küstengebiete im Besitze der Habsburger zu einem Kronland vereint. So waren die Markgrafschaft Istrien, die Reichsunmittelbare Stadt Triest mit ihrem Gebiet und die Gefürstete Grafschaft Görz und Gradisca zu den österreichischen Küstenlanden geformt worden, dessen kaiserlicher Statthalter im Palazzo del Governo in Triest residierte. Seit zwanzig Jahren wuchsen im gesamten Litoral der Handel und die Industrie bedeutend schneller als in vielen anderen Teilen der Monarchie. Der Bau der Südbahn und der Ausbau der Hafenanlagen in Triest und Fiume hatten zu diesem Wachstum geführt. Und vor zwei Jahren hatte sich für Görz die große Chance aufgetan, mit den Hafenstädten mitzuhalten. Die Wocheiner Bahn war eröffnet worden, die Triest über Görz nach Aßling und weiter nach Villach anband und somit den Weg nach Innerösterreich und Böhmen eröffnete. Sie hatte Tassilo angespornt, zu investieren, ein größeres Lagerhaus zu kaufen, eine Filiale in einer Stadt entlang der neuen Bahnlinie zu eröffnen. Ernestine war sich sicher gewesen, dass Tante Henriette für die Erweiterung der Geschäftstätigkeit ein Darlehen gegeben hätte. Aber nein, Tassilos lethargisches Gemüt hatte alle Gelegenheiten verstreichen lassen. Sicherheit hat Vorrang, das war der Leitspruch ihres Gemahls. Sie hingegen hatte mit der Zeit den Ehrgeiz verspürt, die wirtschaftliche Situation der Familie und somit die Heiratsaussichten ihrer beiden Töchter zu verbessern.

Alma und Josephine hatten durch das beträchtliche Erbe nun die Möglichkeit, einen soliden Hausstand zu gründen. Ernestines ältere Tochter würde eine gute Partie machen, die Verlobung war verkündet und der Hochzeitstermin angesetzt worden. Ihr Bräutigam war der Sohn eines hohen Beamten der Stadtverwaltung, das Erbe von Tante Henriette würde dem jungen Ehepaar die Gründung eines angesehenen Haushalts ermöglichen. Für ihre jüngere Tochter musste Ernestine noch den passenden Ehemann suchen, aber da Josephine nett anzusehen und sittsam war, darüber hinaus eine stattliche Mitgift in die Ehe brachte, war es nur eine Frage der Zeit, bis ein passender Kandidat gefunden war. So gesehen waren die letzten familiären Wendungen ganz in Ernestines Sinne.

Allein was sie mit Bitterkeit erfüllte, war, dass sie selbst bis auf ein paar schöne Möbel und gediegenen Hausrat nichts von ihrer Tante geerbt hatte. Möbel und Hausrat! Das Kaufhaus ihres Mannes und dessen Magazin waren voll davon. So war all die Mühe, mit der sie sich um Tante Henriette gekümmert hatte, unbelohnt geblieben. Geradezu skandalös fand sie, dass die Tante allen Großneffen und -nichten der Kestranek-Linie gleiche Anteile des Vermögens vererbt hatte. Was hatten ihre Brüder Karl und Otto für diesen warmen Geldregen in die Taschen ihrer Kinder schon geleistet? Waren sie in den letzten zehn Jahren wiederholt nach Wien gereist, um der Tante die Aufwartung zu machen? Hatten sie aufgepasst, dass die Dienstboten nicht Woche für Woche Wertgegenstände oder Geldbeträge aus dem Haus stahlen? Nein, nichts dergleichen hatten sie getan. Ja, Karls Söhne waren die Erstgeborenen dieser Generation, aber die drei Männer schienen ja keinerlei Anstalten zu machen, sich bürgerlicher Tugenden zu befleißigen. Es war augenscheinlich, dass Eduard ein liederlicher Weiberheld, Meinrad ein eitler Gockel und Joseph ein aufbrausender Haudegen war. Diese Strolche mit so viel Geld zu überhäufen war ein Sakrileg. Und sie selbst, Ernestine, war deswegen bis auf den alten Plunder leer ausgegangen. Das nagte an ihr.

Was allerdings niemand in der Familie wusste, war, dass Tante Henriette über einen längeren Zeitraum hinweg Geld und Goldmünzen in einem Schließfach in Triest gesammelt hatte. Niemand hatte sich so sehr um das Wohlergehen der alten Dame gekümmert, daher hatte Ernestine allein von dieser geheimen Tätigkeit Wind gekriegt. Nicht einmal ihrem Ehemann Tassilo hatte sie von ihrem Wissen berichtet.

Ihre Kenntnisse waren leider unvollständig. Sie hatte in den Papieren der Tante eine Notiz gefunden, von der sie annahm, dass es die Kontonummer war, sie war sich auch ziemlich sicher, wie das Losungswort für die Öffnung des Schließfaches lautete. Sie wusste allerdings nicht, auf welcher Bank Tante Henriette das Depot eröffnet hatte. Um das herauszubekommen, saß sie nun im Zug und würde ein paar Tage in Triest verweilen. Ihrem Mann hatte sie für die Reise eine glaubhafte Geschichte aufgetischt und sich auf den Weg gemacht. Ernestine hatte nicht den geringsten Zweifel, dass sie es schaffen würde, an das Geld und die Münzsammlung heranzukommen.

Sie war sich noch nicht im Klaren, ob sie ihrem Mann von dem Fund berichten würde. Ernestine war nicht mehr die Jüngste, aber mit achtundvierzig Jahren war sie nicht zu alt, um noch so manch aufregende Abenteuer zu erleben. Sie hatte in der Zeitung von den Vergnügungsfahrten des Dampfers Thalia gelesen. Inmitten der besseren

Gesellschaft drei Wochen auf einem luxuriösen Schiff die interessantesten Hafenstädte des Mittelmeers anzulaufen, reizte sie. Sie wurde sogar ein bisschen hitzig bei der Vorstellung, nicht den langweilen Ehemann, sondern einen jüngeren Galan an Bord zu nehmen, einen Mann, der kultiviert, gepflegt und ein guter Tänzer war.

Der Zug rollte in den Bahnhof ein. Ernestine erhob sich. Sie reiste natürlich erster Klasse. Der junge Kondukteur eilte herbei und hob ihre beiden Koffer von der Gepäckablage. Sie lächelte dem feschen Mann gewinnend zu.

Bruno saß an seinem Schreibtisch und schrieb von Hand den Text für das Telegramm, las den knappen Absatz, strich noch drei überflüssige Wörter und spannte einen Papierbogen in die Schreibmaschine. Mittlerweile hatte er einige Routine beim Tippen, er zog das Papier aus der Walze und kontrollierte es. Dann ging er in die Schreibstube.

»Regina, ich habe hier ein Telegramm. Ist einer der Amtsdiener im Haus?«

»Nein, keiner ist hier. Signor Vlah wird frühstens in einer halben Stunde zurück sein. Soll ich zum Postamt laufen?«

Bruno überlegte kurz. Er hatte zwar angeregt, dass die Polizeidirektion einen eigenen Telegraphen erhalten sollte, aber mit dieser Forderung war er noch nicht durchgedrungen. Er hatte dem Polizeidirektor persönlich vorgeschlagen, einen dieser neuen und äußerst leistungsfähigen Typendruck-Schnelltelegraphen von Siemens & Halske anzuschaffen, mit denen auch das Postamt ausgestattet war, aber Dr. Rathkolb hatte ihn auf das nächste Jahr vertröstet. In diesem Jahr war durch die Anschaffung von vier Schreibmaschinen, eines zweiten Photoapparats, der Einrichtung einer größeren Dunkelkammer, der Ausstattung mehrerer Kommissionstaschen und weiterer Investitionen das Budget der Polizeidirektion ausgeschöpft.

»Ja, darum möchte ich Sie höflich bitten«, sagte Bruno und überreichte den Bogen. »Dieses Telegramm ergeht an das k.k. Polizeiagenteninstitut zu Wien an Herrn Inspector Speyer persönlich. Steht alles im Text. Ich muss den Wiener Kollegen von den Vorfällen in Triest in Kenntnis setzen. Das ist ein Amtstelegramm, ist also von der Post bevorzugt zu behandeln. Es muss unverzüglich versendet werden.«

Regina machte einen Knicks und griff nach ihrem Mantel. »Ist recht, Herr Inspector. Ich bin schnellstmöglich wieder hier.«

»Vielen Dank, Regina.«

Die Schreibkraft setzte ihren Hut auf und eilte los.

Bruno ging ins Büro der Polizeiagenten, wo Marin und Bosovich an ihren Schreibtischen saßen und mit Lupen die aufgenommenen Fingerabdrücke untersuchten.

»Meine Herren, wie ist der Fortschritt?«

Beide Polizisten erhoben mit verdrießlichen Mienen die Köpfe.

»Mäßig. Wir haben bisher etwa ein Viertel geschafft«, sagte Marin.

»Konnten Sie Auffälligkeiten entdecken?«

»Ich habe noch gar nichts.«

»Ich auch nicht. Nicht ein Abdruck gleicht dem anderen«, sagte Luigi Bosovich.

Bruno verzog den Mund. »Damit war leider zu rechnen. So ist das nun einmal in öffentlichen Räumlichkeiten, wo unzählige Menschen mal das, mal jenes anfassen und ihre

Spuren hinterlassen. Soll ich für die Arbeit eine Kanne Kaffee zur Verfügung stellen?«

»Kaffee wäre genehm, Herr Inspector«, sagte Marin.

Luigi nickte zustimmend.

»Sobald Regina vom Postamt zurück ist, wird sie eine Kanne aufbrühen.«

»Vielen Dank.«

Eduard Kestranek trat vor den Spiegel. Schaute er so furchtbar aus, wie er sich fühlte? Er musterte sein Gesicht. Nun, eine Rasur war unerlässlich, aber ansonsten sah der Mann im Spiegel gar nicht so übel aus. Ein Nero und ein Cornetto im kleinen Caffè um die Ecke würden die Lebensgeister wecken. Mit dem Pinsel schäumte er die Rasierseife, bestrich sein Gesicht und zog das Rasiermesser behutsam über die Haut.

Ein außerordentlich turbulenter Abend lag hinter ihm. Eine Riesengaudi. Nach Ankunft des Zuges war er auf direktem Weg in seine Wohnung gefahren. Der Kutscher hatte für ein paar Münzen seine Koffer die Treppe hochgetragen. Eduard hatte sich frisch gemacht, war dann in sein Stammlokal gegangen und hatte seine Freunde fast vollständig versammelt in ausgelassener Stimmung angetroffen. Zur Feier des Tages hatte er mehrere Runden Cognac und drei Flaschen Wein spendiert, so war der Abend feuchtfröhlich geworden. Zu vorgerückter Stunde hatte sich ein Detachement an Männern formiert, das sich anschickte, einen Erkundungsvorstoß in jenes Etablissement zu unternehmen, in welchem angeheiterte und zahlungskräftige Herren jederzeit angenehme weibliche Gesellschaft finden konnten.

Die andere Hälfte der jungen Männer war im Kaffeehaus verblieben und hatte eine Kartenpartie eröffnet.

Eduard wusch die Seifenreste ab und betrachtete das Ergebnis. Er lächelte hintergründig. Nun, die niedliche Bordellmaus hatte alle seine Ansprüche zufriedenstellend erfüllt und dafür zum üblichen Lohn ein hübsches Trinkgeld erhalten. Nachdem seine Freunde und er aus den Separees gekommen waren und sich an der Theke versammelt hatten, hatten sie dem Pianisten einen Geldschein zugesteckt und bis weit nach Mitternacht mit den leichten Mädchen gefeiert.

Es tat so gut, nicht mittellos zu sein. Wohlhabenden Männern gehörte die Welt.

Eduard griff zum Kamm und zog mit Pomade einen Scheitel in sein dichtes Haar. Das erfrischende Rasierwasser belebte seine Sinne. Er schlüpfte in sein Sakko und wandte sich zum Gehen.

Ein Gedanke schoss ihm durch den Kopf. Er hatte Ottilie völlig vergessen! Eduard brach in Gelächter aus. Meine Güte, wie unachtsam er doch war, das süße Zimmermädchen aus dem Blick zu verlieren. Wo hatte sie wohl die Nacht verbracht? Wie würde er sie in Triest wiederfinden? Unglaublich, er hatte nach der Ankunft des Zuges nicht einen Gedanken an sie verloren. Eduard schlüpfte in den Mantel und schwor sich, bald nach dem Frühstück zum Bahnhof zu spazieren, um Ausschau nach ihr zu halten.

Meinrad Kestranek trat vor den Spiegel. Keinerlei Zweifel bedrängten ihn, er wusste, dass er so großartig aussah, wie er sich fühlte. Meinrad musterte sein Gesicht. Eine Rasur war zwar nötig, aber ansonsten strahlte aus seinem Inneren ein gleißendes Leuchten von Freude und Glück. Endlich war er seinem Ziel näher gekommen, endlich hatte sie, seine Angebetete, die göttliche Diva, ihm Beachtung geschenkt. Er fühlte sich dem Himmel nah. Das Schicksal hatte sich zu seinen Gunsten gewendet.

Da der Zug pünktlich angekommen war, hatte er alle Vorkehrungen treffen können. Er hatte im Teatro Verdi eine der letzten Karten für die Abendvorstellung erworben, danach war er zum Blumenhändler auf der Piazza del Ponterosso geeilt, hatte alle noch verfügbaren Blumen und Bouquets aufgekauft und ins Theater schicken lassen. Im Hotel de la Ville auf der Riva Carciotti hatte er eine Suite bezogen und sich für seinen großen Auftritt frisch gemacht.

Nach Rosenwasser duftend und mit einem Präsent aus der Hauptstadt hatte er im Theatersaal gesessen und sich völlig der Oper hingegeben. Wobei seine Begeisterung nicht dem Stück, dem Ensemble oder dem Orchester gegolten hatte, sondern allein der Primadonna. Schon ihr Name war Musik in seinen Ohren. Isabelle de Nicolay war der hellste Stern am Firmament der Triestiner Opernwelt. Nach der Vorstellung war er in ihre Garderobe getreten, die mit den von ihm gekauften Blumen üppig dekoriert gewesen war. Meinrad hatte sich vor ihr auf die Knie geworfen, Lobeshymnen vorgetragen und der Primadonna seine Geschenke offeriert. So hatte sie ihm die Gnade ihrer Aufmerksamkeit gewährt. Ja, Isabelle hatte ihn sogar gebeten, sie zum Souper im Kreise des Ensembles und einiger Gönner des Theaters zu begleiten.

Es folgte ein glanzvoller Abend im Grand Restaurant Antica Bonavia. Endlich hatte Meinrad es geschafft, neben Isabelle de Nicolay Eingang in die erste Gesellschaft Triests zu erlangen. Den ganzen Abend über hatte er an ihrer Seite gesessen, mit ihr gelacht und geflüstert, ihr schmachtende Blicke zugeworfen, ja zum ersten Mal hatte sie, die Göttliche, ihn wirklich registriert, ihm in die Augen geschaut. Bei ihren früheren Begegnungen hatte sie seinen Komplimenten gelauscht, wie eine Primadonna assoluta tagein und tagaus ungezählte Kompliment entgegennahm, nämlich mit Schönheit, Eleganz, Würde und Distanz. Nunmehr war es ihm gelungen, diese Distanz zu überwinden, dank seines beherzten Auftritts. Jetzt, wo er kein mittelloser Hotelangestellter mehr war, sondern Erbe eines Vermögens, konnte er sich diesen Wagemut leisten. So hatte er es der Göttlichen auch erklärt. Die unvergleichliche Isabelle de Nicolay hatte ihn im Laufe des Abends sogar gebeten, sie zu duzen.

Und nach dem Souper hatte sie ihm die Gunst erwiesen, sie in der Kutsche nach Hause zu begleiten zu dürfen. Und zu Meinrads höchstem Glück hatte er Isabelle nicht nur bis vor die Tür geleitet, sondern sie hatten sich unter dem Torbogen im Mondlicht geküsst.

Ein Engel hatte ihn berührt. Die Welt war schön und das Leben gerecht. Meinrad fühlte nichts anderes als pures Glück.

Joseph Kestranek trat vor den Spiegel. Er musterte seinen nackten Oberkörper und entfernte den Verband vom Oberarm. Der Arzt hatte nach dem Duell im Morgengrauen zuerst seinen Gegner versorgt, natürlich, das war nötig gewesen, aber danach war ihm, dem siegreichen Duellanten, der Verband angelegt worden. Die Wunde blutete kaum, es war nur ein Kratzer, in wenigen Tagen würde nichts als eine kleine Narbe von seinem Sieg übrig bleiben. Über Monate hatte sich die Feindschaft entwickelt, so lange, bis Joseph seinen Kontrahenten zum Duell gefordert hatte. Sie hatten ihre Begegnung mehrmals verschieben müssen, doch heute früh – eine Woche nach Ostersonntag – war es wie vereinbart zum Säbelkampf gekommen. Um Komplikationen zu vermeiden, hatten sie Triest als Schauplatz der Auseinandersetzung gewählt, fern ihrer Garnisonen. Sowohl die Kommandantur der Marine wie die der Armee sahen es nicht gern, wenn sich Offiziere der verschiedenen Waffengattungen duellierten.

In einem Waldstück hinter dem Ippodromo di Montebello hatten sich die beiden Duellanten samt ihrer Sekundanten und dem Arzt eingefunden, die Säbel gezogen und gefochten. Josephs Gegner war ein ungarischer Infanterieoffizier gewesen. Der Disput war ausgebrochen, als sich Letzterer herablassend über die k.u.k. Kriegsmarine und insbesondere über den Marinestab geäußert hatte und Joseph im Gegenzug die Fähigkeiten im Kampf ungarischer Offiziere ernsthaft in Zweifel gezogen hatte. Zur Feindschaft war es gekommen, als beide Männer um die Gunst eines liebreizenden Fräuleins gebuhlt hatten. Irgendwann war das Fräulein aber nicht mehr im Zentrum des Streits gestanden, sondern es war nur noch um die Mannesehre gegangen.

Es war ein hartes Ringen gewesen, natürlich, beide Männer waren ausgebildete Soldaten und verstanden sich auf den Kampf mit Säbel, Pistole und Gewehr. Nach wechselseitigen Attacken und Paraden hatte der Ungar Josephs linken Oberarm gestreift, das weiße Hemd zerrissen und in die Haut geschnitten. Das Blut hatte Joseph rasend gemacht, mit mächtigen Hieben hatte er seinen Gegner in die Defensive und schließlich in eine ausweglose Lage gebracht. Ein Stoß gegen die Rippen seines Gegners hatte den Kampf entschieden, beide Sekundanten hatten die Duellanten getrennt und der Arzt hatte zur Tat schreiten müssen. Der Ungar hatte taumelnd und blutüberströmt seine Niederlage eingestanden und die Waffe gestreckt.

Es war besser als jeder Rausch, Joseph fühlte unbeschreibliche Kraft und kühnen Mut, er war euphorisch. Natürlich hatte er, wie es für einen Ehrenmann statthaft war, seinem am Boden liegenden Kontrahenten die Hand gehalten, als der Arzt die Stichwunde behandelt hatte. Das Duell war entschieden und die soldatische Ehre beider Männer wiederhergestellt.

Später war er in sein Quartier zurückgekehrt. Nun stand er vor dem Spiegel. Da die Blutung der Schnittwunde gestillt war, wusch er sich, legte einen leichten Verband an und bekleidete sich. Wenn er sich ein wenig beeilte, würde er noch der Sonntagsmesse beiwohnen können. Natürlich würde er ein Gebet gen Himmel richten, nach jedem Kampf tat er dies.

Joseph dachte an seine Brüder. Bestimmt hatten beide eine rauschende Nacht hinter sich, er selbst hatte sich am Vorabend des Duells jede Ausschweifung verwehrt, hatte sich gesammelt, nur Wasser und Brot zu sich genommen und war früh zu Bett gegangen. Doch heute Abend, das sah Joseph bereits klar vor sich, würde er sich mit seinen Triester Kameraden einem wahren Mulatschag hingeben. Und zwar mit Pörkölt am Teller und Tokajer sowie Barackpálinka im Glas. Das war er seinem unterlegenen ungarischen Kontrahenten gegenüber schuldig.

Bruno packte seine beiden Koffer und stieg aus der Tram. Meist ging er die Strecke von der Kanzlei nach Cologna zu Fuß, aber mit dem Gepäck hatte er die Localbahn genommen. Nicht weit von der Haltestelle entfernt lag das Haus seiner Mutter, in dem er seit mehreren Jahren die ehemaligen Dienstbotenkammern bewohnte. Salvatore Zabini hatte nach der Hochzeit das alte Bauernhaus gekauft und vollständig renovieren lassen, so waren Bruno und seine Schwester Maria am bergigen Stadtrand Triests aufgewachsen. Nach einigen Irrungen und Wirrungen des Lebens war Bruno vor mehreren Jahren in das Haus seiner Kindheit zurückgekehrt. Er wohnte in den beiden Räumen des Hinterhauses, welche über einen eigenen Eingang verfügten. Seine Mutter nutzte die vorderen Haupträume rund um den großen Kamin.

Heidemarie Zabini hatte den Vorteil, dass sie nicht immer Tagelöhner für schwere Arbeiten beschäftigen musste, etwa wenn ihr langjähriger Lieferant Herr Jellersitz eine Wagenladung Brennholz brachte oder wenn im Haus eine Reparatur nötig war. Ihr Sohn packte tatkräftig an, sofern es sein Beruf erlaubte.

Und Bruno fand im Haus seiner Eltern Stille und Abgeschiedenheit. Abseits der Fährnisse der Stadt konnte er die Tür hinter sich verriegeln und die Bosheit der Menschen und die Ungerechtigkeiten der Welt verbannen. Ging er die Anhöhe nach Cologna empor, ließ er die Stadt hinter sich. Auch wenn nach der Eröffnung der Localbahn vor ein paar Jahren der Stadtrand langsam die Hänge emporkletterte. Seit Jahrzehnten stieg die Zahl der Einwohner der Hafenstadt und die Menschen benötigten Wohnraum. Aber noch war Cologna ein beschaulicher Vorort mit Bewohnern, die sich seit Jahrzehnten kannten. Nicht dass sich alle mochten, aber man lebte wie in einer Dorfgemeinschaft.

Aus dem Rauchfang stieg nur wenig Rauch hoch. Bruno hatte knapp nach Mittag die Kanzlei verlassen, er hoffte, dass er seine Schwester und ihre Familie noch antreffen würde. Bis auf seltene Ausnahmen kamen Maria, Teodoro und die Kinder nach der Messe zum Sonntagsmahl. Heidemarie Zabini lebte genügsam, doch am Sonntag kochte sie mit Hingabe groß auf, bereitete eine Suppe zu, zauberte eine Hauptspeise und backte Gugelhupf oder Strudel.

Bruno hörte Kinderstimmen und Gelächter. Er öffnete die Gartentür und schritt auf das Haus zu. Bei schönem Wetter nahm die Familie das Essen auf der dem Meer zugewandten Terrasse des Hauses ein.

Bruno ging breit lächelnd um die Hausecke. »Ich wünsche der ehrwürdigen Gesellschaft einen guten Tag.«

»Onkel Bruno ist da!«, rief Osvaldo begeistert. Er und seine beiden Schwestern sprangen auf und begrüßten ihn stürmisch.

Bruno drückte den neunjährigen Knaben an sich und hob die siebenjährige Valentina und die sechsjährige Alice hoch und wirbelte sie im Kreis. Danach begrüßte er seine Mutter, Maria und Teodoro herzlich. »Wie ich sehe, seid ihr schon bei Kaffee und Kuchen angelangt.«

»Onkel Bruno, du musst uns erzählen, wie es in der Hauptstadt war. Hast du den Kaiser gesehen?«, fragte Osvaldo.

»Aber, Bub, lass den Onkel zu Atem kommen«, sagte Heidemarie. Sie legte Bruno die Hand auf die Schulter. »Hast du Hunger? Es gibt Hühnersuppe und vom Braten ist noch ein gutes Stück da.«

»Ja, ich habe Hunger und würde gerne Suppe und Braten essen.«

Heidemarie verschwand im Haus, um Bruno das Mahl zu servieren. Währenddessen antwortete Bruno auf die drängendsten Fragen der Kinder nach dem Kaiser, dem Schloss Schönbrunn, dem Stephansdom und dem Wurstelprater. Wenig später löffelte er die Suppe.

»Vielen Dank für die schönen Geschenke aus Wien«, sagte Maria und lächelte ihren großen Bruder an. »Ich war richtig überrascht, als am Donnerstag eine große Kiste bei uns abgeliefert wurde. Du hast keine Kosten und Mühen gescheut.«

»Ich hoffe, die Pelzmütze passt.«

»Wie angegossen. Damit kann ich die nächste Bora mit Leichtigkeit ertragen.«

»Und die Kleidung für die Kinder?«

»Osvaldo muss in den Mantel noch hineinwachsen, aber die Schuhe für die Mädchen passen einwandfrei.«

Bruno wandte sich Teodoro zu und bemerkte, dass sein Schwager in der letzten Zeit ein bisschen an Substanz zugelegt hatte. »Sind die Bücher zu deiner Zufriedenheit?«

Der sanftmütige und gemütliche Mann nickte zustimmend. »Du hast vollkommen ins Schwarze getroffen, es sind sehr schöne Bücher. Jetzt kann ich mein Deutsch noch weiter verbessern.«

Die Familie hatte es sich zur Angewohnheit gemacht, beim Sonntagsessen Deutsch zu sprechen. Man hörte Teodoros Akzent, aber nach all den Jahren der Ehe sprach er fließend Deutsch.

»Das Sortiment an Ölfarben ist einfach großartig«, sagte Maria. »Damit werde ich eine ganze Weile auskommen. Herzlichen Dank dafür.«

»Es war mir ein Vergnügen, in diesem Geschäft in der Innenstadt einen Nachmittag zu verbringen und mich durch das reichhaltige Angebot zu wühlen. Solltest du jemals nach Wien kommen, Maria, musst du den Laden unbedingt aufsuchen. So ein breites Angebot an hochwertigen Utensilien findest du in Triest nicht. Es ist phänomenal.«

Maria und Teodoro wechselten einen wehmütigen Blick. Bruno wusste, dass beide schon seit Jahren den Wunsch hegten, die Hauptstadt zu besuchen, aber leider hatte sich dieser bisher nicht erfüllt. Bereits in jungen Jahren waren Marias Talent und Leidenschaft für die Malerei aufgefallen, sie hatte in ihrer Schulzeit den Wunsch geäußert, an der k.k. Kunstgewerbeschule in Wien Malerei zu studieren. Salvatore Zabini hatte dies seiner Tochter verwehrt. Die verruchte Großstadt sei nicht der rechte Ort und die Wiener Kunstwelt mit ihren losen Sitten nicht der richtige Umgang für seine überaus hübsche Tochter, hatte der Patron gesagt. Maria hatte einen anständigen Mann zu ehelichen, Kinder zu kriegen und eine vorbildliche Hausfrau zu sein, das war es, was Salvatore verfügt hatte. Marias Glück war gewesen, dass sie mit Teodoro einen Mann aus einer bürgerlichen Beamtenfamilie gefunden hatte, der nicht nur bis heute über beide Ohren in sie verliebt war, sondern der, zwar selbst untalentiert, eine große Begeisterung für die Malerei hegte und sehr stolz auf seine begabte Ehefrau war.

»Ich habe Dr. Sanzin in Wien getroffen«, berichtete Bruno.

»Ach, schön«, sagte Heidemarie. »Wie geht es ihm?«

»Sehr gut. Er ist jetzt eine bedeutende Persönlichkeit. Ich durfte bei einem Kongress seinem Vortrag lauschen. Hochinteressant«, sagte Bruno und wandte sich an Maria. »Dr. Sanzin hat sich nach dir erkundigt. Ich habe für deine Malerei ein bisschen Reklame gemacht und ihm die Adresse deines Ateliers gegeben. Ich bin mir fast sicher, dass er dir bei seinem nächsten Aufenthalt in Triest einen Besuch abstatten wird. Vielleicht gibt er ein Bild in Auftrag.«

Nach der Suppe machte sich Bruno über den Schweinsbraten mit Knödeln her, berichtete von den Begegnungen mit der Wiener Verwandtschaft und richtete die vielen Grüße aus, die ihm mitgegeben wurden.

Von der Leiche im Gepäckwaggon erzählte er nicht.

Ottilie Gomperz hielt sich seit rund zwei Stunden auf dem Südbahnhof auf, mal saß sie auf einer Bank im Wartesaal, mal stand sie auf einem Perron und schaute den ein- und abfahrenden Zügen zu, mal wartete sie in einer Ecke der Bahnhofshalle. Eduard kam nicht. Sie hatte im Schlafsaal mehr schlecht als recht geschlafen, die ungewohnte Umgebung und die fremden Menschen verursachten ihr Unwohlsein. Zum Glück waren Frauen und Kinder von den Männern getrennt untergebracht. Es gab auch Räume für Familien. Soweit Ottilie feststellen konnte, kamen die Auswanderer aus allen Teilen der Monarchie, aus Galizien, der Bukowina, aus Böhmen und Mähren, Westungarn, Siebenbürgen und Kroatien, aus Innerösterreich und der Steiermark. Auffällig war, dass ausnahmslos alle Auswanderer im Heim arme Leute waren, die in ihren Heimatländern keine Arbeit und keine Zukunft fanden, weswegen sie nach Amerika zu emigrieren gedachten. Aber Ottilie verstand, dass wohlhabende Menschen, die nach Amerika auswandern wollten, sich nicht im Auswandererheim einen Schlafplatz suchen würden, sondern in einem Hotel. Der Preis für die Übernachtung war gering. Die Schlafsäle, Waschräume und Aborte in diesem Haus waren recht sauber, sie wurden laufend gereinigt, was angesichts der mehreren hundert dort untergebrachten Menschen notwendig war. Ottilie hatte erfahren, dass heute um halb acht Uhr abends ein Schiff mit dem Ziel New Orleans auslaufen würde. Schon am Dienstagabend würde der nächste Dampfer nach Nordamerika ablegen. Bei der Hinfahrt befanden sich die Auswanderer an Bord, auf der Rückfahrt Baumwolle.

Dann entdeckte sie Eduard. Sie packte ihr Gepäck und marschierte auf ihn zu.

Er sah sie und umarmte sie zur Begrüßung. »Schau an, da bist du ja. Hast du auf mich gewartet?«

»Ja.«

»Wie ist es dir ergangen?«

»Du bist gestern, ohne dich einmal nach mir umzusehen, abgefahren.«

»Ich konnte nicht, weil ich ja mit meinen Brüdern zusammen war.«

»Du hast mich einfach am Bahnhof stehen lassen.«

Er fasste sie am Kinn. »Otti, du bist ein großes Mädchen und kommst allein zurecht. Das weiß ich doch. Du hast doch hoffentlich nicht auf dem Bahnhof übernachtet?«

»Nein, natürlich nicht.«

»Hast du ein Hotelzimmer genommen?«

»Ich kann mir doch kein Hotel leisten.«

»Also, wo hast du geschlafen?«

»Im Auswandererheim. In einem Schlafsaal.«

Eduard nickte zufrieden. »Na bitte, ich wusste doch, dass du dich zurechtfinden wirst. Du hast dein Gepäck dabei, wie ich sehe.«

»Ja, ich wollte meine Siebensachen nicht im Heim lassen. Da sind viele Leute, denen man nicht vertrauen kann.«

Eduard wies ihr mit der Hand den Weg. »Komm mit, meine Kleine, ich werde mich für die Unannehmlichkeiten mit einem Frühstück bei dir entschuldigen.«

»Wohin willst du gehen?«

»In meine Wohnung. Unterwegs kaufen wir in einem Laden Gebäck und Wurst. Was meinst du? Wollen wir es uns zu Hause gemütlich machen?«

Ottilie schaute ihn erleichtert an. Er bot ihr ein Zuhause an. Die zähen letzten Stunden waren mit einem Mal verflogen. »Ja gerne. Ich bin hungrig, habe heute noch gar nichts gegessen.«

»Nehmen wir die Elektrische.«

Montag, 27. April 1908

Der Nachmittag im Kreise der Familie hatte Bruno gutgetan. Bis in den frühen Abend waren Maria, Teodoro und die Kinder in Cologna geblieben. Bruno hatte mit dem Nachwuchs eine kleine Wanderung unternommen, sie hatten auf dem Berghang nach schönen Steinen und besonderen Pinienzapfen gesucht, und zurück im Garten hatten sie damit gebastelt. Heidemarie Zabini hatte eine Flasche Wein aus dem Keller geholt, sodass die Erwachsenen mit einem Glas Friulano anstoßen konnten. Nachdem Maria und ihre Familie aufgebrochen waren, hatte Bruno im Garten ein paar kleine Arbeiten verrichtet, schließlich seine Koffer ausgepackt, in der Waschküche Feuer gemacht und ein Bad genommen. Er war früh zu Bett gegangen und hatte tief und erholsam geschlafen.

Mit ausgreifenden Schritten näherte er sich nun der Polizeidirektion. Es war Montagmorgen, die Stadt erhob sich zu gewohnter Betriebsamkeit, die Arbeiter strömten in die Fabriken und zum Hafen, die Ladenbesitzer öffneten ihre Pforten und die Frächter karrten mit Fuhrwerken, manche auch mit Automobilen ihre Waren. Auf dem Platz vor der Chiesa di Sant'Antonio Nuovo postierten sich Straßenhändler und ein Stück weiter auf der Piazza del Ponterosso wurden Obst, Gemüse, Käse und Fleisch präsentiert. Bruno holte tief Luft. Er tauchte ein in das Ambiente und die Atmosphäre der Stadt, er vernahm die Stimmen,

Klänge und die Schreie der Möwen, er schnupperte den Atem des Meeres. Das war Triest, seine Heimat. Er war wieder zu Hause.

Bruno betrat die Polizeidirektion und stapfte die Treppen hoch. Wenig später begrüßte er den eben eintretenden Oberinspector und berichtete von seinen Eindrücken in Wien. Zu siebt standen sie im Zimmer der Schreibkräfte beisammen, plauderten und witzelten. Oberinspector Gellner war augenscheinlich dem hellen, luftigen und milden Wetter entsprechend guter Laune und zu geselligen Reden aufgelegt.

Bruno machte eine kleine Pause und schaute zur Tür, durch welcher eben sein Kollege Vinzenz Jaunig trat.

Gellners Miene verdunkelte sich, er sprach Deutsch. »Sie haben also, wie mir zugetragen wurde, am Samstagabend eine Leiche im Zug gefunden, Herr Inspector.«

Der heitere Tonfall wich mit einem Mal, der berufliche Alltag kehrte wieder ein.

»Jawohl, Herr Oberinspector, wir sind mitten in einer Mordermittlung. Wollen Sie, dass ich Ihnen den Stand der Untersuchung berichte?«

»Das ist nicht nötig, ich war gestern Nachmittag in der Kanzlei und habe von Inspector Jaunig die wichtigsten Nachrichten erhalten, auch habe ich einige der Berichte gelesen. Ein sehr interessanter Fall mit Bezügen zur Hauptstadt. Wie wollen Sie weiter vorgehen?«

Bruno ließ den Blick in der Runde schweifen. »Wenn Sie damit einverstanden sind, Herr Oberinspector, dann möchte ich weiterhin mit Materazzi und Marin an diesem Fall arbeiten. Sobald Bosovich eintrifft, hätte ich dann drei Polizeiagenten, die ich mit Aufträgen beschäftigen kann.«

Just in diesem Augenblick wurde die Tür erneut geöffnet und Luigi Bosovich trat ein.

»Signor Bosovich!«, rief Gellner, »Wie so häufig erscheinen Sie um eine Minute zu spät, aber dann doch gerade noch rechtzeitig zur Arbeit.«

Luigi nahm den Hut ab, eilte herbei und stellte sich in die Runde der Bediensteten des k.k. Polizeiagenteninstituts. »Entschuldigen Sie bitte, Herr Oberinspector, die Elektrische hat Verspätung gehabt.«

Gellner wischte die fadenscheinige Ausrede Luigis mit einem Augenzwinkern fort. Alle in der Kanzlei wussten, dass Luigi sich nach Kräften mühen musste, den sehr deutschen Vorstellungen des Oberinspectors hinsichtlich Pünktlichkeit zu entsprechen. Gellner nickte Bruno zu. »Ja, der Vorgangsweise stimme ich zu. Der Mord im Zug ist brisant, wir brauchen eine schnelle Klärung der Sachverhalte. Die Zeitungen weit über die Küstenlande hinaus berichten davon. Inspector Jaunig, wie sind Sie in den nächsten Tagen ausgelastet?«

Vinzenz schaute zuerst Gellner und dann Bruno an. »Also ich muss noch ein paar Befragungen durchführen, das wird mich den Vormittag über beschäftigen. Aber wenn nichts Neues dazwischenkommt, habe ich am Nachmittag Zeit, Bruno zu unterstützen.«

Gellner nickte. »Das ist gut, Herr Jaunig, bei Notfällen bleiben Sie bitte bereit, aber wenn es möglich ist, unterstützen Sie die Ermittlungen im Mordfall Pospischil. Haben Sie gestern die Zeitung gelesen? In der Abendausgabe hat man den Fall den ›Südbahnmord‹ genannt. Diese verflixten Reporter finden immer wieder reißerische Formulierungen. Sind noch Fragen zur weiteren Vorgangsweise offen, meine Herren? Nein? Gut, dann bitte alle auf Ihre Posten. Ivana, sind die Morgenausgaben schon geliefert worden?«

»Jawohl, Herr Oberinspector.«

»Bringen Sie die Zeitungen und eine Schale Kaffee in mein Bureau.«

Polizeiagent I. Klasse Romano Materazzi betrat eine der Lagerhallen am Porto Nuovo, ging auf das Bureau zu und klopfte an die offen stehende Tür. Einer der drei Angestellten kam auf ihn zu.

»Guten Tag, ich bin vom k.k. Polizeiagenteninstitut«, sagte Materazzi und wies sich aus. »Ich suche nach einem Mann namens Stane Kozak.«

Der Angestellte schaute beunruhigt auf die Kokarde. »Ist etwas vorgefallen?«

»Ich muss Herrn Kozak befragen. Es geht um eine Zeugenaussage. Ist der Herr hier anwesend?«

»Ja, er ist hier. Soll ich ihn herholen?«

»Bitte ja.«

Materazzi wartete vor dem Bureau und schaute sich im Magazin um. Mehrere Karren standen für die Arbeit bereit, viele Waren in Holzkisten und Säcken lagerten in den Regalen und auf Bodenstellplätzen. Darin befanden sich vor allem Ölkaraffen und Flaschen, aber auch Kaffee-, Kartoffel- und Zuckersäcke. Der Angestellte verschwand hinter einem Regal und kam kurz danach mit einem Mann um die vierzig zurück.

Materazzi zückte seinen Notizblock. »Heißen Sie Stane Kozak?«

»Ja.«

»Sind Sie Slowene?«

»Ja.«

»Sprechen Sie Italienisch?«

»Wie Sie hören, ja.«

»Wie alt sind Sie?«

»Einundvierzig Jahre.«

Materazzi wandte sich dem Angestellten zu. »Vielen Dank, Signore, ich muss jetzt Signor Kozak befragen.«

Der Angestellte nickte und zog sich in das Bureau zurück.

»Signor Kozak, sind Sie am letzten Samstag mit dem Schnellzug aus Wien nach Triest gefahren?«

»Das bin ich. Geht es um den Südbahnmord?«

»Darum geht es. Ein Kollege hat Ihren Namen, Adresse und Dienstort notiert.«

»Das ist richtig. Ich wollte gerade die Bahnhofshalle verlassen, da hat mich ein Wachmann angesprochen und meinen Namen aufgeschrieben.«

»Wo sind Sie in den Zug eingestiegen?«

»In Laibach.«

»Sie wohnen in Triest. Warum waren Sie in Laibach?«

»Ich habe meine Mutter besucht. Sie ist krank, und ich war vier Tage in meiner Heimatstadt.«

»Sie sind also in Laibach geboren?«

»Ja, ich bin dort aufgewachsen.«

»Wie lange leben Sie schon in Triest?«

»Seit dreizehn Jahren wohne ich mit meiner Frau und den Kindern hier.«

»Sind Sie Magazineur?«

»Jawohl, Herr Wachtmeister.«

»Was wissen Sie über den Fall im Zug?«

»Dass da ein Mord passiert ist, habe ich erst durch die Zeitung erfahren. Mehr weiß ich nicht.«

»Sind Sie allein oder in Begleitung gefahren?«

»Alleine.«

»In welchem Waggon sind Sie gesessen?«

»Im Waggon dritter Klasse. Mehr kann ich mir nicht leisten.«

»Der Waggon dritter Klasse war der letzte Personenwagen, direkt dahinter befand sich nur der Gepäckwaggon. Haben Sie Ihren Sitzplatz verlassen?«

»Nein, ich bin in Laibach eingestiegen, habe mich auf einen Fensterplatz gesetzt und bin erst wieder in Triest aufgestanden.«

»Haben Sie Personen gesehen, die während der Fahrt durch den Wagen in Richtung Gepäckwagen gegangen sind.«

»Nachdem ich vom Mord gelesen und verstanden habe, dass ich im selben Zug unterwegs war, habe ich darüber nachgedacht.«

»Ist Ihnen etwas eingefallen?«

»Na ja, viel weiß ich nicht. Ich habe während der Fahrt Zeitung gelesen und eine Weile aus dem Fenster geschaut. Aber ich kann mich erinnern, dass zwei Männer nach hinten gegangen sind.«

»Haben Sie die Männer gesehen?«

»Nicht richtig gesehen, ich habe sie nur bemerkt. Den ersten Mann habe ich nur aus den Augenwinkeln gesehen. Und den zweiten habe ich auch nicht wirklich angeschaut, ich weiß nur, dass er einen guten Anzug und braune Halbschuhe getragen hat.«

Materazzi spitzte die Ohren. »Können Sie sich an die Farbe des Anzugs erinnern?«

»Leider nicht genau. Entweder war er dunkelblau oder dunkelgrau. So genau habe ich nicht geschaut.«

»Würden Sie den Mann und den Anzug wiedererkennen?«

»Das weiß ich nicht, aber ich fürchte, nein.«

»Und haben Sie die Schuhe genauer gesehen?«

»Genau nicht, ich weiß, dass sie braun waren.«

»Würden Sie die Schuhe erkennen?«

»Kann ich nicht mit Sicherheit sagen. Vielleicht, wenn ich sie vor mir sehe.«

»Sind die beiden Männer gemeinsam gegangen?«

»Nein, der zweite Mann im Anzug ist vielleicht fünf oder sechs Minuten nach dem ersten an mir vorbei.«

»Haben Sie bemerkt, dass einer oder beide Männer wieder nach vorn gegangen sind?«

»Nein. Da muss ich wohl in die Zeitung vertieft gewesen sein.«

»Wo haben Sie die Männer bemerkt? In der Nähe von Laibach, mitten auf der Strecke oder knapp vor Triest?«

»Das muss zwanzig Minuten nach der Abfahrt gewesen sein. Vielleicht eine halbe Stunde danach. Der Zug war auf jeden Fall schon unterwegs.«

Materazzi überblickte seine Notizen. »Fällt Ihnen sonst noch etwas ein?«

Kozak schüttelte den Kopf. »Nein, das ist alles, woran ich mich erinnere.«

Materazzi steckte seinen Block wieder ein. »Vielen Dank für die Auskunft, Signor Kozak. Wenn Ihnen noch etwas einfällt, wenden Sie sich unverzüglich an eine Polizeidienststelle oder kommen Sie gleich in die Polizeidirektion.«

»Natürlich.«

Materazzi lüpfte zum Abschied seinen Hut und verließ das Magazin. Zwei weitere Personen standen auf der Liste. Sein Kollege Marin war zeitgleich in der Stadt unterwegs, um Fahrgäste ausfindig zu machen.

Im Hafen legte gerade ein Dampfer ab, das Schiffshorn dröhnte.

Immer wenn sie nach Triest kam, logierte sie im zwischen der Piazza Grande und der Piazza della Borsa gelegenen Hotel Adria. Das Haus galt mit Fug und Recht als ein vornehmes Hotel in guter Lage. Ernestine Wenzel hatte ausgiebig gefrühstückt und sich somit für ihr Abenteuer gewappnet. Auch hatte sie elegante, dem Trauerfall angemessene Kleidung angelegt. Ihr Auftreten musste sofort für Respekt und Aufmerksamkeit sorgen, da konnte sie sich natürlich nicht in den Kittel einer Krämerin hüllen.

Am naheliegendsten war, wenn sie mit einer deutschen Bank begann. Tante Henriette hatte zwar in jungen Jahren Italienisch erlernt und sich auch später bei ihren Reisen in die Küstenlande als durchaus redegewandt erwiesen, aber dennoch setzte Ernestine auf die Banca Centrale Casse di Risparmio Tedesche. Der italienische Name täuschte darüber hinweg, dass die meisten Angestellten deutschsprachig waren oder zumindest Deutsch sehr gut verstanden.

Sie wartete, bis die Elektrische an ihr vorbei war, dann überquerte sie die Piazza und stand vor dem Gebäude. Also, frisch gewagt. Sie trat ein und wandte sich an einen freien Schalter. Wenig später führte sie ein Botenjunge in das Bureau eines höheren Angestellten, der sie mit ausgesuchter Höflichkeit begrüßte.

»Gnädige Frau, setzen Sie sich doch.«

»Vielen Dank.«

»Man sagte mir, Sie kämen wegen eines Todesfalls zu uns.«

Ernestine seufzte tief, griff in ihre Tasche und holte einen Aktenumschlag hervor. »So ist es. Mein Name ist Ernestine Wenzel aus Görz, hier ist die Karte meines Mannes. Er ist Inhaber einer Gemischtwarenhandlung im Ortszentrum. Meine geliebte, in Wien lebende Tante weilt nicht mehr unter den Lebenden. Hier sehen Sie den Partezettel, also die Todesanzeige, und hier habe ich eine Abschrift der amtlichen Sterbeurkunde.«

»Mein herzliches Beileid zu Ihrem Verlust, gnädige Frau.«

»Vielen Dank, das ist sehr lieb von Ihnen«, antwortete Ernestine und kniff unauffällig lauernd die Augen zusammen. »Meine Tante lebte zwar in Wien, verbrachte aber häufig die Sommerfrische in den Küstenlanden und war wiederholt in Triest. Und wie sie mir persönlich gesagt hat, unterhielt sie hier in Ihrer Bank ein Schließfach. Sehen Sie bitte, das ist die Nummer.«

Ernestine schob den Zettel mit der Nummer dem Angestellten zu und hielt den Atem an. Hatte sie auf Anhieb die richtige Bank erwischt? Oder war ihre Vermutung falsch und sie musste daher noch weitere Geldinstitute abklappern?

Der Angestellte zog das Papier heran und las die Nummer. »Ja, das könnte eines unserer Schließfächer sein, der Zahlenkreis spricht dafür. Wie war denn der Name und die Wohnadresse Ihrer verehrten Tante?«

»Henriette Hohenau, wohnhaft in Wien, Schönburg Straße 11.«

Der Angestellte notierte die Angaben und schaute sie freundlich lächelnd an. »Und was ist Ihr Anliegen, gnädige Frau?«

Ernestine konnte es gar nicht glauben, sie hatte offensichtlich einen Volltreffer gelandet. Also setzte sie nach und nahm ein weiteres Papier aus dem Aktenumschlag. »Meine Tante hat schon vor mehreren Jahren festgehalten, dass ich nach ihrem Ableben das Schließfach öffnen soll. Sehen Sie hier die testamentarische Verfügung.«

»Wollen Sie das Schließfach nur öffnen oder auflösen?«

»Äh, auflösen.«

Der Mann nahm auch dieses Papier an sich und unterzog es einer Prüfung. Ernestine hatte diesen Teil des Testaments selbst verfasst und sich für den Ernstfall gewissenhaft in der Handschrift ihrer Tante geübt. Sie war sich sicher, kein noch so geübter Graphologe würde die Fälschung erkennen, nicht zuletzt, weil ihre eigene Handschrift derjenigen ihrer Tante immer schon geähnelt hatte.

Der Angestellte nickte. »Ich muss Sie bitten, Ihre Identität zu legitimieren.«

Sie war natürlich vorbereitet. »Hier sind mein Reisepass, meine Geburtsurkunde, mein Taufschein und meine Heiratsurkunde.«

»Vielen Dank, gnädige Frau«, sagte der Mann, holte ein Formular aus einer Schublade und füllte es aus. Er schob ihr das Papier zu. »Darf ich Sie weiter bitten, diesen Antrag auf Auflösung des Schließfaches zu paraphieren?«

»Selbstverständlich.«

Er nahm das unterzeichnete Formular an sich. »Gnädige Frau, die Bearbeitung Ihres Antrags wird ein wenig dauern. Haben Sie bitte die Liebenswürdigkeit, im Wartezimmer die Zeit zu überbrücken?«

»Sehr gerne, mein Herr.«

Der Angestellte führte sie in einen Raum mit mehreren bequemen Sitzgelegenheiten. Zwei Herren befanden sich dort, die wohl auch auf die Bearbeitung ihrer Anträge warteten.

Eine Stunde später begleitete sie ein Botenjunge in eine Kabine, in welche der Angestellte eine quaderförmige Metallbüchse brachte und danach den Vorhang hinter sich zuzog.

Ernestines Hände zitterten, ihr war heiß und kalt in einem. Was hatte Tante Henriette in ihrem Triester Schließfach hinterlegt? Wagte sie, die Büchse zu öffnen? Langsam legte sie die Hand auf den Deckel, hob ihn ab und blickte in das Innere. Bargeld. Eine Kassette. Ein geschlossenes Couvert ohne Beschriftung. Sie entnahm den gesamten Inhalt und legte ihn auf den Tisch. Sie fand gebündelte Geldscheine – Hunderter und Tausender – in der Gesamthöhe von siebzigtausend Kronen. Die Goldmünzen hatten einen Wert von fünftausend Kronen.

Das war weit mehr, als sie zu erhoffen gewagt hatte. Ernestine musste sich setzen, so mitgenommen war sie. Um als Gemischtwarenhändler einen solchen Betrag zu verdienen, musste man gut und gerne fünfzehn Jahre eisern sparen.

Ernestine öffnete das Couvert. Ein Brief an Tante Gerhilde, in welchem Tante Henriette erklärte, dass dieses Geld als Erbe für die Enkel der jüngeren Schwester fungieren sollte und in dem sie darum bat, die jahrzehntelange Entfremdung der Geschwister zu überwinden und sich wieder zu versöhnen. Ernestine faltete das Papier und steckte es in das Couvert zurück. Ein triumphierendes Lächeln umspielte ihre Lippen. Nun, zu einer Aussöhnung der alten Damen würde es nicht mehr kommen, und die Erbmasse hatte eine sehr viel bessere Erbnehmerin gefunden. Die Familie Hellmann verfügte über genug Geld, dieses reiche jüdische Pack würde den Inhalt des Schließfaches nicht vermissen, und ihr, Ernestine, würde das kleine Vermögen eine bequeme Zukunft ermöglichen.

Sie packte die Geldscheine und die Kassette mit den Goldmünzen in ihre Tasche. Verflixt, das Gold wog schwer, sie hoffte, die Tasche würde nicht zerreißen.

Sie machte sich bereit, die Bank zu verlassen. Mit Selbstdisziplin und Überwindung verbannte sie das breite Grinsen aus ihrem Antlitz, setzte wieder die Miene der trauernden Nichte auf und zog den Vorhang der Kabine zur Seite.

Mit aufrechtem Haupt und gravitätischen Gesten schloss sie die Auflösung des Schließfaches ab, verabschiedete sich höflich von den Bankangestellten, verließ das Gebäude und trat in den Sonnenschein auf der Piazza della Borsa. Schwer beladen als wohlhabende Frau.

Sie überquerte die Piazza mit einem Gefühl leichten Schwindels. Sie war überrascht, wie schnell sie an ihr Ziel gelangt war. Bei der Anreise war sie davon ausgegangen, drei bis vier Tage in Triest bleiben zu müssen. Sollte sie schon nach Hause zurückkehren? Ernestine entschied sich dagegen, nein, ihr Ehemann erwartete sie erst am Mittwoch oder Donnerstag, so lange wollte sie hierbleiben. Die Auswahl an Modisten, Schuhmachern und Coiffeuren war in Triest ungleich größer als in Görz.

Beobachtete sie jemand? Aus einem Impuls heraus schaute sie hinter sich. Wurde sie verfolgt? Oder war die spontane Angst, überfallen und beraubt zu werden, nur dem Umstand geschuldet, dass sie ein kleines Vermögen in ihrer prall gefüllten Tasche transportierte?

Ernestine atmete durch. Wie üblich war auf der Piazza della Borsa viel Betrieb, aber niemand schien sie zu beobachten. Dennoch sputete sie sich, das Hotel zu erreichen.

Bruno stand vor seinem Schreibtisch und überblickte die Kleidungsstücke und Gegenstände aus dem Besitz des Opfers. Eine Hose, zwei Hemden, Unterwäsche und

Strümpfe, Rasierzeug, Seife und eine Zahnbürste, ein kleiner Rasierspiegel, ein Taschenmesser und eine Nagelfeile hatten sich im Koffer des Mannes befunden. Und ein beinahe gänzlich vollgeschriebenes Notizbuch. In winziger, nur schwer lesbarer Schrift hatte Lubomír Pospischil, wie es schien, nicht in ausformulierter Sprache, sondern eher in Stichworten und Zahlenkolonnen für ihn wichtige Dinge notiert. Bruno war der tschechischen Sprache nicht mächtig, dennoch setzte er sich, zog die Schreibtischlampe heran und blätterte das Notizbuch auf. Er sprach brauchbar Slowenisch und verstand Serbokroatisch einigermaßen, vielleicht würde das helfen, die Notizen des tschechischen Kammerdieners halbwegs zu verstehen. Kurz schaute Bruno auf seine Armbanduhr und nahm sich vor, nicht länger als eine halbe Stunde für das Notizbuch aufzuwenden. Viele Dinge waren heute noch zu erledigen.

Luigi Bosovich wusste, dass er manchmal zu viel rauchte. Das hatte er mit seinem Vater gemein. Luigi kannte ihn gar nicht anders als von Tabakqualm umhangen. Die Mutter hatte immer wieder geschimpft, wenn die Wohnräume allzu stark verraucht gewesen waren, und die Fenster aufgerissen. Das war lange her. Für einen Knaben aus der Vorstadt, dessen Vater in der Reparaturwerkstatt der Südbahn arbeitete, war es ungewöhnlich, dass er es auf das Gymnasium geschafft hatte. Es war der Initiative der Volksschullehrerin zu verdanken gewesen, die früh Luigis Talente erkannt hatte. »Der Bub lernt so leicht, schicken Sie ihn auf das Gymnasium«, hatte sie den Eltern geraten und sich auch um eine kleine Apanage beim Schulverein bemüht. Ohne diese Beihilfe hätten es sich seine Eltern nicht leisten können, ihn bis zur Matura zur Schule gehen zu lassen, die Luigi mit sehr gutem Erfolg abgelegt hatte.

Noch im Jahr seines Abschlusses hatte Luigi zu rauchen begonnen, seitdem trug er stets Zigaretten bei sich. Während seiner Dienstzeit bei der Marine hatte er nicht viel geraucht. Der Kapitän des Kreuzers, auf dem er Dienst verrichtet hatte, mochte es nicht, wenn seine Männer ohne Unterlass qualmten, er hatte das Rauchen an Bord nicht ausdrücklich verboten, aber dennoch streng reglementiert. Alle hatten sich an die Vorschriften gehalten.

Später, als Luigi den Dienst im k.k. Polizeiagenteninstitut angetreten und in den ersten Jahren die Kleinarbeit aufgehalst bekommen hatte, hatte er aus Langeweile oft viel zu viel geraucht. Von Langeweile war jetzt keine Spur mehr.

Luigi marschierte mit brennender Zigarette vom Bahnhof zur Kanzlei. Vor der Polizeidirektion zertrat er den Stummel, begrüßte den Wachposten mit einem Kopfnicken und schritt durch das Tor. Mit schnellen Schritten stieg er die Treppe hoch. Im Wartezimmer vor der Kanzlei saßen einige Personen, die auf die Bearbeitung ihrer Anfragen oder auf eine zu leistende Aussage warteten. Luigi nahm seinen Hut ab und betrat das Schreibzimmer.

»Guten Tag.«

Ivana blickte von ihrer Arbeit hoch. »Ach, Signor Bosovich, Sie sind schneller zurück als gedacht.«

»Das hat sich so ergeben.«

»Sie sollen sofort zum Inspector.«

»Aha, hat er für mich einen weiteren Auftrag?«

»Das müssen Sie ihn selbst fragen.«

»Gut, dann vielen Dank, Ivana.«

Luigi hörte das Klappern einer Schreibmaschine, schritt über den Flur und klopfte an die offen stehende Tür. »Herr Inspector, Sie haben nach mir rufen lassen?«

Bruno hielt in seiner Schreibarbeit inne. »Da bist du ja wieder, sehr gut. Setz dich, ich muss noch einen Satz tippen.«

Luigi hängte Hut und Sakko auf den Garderobenhaken und setzte sich vor den Schreibtisch. »Haben Sie etwas gefunden?«

Bruno erhob sich, ging um den Schreibtisch herum und legte ein aufgeschlagenes Notizbuch vor Luigi. Er zeigte auf eine bestimmte Stelle. »Schau mal diesen Eintrag an, Luigi. Das könnte etwas für uns sein.«

Luigi kniff die Augen zusammen »Können Sie diese winzige Schrift lesen, Herr Inspector?«

Bruno griff nach der auf dem Schreibtisch liegenden Lupe. »Der Mann hatte offenbar scharfe Augen und eine geschickte Hand.«

Luigi schaute durch die Lupe. »Hm, was soll das heißen?«

»Ich nehme an, das heißt ›bezpečnostní schránka‹. Die genaue Aussprache kenne ich nicht, alle Tschechen, die in Triest leben, sprechen Italienisch oder Deutsch, ich habe den Klang der tschechischen Sprache nicht im Ohr.«

»Schránka heißt doch Kasten oder Schrank. Kann das Sicherheitsschrank heißen?«

»Ich glaube, es heißt Schließfach.«

»Das könnte sein«, sagte Luigi nickend.

»Lies die nächste Zeile.«

»›Ba. Centr‹. Was soll das nun wieder heißen?«

»Es könnte eine Abkürzung für Banca Centrale sein.«

»Darunter ist eine Nummer. Ist das eine drei oder eine fünf?«

»Diese Nummer könnte zu einem Schließfach in der Banca Centrale auf der Piazza della Borsa gehören.«

»Wäre möglich.« Luigi kratzte sein Kinn und schaute Bruno an. »Vor meinem geistigen Auge entsteht ein Bild. War der Kammerdiener etwa auf dem Weg nach Triest, um sich nach einem Schließfach zu erkundigen? Oder es gar zu öffnen?«

Bruno ging wieder um den Schreibtisch herum und zog das Papier von der Walze. »Genau diese Fragen müssen wie klären. Also, wir machen jetzt Folgendes: Ich werde mich auf die Fährte des Hauptverdächtigen begeben, während du hinüber zur Banca Centrale gehst und dich erkundigst, ob Henriette Hohenau auf der Bank ein Konto oder ein Bankschließfach hat. Wenn ja, dann halte die Bank unauffällig unter Beobachtung. Wäre ja möglich, dass noch jemand auf der Suche nach dem Schließfach ist.«

Luigi schnellte hoch. »Jawohl, Herr Inspector, ich bin schon unterwegs.«

Zuerst hatte Bruno in der Kaserne nach Fregattenleutnant Kestranek gefragt, dort aber hatte niemand etwas über seinen Aufenthaltsort gewusst. Da Joseph Kestranek derzeit nicht im Dienst war, hatte er auch nicht in den Gebäuden des Militärs Quartier bezogen. Also hatte Bruno drei Hotels in der näheren Gegend abgeklappert und war schließlich fündig geworden. Der Concierge hatte empfohlen, im Restaurant Dreher nachzusehen, denn Kestranek sei in Gesellschaft mehrerer Marineangehöriger zum Essen gegangen. Die Herren hätten in der Lobby lautstark über die Gaststätte, in der sie einkehren wollten, diskutiert.

Bruno überquerte den Canal Grande und stand bald vor dem gut besuchten Restaurant. Neben vielerlei Gerichten der adriatischen und mitteleuropäischen Küche und exzellenten Weinen wurde hier natürlich das weithin bekannte Bier der gleichnamigen Triester Brauerei angeboten. Die Brauerei Dreher in Triest war die südliche Dependance des Dreher Bier-Imperiums, welches Anton Dreher senior durch die Erfindung des untergärigen Lagerbiers grundgelegt und Anton Dreher junior ausgehend vom Firmensitz in Schwechat bei Wien durch umsichtige Geschäftsführung zu einer der führenden Brauereien Europas gemacht hatte. Das Dreher-Lagerbier war wegen seiner exzellenten Qualität und der guten Lagereigenschaften über die Grenzen Österreich-Ungarns hinaus bekannt und beliebt. Im Jahre 1869 hatte Anton Dreher junior eine Brauerei in Triest gekauft und hier mit der Produktion begonnen. Da hierfür niedrige Temperaturen benötigt wurden und man deshalb lange Zeit nur im Winter brauen konnte, förderte Anton Dreher junior den deutschen Ingenieur und Erfinder Carl von Linde, woraufhin im Jahr 1877 in Triest die weltweit erste Kältemaschine in einem Braukeller in Betrieb genommen werden konnte. Dadurch war es Dreher ganzjährig möglich, Bier herzustellen, was für den Exporterfolg des Dreher-Biers förderlich war.

Bruno betrat die Gaststube und schaute sich um. Beim Fenster entdeckte er vier uniformierte Männer, auf deren Tisch benutzte Teller und geleerte Biergläser standen. »Guten Tag, meine Herren, wie ich sehe, haben Sie Ihre Mahlzeit schon eingenommen, daher erlaube ich mir, in Ihre Gesellschaft zu treten.«

Die vier Marineangehörigen schauten Bruno an.

»Guten Tag, Herr Zabini«, grüßte Joseph Kestranek. »So sieht man sich wieder.«

»Herr Kestranek, nach Ihnen habe ich gesucht. Darf ich Sie um eine Unterredung bitten?«

»Nach mir gesucht? Eine Unterredung? Zu welchem Zweck, wenn ich fragen darf?«

Bruno wies seine Kokarde vor. »Zum Zwecke der Klärung von Sachverhalten.«

Josephs Augen weiteten sich überrascht. »Sind Sie von der Polizei?«

»Jawohl, ich bin Inspector des k.k. Polizeiagenteninstituts.«

»Haben Sie nicht gesagt, Sie hätten irgendetwas mit Schiffsbau zu tun?«

»Herr Kestranek, um das Mittagsmahl Ihrer Kameraden nicht über Gebühr zu stören, bitte ich Sie um einen Spaziergang.«

»Was wollen Sie von mir?«

»Auskunft. Und das vorzugsweise unter vier Augen.«

»Geht es um den Südbahnmord? Ich habe davon in der Zeitung gelesen.«

»Sie saßen im besagten Zug, daher meine Bitte. Die Polizeibehörde befragt alle Fahrgäste nach ihren Erinnerungen und Beobachtungen. Es handelt sich um reine Routinefragen.«

»Ach so. Nun denn, gehen wir. Kameraden, bestellt bitte ein Bier für mich, ich bin in ein paar Minuten wieder hier«, sagte Joseph, erhob sich und griff nach seiner Kappe.

Die beiden Männer traten auf die Straße und wandten sich in Richtung Hafen.

»Hören Sie, Herr Zabini, ich verstehe noch nicht ganz, warum Sie während der Bahnfahrt behauptet hätten, Sie wären Angestellter des österreichischen Lloyds. Was hat das zu bedeuten?«

»Ich saß nicht dienstlich im Zug, sondern als Privatmann. Es gab keinen Grund, Ihre Brüder und Sie mit meiner beruflichen Tätigkeit zu konfrontieren. Jetzt aber bin ich im Dienst und ich ermittle in einem Mordfall«, sagte Bruno, um jede weitere Diskussion zu beenden. »Sie haben also vom Vorfall im Zug, in dem wir beide reisten, gelesen.«

»Ich weiß nicht mehr, als in der Zeitung darüber stand.«

»Dennoch bitte ich Sie, in Ihren Erinnerungen zu schürfen. Wir wissen mit Sicherheit, dass der Mord auf der Strecke zwischen Laibach und Triest geschehen ist. Was haben Sie auf diesem Teil der Strecke getan?«

»Ist diese Befragung wirklich nötig? Ich saß im Wagen erster Klasse im vorderen Zugteil. In der Zeitung stand, dass der Mord im Gepäckwaggon geschehen ist. Ich habe während der Fahrt gar nicht gewusst, dass ein solcher Wagen am Zug hing.«

»Haben Sie irgendetwas Verdächtiges bemerkt?«

»Nein, gar nichts. Nach den Stunden der Fahrt war mir ein bisschen langweilig.«

»Haben Sie sich auf der besagten Teilstrecke im Coupé aufgehalten?«

»Nicht durchgehend.«

»Wo waren Sie sonst noch?«

»Ich habe einmal den Abort aufgesucht.«

»Wie lange waren Sie am Abort?«

»So lange, wie man für das kleine Geschäft braucht.«

»Haben Sie sich dann wieder auf Ihren Sitzplatz gesetzt?«

»Nein, ich bin noch etwas im Zug auf und ab gegangen und habe im Restaurationswagen Kaffee getrunken und geraucht.«

»Wie lange waren Sie nicht im Coupé?«

»Sie wollen das aber genau wissen. Ungefähr eine halbe Stunde.«

Bruno machte sich Notizen. »Waren außer Ihren Brüdern noch weitere Personen im Coupé?«

»Sie stellen vielleicht Fragen! Die Reise dauerte zwölf Stunden, da sind mehrere Leute ein- und ausgestiegen. Aber warten Sie, auf dem letzten Stück nach Triest saßen zwei ältere Damen auf den Gangplätzen des Coupés.«

»Wissen Sie, wo die Damen zugestiegen sind?«

»Weiß ich nicht genau. Als ich aus dem Restaurationswagen gekommen bin, saßen die Damen schon.«

»Könnten sie also in Adelsberg eingestiegen sein?«

»Ich habe jetzt nicht alle Haltestellen des Zuges im Kopf, aber das wäre wohl möglich.«

»Haben Sie danach den Sitzplatz noch einmal verlassen?«

»Nein.«

Die beiden Männer erreichten den Hafen und gingen am Kai entlang. Das Wetter war frühlingshaft mild und sonnig. Bruno schaute Joseph von der Seite an. Es war wohl an der Zeit, den Druck zu erhöhen.

»Waren Ihre Brüder nach der Abfahrt von Laibach ununterbrochen im Coupé anwesend?«

»Das weiß ich jetzt nicht mehr. Ihre Fragen sind merkwürdig. Warum wollen Sie das so genau wissen?«

Bruno hielt an und wandte sich frontal dem Marineoffizier zu. »Der Polizeibehörde ist die Identität des Todesopfers bekannt. Dieser Umstand wurde nicht an die Presse weitergegeben.«

Auch Joseph hielt an, sie standen nun einander gegenüber. »Aha, und wer ist es?«

»Der Mann hieß Lubomír Pospischil und war der langjährige Kammerdiener von Henriette Hohenau, Ihrer Erbtante.«

Joseph zuckte überrascht zurück. »Wie bitte? Der Kammerdiener?«

Bruno horchte tief in sich hinein. Die Überraschung schien echt zu sein. Wusste Joseph Kestranek wirklich nicht

Bescheid oder war er nur ein gut vorbereiteter und glaubhafter Schauspieler? »Herr Kestranek«, setzte Bruno nach, »geben Sie mir bitte Auskunft, ob Ihre Brüder nach der Abfahrt von Laibach das Coupé verlassen haben.«

»Was wollen Sie?«

»Auskunft.«

»Verdächtigen Sie etwa einen meiner Brüder oder mich?«

»Bitte beantworten Sie meine Frage.«

»Ich weiß es nicht. Moment, doch, Eduard war ein Weilchen nicht auf seinem Platz. Auch Meinrad verließ das Coupé. Ich denke, sie waren auch auf dem Abort.«

»Wie oft waren Sie im letzten Monat in Wien?«

Die Miene des Marineoffiziers verriet aufsteigende Verärgerung. »Ihre Fragen werden immer kurioser, Herr Zabini.«

»Inspector Zabini, wenn ich bitten darf. Ich bin im Dienst.«

»Suchen Sie Streit?«

»Haben Sie während des Frühstücks Lubomír Pospischil im Restaurationswagen erkannt?«

»Wie kommen Sie auf diese Frage?«

»Sie haben jemanden erkannt. Einen Mann mit Flicken auf den Ellbogen seines Sakkos, das habe ich mit eigenen Augen gesehen. Lubomír Pospischil war mit ebenjenem Sakko bekleidet, als er ermordet wurde. Wussten Sie also, dass Pospischil im Zug saß?«

»Ja, das wusste ich.«

»Wussten Ihre Brüder auch davon?«

»Ich habe Ihnen davon berichtet.«

»Gleich nach dem Frühstück?«

»Nein, erst als wir in Laibach am Bahnhofsbuffet Krainer Wurst gegessen haben. Da habe ich auch erfahren, dass das Zimmermädchen von Tante Henriette ebenfalls im Zug saß.«

Bruno spitzte die Ohren. »Nennen Sie mir bitte den Namen des Zimmermädchens.«

»Den habe ich vergessen. Irgendetwas mit O, mehr weiß ich nicht. Sie hat ein Gspusi mit Eduard und ist deswegen nach Triest gefahren. Wahrscheinlich glaubt die dumme Gans, dass Eduard sie heiraten wird.«

Bruno notierte die Angaben und schaute seinem Gegenüber direkt in die Augen. »Waren Sie am Sonntag, den 5. April in Wien?«

»Warum fragen Sie das?«

»Weil an diesem Tag Henriette Hohenau überfallen und ermordet wurde.«

»Sind Sie von allen guten Geistern verlassen, mein Herr? Was wollen Sie von mir?«

»Ich will zwei Morde in Ihrem familiären Umfeld klären, Herr Fregattenleutnant. Wenn Sie der Täter sind, dann kriege ich Sie. Wenn nicht, werde ich Ihre Unschuld beweisen.«

»Sie verdächtigen mich also?«

»Wann werden Sie wieder Ihren Dienst in Pola antreten?«

»Am Montag in einer Woche.«

»Halten Sie sich so lange für weitere Befragungen zur Verfügung. Sollten Sie vorzeitig die Stadt verlassen, werde ich einen Haftbefehl gegen Sie erlassen.«

»Sie sind verrückt!«

Bruno lupfte seinen Hut. »Herr Fregattenleutnant, guten Tag.«

Der Nachmittag zog sich dahin. Ottilie saß am Fenster und schaute seit Stunden hinaus. Was hätte sie sonst tun sollen?

Die anfängliche Wut war einer resignierten Langeweile gewichen. Natürlich war es skandalös, dass Eduard sie vormittags in das Hinterzimmer seiner Wohnung eingesperrt hatte. In der ersten Aufwallung hatte sie überlegt, mit dem Stuhl so lange gegen die Türe zu schlagen, bis sie aufgebrochen war. Diesen Plan hatte sie wegen Undurchführbarkeit verworfen. Dann hatte sie das Fenster geöffnet und nachgesehen, ob sie über die Fassade in die Freiheit klettern könnte. Aber da sie unter Höhenangst litt und die Wohnung im dritten Stock lag, hatte sie dieses halsbrecherische Vorhaben schnell aufgegeben. Es blieb ihr nichts anderes übrig, als darauf zu warten, dass Eduard wieder nach Hause kam und die Tür aufschloss. Zum Glück befand sich unter dem Kanapee ein Nachttopf. Anderenfalls hätte sie den Tag nicht überstanden.

Ihre Reise nach Triest gestaltete sich nicht einmal in Ansätzen so, wie sie sich das vorgestellt und wie Eduard es ihr versprochen hatte. Sie war furchtbar enttäuscht von ihm. Er schubste sie regelrecht herum. Das hatte er früher nicht getan.

Nachdem sie sich gestern am Bahnhof getroffen hatten, waren sie mit der Straßenbahn in seine Wohnung gefahren. Anstatt ihr ein Mahl zu offerieren oder sie ein wenig ausruhen zu lassen, war er über sie hergefallen. Sie war zu überrascht und müde gewesen, um sich gegen seine Zudringlichkeit zu wehren, und hatte es mit sich geschehen lassen.

Dann hatte er ihr Geld gegeben, zum Einkauf geschickt und anschließend in die Küche beordert. Sie hatte das gemeinsame Abendmahl zubereitet. Beim Essen hatte sich die Stimmung zwischen ihnen gebessert, sodass Ottilie gehofft hatte, alles würde sich zum Guten wenden.

Geschlafen hatten sie nackt in seinem Bett. Das hatte ihr gefallen.

Doch nach dem Frühstück, als sie sich bereits für den Tag gekleidet hatten, hatte er sie gebeten, im Hinterzimmer nach seinem Sakko zu suchen. Kaum hatte sie den Raum betreten, hatte er von außen abgeschlossen. Sie solle etwas Geduld haben, er habe noch einiges zu erledigen, hatte er durch die geschlossene Tür gerufen und war fortgegangen.

Wann würde er zurückkommen?

Sie hörte knarzendes Parkett und sprang hoch. In der Wohnung ging jemand auf und ab, also klopfte sie. Der Schlüssel drehte sich im Schloss und Eduard öffnete die Tür. Ottilie trat drei Schritte zurück und verschränkte verärgert die Arme.

»Na, mein süßer Käfer, schmollst du etwa?«

Sie bemerkte sofort, dass er sowohl beim Coiffeur wie auch beim Barbier war und einen neuen Anzug trug. Eduard sah einfach blendend aus. Dennoch war sie wütend. »Wie kannst du es wagen, mich den ganzen Tag hier einzusperren? Das ist ungeheuerlich!«

Er kam auf sie zu und umarmte sie. »Aber, Kindchen, ich habe dir doch nur helfen wollen. Alleine hättest du dich in der fremden Stadt gar nicht zurechtgefunden.«

Sie entzog sich seiner Umarmung. »Natürlich finde ich mich zurecht. Das habe ich doch schon, als du mich am Bahnhof sitzen gelassen hast. Ich bin furchtbar wütend. Du kannst mich nicht einfach einsperren.«

»Entschuldige bitte, ich habe nicht darüber nachgedacht. Ich habe heute so viel zu tun gehabt, dass ich mich nicht um dich kümmern konnte. Du hast ja bemerkt, dass ich tagsüber außer Haus war.«

»Vor ungefähr zwei Stunden hat jemand an die Tür geklopft.«

Eduard machte eine fragende Miene. »Ich habe niemanden erwartet. Wer war denn hier?«

»Das weiß ich nicht. Ich bin erschrocken, als es richtig gepumpert hat. Du konntest es nicht sein, du hast ja einen Schlüssel, also war es ein Fremder. Ich habe mich still verhalten und mich geschämt, hier hilflos eingeschlossen zu sein. Das Fenster liegt auf der Hofseite, ich konnte also nicht sehen, wer das Haus wieder verlassen hat.«

Eduard näherte sich ihr wieder und griff nach ihrer Hand. »Das hast du klug gemacht, meine Liebe. Wenn da jemand etwas von mir will, muss er eben später wiederkommen. Ich habe Vorräte eingekauft. Mach Feuer im Herd und koch uns wieder etwas Gutes.«

»Bin ich etwa deine Dienstmagd?«

»So, du könntest jetzt schön langsam deinen Tonfall ändern.«

»Du schubst mich regelrecht herum.«

»Das ist meine Wohnung, ich bin der Herr im Haus.«

Ottilie schluckte betreten und überlegte. »Was soll ich denn kochen?«

»Kannst du Paprikahuhn zubereiten?«

»Ja.«

»Ich habe Hühnerfleisch gekauft.«

Würde sich alles wieder einrenken? »Ich kann schon das Essen zubereiten«, sagte sie unsicher.

Eduard grinste breit. »Na siehst du, Herzerl, es geht ja.« Er fasste sie an der Hand und zog sie in Richtung Schlafzimmer. »Und bevor du kochst, machen wir es uns noch gemütlich. Komm mit.«

Sie riss erschrocken ihre Hand zurück. »Was? Du willst jetzt poussieren?«

»Ein kleines Busserl wirst mir doch geben können.«

»Nein, ich will das jetzt nicht!«

Eduards Miene spiegelte seinen Ärger. »Was soll das heißen, du willst nicht? Bist blöd geworden?«

»Ich lasse mich nicht behandeln wie ein Stück Vieh!«, rief sie.

Eduards Wut kochte hoch, er trat auf sie zu und hob die Hand zum Schlag. Ottilie zuckte zurück.

»Das bist du nicht wert, du dumme Kuh«, sagte er, schlug nicht zu, sondern ging zur Bar und goss sich einen Cognac ein. Mit einem schnellen Schluck leerte er das Glas und füllte es erneut. Er schaute über seine Schulter zu Ottilie, die nach wie vor an der Mauer stand. »So, du Zicke, der Spaß ist beendet. Ich habe weder Zeit noch Lust, mich mit quengelnden Mädchen abzugeben. Pack deinen Krempel und verschwinde aus meiner Wohnung.«

»Du wirfst mich raus?«

»Ich bitte dich höflich, dich zum Teufel zu scheren. Wenn du dieser Bitte nicht unverzüglich Folge leistest, dann erst werfe ich dich hinaus. Eigenhändig.«

Wenig später taumelte Ottilie tränenüberströmt und mit Koffer und Korb bepackt durch die Gassen der fremden Stadt. Sie war völlig verwirrt.

Bruno kehrte nach seinem Eilmarsch durch die Stadt zurück in die Kanzlei und schaute in das Zimmer der Polizeiagenten. Luigi Bosovich saß an seinem Schreibtisch und blickte hoch, als er eine Bewegung an der Tür wahrnahm.

»Luigi, wie lange bist du schon zurück?«

»Eine halbe Stunde, Herr Inspector.«

»Marin und Materazzi sind noch unterwegs?«

»Ich denke ja.«

Bruno las die Zeit von der Armbanduhr ab. »Sie werden wohl auch bald eintreffen. Hast du in der Bank etwas gefunden?«

»Allerdings, Herr Inspector, ich bin fündig geworden.«

Bruno trat an Luigis Schreibtisch, legte Hut und Sakko ab, da ihm vom schnellen Gehen warm geworden war. Er zog einen Stuhl heran und setzte sich. »Also sprich, was hast du entdeckt?«

Luigi reichte Bruno den Bericht, auf dem die Tinte kaum getrocknet war. »Die Nummer im Notizbuch des Kammerdieners gehört tatsächlich zu einem Schließfach der Banca Centrale. Vor sieben Jahren hat eine wohlhabende Dame aus Wien dieses Schließfach eröffnet und ein- bis zweimal im Jahr dort etwas deponiert. Jetzt raten Sie, wie die Dame heißt.«

»Henriette Hohenau.«

Luigi nickte. »Das ist korrekt.«

»Ist bekannt, was im Schließfach gelagert wird?«

»Nein, die Bank weiß nur, wann und von wem es benutzt wurde, dazu gibt es Aufzeichnungen, aber der Inhalt ist dem Institut nicht bekannt. Deswegen ist es ja auch ein Schließfach.«

Bruno verschränkte die Arme und blickte sinnierend zum Fenster. »Was hat Frau Hohenau deponiert? Und warum hat sie nicht in Wien, sondern in Triest ein Schließfach unterhalten? Ich glaube fast, wir sollten eine richterliche Öffnung des Schließfaches erwirken. Möchte zu gerne wissen, was sich darin befindet.«

»Das wird nicht mehr möglich sein, Herr Inspector.«

Bruno schaute Luigi mit gerunzelter Stirn an. »Und warum nicht?«

»Weil das Schließfach heute Vormittag vollständig geleert und aufgelassen wurde.«

Bruno streckte seinen Rücken und schaute seinen Adjutanten mit verkniffenen Augen an. »Verflixt noch mal, sind wir zu spät dran?«

»Ich fürchte ja, Herr Inspector.«

»Wer in drei Teufels Namen hat das Depot geleert?«

»Steht in meinem Bericht. Es war eine Dame namens Ernestine Wenzel, geboren 1860 in Pola, wohnhaft in Görz.«

»Sehr gute Recherche, Luigi. Wenzel, der Name kommt mir bekannt vor.«

»Kein Wunder, Herr Inspector, Frau Wenzels Mädchenname ist Kestranek, sie ist die Nichte von Henriette Hohenau, ebenfalls geborene Kestranek. Frau Wenzel hat der Bank eine Vollmacht übergeben, die sie berechtigt, das Schließfach aufzulösen. Ich habe das Dokument gesehen. An der Echtheit gibt es keinen Zweifel, also hat Frau Wenzel den Inhalt an sich nehmen können. Der Vorgang ist mit rechten Dingen zugegangen, alles wurde dokumentiert und vom zuständigen Abteilungsleiter der Bank bestätigt.«

»Nun, immerhin wissen wir, wen wir bezüglich des Inhalts befragen können.«

»Ich habe mit dem Angestellten der Bank gesprochen, der die Blechkiste aus dem Schließfach gehoben hat. Der Mann sagte, dass die Kiste beträchtliches Gewicht hatte. Er tippt auf Münzen oder vielleicht sogar einen Goldbarren.«

»Tja, Frau Hohenau war sehr wohlhabend.«

»Ich nehme an, dass es ein Wettrennen um die Öffnung des Schließfaches gegeben hat. Der Kammerdiener und die Nichte von Frau Hohenau waren hinter dem Inhalt her.«

»Die Nichte hat eindeutig gewonnen, denn der Kammerdiener liegt in der Leichenhalle.«

»Die Dame ist in jedem Fall verdächtig.«

»Weißt du, ob sie noch in der Stadt weilt?«

»Das weiß ich nicht. Eventuell hat sie den Mittagszug nach Görz erreicht, den Zug am Nachmittag hätte sie in jedem Fall nehmen können. Dann wäre sie jetzt schon fast zu Hause.«

»Nun denn, ich werde unverzüglich mit den Kollegen in Görz telephonieren. Wenn nötig, steige ich in den nächsten Zug.«

»Der fährt erst morgen früh.«

Vor dem Bureau waren Schritte zu hören, Bruno und Luigi schauten zur Tür. Die Polizeiagenten Materazzi und Marin traten ein.

Bruno erhob sich. »Signori, Sie kommen genau zur rechten Zeit. Wie verliefen die Befragungen?«

Materazzi hängte Sakko und Hut an die Garderobe und ließ sich erschöpft auf seinen Stuhl fallen. »Immer auf den Beinen, Herr Inspector, ich bin dreimal quer durch die Stadt gelaufen.« Auch Marin sah ziemlich erschöpft aus.

»Hat sich die Rennerei wenigstens gelohnt? Konnten Sie brauchbare Aussagen erhalten?«

Materazzi blätterte seinen Notizblock auf. »Durchwachsen, Herr Inspector. Viele Leerläufe, aber ein paar Aussagen könnten nützlich sein.«

»Wie ist es bei Ihnen, Marin?«

»Ganz ähnlich.«

Bruno nickte Materazzi zu. »Gut, wir gehen gemeinsam alles durch. Luigi hat auch einiges herausgefunden.«

Die vier Männer sammelten sich rund um Materazzis Schreibtisch.

»Haben Sie die Brüder Kestranek sprechen können, Herr Inspector?«, fragte Luigi.

»Nur den jüngsten, Joseph Kestranek. Beim ältesten habe ich zwar geklopft, aber er war offenbar nicht zu Hause. Und an seiner Dienststelle war er auch nicht, denn heute hat er noch Urlaub, wie mir mitgeteilt wurde. Und beim mittleren Bruder ist mir immerhin gelungen, zu recherchieren, wo er logiert. Nämlich im Hotel de la Ville, aber angetroffen habe ich ihn nicht.«

»Und ist der jüngste Bruder nach dem Gespräch noch verdächtig?«

Bruno lachte gequält. »Hochgradig verdächtig! Alle drei sind verdächtig. Laut Aussage waren die Brüder nach der Abfahrt in Laibach zumindest eine gewisse Zeit alleine im Zug unterwegs und hätten den Mord begehen können.«

»Vielleicht war es ja die Nichte, Frau Wenzel.«

Bruno schüttelte den Kopf. »Wir müssen natürlich ihr Alibi prüfen. Das wäre ja fast schon wahnwitzig, wenn auch diese Frau im selben Zug gesessen hätte. Aber ich kann mir eine Frau als Täterin schwer vorstellen. Du hast ja gesehen, wie Pospischil stranguliert wurde. Dazu braucht man Kraft und Aggression. Also, Materazzi, beginnen wir bei Ihnen.«

Der erfahrene und bewährte Polizeiagent nickte seinem Vorgesetzten zu und holte Luft.

Ernestine Wenzel war mittlerweile rechtschaffen müde und freute sich auf das Bett. Der Nachmittag und Abend waren lang gewesen. Sie hatte es genossen, von Kaufhaus zu Kaufhaus zu tingeln, sich bei diesem Schneider Stoffe und Schnitte zeigen zu lassen, bei einem anderen fertige Kleider zu probieren, sie hatte eine Coiffeuse in ihr Hotelzimmer kommen lassen und sich in einem Restaurant gediegen auftischen lassen. Abends hatte sie sich mit ein paar Gläsern Sherry gelabt, weswegen nun die Nachtruhe bevorstand. Ernestine schmunzelte in sich hinein. Sie hatte heute gelebt wie eine Gräfin auf Reisen und dennoch nur einen winzigen Bruchteil ihres Vermögens verpulvert. Endlich zahlte sich die langjährige Mühsal aus, sich um Tante Henriette gekümmert zu haben. Sie hatte einen eigenen Koffer kaufen müssen, damit sie Gold und Bargeld transportieren konnte. Dieser lag unter dem Bett, vor den Blicken allzu neugieriger Hoteldiener zumindest vorläufig geschützt. Wie lange sollte sie noch in Triest verweilen? Sollte sie schon morgen heimkehren, um das Geld sicher und dauerhaft zu verstecken? Das Vermögen im Hotelzimmer zu lagern war ein Risiko. Und das Geld auf ein Bankkonto transferieren wollte sie auch nicht. Gefühlsmäßig wäre der Reichtum dann verschwunden. Sie neigte dazu, morgen wieder abzureisen. Sie konnte ja in zwei Wochen wieder zum Einkauf nach Triest fahren.

Leider hatte sie im Hotel keine Suite mit Bad und Toilette mehr erhalten, sondern nur ein einfaches Zimmer, deshalb benutzte sie die Toilette auf dem Gang. Immerhin war es ein hochwertiges Wasserklosett mit Spülung. Sie zog an der Leine, bekleidete sich und verließ den Abort. Bei ihrem nächsten Aufenthalt würde sie sich nicht mit einem solchen Zimmer zufriedengeben.

Abendliche Stille umhüllte sie, als sie zur Zimmertür zurückging und den Schlüssel hineinsteckte. Klackend löste sich das Schloss, sie öffnete die Tür.

Aus den Augenwinkeln nahm sie eine schnelle Bewegung wahr. Von links tauchte eine Gestalt hinter dem Vorhang auf und sprang auf sie zu. Noch ehe Ernestine sich umwenden konnte, wurde sie unsanft in das Zimmer gestoßen. Der kräftige Stoß warf sie auf die Knie, ein Schrei entfuhr ihr. Sie hörte, wie die Tür geschlossen wurde, und wollte sich aufraffen. Sie blickte hinter sich. Trotz der Dunkelheit im Zimmer sah sie einen Mann. Er trug eine Mütze und hatte einen Schal oder ein Tuch um Mund und Nase gewickelt. Und er trug Handschuhe. Das fiel ihr sofort auf.

Dann folgte der Faustschlag auf den Kopf.

Sie ging der Länge nach zu Boden. Diese Wucht! Der Schmerz! Eine nackte Faust allein konnte das nicht ausrichten. Sie musste von einem Schlagring getroffen worden sein, das begriff sie noch. Blutete sie? Verlor sie das Bewusstsein?

Der Mann kniete sich auf ihren Rücken und drückte sie mit seinem Gewicht zu Boden. Dann legte sich irgendetwas um ihren Hals. Sie war verwirrt. Eine Kette? Ein Halstuch? Nein, eine Schlinge! Sie versuchte, um Hilfe zu schreien. Ihr Schädel schien zu explodieren. Der Druck auf dem Hals war übermenschlich. Der Atem stockte. Sie brachte nicht einen Ton hervor.

Es dauerte nicht lange.

Dienstag, 28. April 1908

Bruno und Luigi marschierten im Eilschritt über die Piazza del Ponterosso, bald kamen sie zum Hotel Adria. Der Polizist vor dem Tor salutierte, zwei livrierte Hotelangestellte standen mit verunsicherten Mienen etwas abseits. Luigi trug den Photoapparat und Bruno seine Kommissionstasche.

»Welcher Stock?«, fragte Bruno kurz angebunden.

»Der oberste, Herr Inspector.«

»Sind Leute vor Ort?«

»Jawohl, drei Mann.«

Einer der Hoteldiener öffnete das Tor, Bruno und Luigi traten in die Lobby. Der Concierge kam auf sie zu. Bruno schaute sich um, einige Gäste hatten sich in der Halle gesammelt, beobachteten und tuschelten miteinander.

»Guten Tag, meine verehrten Herren. Sind Sie die erwarteten Beamten des Polizeiagenteninstituts?«

»Jawohl, Inspector Zabini. Das ist Polizeiagent Bosovich.«

»Ich führe Sie gleich in das betreffende Zimmer. Folgen Sie mir bitte. Fahrstuhl oder Treppe?«

»Treppe«, entschied Bruno.

Im obersten Stock bewachten drei Polizisten das vorletzte Zimmer am Ende des Ganges.

Bruno nickte den Männern grüßend zu und wandte sich an den Concierge. »Vielen Dank, ab hier übernehmen wir. Sie können sich zurückziehen.«

»Sehr wohl, Herr Inspector.«

Bruno wartete, bis sich der Mann entfernt hatte, dann stellte er den Koffer am Boden ab, öffnete ihn und griff nach den Lederhandschuhen. Luigi lehnte den Photoapparat an die Wand, bückte sich und entnahm der Kommissionstasche das zweite Paar Handschuhe.

Bruno wusste, dass Luigi bei der Besichtigung von Gewaltopfern noch zu kämpfen hatte. Sein Adjutant hielt sich wacker, doch der Schock jener Nacht im letzten November steckte ihm noch tief in den Knochen. Was Bruno gut verstehen konnte, er selbst hatte zwar immer wieder zupacken oder sogar zuschlagen müssen, aber noch nie war ein Mensch durch seine Gewaltanwendung gestorben. Manche Polizisten verarbeiteten die Auslöschung eines Menschenlebens schnell, andere kauten ihr ganzes Leben daran.

»Bist du so weit?«

Luigi zog die Handschuhe straff und warf Bruno einen finsteren Blick zu. »Bin ich.«

»Also los. Nimm gleich den Apparat mit hinein.«

Bruno öffnete die Tür, trat ein und knipste trotz ausreichender Helligkeit das Licht an. Luigi schloss hinter sich die Tür. Bruno ließ langsam und systematisch den Blick im Hotelzimmer kreisen. »Notizbuch.«

Luigi nahm sein Notizbuch und den Bleistift zur Hand. »Bereit.«

»Also, Hotel Adria, oberster Stock, Fenster in die Via delle Beccherie. Zimmer zweiter Klasse. Spuren eines Raubüberfalls. Kleiderschrank geöffnet, aber leer. Koffer mit Damenkleidung geöffnet und durchwühlt. Inhalt der Handtasche auf den Tisch beim Fenster geleert und offensichtlich durchsucht. Mantel und Damenhut liegen auf dem Boden. Keine Beschädigung des Interieurs. Das Bett ist durchwühlt, aber offensichtlich nicht durch die Nachtruhe, sondern weil jemand etwas gesucht hat. Die Bettwäsche ist nicht beschädigt oder verschmutzt. Und jetzt zum Opfer.« Bruno hockte sich neben den leblosen Körper. »Luigi, hast du alles?«

»Ja, alles notiert.«

»Also weiter. Das Opfer ist weiblichen Geschlechts, geschätztes Alter um die fünfzig, leichte Korpulenz. Bekleidet mit einem Alltagskleid und Hausschuhen. Ein Nachthemd liegt bereit. Das Opfer ist möglicherweise knapp vor dem Zubettgehen überwältigt worden. Die Person liegt bäuchlings gestreckt in gerader Linie zur Eingangstür. Die Bauchlage lässt vermuten, dass sie nicht die Tür geöffnet und sofort niedergeworfen wurde, sondern entweder a) dem Täter geöffnet und sich von der Tür weggedreht hat oder b) beim Eintreten in die Tür von hinten gestoßen worden ist. Siehst du eine dritte Möglichkeit, Luigi?«

Luigi schaute sich um. »Vorerst nicht. Der Raum ist eher klein, viele Bewegungsmöglichkeiten hat man nicht.«

»Auffällig ist die Stellung der Arme. Beide Arme sind vom Körper weggestreckt, nicht angewinkelt oder unter den Oberkörper geschoben. Die Todesursache ist mit größter Sicherheit Strangulation, die Wundmale am Hals sind unverkennbar. Auf dem Kopf ist eine Platzwunde. Die Wirkung stumpfer Gewalt.«

»Ich glaube«, warf Luigi ein, »dass der Täter auf dem Rücken des Opfers gestanden, gekniet oder gesessen hat. Das würde die Stellung der Arme erklären. Durch sein Gewicht konnte sie sich während des Würgens nicht hochstemmen.«

»Schreib das auf, Luigi. Und Folgendes gleich dazu: Durch die Position auf dem Rücken des Opfers konnte der Täter auch die maximale Kraft beim Zuschnüren der Schlinge aufwenden. Also Fixierung des Opfers und maximale Kraftentfaltung. Der Todeskampf wird nur wenige Minuten gedauert haben. Hast du das?«

»Einen Moment. Ja, habe ich notiert.«

Bruno erhob sich und trat an den Tisch, Luigi folgte ihm. »Bei der Kontrolle der Gegenstände auf dem Tisch fällt auf, dass kein Portemonnaie vorhanden ist. Kein Pass. Nur Alltagsgegenstände, die in keiner Handtasche einer Dame fehlen. Ein Taschentuch, ein Kamm, ein Taschenspiegel, eine Füllfeder. Weitere Utensilien notierst du selbstständig. Mach auch eine Skizze des Raumes und der Lage des Körpers. In der Eile haben wir den Concierge gar nicht nach dem Namen des Opfers gefragt. Luigi, bitte erkundige dich.«

Luigi verließ das Zimmer, fragte bei den Kollegen vor der Tür nach und kam nur wenige Augenblicke später zurück. »Der Name ist Ernestine Wenzel, die Dame war achtundvierzig Jahre alt und wohnhaft in Görz.«

Bruno stemmte seine geballten Fäuste in die Hüften und starrte seinen Adjutanten mit düsterer Miene an. »Nun, dieser Name überrascht mich angesichts der Todesart kein bisschen.«

»Herr Inspector, jetzt haben wir zwei Leichen in Triest, die mit dem Fall Hohenau in Zusammenhang stehen.«

»Stehen könnten, Luigi. Noch haben wir keine Beweise oder Geständnisse, also Konjunktiv. Aber ich fresse meinen Hut, wenn das alles keine Koinzidenz ist.«

»Die Dame war also nur kurz im Besitz der Wertgegenstände, die sich im Schließfach befunden haben.«

»Wie gewonnen, so zerronnen.«

»Wie ist die weitere Vorgehensweise?«

Bruno überlegte. »Du machst hier weiter. Photo der Leiche mit Großaufnahme des Kopfes mitsamt der Platzwunde. Dann suchst du nach dem vermeintlichen Inhalt des Schließfaches. Wobei anzunehmen ist, dass deswegen hier eingebrochen und der Mord verübt wurde. Nimm die Fingerabdrücke der Leiche ab und liste das Inventar auf. Sobald du damit durch bist, kannst du den Körper abholen lassen. Die Abnahme von Fingerabdrücken am Inventar eines Hotelzimmers ist wahrscheinlich wenig aussichtsreich, aber wer weiß, vielleicht ergibt sich ein Glückstreffer.«

»Jawohl, Herr Inspector. Da werde ich eine Weile beschäftigt sein.«

»Wenn möglich, schicke ich Verstärkung.«

»Vielen Dank.«

»Und ich werde auf das Postamt pilgern.«

Luigi nickte. »Ist ein Telegramm nach Wien fällig?«

Bruno streckte seinen Rücken und schob seinen Hut zurecht. »Wovon du ausgehen kannst, getreuer Herr Adjutant.«

Eduard Kestranek sortierte die Papiere auf seinem Schreibtisch. In der Zeit seiner Abwesenheit hatte sich einiges an Arbeit angesammelt. Da waren mehrere Anforderungen der Triester Werkstatt nach Anschaffung neuer Werkzeuge und Geräte, es galt die Reparatur diverser Waggons in den Akten zu vermerken, verschiedene schriftliche Anfragen der Zentralwerkstatt in Marburg mussten bearbeitet werden. Viel war zu tun, aber Eduard hatte gar keine Eile. Mit geradezu provozierender Langsamkeit schraubte er die Kappe von seinem Füllfederhalter und kontrollierte die Tintenfüllung. Nicht mehr lange würde er hier der Bureau-Sklave sein, nicht mehr lange würde er die Launen seines Vorgesetzten und das langweilige Geschwätz der Kollegen ertragen müssen. Bald würde er seine Anstellung quittieren und sich genussvollerer Beschäftigung widmen. Das Erbe war nicht so hoch, dass er fortan in Saus und Braus würde leben können, aber die nächsten Jahre würden wohl manches an Bequemlichkeit und Komfort bieten. Geld ebnete Wege und öffnete Türen.

Er hatte es einigen Kollegen angesehen, dass sie der Neid zerfraß. Als er heute pünktlich zum Dienstantritt in der Kanzlei der Südbahn-Gesellschaft erschienen war, hatten sich schon ein paar der Dummköpfe tuschelnd zusammengerottet. Andere hatten sich mit schmierigem Lächeln nach den Ereignissen in Wien erkundigt. Es hatte in der Kanzlei das Gerücht die Runde gemacht, dass in Wien eine Erbschaft auf ihn wartete. Generös hatte er unter jenen, die sich ihm anbiederten, Zigaretten verteilt, rauchend und lächelnd hatte er von der Reise berichtet. Natürlich war die Frage nach der Höhe des Erbes gestellt worden, aber darauf hatte er allein mit einem Achselzucken geantwortet. Man musste der Meute nicht alles auf die Nase binden. Der Abteilungsleiter hatte Eduard in sein Bureau gebeten, um ihn auszuhorchen. Eduard hatte sich aber nicht in die Karten blicken lassen.

Diese Deppen.

Wie überdrüssig er der Arbeit war! Das war Zeitverschwendung, wenn doch rauschende Bälle, feierliche Empfänge und sommerliche Schiffsreisen vor ihm lagen. Aber Eduard wollte nichts überstürzen, dazu gab es auch keinen Grund, noch hatte er nicht die Kündigung eingereicht. Eines nach dem anderen.

Er hörte Stimmen am Gang und schaute zur offen stehenden Tür. Die Worte verstand er nicht, aber deren Klang machte ihn stutzig. Das wirkte nicht wie das übliche Geschwätz der Plappermäuler, wie es sie in jeder Kanzlei gab, die sich aber, wie es ihm schien, gehäuft hier im Triester Bureau der Südbahn-Gesellschaft herumtrieben. Schwere Schritte knarrten auf dem Parkett.

Eduard erschrak, als zwei uniformierte Polizisten in sein Bureau traten und sich ein weiterer vor der Tür postierte.

»Sind Sie Eduard Kestranek?«, fragte einer der Wachmänner lautstark.

Eduard erhob sich entgeistert. »Ja, der bin ich.«

»Ich fordere Sie auf, mit uns zu kommen.«

»Wie bitte?«

»Ich erteile Ihnen die Aufforderung, uns zu folgen.«

»Folgen? Wohin?«

»In die Polizeidirektion.«

»Was soll denn das bedeuten? Ich bin an der Arbeit.«

»Beenden Sie sofort Ihre Tätigkeiten und leisten Sie der Aufforderung Folge.«

Eduard drängte seine Überraschung fort, Wut und Widerstand gärten in ihm. »Da will ich doch zuerst wissen, warum ich das tun sollte.«

»Auf dienstliche Anweisung des k.k. Polizeiagenteninstituts haben Sie sich sofort zu einer Befragung einzufinden.«

»Lächerlich! Ich weiß nicht, was Sie von mir wollen.«

Die beiden Polizisten traten an ihn heran, sie wirkten bedrohlich.

»Ich wiederhole, folgen Sie uns unverzüglich in die Polizeidirektion.«

Er wich einen Schritt zurück. »Was sind denn das für Methoden! Ich werde mich über Sie beschweren. Mich so mir nichts, dir nichts von der Arbeitsstätte wegzuzerren ist skandalös.«

»Herr Kestranek, ich sage es zum letzten Mal. Folgen Sie uns!«

Eduard stemmte seine Fäuste in die Hüften. »Herr Wachtmeister, Sie werden noch von mir hören, das garantiere ich Ihnen. Ich bin ein rechtschaffener Bürger bei der Arbeit, mit mir kann man nicht herumspringen wie mit einem Kriminellen.«

»Müssen wir Gewalt anwenden?«

Eduard schüttelte den Kopf und langte nach seinem Hut. »Das wird ein Nachspiel haben, das schwöre ich Ihnen, Herr Wachtmeister. Mich an meinem Arbeitsplatz so zu blamieren, ist eine bodenlose Frechheit. Ich werde mich beschweren.«

»Die Beschwerde können Sie vorbringen, sobald wir Sie im k.k. Polizeiagenteninstitut abgeliefert haben.«

Bruno drückte die Türklinke nach unten. Wie erwartet war die Tür versperrt, also kniete er sich zu Boden und führte den Dietrich in das Schloss. Nach einigen Versuchen schnappte das Schloss auf, Bruno erhob sich und öffnete die Tür.

»Hier spricht die Polizei«, rief er in die Wohnung. »Ist hier jemand?«

Da keine Antwort zu hören war, wandte sich Bruno den hinter ihm stehenden Männern zu. »Handschuhe anziehen. Wir gehen vorsichtig vor. Keine Sachbeschädigung, wenn ich bitten darf. Der Mieter dieser Wohnung heißt Eduard Kestranek und ist verdächtig, aber nicht mehr.«

Die zwei uniformierten Polizisten streiften Lederhandschuhe über. »Wonach sollen wir suchen?«

»Wir suchen nach Münzen oder Goldbarren, weiters nach höheren Geldbeträgen oder besonderen Wertgegenständen. Wenn Sie ein Seil oder einen fingerdicken Draht finden, melden Sie sich. Darüber hinaus suchen wir nach Handschuhen, die an der Handfläche Striemen oder ähnliche Abnutzungsspuren ausweisen. Bereit?«

»Jawohl, Herr Inspector.«

»Dann los. Jeder nimmt einen Raum«, sagte Bruno, schritt zur Seite und ließ die Männer eintreten. Er selbst schaute sich noch am Gang und im Stiegenhaus um, dann folgte er in die Wohnung und schloss hinter sich die Tür.

Inspector Vinzenz Jaunig folgte dem Hoteldiener auf dem Fuß, hinter ihm gingen zwei Wachmänner. Vinzenz war nicht darüber erstaunt, wie schnell es gegangen war, sämtliche Amtsstellen in der Stadt zu durchlaufen. Oberinspector Gellner hatte mächtig Dampf gemacht, was natürlich aufgrund zweier Leichen innerhalb von so kurzer Zeit auch dringend geboten war. Da war Gefahr im Verzug. Vinzenz hatte zwei Männer des Kommissariats beordert, ihm zu begleiten, so waren sie in das Hotel de la Ville marschiert und hatten den Concierge in Kenntnis gesetzt, dass das Zimmer von Meinrad Kestranek auf richterliche Anordnung der Polizei zu öffnen sei. Dieser hatte dem Hoteldiener den Reserveschlüssel ausgehändigt und ihn losgeschickt.

Der Angestellte klopfte an der Tür. »Hotelservice. Bitte öffnen Sie.«

Die Männer warteten. Der Hoteldiener schaute betreten in die düstere Miene des groß gewachsenen und breitschultrigen Polizisten. Er klopfte erneut.

»Na los, sperren Sie auf!«

»Jawohl, Herr Inspector.«

Kaum war die Tür offen, schob Vinzenz den Mann unsanft zur Seite und trat in das Zimmer. Niemand war anwesend. »Vielen Dank, Sie können sich jetzt zurückziehen«, sagte er zum Hoteldiener und wandte sich den Uniformierten zu. »Sie bewachen den Gang und Sie helfen mir bei der Suche. Handschuhe anziehen.«

Polizeiagent I. Klasse Luigi Bosovich und zwei Wachmänner betraten das Hotel in der Nähe der Piazza della Caserma und gingen auf die Rezeption zu. Zwei Männer standen hinter dem Tresen, der ältere war mit einem eleganten Anzug bekleidet, der jüngere trug die Livree eines Pagen. Die beiden Männer schauten gemeinsam in ein dickes Register, der ältere Mann suchte mit einem Lineal eine Tabelle durch. Als die drei Polizisten näher traten, blickten sie auf.

»Guten Tag, meine Herren.«

»Guten Tag«, erwiderte Luigi den Gruß und zeigte seine Kokarde. »Ich bin vom k.k. Polizeiagenteninstitut. Sind Sie hier verantwortlich?«

»In der Tat, ich bin der Direktor dieses Hauses.«

Luigi zog das Schreiben des Gerichts aus der Tasche und legte es auf den Tresen. »Auf gerichtliche Anweisung müssen wir das Zimmer Ihres Gastes Joseph Kestranek durchsuchen.«

Direktor und Page schauten mit großen Augen auf das Papier. »Ist etwas vorgefallen?«

»Ich kann keine Auskunft über laufende Untersuchungen erteilen. Wissen Sie, ob Herr Kestranek im Haus ist?«

»Ich weiß, dass der Herr Fregattenleutnant das Haus verlassen hat.«

»Wie lange ist das her?«

»Etwa eine Stunde. Der Schlüssel zu seinem Zimmer hängt hier.«

»Bitte übergeben Sie ihn mir.«

Der Hoteldirektor griff kurzerhand danach. »Meine Herren, ich bringe Sie zum Zimmer. Wenn es das Gericht fordert, öffne ich eigenhändig.«

»Vielen Dank für die Kooperation.«

»Bitte folgen Sie mir.«

Bruno kam in die Kanzlei und marschierte grüßend durch das Zimmer der Schreibkräfte. Ivana und Regina erwiderten den Gruß. Am Gang standen Vinzenz und Luigi beim offenen Fenster, Letzterer sog an einer Zigarette.

»Und? Hast du etwas gefunden?«, fragte Vinzenz.

»Nein, gar nichts. Und wie lief es bei euch?«

»Keine Funde«, sagte Vinzenz.

»Ebenfalls keine Funde.«

»Damit war natürlich zu rechnen. Seid ihr der Männer habhaft geworden?«

»Beide Vögel sind ausgeflogen. Nur Eduard Kestranek sitzt im Vernehmungszimmer. Die Kollegen haben ihn an seinem Arbeitsplatz angetroffen.«

»Immerhin. Die Suche nach Meinrad und Joseph Kestranek läuft weiter. Sobald sie aufgegriffen werden, will ich sie verhören.«

»Ich habe von einem Angestellten gehört«, erläuterte Luigi, »dass Joseph Kestranek am Sonntag im Morgengrauen das Hotel verlassen hat. Es ging das Gerücht, dass der Herr Fregattenleutnant sich duelliert hat. Daraufhin habe ich mich weiter umgehört und konnte das Gerücht bestätigen. Joseph Kestranek hat mit einem ungarischen Offizier einen Säbelkampf ausgefochten und ihn im Duell besiegt. Der Mann liegt mit einer Stichwunde an der Brust im Ospitale Civico. Das Duell war fair, sowohl Sekundanten als auch ein Militärarzt waren vor Ort. Kestranek hat sich, nachdem der Kampf entschieden war, ritterlich verhalten und bei der Wundversorgung geholfen. Die Verletzung ist nicht lebensbedrohlich, aber eine dicke Narbe wird schon bleiben. Ich konnte die Namen der beteiligten Männer ermitteln.«

»Sehr gut, Luigi.«

»Diese verdammten Offiziere«, brummte Vinzenz. »In welcher Zeit leben wir eigentlich? Man könnte doch hoffen, dass diese saublöde Soldatenehre, weswegen man sich schießt oder sticht, längst Schnee von gestern ist. Offenbar ist man im Militär noch nicht im zwanzigsten Jahrhundert angekommen.«

»Wo ist der ungarische Offizier stationiert?«, fragte Bruno.

»Seine Garnison liegt in Pola.«

»Tja, es ist nicht das erste Mal, dass sich in Pola Offiziere in die Haare kriegen und dann einen entfernten Ort zum Duell vereinbaren«, sagte Vinzenz. »Sowohl die Kommandantur des Heeres wie die der Marine duldet im Stadtgebiet keinerlei Duelle. Könnt ihr euch noch an den toten Dragoner vom letzten Jahr erinnern? Der hat sich im Wald hinter dem Ippodromo mit einem Artillerieoffizier geschossen.«

»Ebendort hat das Duell am Sonntag auch stattgefunden.«

Bruno kratzte sich das Kinn. »Joseph Kestranek ist also Samstagabend in Triest angekommen und hat sich gleich Sonntagfrüh duelliert. Das muss von langer Hand geplant gewesen sein.«

»Dem Herrn Fregattenleutnant ist mehrfacher Mord mit der Schlinge in jedem Fall zuzutrauen«, meinte Luigi.

Bruno nickte zustimmend. »Allemal. Ich hoffe nur, dass er nicht um sich schießt, wenn ihn unsere Leute aufgreifen.«

»Die Männer sind vorgewarnt«, sagte Vinzenz.

Romano Materazzi verfolgte, wie Arbeiter das Fuhrwerk entluden und die Bretter und Staffeln in das Teatro Comunale Giuseppe Verdi trugen. Er zündete sich eine Zigarette an und wartete. Der Kutscher tätschelte sein Ross und kontrollierte den Sitz des Zaumzeugs. Wenig später trat Materazzis Bekannter vor den Hintereingang des renommierten Theaterhauses.

»Ciao, Romano. Wie geht es dir?«

»Gut. Und dir?«

»Gar nicht mal schlecht. Was macht die Arbeit?«

»Ach, viel zu tun.«

»Arbeitest du am Südbahnmord?«

»Allerdings.«

»Üble Sache. Habe in der Zeitung darüber gelesen«, sagte Ioannis Pappacosta.

Materazzi und Pappacosta waren zusammen zur Schule gegangen. Die Eltern seines Jugendfreundes waren knapp nach ihrer Hochzeit der Arbeit wegen vom Peloponnes nach Triest übersiedelt, ihr ältester Sohn war in Triest geboren und längst Staatsbürger Österreich-Ungarns mit Muttersprache Griechisch und Zweitsprache Italienisch.

»Ist das Material für ein Bühnenbild?«, fragte Materazzi.

»Auch. Unser Holzlager ist fast leer und muss aufgestockt werden. Der Unterbau der Bühne wird verstärkt, daher die Staffeln«, sagte Pappacosta und entflammte eine Zigarette.

»Verstehe.«

»Du hast ein Anliegen? Was kann ich für dich tun?«

Materazzi hatte zuvor seinen Bekannten im Theater gesucht und ihn bei der Arbeit angetroffen. Pappacosta war als einer der Hausmeister des Theaters für die gesamte Bühnentechnik und Lagerhaltung zuständig. Er hatte die Arbeit noch abschließen müssen, daher hatte Materazzi vor dem Hintereingang auf ihn gewartet.

»Sagt dir der Name Meinrad Kestranek etwas?«

Pappacosta überlegte kurz. »Nein, nie gehört.«

»Was weißt du über Isabelle de Nicolay?«

»Machst du Witze? Ich weiß alles über unsere Primadonna assoluta. Sie ist eine Göttin und singt gnädigerweise für uns Irdische. Einmal habe ich hinter der Bühne sogar geweint. Nicht nur ich habe geweint, von den Rängen bis zu den Logen verwandelte sich das Theater in einen Ozean aus Rotz und Tränen.«

Die beiden Männer lachten.

»Warst du bei der Aufführung am letzten Samstag im Haus?«

»Das war ich.«

»Mir wurde zugetragen, dass Isabelle de Nicolay von einem Verehrer eine Wagenladung voller Blumen erhalten hat.«

»So ist es. Ich habe selbst mehrere Bouquets in ihre Garderobe getragen. Es kommt regelmäßig vor, dass ihr Blumen geschenkt werden. Erzähle es um Gottes willen nicht herum, Romano, aber wenn ich meiner Frau Blumen mitbringe, dann sind es zumeist welche, die die Primadonna zurückgelassen hat.«

Wieder lachten die beiden.

»Waren es am Samstag nicht besonders viele Blumen?«

»Das ja. Der Verehrer muss ein kleines Vermögen für das Blumenmeer ausgeben haben.«

»Hast du den Mann gesehen?«

»Ja, hinter der Bühne. Nach der Vorstellung hat die Primadonna ihn in die Garderobe gebeten. Was ich gehört habe, sind die beiden dann auch zum Festbankett ins Ristorante Antica Bonavia gegangen.«

»Warst du auch beim Bankett?«

»Nein, wo denkst du hin? Ich bin Hausmeister, ich habe doch an den Tischen der Hautevolee nichts zu suchen. Außerdem musste ich hier meine Arbeit abschließen.«

»Was weißt du über den Verehrer?«

»Hartnäckiger Bursche, muss man sagen. Ich habe ihn in den letzten paar Monaten immer wieder vor der Garderobe der Primadonna gesehen. Ein Deutscher aus Abbazia, der regelmäßig nach Triest kommt, um der Göttlichen zu lauschen. Ist das der, nach dem du mich gefragt hast?«

»Das versuche ich herauszubekommen.«

»Was ich weiß, ist der Mann kein Adeliger oder Sohn eines Großkapitalisten, daher war es wohl schwer, die Aufmerksamkeit der Primadonna zu erwecken. Mit dem Blumenmeer ist es ihm gelungen. Moment, da fällt mir etwas ein! Komm mit, Romano.«

Die beiden zertraten ihre Zigaretten, Pappacosta marschierte zielstrebig los, Materazzi folgte ihm. Sie verschwanden in den Gängen des Theaters. Im Bereich der Künstlergarderoben zog Pappacosta einen Schlüsselbund aus der Tasche seines Arbeitsmantels. Er öffnete die Tür zur Garderobe, knipste das Licht an und begann mit der Suche. Materazzi trat ebenfalls ein und schaute sich um. Der Raum war mit dem Geist der schönen Künste, kultivierter Eleganz und prickelndem Esprit regelrecht gesättigt.

Pappacosta kniete sich zu Boden und wühlte im Mülleimer. »Na bitte, ein Volltreffer. Das ist es.« Er erhob sich und präsentierte drei Grußkarten.

Materazzi griff danach und las die Widmung sowie die Unterschrift. »Wieso drei Karten?«

»Er hat fast jeden Blumenstrauß mit einer Karte versehen, ich glaube, es waren insgesamt ein Dutzend oder sogar mehr.«

»Der Mann hat Reime gedichtet.«

»Ein wahrer Poet.«

Materazzi wog die Grußkarten und schaute seinen Bekannten an. »Sag, wäre es möglich, dass ich die Karten mitnehme?«

Der Hausmeister zuckte mit den Schultern. »Warum nicht? Heute oder morgen werden die Mülleimer ohnedies geleert.«

Materazzi steckte die Karten in sein Sakko und reichte Pappacosta die Hand. »Ciao, Ioannis, du hast mir sehr geholfen. Viele Grüße an die Frau und die Kinder.«

»Ciao, mein Freund. Und lass dich wieder einmal blicken. Wir müssen unbedingt ein Bier trinken.«

»Bruno, kommst du?

»Bin so gut wie da.«

Vinzenz Jaunig öffnete die Tür, trat in das Vernehmungszimmer und legte einen Aktenumschlag ab. »Guten Tag, Herr Kestranek. Bleiben Sie ruhig sitzen.«

Bruno eilte den Gang entlang, trat ebenfalls ein und schloss die Tür hinter sich. Er setzte sich Eduard gegenüber, während Vinzenz den Stuhl am Kopfende des Tisches einnahm.

»Guten Tag«, grüßte Bruno und fixierte sein Gegenüber.

»Herr Zabini, was tun Sie hier?«, fragte Eduard entgeistert.

»Ich will mit Ihnen über manche Dinge sprechen.«

»Sind Sie etwa von der Polizei?«

»Inspector im Dienste des k.k. Polizeiagenteninstituts.«

»Dann sind Sie ein Lügner. Sie haben im Zug behauptet, Sie wären Angestellter des österreichischen Lloyds.«

»Es gab keine Veranlassung, Ihre Brüder und Sie mit meiner Profession zu konfrontieren.«

»So ist das also. Man spioniert mir nach.«

Vinzenz legte seine rechte Hand flach auf den Tisch. »Herr Kestranek, was haben Sie gestern Abend getan?«

»Bevor ich auf irgendwelche Fragen antworte, möchte ich zuerst einmal wissen, warum Sie mich an meinem Arbeitsplatz wie einen Schwerverbrecher haben abführen lassen. Dagegen protestiere ich und lege Beschwerde ein.«

Bruno klappte sein Notizbuch auf und machte eine Notiz. »Ihre Beschwerde ist hiermit vermerkt. Hätten Sie die Freundlichkeit, die Frage meines Kollegen zu beantworten?«

»Nein. Wenn ich nicht weiß, worum es überhaupt geht, sage ich gar nichts.«

»Das ist sehr tapfer von Ihnen. Spötter behaupten immer wieder, dass die Bürger in Österreich-Ungarn den Behörden gegenüber unterwürfig, geradezu devot seien. Davon sind Sie weit entfernt«, sagte Bruno.

Eduard verschränkte die Arme vor seiner Brust.

»Herr Kestranek, ich wiederhole gerne meine Frage ein zweites Mal«, brummte Vinzenz mit seiner tiefen Stimme. »Was haben Sie gestern getan?«

»Wollen Sie mir drohen? Ich bin mit einem exzellenten Advokaten bekannt, der sich für mich verwenden wird.«

»Das ist gut, denn vielleicht werden Sie einen Advokaten benötigen«, sagte Bruno. »Sagt Ihnen der Name Ernestine Wenzel, geborene Kestranek, wohnhaft in Görz, etwas?«

Eduard schüttelte verärgert den Kopf. »Was ist denn das für eine Frage? Natürlich kenne ich meine Tante.«

»Wann haben Sie Frau Wenzel zum letzten Mal gesehen?«

»Das war am Donnerstag letzter Woche in Wien.«

»Ich notiere. Sie haben Frau Wenzel also am Donnerstag, den 23. April gesehen. Schildern Sie die Umstände der Begegnung.«

»Wir waren zur Testamentseröffnung meiner verstorbenen Großtante Henriette Hohenau eingeladen und sind uns im Notariat über den Weg gelaufen. Ich habe ein paar Worte mit ihr gewechselt. Nach der Verlesung hat die Familie noch eine Weile beisammengestanden und danach ging ich meiner Wege.«

»Zu welcher Zeit war das?«

»Gegen Mittag.«

»Danach haben Sie Ihre Tante nicht mehr gesehen?«

»Wie ich schon sagte.«

»Sagt Ihnen der Name Lubomír Pospischil etwas?«

»Kommt mir bekannt vor. Hm, woher kenne ich den

Namen? Ich komme nicht drauf. Doch, Herr Lubomír, jetzt fällt es mir wieder ein. Das war der Kammerdiener meiner Großtante.«

»Genau, nach dieser Person habe ich mich erkundigt.«

»Zu welchem Zweck, wenn ich fragen darf?«

»Lubomír Pospischil wurde am späten Nachmittag des vergangenen Samstags während der Fahrt von Wien nach Triest im Zug ermordet.«

Eduard zuckte erschrocken zurück. »Wollen Sie etwa …?«

Bruno wartete auf die Komplettierung des Satzes, setzte dann aber fort: »Ja, ich will behaupten, dass die Polizei aus ermittlungstaktischen Gründen den Namen des Opfers im sogenannten Südbahnmord nicht veröffentlicht hat.«

»Sie sehen mich überrumpelt, Herr Inspector.«

»Der Kammerdiener Ihrer Großtante wurde also just in jenem Zug getötet, in welchem sich Ihre Brüder und Sie befunden haben. Ich natürlich auch, aber da war ich im Gegensatz zu heute nicht im Dienst.«

»Verdächtigen Sie etwa mich des Mordes?«

»Wen ich für verdächtig halte und wen ich im Rahmen einer Untersuchung befrage, diskutiere ich ausschließlich mit meinen Kollegen, Herr Kestranek.«

»Haben Sie Lubomír Pospischil getötet?«, fragte Vinzenz direkt.

»Nein! Allein diese Frage inkludiert eine bösartige Unterstellung. Das ist empörend.«

»Was haben Sie während des Aufenthalts des Zuges in Laibach getan?«, setzte Bruno die Befragung fort.

»Da der Zug eine Viertelstunde angehalten hat, haben meine Brüder und ich am Bahnhofsbuffet heiße Würstel mit Senf gegessen.«

»Was haben Sie sonst noch getan?«

»Gar nichts. Wir haben Würstel gegessen, sonst nichts. Na ja, wir haben gesehen, wie die Lokomotive getauscht wurde. Aber das war alles. Knapp bevor der Kondukteur zur Weiterfahrt gepfiffen hat, haben wir den Zug bestiegen und uns zu unseren Sitzplätzen begeben.«

»Waren Sie während der Fahrt auf dem letzten Teilstück der Reise von Laibach nach Triest immer an Ihrem Platz?«

»Keine Ahnung. Ich bin während der Fahrt mehrmals aufgestanden. Unter anderem, Herr Zabini, als wir auf meine Einladung gemeinsam das Frühstück eingenommen haben. Und später haben wir Tarock gespielt.«

»Ich interessiere mich vor allem für die Fahrt zwischen Laibach und Triest. Haben Sie da das Coupé verlassen?«

»Ich kann mich nicht mehr genau erinnern. Es könnte sein, dass ich einmal den Abort aufgesucht habe. Das weiß ich aber nicht genau.«

Bruno notierte und schaute eine Weile zum Fenster hinaus. Auch Vinzenz schwieg. Die Stille schien Eduard zuzusetzen, er rutschte auf seinem Stuhl hin und her. Bruno belauerte den Mann genau, selbst wenn er den Blick nach draußen gerichtet hatte.

»Warum haben Sie sich zuvor nach meiner Tante erkundigt?«

Unendlich langsam wandte Bruno seinen Blick Eduard zu und schwieg weiter.

»Was wollen Sie überhaupt von mir? Ich habe Herrn Lubomír nicht getötet.«

»Kennen Sie Ottilie Gomperz?«

»Wer soll das sein?«

»Ist Ottilie Gomperz Ihretwegen mit dem besagten Zug nach Triest gereist?«

»Wie kommen Sie auf solche Fragen?«

»Sie kennen Ottilie Gomperz also nicht?«

»Doch, ich kenne sie.«

»Woher?«

»Das Fräulein Otti war das Stubenmädchen meiner Großtante.«

»Finden Sie das nicht auch frappant, dass beide Dienstboten Ihrer Großtante im selben Zug nach Triest unterwegs waren?«

»Woher wollen Sie wissen, dass das Fräulein im Zug war?«

»Wo ist Fräulein Gomperz untergebracht? In Ihrer Wohnung fand ich keine Spuren Ihrer Anwesenheit.«

Eduards Kinnlade klappte nach unten, er schnappte nach Luft. »Wollen Sie etwa sagen, dass Sie meine Wohnung durchsucht haben?«

»Das habe ich, Herr Kestranek. Vor rund einer Stunde waren zwei Polizeibeamte und ich in Ihrer Wohnung.«

»Sind Sie vollkommen verrückt geworden? Was fällt Ihnen ein, verdammt noch mal?«

Bruno stützte kämpferisch seine Ellbogen auf die Tischplatte. Seine Stimme knarrte. »Herr Kestranek, wissen Sie, wie Männer wie ich auf mehrfachen Mord reagieren? Haben Sie sich das einmal überlegt?«

Brunos Wucht ließ Eduard zurückzucken. »Wovon reden Sie?«

»Ich habe heute früh in einem Hotel die Leiche von Ernestine Wenzel aufgesammelt.« Bruno pochte mit dem Zeigefinger auf den Tisch. »Und wenn ich Leichen sammle, mein Herr, werde ich grantig.« Bruno lehnte sich zurück und verschränkte seine Arme.

Eduards Gesicht war bleich.

Vinzenz atmete tief durch, seine Stimme klang ruhig und versöhnlich. »Und jetzt, Herr Kestranek, noch einmal meine Frage. Was haben Sie gestern Abend getan?«

Das Bett war nicht besonders bequem, es knarrte, wenn man sich bewegte, und die Matratze war durchgelegen, aber es war besser als der harte Stein auf der Straße. Den ganzen Vormittag über hielt sie sich schon im Auswandererheim auf und versuchte, ihre Gedanken zu ordnen. Sie ärgerte sich über sich selbst, dass sie so dumm gewesen war, Eduard zu vertrauen und zu folgen. Was tat sie hier eigentlich? Nur eines wusste sie mit Gewissheit, sie wollte und konnte nicht zurück zu ihren Eltern. Wenn ihr Vater erfahren würde, dass sie wegen einer, wie sich herausgestellt hatte, aussichtslosen Affäre nach Triest gefahren war, würde er ihr ein paar Ohrfeigen verpassen und sie vor die Tür setzen.

Ihre drei Nachbarinnen kamen vom Einkauf zurück. Ottilie erhob sich vom Bett und ging ihnen entgegen. Immerhin hatte sie hier Freundinnen gefunden, nämlich drei Frauen ihres Alters aus Oberwart. Ottilie hatte die Kleinstadt in der Nähe der österreichisch-ungarischen Grenze zuvor nicht gekannt, ja nicht einmal den Namen hatte sie gehört. Ihre drei neuen Freundinnen hatten ihr gestern Abend von der Armut in Westungarn erzählt, von der Aussichtslosigkeit, dort eine einträgliche Arbeit zu finden, und davon, dass viele jungen Leute entweder nach Budapest oder Wien gingen. Gar nicht wenige entschlossen sich, den Sprung über den großen Teich zu wagen. Es waren zwei Deutsche und eine Ungarin aus einer Stadt, in der beide Volksgruppen Tür an Tür wohnten. Ottilie war auch Deutsche, sie beherrschte recht passabel Tschechisch, die drei sprachen neben ihren Muttersprachen auch die jeweils andere Sprache. Auf Deutsch konnten sie sich unterhalten. Die drei waren zum Einkauf auf den Markt gegangen, während Ottilie im Schlafsaal zurückgeblieben war, um auf das Gepäck aufzupassen.

»Und, habt ihr alles gekriegt?«

»Fast alles«, sagte die Ungarin mit unverkennbarem Akzent. »Milch war aus.«

Sie warfen eine Decke über ein Bett, strichen sie glatt und entleerten die Einkaufskörbe. Brot, Wurst, Käse, frisches und eingelegtes Gemüse. Eine der drei holte eine Kanne Tee und Tassen aus der Küche des Heimes. Das Entfachen eines Feuers war im gesamten Haus streng untersagt, was Ottilie angesichts der vielen zusammengedrängt hausenden Menschen verstand. Die Brandgefahr wäre einfach zu hoch. Daher ernährten sich die Gäste entweder kalt oder würgten den in der Küche lieblos zubereiten Eintopf hinunter. Nur die wenigsten konnten oder wollten sich ein Essen im Gasthaus leisten.

Ottilie kaute eine Karotte und trank Tee.

Eine der beiden Deutschen blätterte in der zweisprachigen Broschüre einer Einwandereragentur. »Hier steht geschrieben, dass jeder, der arbeiten will, in Chicago unter Garantie eine gut bezahlte Stelle findet. Ich bin neugierig, ob das nur ein Märchen ist oder ob Illinois das Land ist, wo Milch und Honig fließen.«

Die jungen Frauen lachten.

»Wir werden es in Erfahrung bringen.«

»Fährt euer Dampfer bis nach Chicago?«, fragte Ottilie.

»Nein. Die Stadt liegt an einem großen See, aber nicht am Meer. Die Giulia dampft bis Ellis Island in New York.

Dort sitzt die Einwanderungsbehörde, wo wir uns registrieren lassen können und wo wir die nötigen Papiere für die Weiterreise erhalten.«

»Von New York geht es mit der Eisenbahn weiter in den Wilden Westen.«

»Ich bin rasend neugierig auf Amerika.«

»Das wird ein großes Abenteuer.«

»Ich werde mir einen Millionär angeln«, sagte die Ungarin lächelnd. »Einen feschen Amerikaner, der als Holzfäller begann und nun drei Sägewerke besitzt. In Chicago sollen solche Männer an jeder Straßenecke zu finden sein.«

»Ich wünsche dir viel Erfolg beim Angeln, Ilonka. Wir in jedem Fall werden uns keine Männer suchen. Davon gab es schon in Oberwart viel zu viele.«

Ottilie war erstaunt. »Wollt ihr denn nicht irgendwann einen ehrbaren Mann heiraten?«

Die beiden schüttelten einträchtig die Köpfe. »Die Ehe ist nichts für uns, deswegen müssen wir ja fort von zu Hause. Mein Vater hat gedroht, mir mit der Hacke den Schädel zu spalten. Dieser alte Hornochse, soll er sich doch den letzten Rest Hirn aus dem Kopf saufen.«

»Mein Vater hat nicht mit der Hacke gedroht, er hat mich so lange beschimpft, geohrfeigt und getreten, bis ich fortgelaufen bin. Für uns gibt es in Österreich-Ungarn keinen Platz. Hoffentlich finden wir einen im Land der unbegrenzten Möglichkeiten.«

Die Ungarin Ilonka winkte ab. »Keine Sorge, Amerika ist riesengroß und es gibt genug Orte für alle. Ihr müsst mir aber versprechen, dass wir immer Freundinnen bleiben, egal wohin der Wind uns weht.«

»Versprochen.«

»Willst du nicht mit uns an Bord der Giulia gehen?«,

fragte Ilonka. »In fünf Tagen legt der Dampfer ab, bestimmt kriegst du noch eine Fahrkarte. Reisen wir zu viert nach Chicago. Und so hübsch, wie du bist, findest du bestimmt einen Millionär.«

Ottilie war von der Frage richtiggehend überrumpelt. Wollte sie nach Übersee? Sie wusste gar nichts über Amerika. Das kam sehr überraschend. Doch was hielt sie hier? Hatte es einen tieferen Sinn gehabt, nach Triest zu fahren? Was sollte sie bloß anstellen? Würde sie Englisch lernen müssen? Hatte sie genug Geld für eine Passage über den Atlantik? Welche Dokumente benötigte man für die Einreise? Fünf Tage noch.

Bruno verließ den Palazzo del Governo und marschierte los. Er hatte einen Stapel Akten ausheben lassen, sich das für ihn Brauchbare herausgesucht und in eine Tasche gepackt. Er musste alles über die Familie wissen, damit ihm ja keine Hintergründe verborgen blieben und ihm auch keine Kleinigkeit entging. Als er in seinem Bureau ankam, stellte er die Tasche auf den Schreibtisch und leerte sie.

An der offen stehenden Tür klopfte es. Bruno wandte sich um. »Ah, Materazzi, Sie sind im Haus.«

»Ich bin vor zehn Minuten gekommen. Sieht nach einem langen Nachmittag aus«, sagte Materazzi und zeigte auf den Papierstapel.

»Ich feiere die Feste, wie sie fallen.«

»Ich habe gehört, dass Inspector Jaunig und Sie den ältesten Bruder verhört haben.«

Bruno stemmte seine Hände in die Hüften und zog seine Lippen breit. »Ja, das haben wir.«

»Was ist dabei herausgekommen?«

»Wir haben erfahren, dass Eduard Kestranek entweder nicht der Täter ist oder dass er es zuwege gebracht hat, beharrlich jede Tat zu verleugnen.«

»Also kein Geständnis. Haben wir irgendwelche Beweise?«

Bruno schüttelte den Kopf. »Bis jetzt nichts Zählbares.«

»Sitzt der Mann in der Zelle?«

»Nein, wir mussten ihn gehen lassen. Ich habe dem Mann verboten, die Stadt zu verlassen. Vlah ist abkommandiert, vor seinem Haus nach dem Rechten zu sehen.«

»Und wenn es keiner der Brüder war?«

»Dann handle ich mir von Oberinspector Gellner einen anständigen Rüffel ein. Aber wie ist es Ihnen ergangen?«

»Bin ohne Unterlass gelaufen und habe mit vielen Leuten gesprochen. Das meiste war wie so oft nicht der Rede wert, aber ein paar Erkenntnisse habe ich.«

Bruno wies Materazzi den Stuhl vor dem Schreibtisch und setzte sich. »Ich bin ganz Ohr, Signor Materazzi.«

»Mit den namentlich bekannten Passagieren des ominösen Zuges bin ich durch. Ich schätze, dass wir rund drei Viertel aller Fahrgäste ausfindig gemacht haben. Der Aufruf in der Zeitung hat Wirkung gezeigt.«

»Haben wir einen Zeugen, der gesehen hat, wie zwei oder mehrere Männer während der Fahrt nach hinten in den Gepäckwaggon gegangen sind?«

»Keine Zeugen, die vor Gericht unbestreitbar aussagen könnten.«

»Interessant sind vor allem die Fahrgäste der dritten Klasse.«

»Gerade aus dieser Klasse habe ich nur drei auf meiner Liste, allerdings ist einer von denen meiner Meinung nach der verlässlichste Zeuge.«

»Gut. Wie heißt der Mann?«

»Stane Kozak. Der Mann ist einundvierzig Jahre und von Beruf Magazineur. Er ist in Laibach zugestiegen und war bis Triest an seinem Platz in der dritten Klasse. Er hat zwei Männer bemerkt, die nach hinten gegangen sind.«

»Das klingt vielversprechend.«

»Nur mäßig, Herr Inspector, denn er hat die Männer nicht angesehen, kann sie also nicht eindeutig wiedererkennen. Und über die Kleidung konnte er auch nur vage Angaben machen. Aber er hat gesehen, dass der zweite Mann, der ein paar Minuten nach dem ersten nach hinten gegangen ist, einen guten Anzug und Halbschuhe aus braunem Leder getragen hat. Vielleicht kann er die Schuhe wiedererkennen.«

Bruno lehnte sich zurück und schloss die Augen. Er dachte angestrengt nach. »Ich versuche mich zu konzentrieren, Signor Materazzi.«

»Schon klar, Herr Inspector.«

Materazzi wartete geduldig.

Bruno schüttelte den Kopf und schaute den Polizeiagenten an. »Verflixt, ich kann mich an die Schuhe, die die Brüder Kestranek getragen haben, nicht mehr richtig erinnern.«

»Und da ist noch etwas, was ich herausgefunden habe.«

»Nämlich was?«

»Ob das etwas mit den Morden zu tun hat, weiß ich nicht, aber ich weiß, dass der mittlere Bruder, Meinrad Kestranek, ein Verehrer von Isabelle de Nicolay ist, und zwar ein so glühender, dass er am Samstagabend, also am Tag seiner Ankunft, die Garderobe der Primadonna bis zur Decke mit Blumen angefüllt hat, darüber hinaus hat er ein Dutzend Grußkarten mit zärtlichen Reimen geschrieben. So hat er bewirkt, bei de Nicolay eingelassen zu werden. Die Primadonna hat in seiner Gesellschaft dann sogar am Abendessen im Kreise der Künstler teilgenommen.«

»Sieh einer an. Das ist ein kolossaler Aufstieg. Sich vom Hotelangestellten aus Abbazia zum Galan der gefeierten Künstlerin zu wandeln, ist wohl ganz nach seinem Geschmack. Ich fand, als ich mit den Brüdern gefrühstückt und Karten gespielt habe, den mittleren Bruder am wenigsten unsympathisch, allerdings recht eitel. Aber wenn er nach den höchsten Kreisen der künstlerischen Elite strebt, gehört das wohl dazu.«

»Nur, ob das etwas mit dem Mord im Zug oder im Hotel Adria zu tun hat, ist mehr als fraglich.«

»Das ist allerdings wahr. Behalten wir es im Hinterkopf.«

Die beiden hörten Schritte auf dem Parkett und schauten zur Tür.

Ivana erschien. »Herr Inspector, es ist eben ein Telegramm aus Wien für Sie abgegeben worden.«

Bruno schnellte hoch. »Aus Wien? Geben Sie her! Vielen Dank, Ivana.«

Ivana und Materazzi sahen Bruno gespannt an, während er die Zeilen las.

»Das Telegramm ist von Inspector Speyer vom Wiener k.k. Polizeiagenteninstitut. Er antwortet auf mein Telegramm von heute früh.«

»Bestimmt sind das hochinteressante Nachrichten aus der Hauptstadt«, sagte eine amüsierte Stimme.

Bruno war ein bisschen überrumpelt, als Emilio wie aus dem Nichts am Türstock lehnte. Bruno hatte seinen Kollegen nicht kommen gehört, so sehr war er von der Lektüre in Beschlag genommen gewesen. Aber Materazzi und Ivana war es wohl wie ihm ergangen.

»Signor Pittoni, jetzt hab ich mich erschreckt«, sagte Ivana.

Emilio suchte Blickkontakt mit Bruno. »Wie kommen die Untersuchungen im Südbahnmord voran?«

»Schleppend.«

»Das ist das Los des tüchtigen Polizisten, jeder Erfolg muss hart erkämpft werden.«

»Du sagst es.«

»Aber ich habe dir ein bisschen unter die Arme gegriffen, Herr Kollege.«

»Ach, und wodurch?«

»Du suchst nach den beiden Brüdern Meinrad und Joseph Kestranek, wie ich beiläufig vernommen habe.«

»Das ist korrekt.«

»Ich war gerade in der Nähe, deswegen habe ich dem Hotel de la Ville einen Besuch abgestattet.«

»Hast du Meinrad Kestranek angetroffen?«, fragte Bruno aufgebracht.

»Nicht nur das, ich habe mit dem Herrn ein freundliches Gespräch geführt.«

»Ist er im Hotel?«

»Wo denkst du hin, werter Herr Kollege? Ich habe Herrn Kestranek gebeten, mit mir einen Spaziergang zu unternehmen, wozu der Mann gern bereit war. Er harrt im Wartezimmer auf dein gefälliges Erscheinen und die Unterredung, die du mit ihm zu führen wünscht.«

Bruno nickte seinen wie immer ein bisschen geringschätzig lächelnden Kollegen zu. »Emilio, du bist eine Kanone! Vielen Dank. Materazzi, kommen Sie, wir sprechen gleich mit Herrn Kestranek.«

Conrad Speyer sortierte die Akten und vermerkte deren Aktenzeichen auf einer Liste. Natürlich musste alles mit rechten Dingen zugehen. Was er vorhatte, war ein unübliches Unterfangen. Die Telegramme aus Triest hatten im k.k. Polizeiagenteninstitut für einige Aufregung gesorgt. Zwei Morde in so kurzer Zeit, und beide standen offensichtlich in Zusammenhang mit der Tötung von Henriette Hohenau. Die Triester Kollegen hatten gebeten, ihnen diverse Untersuchungsberichte zukommen zu lassen. Also hatte Speyer in der Direktion um Erlaubnis angefragt, persönlich den Transport zu überwachen. Immerhin befanden sich in dem Konvolut wichtige Informationen, die er selbst und sein Adjutant Weber in mühevoller Arbeit gesammelt hatten. Sowohl der Oberinspector als auch die Kanzlei der Polizeidirektion hatten um die Mittagszeit die Fahrt nach Triest genehmigt, also hatte Speyer die zu überstellenden Berichte eigenhändig ausgewählt und reisefertig gemacht.

Es klopfte an der Tür seines Bureaus. »Herein!«

Polizeiagent Weber trat ein, sein Blick fiel auf den Aktenstapel. »Schaut nach schwerer Kost aus.«

Speyer trat einen Schritt zurück und nickte. »Nun, der Koffer wird einiges wiegen. Es ist doch recht viel Papier. Dann noch mein persönliches Gepäck. Vielleicht sollte ich einen Dienstmann rufen.«

»Ich kann zum Bahnhof kommen.«

»Haben Sie das Billett?«

Weber griff in seine Sakkotasche. »Wie gewünscht, Herr Inspector. Allerdings habe ich kein Bett mehr in der zweiten Klasse gekriegt, Sie müssen leider erster Klasse reisen.«

»Waren alle Plätze schon reserviert?«

»Ja. Der Mann am Schalter hat lange telephonieren müssen, um herauszubekommen, ob noch ein Platz in der ersten Klasse frei war.«

Speyer zuckte mit den Achseln. »So kurzfristig muss man nehmen, was man kriegt.«

»Dennoch rumpeln auch Waggons erster Klasse. Haben Sie Ohrenstöpsel gegen den Lärm?«

»Hier nicht, ich war ja noch nicht zu Hause, um zu packen. Aber selbstverständlich habe ich welche, bin ja nicht zum ersten Mal mit dem Schlafwagen unterwegs.«

Weber legte das Couvert mit dem Billett neben die Akten. Er grinste schief. »Was wird denn die Frau Gemahlin dazu sagen, wenn Sie kurzerhand an die schöne Adria fahren?«

Speyer lächelte. »Na, sie wird mir die Ohren lang ziehen, weil ich nicht zwei Billetts besorgt habe. Wir waren noch nie in Triest. Bislang bin ich mit dem Schlafwagen ja immer nur nach Lemberg auf Verwandtenbesuch gefahren. Oder einmal nach Debrezin zu einem Kongress.« Speyers Lächeln verschwand mit einem Mal. »Aber natürlich wird das keine Vergnügungsfahrt, Weber. Dafür sorgen allein die Akten.«

»Haben Sie das Telegramm nach Triest bereits abgeschickt?«

»Freilich. Inspector Zabini müsste zur Stunde schon Bescheid wissen.«

»Ich hätte auch nichts gegen eine Fahrt ans Meer. Ich war schon einmal an der Adria. Vor zwei Jahren habe ich meine Eltern zur Sommerfrische nach Abbazia begleitet.«

»Ich kann mich erinnern, dass Sie nach dem einwöchigen Aufenthalt von nichts anderem gesprochen haben als vom Meer, der guten Luft und dem köstlichen Essen. Ach ja, von den hübschen Fräuleins im Quarnero haben Sie auch geschwärmt. Aber, Weber, Triest ist nicht Abbazia, Triest ist eine Großstadt mit dem wichtigsten Hafen der Monarchie, mit Fabriken, Lagerhallen und Zinskasernen, während Abbazia ein Kurort der Hautevolee ist.«

»Dennoch würde ich Triest gerne einmal besuchen.«

Speyer griff nach seinem am Kleiderhaken hängenden Sakko. »Ich werde Ihnen eine Ansichtskarte schreiben, Weber. Machen Sie die Akten frachtfertig. Der Koffer muss verschlossen sein, und vergessen Sie nicht, den Schlüssel mitzubringen. Ich begebe mich nach Hause, um meine Siebensachen zu packen. Um halb sechs Uhr treffen wir uns in der Halle am Südbahnhof.«

»Jawohl, Herr Inspector.«

Langsam schwammen ihm die Felle davon, so fühlte es sich für Bruno an. Er hatte jetzt mit allen drei Brüdern gesprochen, mit dem jüngsten zwar noch vor dem Mord im Hotel Adria, aber er hatte keine Lücken in deren Aussagen gefunden. So marschierte er mit Wut im Bauch durch die Straßen seiner Heimatstadt. Entweder hatten die Herren tatsächlich nichts mit den Morden zu tun oder sie hatten sich verschworen und hielten dicht. Wem traute er die Morde zu? Keinem oder allen gleichermaßen? Was, wenn jeder der drei einen Mord ausgeführt hatte, der von den anderen völlig unabhängig war? Es war zum Aus-der-Haut-Fahren.

Er hatte Meinrad Kestranek nach der Befragung zwar wie seinen Bruder Eduard verpflichtet, vorläufig die Stadt nicht zu verlassen, aber er hatte einfach keine Handhabe, den Mann einzusperren. Für den Mord an seiner Großtante hatte er jenes Alibi serviert, das auch vor den gestrengen Augen der Wiener Kollegen standgehalten hatte, den

Mord während der Bahnfahrt hatte er kategorisch abgestritten und behauptet, vom Gepäckwaggon am Ende des Zuges gar nichts gewusst zu haben, und für den Mord an seiner Tante im Hotel Adria hatte er auch ein Alibi vorgewiesen. Er hatte ein Konzert im Teatrino Excelsior di Barcola besucht, bei dem Stücke von Johann und Eduard Strauß sowie von Giuseppe Verdi zur Aufführung gebracht worden waren.

Dass Meinrad Kestranek freiwillig zur Polizei gekommen war und aus freien Stücken offen und ehrlich Rede und Antwort gestanden hatte, konnte nicht übergangen werden. Das war ein Zeichen von Kooperation, das Bruno als Polizist nicht ignorieren konnte, selbst wenn Zweifel an ihm nagten.

Eines war Bruno bei der Vernehmung aufgefallen. Und zwar jenes in eitle Überheblichkeit driftende Selbstbewusstsein des Mannes, als er über seine Beziehung zu Isabelle de Nicolay gesprochen hatte. Auch hatte er alle Fragen Brunos diesbezüglich als geradezu impertinent abgetan. Es gehe doch die Polizei nichts an, wem er Blumen und Schmuck schenkte und mit wem er zum Diner ging.

Wie alle treuen Besucher des Teatro Verdi hatte Bruno die Primadonna schon singen gehört, und wie das gesamte Theaterpublikum in Triest kannte Bruno so manche Geschichten, die sich um das Leben und Wirken der atemberaubend schönen Sängerin rankten. Schon ihre aus Venedig stammende Mutter war Sängerin, ihr Vater war ein Pianist und Dirigent aus Paris. Während eines Gastspiels hatte sich das Paar gefunden und bald danach geheiratet. Der Ehe waren drei Kinder entsprungen, die allesamt musikalische Begabung zeigten. Die Tochter Isabelle hatte in Paris, Florenz und Mailand ihre musikalische Ausbildung absolviert und war mit ihren Eltern und den beiden älteren Brüder schon in jungen Jahren auf Tourneen quer durch Europa unterwegs gewesen. Seit drei Jahren gehörte die achtundzwanzigjährige Isabelle de Nicolay zum Ensemble des Teatro Verdi, gab aber immer wieder Gastspiele in der gesamten Monarchie sowie in Italien und Frankreich.

Bruno ging die Via Stadion entlang und näherte sich dem Giardino Pubblico. Die Primadonna bewohnte eine Beletage in der Via del Molino grande mit Blick auf die Bäume des Volksgartens, in Sichtweite des Caffè Milano. Wann war er das letzte Mal mit seinem langjährigen Freund Lionello zum Billard in seinem Stammcafé gewesen? Bruno schob die Frage zur Seite, betrat das Haus und nahm die Treppe. Vor der frisch lackierten und mit Messing kunstvoll beschlagenen Tür nahm er Haltung an, richtete die Krawatte, strich das Sakko glatt und zog an der Glockenschnur. Vernehmlich schlug nur ein kleines Glöckchen an, wohl kaum laut genug, um in den hinteren Räumen der Beletage hörbar zu sein. Nur wenige Augenblicke später öffnete das Zimmermädchen.

»Guten Tag, Signore.«

Bruno wies seine Kokarde vor. »Guten Tag, mein Name ist Inspector Zabini. Ist Signora de Nicolay zugegen? Ich wünsche sie zu sprechen.«

»Welche Angelegenheit darf ich der Signora melden?«

»Melden Sie bitte eine polizeiliche Angelegenheit.«

Das Fräulein machte einen Knicks und ließ Bruno eintreten. Während es in der Wohnung verschwand, wartete er den Hut in Händen haltend. Nach rund fünf Minuten wurde er langsam ungeduldig, Primadonna hin oder her, wenn zwei Körper im Leichenhaus moderten, wartete er nicht gern über Gebühr. Schließlich erschien das Zimmermädchen.

»Die Signora lässt bitten.«

»Danke.« Bruno folgte dem Fräulein, durchmaß den opulent ausgestatteten Salon, eine wohl bestückte Bibliothek und wurde in das Musikzimmer geführt. Die Primadonna hatte neben einem Bösendorfer-Flügel Aufstellung genommen. Sie war in ein bodenlanges Hauskleid aus buntem Stoff und darüber einen Morgenmantel mit Spitzen gekleidet, ihr Haar trug sie offen in voller Pracht und Üppigkeit. Beim Fenster stand sittsam eine Coiffeuse. Die Profession der jungen Frau erkannte Bruno an der Kleidung und einer Bürste, die in der Schürzentasche sichtbar war. Wahrscheinlich hatte Bruno die Primadonna bei der Haarpflege gestört.

»Guten Tag, Signore«, grüßte de Nicolay, über den unangemeldeten Besuch sichtlich wenig amüsiert.

»Guten Tag, Signora. Ich bitte mein überraschendes Erscheinen und die Störung zu entschuldigen.«

»Sie wollen mich in einer polizeilichen Angelegenheit sprechen?«, fragte sie beinahe pikiert über derlei banale Dinge.

»In der Tat, das ist mein Anliegen.«

»Ist irgendetwas vorgefallen, was Sie mir zu berichten haben? Im Teatro etwa?«

Bruno ließ sich von der Schönheit der Sängerin nicht blenden, vom Wohlklang ihrer Stimme nicht verzaubern und vom Ärger in ihrer Miene nicht einschüchtern. Das hier war seine Bühne. Seine Stimme war nicht zu laut und rau, aber sie war auch nicht leise und unterwürfig, er formulierte deutlich und verzog dabei nicht ein bisschen seine Miene. »Signora, meine Tätigkeit als Polizist inkludiert nicht die Verpflichtung zum Botendienst, im Gegenteil, man trägt mir Berichte zu, deren kriminalistische Auswertung meiner Verantwortung obliegt.«

Bruno sah es der Primadonna an, dass sie angesichts der wortgewandten und unerschrockenen Gegenrede aufhorchte und den Gast in ihrer Beletage erstmals wirklich wahrnahm.

»Wie war noch einmal Ihr Name?«

»Bruno Zabini.«

»Ach ja, Anna hat ihn erwähnt. Was ist Ihr Dienstgrad?«

»Ich bin Inspector I. Klasse des k.k. Polizeiagenteninstituts.«

De Nicolay hob die linke Augenbraue. »Ja, was ist denn das für eine bizarre Benennung einer Polizeidienststelle? Seit ich mich in Triest aufhalte, habe ich so manche Skurrilität dieses Landes kennengelernt. Aber Agenteninstitut? So etwas kann wohl nur österreichischen Beamten einfallen.«

»Signora de Nicolay, wenn Sie Beschwerde über die Namensgebung der kommunalen oder landesweiten Behörden erheben wollen, bitte ich Sie, sich an die Polizeidirektion zu wenden. Öffentliche Sprechstunden werden abgehalten.«

Die Andeutung eines Schmunzelns huschte über ihr Gesicht. »Sie parieren beherzt, Signore.«

Bruno wiegte entschuldigend den Kopf. »Signora, wenn es meine Zeit und Belange erlaubten, stünde ich liebend gern für weiteres Parlieren und Parieren zur Verfügung.«

Sie musterte ihn von Kopf bis Fuß. »Sie sind also in Eile, Signor Zabini?«

»Leider ja.«

»Schade. Denn just in dieser Nachmittagsstunde beliebe ich eine Tasse Tee zu mir zu nehmen. Bei meinem Aufenthalt in London vor zwei Jahren habe ich mir diese britische Sitte zu eigen gemacht. Ein Nachmittag ohne Tee ist wie ein verlorenes Buch, das man noch gerne gelesen hätte. Wollen Sie mir die Freude erweisen, mir Gesellschaft zu leisten?«

Bruno schluckte unmerklich. Wahrscheinlich würde er schneller und leichter mit der Primadonna ins Gespräch kommen, wenn er nicht hier und jetzt auf die Beantwortung seiner Fragen drängte. Also Tee mit Isabelle de Nicolay. »Signora, wenn ich es mir recht überlege, sollte ich als österreichischer Beamter standesgemäß nicht auf ungesunde Eile drängen. Es wäre mir eine außerordentliche Ehre, mit Ihnen Tee zu trinken.«

De Nicolay lächelte und nickte Bruno zu. »Erfreulich, Signore, sehr erfreulich. Darf ich Sie bitten, im Salon Platz zu nehmen? Ich muss mich dem Anlass entsprechend bekleiden. Anna, führen Sie bitte unseren Gast in den Salon und bereiten Sie Tee zu. Ist Assam genehm, Signore?«

»Oh, ich schätze das gehaltvolle und kräftige Aroma dieser Sorte sehr.«

»Anna, bitte eine Kanne.«

Luigi nahm bei jedem Schritt zwei Treppen auf einmal, er flitzte die Stockwerke empor, zog den Hut vom Kopf und betrat die Kanzlei. »Guten Tag, Ivana. Ist Inspector Zabini im Haus?«

Die Schreibkraft schaute von ihrer Arbeit hoch. »Nein, er ist vor einer Viertelstunde gegangen. Sie haben ihn knapp verpasst.«

»Und Inspector Jaunig?«

»Auch außer Haus.«

»Signor Materazzi?«

»Alle Vögel sind ausgeflogen.«

»Verflixt.«

»Haben Sie eine dringende Nachricht für die Herren?«

Luigi kaute auf seiner Unterlippe. »Ich weiß nicht, ob sie wichtig ist, vielmehr habe ich gehofft, der Herr Inspector würde es mir sagen.«

»Er ist zu einer Befragung von Signora de Nicolay aufgebrochen.«

»Der Primadonna?«

»Ja. Ich habe hier die Adresse notiert.« Ivana zog aus der Fülle der Papiere auf ihrem Tisch einen Bogen. »Ich musste die Adresse für Inspector Zabini heraussuchen, deswegen habe ich sie hier.«

»Lassen Sie sehen! Via del Molino grande. Das ist nicht so weit.« Luigi blickte kurz zum Fenster und überlegte. »Ich werde einfach hingehen, vielleicht treffe ich ihn unterwegs. Wenn er in der Zwischenzeit wieder auftaucht, richten Sie ihm bitte aus, dass ich in spätestens einer Dreiviertelstunde wieder hier bin.«

Ivana schaute auf die Pendeluhr in der Ecke. »Gut, das werde ich ihm sagen.«

»Danke, Ivana. Bis später.«

Luigi flitzte die Treppe ebenso schnell hinab wie zuvor hinauf.

Bruno versuchte, geduldig zu bleiben, was keine leichte Aufgabe war. Seit fast zehn Minuten saß er im Salon und ließ unaufhörlich seinen Blick von einem prächtigen Gemälde zum nächsten, von diesem kostbaren Kunstgegenstand zu einem anderen schweifen. Er verglich die spartanische Schlichtheit seiner beiden Kammern im Hinterhaus mit dem üppigen Prunk dieser Wohnung. Das war eine andere Welt. Signora de Nicolay war zweifellos eine wohlhabende

Frau und sie umgab sich offensichtlich gern mit kunstvollem Interieur. Luise war wohlhabend, doch bevorzugte sie sehr viel schlichteres und moderneres Mobiliar, in der Triester Wohnung ohnedies, aber auch in ihrer Villa in Sistiana. Nicht jeder Zoll an den Wänden ihres Landhauses war mit Bildern behangen. Hier stießen die Rahmen beinahe aneinander.

Bruno hörte Schritte auf dem Parkett, er erhob sich. Isabelle de Nicolay erschien in einem eleganten Kleid, sie war nun frisiert, hatte dezent Schminke aufgetragen und trug stilvollen Silberschmuck.

»Signore, hoffentlich habe ich Sie nicht zu lange warten lassen. Bitte nehmen Sie sich doch Platz.«

Die Primadonna setzte sich ihm gegenüber und griff nach dem Tischglöckchen. Nur Augenblicke später öffnete das Zimmermädchen die Tür und servierte ein Tablett mit filigranem Porzellan. Chinesische Malerei verzierte das Service. Das Fräulein goss den Tee ein und zog sich mit einem Knicks zurück.

»Milch und Zucker?«

Bruno winkte ab. »Nein, danke, ich trinke den Tee klar und ungesüßt.«

»Wie Sie meinen. Ich mag den Tee britisch, mit Milch und einer Prise Zucker.«

Bruno nippte nur an dem Tee, um sich nicht Lippen und Zunge zu verbrühen. »Eine sehr aromatische Sorte.«

»Ich kaufe den Tee bei einem britischen Importeur. Kennen Sie die Teehandlung von Mister Hudson?«

Bruno nickte zustimmend. »Ja, kenne ich. Ich bin zwar ein notorischer Kaffeetrinker, aber ich habe in diesem Laden schon Tee gekauft.«

De Nicolay stellte ihre Tasse ab, legte ihre Hände in den

Schoß und warf Bruno einen aufwühlenden Blick zu. »Signor Zabini, Sie wirken auf mich gar nicht wie ein Polizist.«

»Ach nicht? Das ist aber meine Profession.«

»Vielleicht habe ich eine falsche Vorstellung, aber ich dachte immer, es gäbe nur drei Arten von Polizisten. Die erste Art besteht aus groben Flegeln, die einem Hühnerdieb allzu gerne eine Tracht Prügel verabreichen. Und die zweite Art sind ermüdend langweile Kanzleifliegen, die nur auf ihre Pensionierung hinarbeiten. Und die dritte Art sind jene wendigen und agilen Männer, die tagein, tagaus dem nächsten Schmiergeld hinterherjagen.«

Bruno streckte den Rücken. »Signora, vielleicht ist Ihre Sicht auf die Welt zumindest in dieser Angelegenheit ein wenig zu eindimensional. Aber ich bin nicht zu Ihnen gekommen, um über Ihr Weltverständnis zu reflektieren, sondern in einer tatsächlich brisanten polizeilichen Untersuchung.«

De Nicolay schien ihn gar nicht gehört zu haben. »Ich versuche gerade eine Lebensgeschichte zu erfinden, die zu Ihnen passt.«

Bruno begann zu bereuen, dass er sich auf die Teepause eingelassen hatte. »Ich habe auch eine Geschichte parat, diese ist allerdings nicht erfunden.«

Die Primadonna kniff die Augen zusammen, ohne den Blick von ihm zu wenden, langte sie nach der Tasse. »Sie sind ein akademisch gebildeter Abenteurer, der sich in Triest für eine Expedition in den afrikanischen Dschungel ausrüstet. Ihr Ziel ist es, mit dem Boot den Congo bis zu dessen Quelle emporzufahren, um dort die Reste einer versunkenen Kultur zu finden. Ja, für mich sind Sie ein Archäologe, der in Hörsälen der Universität genauso zu Hause ist wie in einem Paddelboot in Afrika, Sie kämpfen mit den Waffen des Intellekts gegen den Ungeist überkommener akademischer Kreise ebenso wie mit dem Jagdmesser gegen Krokodile und Leguane. Sie fürchten weder den Biss einer Schlange noch die urwüchsige Schönheit einer dunkelhäutigen Prinzessin.«

Bruno war jetzt doch überrascht. »Signora, Sie haben eine blühende Phantasie. Und ich muss gestehen, Ihre Geschichte gefällt und schmeichelt mir.«

De Nicolay nahm einen Schluck. »So wie Sie sich bewegen und sprechen, wie Sie den Raum mit Ihrer Präsenz erfüllen, müssten Sie ein Schauspieler sein, der sich auf die Rolle des ebenso ehrbaren wie kampferprobten Ritters spezialisiert hat. Sind Sie ein Kämpfer, Signor Zabini?«

»Nein. In meinem Beruf kann ich zwar Konfrontationen nicht aus dem Wege gehen, aber ich trachte tunlichst danach, diese niemals in einen Kampf ausarten zu lassen.«

»Ein Mann Ihrer Erscheinung und Statur sollte wohl auf die Bühne. Vielleicht kann ich es einrichten, dass man Sie als Komparse einstellt. Mit dieser Stimme könnten Sie wohl auch Texte rezitieren. Können Sie singen, Signor Zabini?«

Bruno nahm ebenso einen Schluck Tee, fixierte die Primadonna scharf und antwortete nicht. Der Blick der Primadonna hing im Nirgendwo, sie war in ihre Gedanken versunken. Wie konnte er sie zurück an den Tisch holen? Bruno räusperte sich vernehmlich. »Signora?«

Sie tauchte aus ihren Gedanken hoch. »Ja, Signore?«

Bruno wartete, bis sie ihn direkt anschaute. »Signora de Nicolay, haben Sie Meinrad Kestranek zu mehreren Morden angestiftet?«

Die Primadonna schien ihren Ohren nicht zu trauen, ihre Miene verriet Verstörung. »Zu welchen Morden denn? Und wieso Meinrad?«

»Kennen Sie den Mann?«

»Natürlich kenne ich ihn. Er hat lange genug versucht, meine Aufmerksamkeit zu erwecken.«

Was ja wohl gar nicht so leicht war, wie Bruno dachte, aber nicht aussprach. »Wann haben Sie Herrn Kestranek zuletzt gesehen?«

»Zuletzt? Hm, wann war das? Natürlich, nach der letzten Aufführung haben wir im Kreise der Kollegenschaft diniert.«

»Herr Kestranek hat Ihnen Blumen geschickt, wie ich gehört habe.«

Sie fing sofort Feuer und lächelte strahlend. »Ist das nicht hinreißend, sehr romantisch sogar. Als ich in die Garderobe gekommen bin, duftete es wie in einem Gewächshaus. Die bunte Pracht der Blumen hat mein Herz berührt, das muss ich offenbaren. Ich bin mir sicher, dass ich wegen dieser Rührung danach auf der Bühne förmlich aus mir herausgetreten bin. Ich habe nicht gesungen, ich war der Gesang. Die Ovationen wollten und wollten nicht enden. Das war wirklich erhebend, diese Aufführung werde ich lange nicht vergessen.«

»Hat Herr Kestranek Ihnen an diesem Abend Schmuck geschenkt?«

»Oh ja, sehr geschmackvollen im Übrigen«, sagte de Nicolay, erhob sich und holte vom Kaminsims eine Schatulle. »Sehen Sie nur, Signor Zabini, diese wunderschöne Schatulle hat er mir geschenkt. Doch damit nicht genug, die Schatulle war mit elegantem Geschmeide gefüllt. Sehen Sie. Ist das nicht hinreißend schöner Goldschmuck?« Sie öffnete den Silberbehälter und zeigte auf eine Kette, zwei Broschen und Ohrringe. »Diese Schmuckstücke sind wohl in den Dreißigerjahren des vergangenen Jahrhunderts in

Böhmen gefertigt worden. Ich habe einen guten Blick für schöne Gegenstände. Meine ganze Liebe gilt historischem Schmuck.«

Bruno prägte sich die Kostbarkeiten so gut er konnte ein. »In der Tat, herrliches Geschmeide. Herr Kestranek hat mir gesagt, dass er Schatulle und Schmuck in Wien bei mehreren verschiedenen Juwelieren gekauft hat.«

Sie nickte und legte Bruno ihre Hand auf die seine. »Ja genau. Er hat, wie er mir beim Essen anvertraut hat, tagelang in Wien nach passenden und würdigen Geschenken für mich gesucht. Ich war verzaubert, der liebe Meinrad hat sich solche Mühe gegeben, mir eine Freude zu machen. Das ist wohl gelungen. Ich bin wirklich entzückt.«

»Das freut mich für Sie, Signora de Nicolay«, sagte Bruno und lehnte sich zurück.

Er strich im Kopf die Primadonna von der Liste der Verdächtigen. Dieses feenhafte Wesen lebte in einer eigenen, sehr schönen Welt. Musik, Kunst, Dichtung, edler Schmuck, festliche Kleider und galante Menschen bevölkerten ihren Kosmos, in dessen Mitte sie selbst schwebte. Sie war ein phantasiebegabtes Fräulein in einem von Gott persönlich gesegneten Körper mit goldener Kehle. Fünfzehn Jahre Polizeidienst wären völlig umsonst gewesen, wenn er sich in dieser Einschätzung täuschen würde. Nein, Bruno war sich sicher, Isabelle de Nicolay wusste nicht mehr über die Morde, als sie eben gesagt hatte.

Er stellte die Teetasse ab und erhob sich. Sie tat es ihm gleich.

»Signora, haben Sie vielen Dank für die überaus freundliche Einladung zum Tee und die erbauliche Konversation.«

»Müssen Sie denn schon gehen, Signor Zabini?«

»Leider ja, der Dienst ruft.« Er leistete den Handkuss. »Meine höchste Verehrung, Signora. Ich freue mich heute schon, Ihnen im Teatro Verdi in einer Ihrer Glanzrollen lauschen zu dürfen.«

Diesen Satz sagte Bruno nicht nur aus Gründen der Höflichkeit, er freute sich wirklich auf die nächste Opernvorstellung.

Luigi schaute auf seine Uhr. Fast eine halbe Stunde wartete er jetzt schon am Rande des Giardino Pubblico. Hatte er den Inspector verpasst? Sollte er zurück in die Kanzlei? Er war sich noch unschlüssig. Da verließ ein Mann das Haus und marschierte zügig los. Luigi eilte über die Fahrbahn. »Herr Inspector!«

Bruno schaute nach links und hielt inne. »Luigi, hast du auf mich gewartet?«

»Ja, Ivana hat mir gesagt, dass Sie hier sind.«

»Hast du etwas für mich?«

»Könnte sein. Ich wollte es Ihnen schnellstmöglich sagen, weil ich nicht genau weiß, ob es wichtig ist.«

»Hast du noch einen Weg zu erledigen?«

»Ich wollte zurück in die Kanzlei.«

»Gut, dann können wir beim Gehen reden.«

»Ja.«

Sie überquerten die Fahrbahn und schritten die Via Stadion stadteinwärts.

»Also, Luigi, was hast du ermittelt?«

»Ich weiß jetzt, wo Ottilie Gomperz übernachtet.«

»Sehr gut. Und wo?«

»Im Auswandererheim der Austro-Americana. Ich habe

den Namen auf einer der Gästelisten der Beherbergungsbetriebe gefunden. Daraufhin bin ich gleich da hingefahren, aber ich habe sie leider nicht angetroffen. Immerhin fand ich heraus, dass sie ihr Quartier noch nicht verlassen hat und sich wohl gegen Abend dort wieder einfinden wird.«

»Sie ist also in Chiarbola.«

»Soll ich noch einmal hinfahren und auf das Fräulein warten?«

»Nein, Luigi, du gehst zurück in die Kanzlei und machst mit der Aktenarbeit weiter. Ich nehme die Elektrische.«

Bis zu eintausendfünfhundert Personen fasste der Gebäudekomplex, den die Schifffahrtsgesellschaft gekauft hatte. Bruno las in der Zeitung immer wieder Artikel über die Auswanderung nach Amerika. Seit Jahrzehnten nutzten Millionen Europäer die Dampfschiffe des Transatlantikdiensts. Nach ein paar Tagen auf hoher See war man in Amerika, die Einreiseformalitäten der Vereinigten Staaten waren keine Hürde, so gelangten die Menschen in die Neue Welt und konnten ein neues Leben beginnen. Zumindest war das der Traum der Millionen Auswanderer, Bruno hatte aber auch gelesen, dass es in den Städten der amerikanischen Ostküste immer wieder zu sozialen Krisen kam. Viele Immigranten flohen vor prekären Lebensverhältnissen aus ihrer europäischen Heimat und fanden sich jenseits des Atlantiks in ebensolchen wieder. Viele zogen daher weiter in das Landesinnere. In jedem Fall bot die Austro-Americana den Auswanderern aus Österreich-Ungarn die Möglichkeit zur Überfahrt, sodass die Menschen nicht nach Hamburg, Bremen oder Le Havre reisen mussten. Für die Schifffahrtsgesellschaft war das offenbar ein rentables Geschäft, anderenfalls würde sie nicht eine derart große Herberge betreiben können.

Bruno näherte sich dem Auswandererheim. Die Straße war voll von Menschen mit Gepäck. Viele warteten bei der Tramhaltestelle, manche bestiegen Fuhrwerke, viele gingen zu Fuß. Er entdeckte zwei Polizisten, die in einiger Entfernung das Treiben bewachten. Bruno kannte einen der Männer und ging auf sie zu.

»Guten Abend.«

»Guten Abend, Herr Inspector.«

»Was ist denn das für ein Auflauf?«

»Um zehn Uhr abends legt die Gerty ab. Die Passagiere müssen sich einschiffen.«

»Ich verstehe. Wohin soll die Reise gehen?«

»Zielhafen ist Brunswick in den USA.«

»Und alles ruhig?«

»Bisher keine nennenswerten Vorfälle.«

Bruno schaute sich in der Menschenmenge um. Wenn Ottilie Gomperz sich inmitten der Masse aufhielt, würde er sie niemals entdecken. Er wusste schließlich nicht, wie sie aussah, und junge Frauen um die zwanzig gab es hier so manche.

»Können wir irgendwie behilflich sein, Herr Inspector?«

Bruno nickte dem Mann zu. »Vielen Dank, vorerst nicht. Ich muss mich nur ein bisschen umsehen.«

»Wenn etwas anfällt, wissen Sie ja, wo Sie uns finden.«

Bruno bedankte sich, betrat das Gebäude und wandte sich an die Kanzlei. Wenig später ging er durch die Gänge und suchte nach dem angewiesenen Schlafsaal. Die Tür stand offen, Bruno schaute in den Raum und zählte zwanzig Betten. Eine ältere Frau war damit beschäftigt, die Überzüge einiger Betten einzusammeln. Offenbar waren mehrere Plätze frei geworden. Auf der Fensterseite des Raumes saßen vier junge Frauen beisammen und unterhielten sich, auf der anderen Seite hielten sich drei Frauen mit fünf Kindern auf, die eben ihr Abendessen einnahmen und lachten. Die Älteste der drei, wohl die Großmutter der Kinder, schnitt Brotscheiben von einem Laib und verteilte sie.

»Entschuldigen Sie bitte die Störung«, rief Bruno in den Saal. »Ist hier Ottilie Gomperz anwesend?«

»Mein Herr, das ist ein Frauensaal! Sie dürfen hier nicht herein«, rief die ältere Frau.

»Das weiß ich, ich bitte um Nachsicht und ich werde Sie auch nicht weiter behelligen. Ich suche nach Fräulein Gomperz. Mein Name ist Inspector Zabini, ich bin von der Polizei.« Bruno wies seine Kokarde vor.

Die Frauen und Kinder starrten ihn wortlos und nicht wenig eingeschüchtert an.

Bruno wandte sich den vier jungen Frauen beim Fenster zu. »Ist jemand von Ihnen Ottilie Gomperz? Ich habe nur ein paar Fragen.«

Eine der vier erhob sich. »Das bin ich.«

Bruno mustere die blonde Frau, die in schlichte Alltagskleidung gehüllt war. »Ich bin sehr erfreut, Ihre Bekanntschaft zu machen, Fräulein Gomperz. Darf ich Sie bitten, vor den Saal zu kommen, damit wir uns unterhalten können und wir hier niemanden stören?«

Sie war sich unschlüssig, ob sie mitgehen sollte, und schaute fragend zu ihren Freundinnen, die ihr zunickten. Ottilie strich sich über die Kleidung. »Gut, ich komme.«

Bruno führte Ottilie bis an das Ende des Ganges zum Fenster. Er schaute ihr nun aus der Nähe ins Angesicht. Sie war merklich angespannt und nervös.

»Fräulein Gomperz, ich bin zwar von der Polizei, aber Sie brauchen vor mir keine Angst zu haben. Ich will Ihnen nur ein paar Fragen stellen.«

»Ist irgendetwas vorgefallen?«

Er lächelte ihr vertrauensstiftend zu. »Keine Sorge, ich beiße nicht. Fräulein Gomperz, darf ich Sie Ottilie nennen?«

»Äh, ja.«

»Verehrte Ottilie, meines Wissens waren Sie das Zimmermädchen von Henriette Hohenau. Ist das korrekt?«

»Ja.«

»Wie lange haben Sie für Frau Hohenau gearbeitet?«

»Zwei Jahre.«

»Haben Sie sich im Dienst der Dame wohlgefühlt?«

»Im Großen und Ganzen ja. Frau Hohenau war stets sehr freundlich zu mir.«

»Sind Ihnen die Wohnung und der Hausrat von Frau Hohenau vertraut?«

»Natürlich, nach zwei Jahren kennt man alles.«

»Und wie war Ihre Unterkunft?«

»Gut. Ich habe eine schöne Kammer gehabt.«

»Konnten Sie diese auch versperren?«

»Zum Glück ja.«

»Das ist schön. Ein Fräulein braucht auch manche Stunden für sich allein, da ist es vorteilhaft, wenn man eine gute Kammer hat.«

»Jawohl, Herr Inspector.«

»Ist Ihnen ein Mann namens Lubomír Pospischil bekannt?« Es war nicht zu übersehen, dass allein die Nennung des Namens ihrer Stimmung nicht zuträglich war.

»Natürlich, Herr Lubomír war der Kammerdiener von Frau Hohenau.«

»Sie haben also zwei Jahre mit Herrn Lubomír zusammengearbeitet. Wie war denn das für Sie?«

»Er hat mich immer wieder herumkommandiert, ich war ja nur das Zimmermädchen. Deswegen bin ich ihm nach Möglichkeit aus dem Weg gegangen. Wenn er ein Zimmer betreten hat, habe ich es verlassen.«

»Hat er sich Ihnen gegenüber ungebührlich verhalten?«

Sie wirkte mehr als nur verlegen. »Was meinen Sie damit?«

»Hat er Ihnen nachgestellt?«

Sie knetete ihre Hände. »Wieso wollen Sie das wissen?«

»Weil ich Polizist bin und solche Dinge wissen muss.«

»Also … das ist mir peinlich.«

»Bitte, Ottilie, das muss es Ihnen nicht sein, wie gesagt, ich bin Polizist, Sie können sich mir anvertrauen.«

Sie nickte Bruno zu. »Ja, er hat mir nachgestellt und mich immer wieder begrapscht. Ich habe dutzendmal gesagt, er soll das bleiben lassen.«

»Haben Sie sich Frau Hohenau diesbezüglich anvertraut?«

Sie schaute Bruno erschrocken an. »Wie bitte? Der Herrin? Aber nein, das wäre mir furchtbar unangenehm gewesen. Wahrscheinlich hätte ich meine Stellung verloren.«

Bruno schaute einen Augenblick zum Fenster hinaus. Ein Mann mittleren Alters betatscht ein Fräulein, aber ebenjenes Fräulein muss befürchten, deswegen ihren Arbeitsplatz zu verlieren. So war die Welt, in die er hingeworfen worden war. Würde sich diese Ungerechtigkeit irgendwann ändern? Er wusste es nicht.

»Herr Lubomír ist auch in Triest«, sagte Ottilie.

Bruno kniff die Augen zusammen. »Woher wissen Sie das?«

»Ich habe ihn im Zug gesehen.«

»Erzählen Sie mir die Begebenheit genau, liebe Ottilie.«

»Ich bin am Samstag mit dem Frühzug von Wien nach Triest gefahren. Schon am Bahnhof habe ich Herrn Lubomír gesehen, später auch im Zug. Er hat einen Waggon weiter gesessen.«

»Hat er Sie gesehen?«

»Ich glaube nicht, ich wollte ihm nämlich aus dem Weg gehen und habe daher aufgepasst.«

»Wissen Sie, warum Herr Lubomír nach Triest gefahren ist?«

»Nein, das weiß ich nicht.«

»Warum sind Sie in Triest?«

Wieder war sie sehr verlegen, schaute zum Fenster hinaus und schwieg.

»Werte Ottilie, bitte, Sie brauchen sich vor mir nicht zu schämen. Schauen Sie mich bitte an, schauen Sie mir in die Augen. Gut so. Ich will Ihnen helfen, aber dazu müssen Sie mit mir sprechen.«

Sie schluckte schwer. »Ich bin nach Triest gefahren, weil ich eine dumme Gans bin. War. Ich habe jetzt einiges begriffen.«

»Ottilie, ich habe heute mit Eduard Kestranek gesprochen. Ich weiß, dass Sie und Herr Eduard eine Liaison unterhalten. Das ist für mich die natürlichste Sache der Welt, Sie sind ein sehr hübsches Fräulein und Herr Kestranek ist ein überaus stattlicher Mann.«

»Die Liaison ist beendet, er hat mich hinausgeworfen. Ich fühle mich so dumm. Wie konnte ich ihm nur glauben?«

»Hat Eduard Ihnen die Ehe versprochen?«

»Nicht direkt versprochen, aber angedeutet. Er hat mich überredet, mit ihm nach Triest zu kommen. Da habe ich halt angenommen, er würde …«

»Haben Sie gedacht, er würde Ihnen in Triest einen Heiratsantrag machen?«

»Ja, schon.«

»Hat er es getan?«

»Nein, er hat mich einfach so ins Bett gezerrt. Auch während der Fahrt im Zug auf den Abort. Gestern hat er mich den ganzen Tag über in ein Zimmer gesperrt, er selbst war beim Barbier und beim Herrenausstatter. Wie ein Stück Vieh kommt man sich dabei vor. Deswegen habe ich mich geweigert, ihm zu Diensten zu sein. Woraufhin er mich aus seiner Wohnung geworfen hat. Also bin ich hier im Auswandererheim. Ich habe nicht gewusst, wohin ich sonst gehen sollte, ich kenne ja hier niemanden und Geld habe ich auch sehr wenig.«

»Weiß Herr Eduard, wo Sie sich gegenwärtig aufhalten?«

»Er weiß, dass ich die erste Nacht in Triest hier verbracht habe.«

Bruno atmete tief ein. Hier war Gefahr im Verzug. »Was wissen Sie über den sogenannten Südbahnmord?«

»Worüber?«

»In genau jenem Zug, mit dem Sie am Samstag nach Triest gefahren sind, wurde ein Mann ermordet.«

»Ach so, der Südbahnmord. Hier haben die Leute darüber gesprochen.«

»Haben Sie nicht die Zeitung gelesen?«

»Nein. Ich kann nicht Italienisch. Und Sie sagen, das war im Zug am Samstag?«

»Allerdings.«

»Das habe ich gar nicht mitbekommen. Ich habe so viel um die Ohren.«

»Ich verstehe, wie schwierig Ihre Lage ist.«

»Danke, Herr Inspector.«

»Tut es Ihnen gut, mit mir zu sprechen und die Last zumindest ein klein wenig loszuwerden?«

»Ja.«

Bruno lächelte gewinnend. »Na sehen Sie, ich will Ihnen nichts Böses, im Gegenteil, ich will Sie beschützen.«

»Vielen Dank, Herr Inspector.«

Seine Miene wurde wieder ernst. »Und um Sie zu beschützen, muss ich Ihnen die Wahrheit sagen, Ottilie. Sind Sie bereit?«

Sie schaute ihn wieder beunruhigt an. »Die Wahrheit?«

»Ja. Der Mann, der im Zug ermordet wurde, hieß Lubomír Pospischil.«

Sie zuckte wie von einer Wespe gestochen zurück. »Herr Lubomír?«

»Es hat noch eine zweite Leiche gegeben.«

»Wie bitte?«

»Ist Ihnen Ernestine Wenzel bekannt?«

»Frau Wenzel? Die Nichte der Herrin?«

»Kennen Sie sie?«

»Natürlich ist mir Frau Wenzel bekannt. Sie war wiederholt zu Besuch in Wien.«

»Frau Wenzel wurde gestern Abend getötet.«

Ottilie schlug die Hände vor dem Mund zusammen. »Um Gottes willen.«

Bruno fixierte sie. »Fräulein Gomperz, Sie müssen mit mir kommen. Packen Sie Ihre Sachen, ich bringe Sie fort.«

»Warum denn?«

Bruno ballte seine Hände zu Fäusten. »Da draußen treibt ein Mörder sein Unwesen. Sie sind hier nicht sicher.«

Fedora Cherini spülte das Geschirr. Ihre beiden Söhne hatten sich in ihr Zimmer zurückgezogen, um ihre Sachen für den morgigen Schultag zu packen. Zumindest hatte Fedora es ihnen aufgetragen, aber anhand des Gekichers und Gejohles nahm sie an, dass sie wieder Faxen machten. Doch sie wollte nicht intervenieren, sie musste auch noch Vorbereitungen treffen. Heute hatte sie den gesamten Nachmittag über an ihrer Singer Nähmaschine an zwei Kostümen gearbeitet und diese fertiggestellt. Morgen Nachmittag würden die Proben für die neue Inszenierung beginnen, da kämen sie zum Einsatz. Als die Buben vom Park nach Hause gekommen waren, hatte die Polenta schon auf dem Herd gestanden.

Der Beruf als Kostümbildnerin machte ihr mit jedem Monat mehr Freude. Die Arbeit am Politeama Rossetti mit seinem kreativen, manchmal chaotischen, immerzu energiegeladenen Ambiente war gänzlich anders als das Dasein einer von ihrem zur See fahrenden Ehemann vernachlässigten Hausfrau und Mutter. Sie bereute nicht, dieses Leben hinter sich gelassen zu haben. Natürlich war es schwer, als Mutter von zwei halbwüchsigen, sehr lebhaften Buben den Haushalt allein zu führen und jeden Monat alle Rechnungen zu begleichen, aber die gewonnenen Freiheiten und die Freunde am Theater machten die Mühe mehr als wett.

Es klopfte an der Tür. Fedora griff nach dem Handtuch und trocknete ihre Hände. Wer stand um diese Zeit vor der Tür? Sie erwartete keinen Besuch. War etwa Sergio gekommen? Sie öffnete.

»Guten Abend, Fedora. Verzeih bitte, dass ich unangekündigt bei dir klopfe.«

»Bruno, was für eine schöne Überraschung«, sagte Fedora und entdeckte eine junge Frau hinter ihm.

»Ich habe ein Anliegen.«

»Kommt erst einmal herein«, sagte Fedora und ging zur Seite.

Bruno ließ die unbekannte junge Frau vorangehen, die mit eingezogenem Kopf und verspannten Schultern über die Schwelle in die Küche trat. Sie trug Koffer und Korb bei sich. Bruno schaute noch hinter sich und folgte.

»Du hast einen Gast mitgebracht, mein Lieber. Willst du uns nicht bekannt machen?«

»Genau deswegen bin ich hier. Das Fräulein spricht kein Italienisch, also bitte in Deutsch«, sagte Bruno und wechselte die Sprache. »Das ist Ottilie Gomperz aus Brünn und unsere Gastgeberin heißt Fedora Cherini. Signora Cherini ist eine gute Freundin von mir, ich vertraue ihr in jeder Hinsicht.«

Fedora wandte sich an das blonde Fräulein und reichte ihm die Hand. »Guten Abend, Fräulein Gomperz. Ich spreche nicht gut Deutsch, aber ich verstehe die Sprache.«

Ottilie schüttelte die dargereichte Hand und machte einen Knicks. »Guten Abend, gnädige Frau.«

»Na, meine Liebe, nicht so schüchtern.«

Bruno schaute über seine Schulter ins Wohnzimmer. »Wie ich höre, sind deine Buben zu Hause.«

»Ja, aber die sind beschäftigt. Setzt euch doch und sagt mir, warum ihr gekommen seid.«

Sie nahmen am Küchentisch Platz. Fedora richtete fragend ihren Blick auf Bruno.

»Also, Fedora, meine Bitte ist folgende. Ottilie ist seit Samstag in Triest, hat kein Dach über dem Kopf und leider auch sehr wenig Geld. Deshalb hat sie zuletzt im Auswandererheim in Chiarbola übernachtet. Dort kann sie aber nicht bleiben, daher habe ich nachgedacht, wo sie für eine Nacht, vielleicht auch für zwei, unterkommen kann. Mir ist sofort dein Kanapee eingefallen. Wäre es also möglich, dass Ottilie bei dir Asyl findet?«

Fedora schaute Ottilie an, lächelte ihr zu und griff nach ihrer Hand. »Selbstverständlich, meine Liebe, du kannst auf meinem Kanapee übernachten. Es ist halt nicht so bequem wie ein Bett.«

»Vielen Dank, gnädige Frau.«

»Sag bitte nicht gnädige Frau, das klingt wie in einem Restaurant oder einem Amtshaus. Wir sind hier unter Freunden, sag bitte Fedora zu mir.«

»Wie Sie wünschen, gnädige … Fedora.«

»Na also. Das sind meine Söhne Ludovico und Rudolfo«, sagte Fedora und zeigte zur Tür, wo die beiden standen und den späten Besuch beäugten. »Sagt Ottilie guten Abend. Sie wird heute bei uns übernachten, also benehmt euch anständig.«

Ludovico und Rudolfo schüttelten Ottilie die Hand, grüßten Bruno und verschwanden, nachdem ihre Neugier gestillt war, wieder in ihrem Zimmer.

»Hast du ein Nachthemd? Brauchst du Kleidung? Oder Seife? Toilette und Bassena sind auf dem Gang. Einen Nachttopf stelle ich dir raus und Decken habe ich auch.«

»Vielen Dank, ich habe Reisegepäck dabei.«

»Hast du Hunger?«

»Nein, ich habe heute schon gegessen.«

»Sag einfach, wenn du etwas brauchst.«

Bruno wandte sich Fedora zu, er sprach Italienisch. »Du bist meine Rettung, Fedora, vielen Dank.«

Auch Fedora sprach Italienisch. »In welchen Problemen steckt sie?«

»In gewaltigen. Wir haben die Morde in der Südbahn und im Hotel Adria noch nicht aufgeklärt. Der Täter ist auf freiem Fuß, und ich befürchte, dass sie sein nächstes Opfer sein könnte.«

»Madonna!«

»Ich komme morgen im Laufe des Vormittags und bringe sie in die Polizeidirektion.«

»Warum bringst du sie nicht gleich hin? Dort ist sie doch geschützt.«

»Ich will ihr nicht noch mehr Schrecken einjagen. Außerdem könntest du ihr Mut zusprechen, sie ist ein bisschen verloren in der fremden Stadt. Die Ausnüchterungszelle in der Polizeidirektion müsste sie mit den nachts aufgelesenen Säufern teilen.«

»Na gut, ich schau, was ich tun kann.«

»Sie soll nicht fortgehen, bis ich sie abhole.«

»Ich muss am Vormittag ins Theater.«

»Wann musst du dort sein?«

»Spätestens um neun Uhr.«

»Kein Problem, ich bin um acht Uhr hier«, sagte Bruno und wandte sich an Ottilie. »Es ist alles ausgemacht, Ottilie, Sie sind hier sicher. Gehen Sie bitte nicht außer Haus, bleiben Sie bei Fedora. Morgen um acht komme ich und hole Sie ab.«

»Und wohin gehen wir dann?«

»In die Polizeidirektion.«

Fedora erhob sich, goss ein Glas Milch ein und stellte es vor ihrem Gast auf den Tisch. »Trink erst einmal. Und du, Bruno, hast du noch etwas zu sagen?«

»Nein, vorerst nicht.«

»Dann verschwinde schleunigst aus meiner Wohnung. Bewaffnete Polizisten haben hier nach sieben Uhr abends nichts zu suchen.«

Bruno erhob sich mit einem Lächeln. »Sehr wohl, gnädige Frau.«

Fedora verabschiedete Bruno mit einem Wangenkuss. Sie wartete, bis er die Treppe nach unten gelaufen war, und versperrte die Tür. »So, meine Liebe, jetzt zeige ich dir das Kanapee und gebe dir eine Decke. Und dann erzählst du mir deine Geschichte, der Abend ist noch lang.«

Mittwoch, 29. April 1908

Inspector Conrad Speyer stand am Fenster und wartete, bis das Meer wieder in Sicht kam. Die Sonne füllte das Küstenland mit aufsteigender Helligkeit, nur vereinzelte Wolken zogen über den Himmel. Vor einer Stunde war er aufgewacht, hatte sich, ohne die anderen Fahrgäste im Abteil zu wecken, bekleidet und sich am Gang ans Fenster gestellt. Die Vegetation sah anders aus als im Wienerwald, am Semmering oder in der Untersteiermark. Ja, er war aufgewühlt, er hatte das Meer noch nie gesehen. Die Verwandtschaft seiner Frau kam aus Galizien, seine Vorväter lebten schon lange vor dem Wiener Kongress in der Kaiserstadt, so hatte sich schlicht und einfach noch nie die Notwendigkeit oder Möglichkeit ergeben, das Meer zu sehen. Als er gestern Abend in den Zug gestiegen war, hatte ihn so etwas wie Reisefieber gepackt. Natürlich war er nicht unterwegs zur Sommerfrische oder Badekur, er hatte einen klaren Auftrag zu erfüllen, aber dennoch war er auf die Menschen, die Stadt und die Küste gespannt. Vielleicht würde er sogar einen Dampfer besteigen. Er hatte gelesen, dass viele Städte im Golf von Triest und auf der Halbinsel Istrien von kleineren Küstendampfern angesteuert wurden. An Bord eines Schiffes der Donaudampfschifffahrtsgesellschaft war er selbstverständlich schon gewesen, mehrmals hatte er Pressburg und einmal Budapest gesehen. Aber die Donau war ein Strom, beide Ufer waren immer in Sichtweite. Eine Fahrt auf dem offenen Meer stellte er sich aufregend vor.

Da war wieder der Blick auf die Adria frei. Ein direkt an der Küste gelegenes weißes Schloss kam kurz in Sicht. Speyer nahm an, dass es sich dabei um das von Erzherzog Maximilian erbaute Castello di Miramare handelte. Sofern Zeit blieb und sich die Gelegenheit ergab, würde er sich das berühmte Schloss aus der Nähe ansehen.

Im Zug regte sich längst der Tag, der Kondukteur hatte die Fahrgäste geweckt. Die Leute packten ihr Koffer. Noch ein paar Minuten bis zur Ankunft, also stellte auch Speyer sein Gepäck bereit. Der Zug rollte langsam in den Bahnhof ein und die Passagiere drängten zu den Ausstiegen. Speyer stand ganz am Ende der Reihe und schob den schweren Koffer mit den Akten mit dem Fuß voran. Sein Koffer mit der Kleidung und dem Rasierzeug war wesentlich leichter. Der Inspector stieg zuerst die Treppe hinunter und hob den schweren Koffer aus dem Zug. Passagiere, Bahnbediensstete, Dienstmänner, Zeitungsjungen und Straßenverkäuferinnen bevölkerten den Perron, ein hundertfach durchmischter Wirbel an Geräuschen, Stimmen und Rufen lag in der Luft. Er schnappte italienische Wörter auf und war vom Klang der Sprache sofort in den Bann geschlagen. In Wien hörte man diese Sprache selten und in Lemberg gar nicht.

Speyer schaute sich um. Würde man ihn abholen? Er entdeckte einen Mann Mitte zwanzig, der sorgsam um sich spähte und ihn schließlich erblickte. Der Mann kam auf ihn zu.

»Entschuldigen Sie, mein Herr, sind Sie Inspector Conrad Speyer aus Wien?«

Speyer nahm den Hut ab. »Jawohl, der bin ich. Mit wem habe ich das Vergnügen?«

»Mein Name ist Polizeiagent Luigi Bosovich, ich bin der Adjutant von Inspector Zabini. Oberinspector Gellner hat mich persönlich damit beauftragt, Sie abzuholen und auf dem Weg in die Polizeidirektion zu begleiten.«

Speyer reichte die Hand zum Gruß. »Es ist mir eine Ehre, Sie kennenzulernen, Herr Bosovich. Und selbstverständlich folge ich Ihrer Führung durch die Stadt.«

»Sind Sie schon einmal in Triest gewesen, Herr Inspector?«

»In der Tat noch nicht, ich betrete erstmals den Boden der Küstenlande.«

Der junge Polizist sprach flüssig Deutsch, aber sein Akzent war nicht zu überhören. Er lächelte Speyer breit an.

»In diesem Fall habe ich die strikte Order des Oberinspectors, mit der Kutsche nicht direkt zur Polizeidirektion zu fahren, sondern einen kleinen Umweg über den alten Hafen zu machen und Sie während der Fahrt auf einige Besonderheiten der Stadt hinzuweisen.«

Speyer lächelte erfreut. »Eine Fahrt durch den Hafen mit einem persönlichen Reiseführer kann ich nicht abschlagen. Vielen Dank, das ist sehr freundlich.«

»Herr Inspector, darf ich Ihr Gepäck nehmen?«, fragte Luigi und griff nach dem abgestellten Koffer mit den Akten.

»Vorsicht, Herr Bosovich, das Ding ist schwer.«

»Bis zum bereitstehenden Fuhrwerk werde ich es schaffen.«

Bruno ging auf direktem Weg von Cologna in die Via Pietro Kandler. Zügig nahm er die Treppe in den vierten Stock und klopfte. Er hörte vertraute Stimmen in der Küche, die Tür wurde geöffnet.

»Guten Morgen, Signor Zabini«, grüßte Rudolfo.

»Guten Morgen.« Bruno trat ein und sah, dass die Brüder zum Abmarsch in die Schule bereit waren. Ihre Schultaschen standen auf dem Küchentisch, Fedora packte eben Jausenbrote hinein.

»Du bist eher da als angekündigt.«

»Guten Morgen, meine Liebe. Wie ist die Lage?«

»Hier ist alles in Ordnung. Wie ist es bei dir?«

»Habe unruhig geschlafen.«

In der Tür zum Wohnzimmer erschien Ottilie. Sie war zum Abmarsch gekleidet. »Guten Morgen, Herr Zabini.«

Bruno erwiderte den Gruß und verfolgte, wie Fedoras Söhne ihre Taschen schulterten und abmarschierten. Fedora schloss die Tür hinter den Buben.

»Hatten Sie eine angenehme Nachtruhe?«, fragte Bruno Ottilie.

»Ja.«

»Sind Sie bereit, mir in die Polizeidirektion zu folgen?«

»Was geschieht denn dort?«

»Ich möchte, dass Sie sich mit Inspector Speyer treffen.«

Ottilie schaute Bruno entgeistert an. »Mit Inspector Speyer?«

»Sie kennen den Herrn Inspector doch, Sie sind ihm nach der Ermordung Ihrer Dienstherrin Frau Hohenau begegnet.«

»Ja schon, aber das war in Wien.«

Bruno schaute auf seine Armbanduhr. »Inspector Speyer ist mit dem Nachtzug aus Wien gekommen. Das hat er gestern telegraphisch avisiert. So der Zug keine Verspätung hat, müsste er vor wenigen Minuten in Triest angekommen sein.«

Ottilie nickte noch immer verwirrt. »Warum ist er nach Triest gefahren?«

»Das k.k. Polizeiagenteninstitut in Wien schickt Verstärkung, damit wir hier in Triest weitere Untersuchungen im Fall Hohenau anstellen können.«

»Und was soll ich dabei tun?«

»Sie sollen, werte Ottilie, in meiner Nähe bleiben, damit ich auf Sie aufpassen kann. Sind Sie bereit?«

»Kann ich noch die Toilette benutzen?«

»Freilich, so viel Zeit bleibt.«

Ottilie nahm den Schlüssel vom Haken und verließ die Wohnung.

Bruno trat auf Fedora zu. »Wie waren der Abend und die Nacht?«

»Abends haben wir Saft getrunken und geredet, nachts haben wir geschlafen. Sie hat mir ihr Herz ausgeschüttet. Dieser Herr Eduard soll mir ja nicht zu nahe kommen, sonst kratze ich dem feinen Pinkel die Augen aus. So ein Lump.«

»Seine beiden Brüder sind um keinen Deut besser.«

»Glaubst du, dass er der Mörder ist?«

»Vielleicht er, vielleicht ein anderer, aber der Kreis der Verdächtigen ist klein.«

»Hol dir den Strolch, Bruno. Drei Morde, das ist heller Wahnsinn.«

»Und wie geht es dir?«

»Gut. Die Arbeit geht mir leicht von der Hand, die Buben kommen in der Schule recht ordentlich zurecht. Wie geht es Luise und Gerwin?«

»Es geht ihnen gut.«

»Sind sie in Triest oder in Sistiana?«

»Sie sind in Brünn bei Luises Schwester.«

»Ach ja, sie wollte ja noch weiterreisen. Wie war dein Aufenthalt in Wien?«

»Das erzähle ich dir ein andermal bei einem Glas Wein. Kommst du finanziell über die Runden?«

»Wenn man geringe Ansprüche hat, kommt man auch

mit wenig Geld aus. Aber meine Schulden bei dir kann ich noch nicht rückerstatten.«

Bruno drohte mit dem rechten Zeigefinger. »Wenn du noch einmal mit diesem Thema anfängst, versohle ich dir den Hintern.«

Fedora lächelte ihn keck an. »Du meinst auf die besondere Art und Weise, wie du das früher herzlich gern praktiziert hast?«

Bruno fasste ihr ans Kinn. »Sündhaftes Weib, ich werde dafür sorgen, dass du früher oder später exkommuniziert wirst.«

Sie klatschte ihm auf die Hand. »Lieber wäre mir früher denn später.«

»Triffst du noch den Schauspieler?«

»Er heißt Sergio.«

»Und?«

»Was und?«

»Triffst du ihn?«

»Erstens geht dich das einen feuchten Kehricht an, Signor Zabini, und zweitens treffe ich ihn immer öfter und lieber.«

Bruno trat einen Schritt zurück und nickte lächelnd. »Das freut mich für dich. Irgendwann möchte ich ihn persönlich kennenlernen. Auf der Bühne habe ich ihn ja schon gesehen.«

»Luise hat vor der Abfahrt gesagt, dass sie uns irgendwann nach Sistiana einladen möchte. Im Sommer vielleicht.«

Die Eingangstür wurde geöffnet und Ottilie hängte den Schlüssel zurück an seinen Platz. »Ich bin jetzt so weit, Herr Zabini.«

»Gut, dann nichts wie los.«

»Sehr geehrter Herr Inspector Speyer, es ist mir eine außergewöhnliche Freude, Sie hier im k.k. Polizeiagenteninstitut der Reichsunmittelbaren Stadt Triest begrüßen zu dürfen. Besten Dank, dass Sie den langen und beschwerlichen Weg bis in die Küstenlande angetreten haben, um unsere Kanzlei mit Ihrer geschätzten Aufwartung zu beehren. Herzlich willkommen in Triest!«

Conrad Speyer nickte gerührt. »Vielen Dank, Herr Oberinspector, es ist mir eine unbeschreibliche Ehre, in Triest sein zu dürfen. Der Empfang hier in Ihrer Kanzlei ist von einer Freundlichkeit und Wärme, die mich verlegen macht. Und dann noch all die Köstlichkeiten.«

»Das versteht sich doch von selbst, Herr Kollege. Wenn wir schon so hochrangigen Besuch aus der Hauptstadt erhalten, wollen wir Triestiner doch unsere Gastfreundschaft unter Beweis stellen. Im Zug kann man ja gar nicht richtig frühstücken, daher habe ich mir erlaubt, ein paar Kleinigkeiten aufzutragen«, sagte Gellner und wies generös über den gedeckten Tisch im Besprechungszimmer.

Ivana und Regina hatten Kaffee aufgebrüht und die Tafel vorbereitet, Polizeiamtsdiener Vlah hatte Brot, Kipferln, Marmelade, Wurst, Käse, Antipasti und Obst eingekauft.

»Vielen Dank, Herr Oberinspector.«

Gellner wies auf die in Reihe und Glied angetretenen Polizisten. »Und nun möchte ich Sie mit der Belegschaft des örtlichen k.k. Polizeiagenteninstituts bekannt machen. Also zumindest mit jenen Herren, die anwesend sind. Sie wissen ja aus eigener Erfahrung, dass es der Dienst praktisch unmöglich macht, alle Kollegen und Mitarbeiter zur selben Zeit an einen Ort zu bringen. So musste ich einen unserer erfahrensten Männer, Inspector I. Klasse Emilio Pittoni, und zur Unterstützung Polizeiagent II. Klasse Buttazzoni bis auf Weiteres nach Capodistria abkommandieren. Die dortige Polizei hat bei einem schwierigen Fall um Amtshilfe angesucht. So wie ich Herrn Pittoni kenne, wird er den Fall in kürzester Zeit lösen, aber derzeit weilt er nicht in der Stadt. Inspector Zabini wird hoffentlich bald eintreffen. Alle anderen sind hier.«

»Es ist mir eine Ehre, die Herren kennenzulernen.«

Nach der formellen Begrüßung machten sich die Anwesenden über die Tafel her, tranken Kaffee, aßen Kipferln und Brot. Oberinspector Gellner war bester Laune, gab amüsante Anekdoten aus dem Triester Polizeileben wieder und erkundigte sich nach den Verhältnissen im Wiener k.k. Polizeiagenteninstitut.

Die Männer hörten die sich am Gang nähernden Schritte nicht.

»Ah, sieh an, Inspector Zabini, da sind Sie ja endlich!«, rief Gellner.

Bruno stand im Türrahmen und überblickte das Geschehen, seine Blicke kreuzten sich mit denen des Wiener Kollegen. Bruno schritt auf Speyer zu und reichte die Hand zum Gruß.

»Guten Morgen, Herr Speyer, was für eine Freude, Sie so bald wiederzutreffen.«

»Guten Morgen, Herr Zabini. Die Freude ist ganz auf meiner Seite.«

»Wie ich sehe, hat Herr Oberinspector Gellner Sie schon mit den Kollegen und den hiesigen Gebräuchen vertraut gemacht.«

»Das, ja.«

Gellner und Jaunig stellten sich zu den beiden, sie plauderten noch ein Weilchen. Schließlich zog der Oberinspector seine Taschenuhr und klappte den Deckel auf.

»Meine Herren, ich bitte um Aufmerksamkeit«, sagte Gellner und stellte sich in die Mitte des Raumes. Seine Miene war ernst. »Ich hoffe, alle verehrten Kollegen konnten sich am Buffet stärken, denn natürlich sind wir nicht zum Schlemmen versammelt, sondern um hier und heute vollwertige Arbeit zu leisten. Die vorliegenden Fälle sind schwerwiegend, der Statthalter, der Polizeidirektor, die Presse und die gesamte Bevölkerung Triests erwarten von uns, dass wir für Sicherheit und Ordnung sorgen. Diesem Auftrag werden wir mit vereinten Kräften und der wertvollen Unterstützung aus Wien nachkommen. Inspector Zabini, welche weiteren Schritte haben Sie im Sinn?«

Bruno nickte Gellner zu und richtete seinen Blick auf Speyer. »Herr Inspector, Details besprechen wir später, ich fasse mich knapp. Herr Bosovich hat gestern die Unterkunft von Ottilie Gomperz in Triest ausfindig gemacht, und ich habe das Fräulein abends angetroffen, über Nacht in Sicherheit gebracht und bin mit ihr gemeinsam in die Kanzlei gekommen.« Bruno wandte sich den beiden Schreibkräften zu, die im Hintergrund standen. »Fräulein Gomperz wartet im Schreibzimmer. Ivana und Regina, bitte kümmern Sie sich um das Fräulein. Niemand darf wissen, dass sie hier ist, und sie darf auch vorläufig das Haus nicht verlassen.«

»Wird gemacht, Herr Inspector«, sagte Ivana. Die beiden Schreibkräfte verließen den Raum.

»Herr Speyer, Sie haben angekündigt, Untersuchungsberichte über den Fall Hohenau mitzubringen.«

»Das habe ich getan, Herr Zabini. Der große Koffer an der Wand ist voll mit Akten.«

»Sehr gut. Herr Oberinspector, wir müssen unverzüglich das Wiener Material sichten. Dazu wären unverzichtbar die Herren Materazzi und Bosovich, um gemeinsam mit Inspector Speyer und mir schnellstmöglich voranzuschreiten.«

»So soll es sein. Inspector Jaunig, haben Sie die Möglichkeit, sich der Sichtung anzuschließen?«

»Das wollte ich gerade vorschlagen. Mittlerweile bin ich mit der Materie gut vertraut, sodass dies sinnvoll erscheint.«

»Gut, Herr Jaunig stößt dazu.«

Bruno ergriff wieder das Wort. »Dann benötigen wir Männer auf der Straße, die die Brüder Kestranek unter Beobachtung halten. Es wäre bitter, wenn sich einer der drei aus dem Staub macht, während wir noch Berichte studieren.«

»Marin, Tribel, Vlah, diese Aufgabe teile ich Ihnen zu.«

Die angesprochenen Männer nickten bestätigend.

»Sind Sie sich sicher, was die Brüder Kestranek angeht?«, fragte Gellner.

Bruno verzog seinen Mund. »Können wir bis zum Vorliegen eines eindeutigen Beweises sicher sein, Herr Oberinspector? Natürlich nicht. Aber wir können gezielt nach Beweisen suchen. Das werden wir unverzüglich tun.«

»Herr Speyer, sind Sie mit dieser Vorgangsweise einverstanden?«

»Jawohl, Herr Oberinspector. Ich stehe den Kollegen mit meinem Material zur sofortigen Verfügung.«

»Nun denn, meine Herren, an die Arbeit!«

»Was für eine gelungene Überraschung, Signore. Sie haben wieder den Weg zu mir gesucht.«

Bruno drehte seinen Hut in Händen und hoffte auf Kooperation. Isabelle de Nicolay war diesmal salonfähig. »Vielen Dank, Signora, dass Sie mich erneut empfangen.«

»Das ist doch selbstverständlich, haben wir uns doch gestern beim Tee so angeregt unterhalten. Was führt Sie zu mir?«

»Erneut ein polizeiliches Anliegen.«

»Sie sind wohl ein sehr dienstbeflissener Mann.«

»Ich gebe mein Bestes.«

Das Zimmermädchen hatte ihn in den Salon geführt, wo die Hausherrin nach einer Weile erschienen war.

»Leider kann ich Ihnen heute keinen Tee anbieten, denn in Kürze erhalte ich lang erwarteten Besuch.«

»Ich will in keiner Weise zur Last fallen oder Ihren Empfang stören, deshalb formuliere ich mein Anliegen unverblümt.«

»Ich bin ganz Ohr.«

»Signora, Sie haben mir gestern eine sehr schöne Schmuckschatulle und deren geschmackvollen Inhalt gezeigt. Erlauben Sie bitte, dass ich noch einen Blick darauf werfe?«

»Sind Sie ein Liebhaber von historischem Geschmeide, Singore?«

»Oh, ich bin ganz hingerissen von schönem Schmuck, mein Begehr gilt aber in diesem Fall nicht dem Kunstgenuss oder der Erbauung, sondern der Untersuchung.«

»Welcher Untersuchung denn?«

»Einer polizeilichen, Signora.«

»Sie beunruhigen mich. Vermuten Sie etwa, dass dieser Schmuck die Beute eines Raubes sein könnte?«

»Leider muss ich offenbaren, dass ich genau jenes befürchte.«

Isabelle de Nicolay lächelte verwegen. »Wie aufregend, so komme ich in Berührung mit einer Räuberpistole. Spielen am Ende Komplotte und frühmorgendliche Duelle in diesem Abenteuer eine gewichtige Rolle?«

Bruno verbiss sich jeden Konter. In den letzten zwei Stunden hatten fünf Polizisten eine Vielzahl von Berichten durchgearbeitet, sein Geduldsfaden war reichlich dünn, aber er mühte sich redlich, ihn nicht reißen zu lassen. »Haben Sie die Güte, mir zu gestatten, die Schatulle vom Kaminsims zu holen und zu öffnen?«

»Seien Sie mein Gast und bedienen Sie sich.«

Bruno verneigte sich respektvoll. »Herzlichen Dank.«

Er griff in seine Kommissionstasche, entnahm ein Paar Lederhandschuhe und streifte sie über. Dann holte er die Schatulle, stellte sie auf dem Tisch ab und klappte sie vorsichtig auf.

»Ich bin erstaunt, dass Sie so bedächtig und respektvoll sind, Handschuhe zu tragen, aber seien Sie versichert, ich hege nicht die Befürchtung, dass Sie das Geschmeide verunreinigen oder beschädigen.«

»Signora, haben Sie jemals etwas von Daktyloskopie gehört?«

»Wovon bitte?«

»Von der wissenschaftlichen Methode der Daktyloskopie.«

»Nein, was ist das?«

»Das ist ein spezielles Analyseverfahren, um Identitäten festzustellen.«

Die Primadonna lachte amüsiert. »Meine Güte, Signor Zabini, Sie befleißigen sich aber einer illustren Sprache. Sie klingen fast wie ein Gelehrter mit all diesen Fachausdrücken und Fremdwörtern.«

Ohne seinen Blick von der Schatulle zu wenden, erwiderte er: »Der Wissenschaft, Signora, gehört die Zukunft.« Er schloss den Behälter wieder, hob und drehte ihn vorsichtig.

»Es scheint, als wollten Sie die Schatulle hypnotisieren. Faszinierend, Ihnen dabei zuzusehen.«

Bruno stellte das Schmuckkästchen wieder ab und fixierte die Primadonna scharf. »Ist der Inhalt der Schatulle genau so, wie Sie ihn von Meinrad Kestranek erhalten haben? Haben Sie ein Stück entfernt oder eines aus Ihrem Besitz hinzugefügt?«

»Sie ist so, wie ich Sie am letzten Samstag erhalten habe.«

»Nun denn, Signora de Nicolay, ich bitte darum, mir die Schatulle mitsamt dem Inhalt auszuhändigen.«

»Wie bitte? Sie stecken voller Überraschungen. Was treibt Sie zu diesem Anliegen?«

»Leider muss ich vermuten, dass die Schatulle oder deren Inhalt Diebesgut sind. Das muss ich in der Kanzlei penibel untersuchen.«

De Nicolays Gesicht verfinsterte sich. »Beschuldigen Sie etwa Meinrad, diesen außerordentlich höflichen, galanten und gut aussehenden Kavalier, den Schmuck gestohlen zu haben?«

»Das behaupte ich nicht. Vielleicht hat er ihn unwissentlich einem Räuber abgekauft.«

Diese Erklärung schien die Primadonna kaum zu besänftigen. »Die Anschuldigungen sind empörend.«

»Erlauben Sie also, dass ich die Schatulle an mich nehme?«

»Nein, auf keinen Fall! Ich gebe dieses wunderbare Geschenk nicht her.«

»Sollte sich mein Verdacht zerstreuen, garantiere ich für die unverzügliche Rückgabe Ihres Besitzes.«

»Mir kommt Ihr Begehr völlig unsinnig vor.«

Bruno streckte den Rücken durch, biss die Zähne zusammen und warf der Primadonna einen finsteren Blick zu. »In Wahrheit, Signora de Nicolay, habe ich nur höflicherweise um die Übergabe gebeten. Wenn die Höflichkeit nicht verfängt, muss ich polizeilich durchgreifen. Hiermit konfisziere ich die Schmuckstücke für weitere Untersuchungen.«

Bruno öffnete seine Tasche, ließ das Silberkästchen darin verschwinden und streifte die Handschuhe ab.

Das Mienenspiel der Primadonna fand Bruno ebenso faszinierend wie sprunghaft. Zuerst bestimmten Ärger und Trotz ihr Antlitz, und mit einem Mal wechselte es zu anrüchiger Neugier.

»Wie kühn, mannhaft und bestimmend Sie sein können, Signor Zabini.«

»Signora, mit dem nötigen Respekt empfehle ich mich.«

Nur raus hier, dachte Bruno und eilte los.

Er näherte sich der Polizeidirektion. Vinzenz und Materazzi hatten mit ihm das Gebäude verlassen, während Speyer und Luigi in der Kanzlei bei der Aktenarbeit geblieben waren. Bruno eilte die Treppe hoch. Als er das Zimmer betrat, schauten die beiden von ihrer Tätigkeit hoch.

»Meine Herren, wir können loslegen.«

»Ah, sehr gut«, sagte Speyer. »Wir haben alles vorbereitet.«

Bruno sah das weiße Tischtuch, das über einen der Schreibtische gelegt worden war, weiters lagen die nötigen Materialien, drei Lupen und weiße Stoffhandschuhe bereit. Er streifte ein Paar über, öffnete die Tasche, entnahm die Schmuckschatulle und öffnete sie. »Herr Speyer, nehmen Sie sich bitte die Kette vor. Luigi, du schaust die Ohrringe und die Broschen an. Ich werde die Schatulle untersuchen.«

Speyer klopfte und öffnete die Tür. Die junge Frau saß gelangweilt beim Fenster, sprang aber sofort hoch, als der Inspector eintrat.

»Fräulein Gomperz, geht es Ihnen gut?«

»Ja, es geht mir gut.«

»Ist Ihnen ein bisschen fad?«

»Ein bisschen, ja.«

»Darf ich Sie bitten, mir jetzt zu folgen?«

»Natürlich.«

»Wir haben etwas für Sie.«

»Was denn?«

»Wir werden Ihnen jetzt etwas zeigen. Die Frage, die uns brennend interessiert, ist, ob Sie die Gegenstände erkennen.«

»Was sind es für Gegenstände?«

»Kommen Sie einfach mit in das Bureau am Ende des Ganges. Inspector Zabini erwartet uns.«

Vinzenz Jaunig stieg gemächlich die Treppe in der Polizeidirektion nach oben. Von hinten hörte er schnelle Schritte, drehte den Kopf und sah Materazzi. »Ciao, Romano, auch schon im Haus?«

»Ciao, Vinzenz.«

»Wie sieht es bei dir aus?«

»Vlah und Tribel sind im Einsatz.«

»Sind unsere Vögel in Sicht?«

»Ja.«

»Bei Marin ebenso.«

»Gut.«

»Dann schauen wir mal, ob Herr Speyer und Bruno etwas herausgefunden haben.«

»Da bin ich jetzt schon neugierig.«

Die beiden Polizisten betraten die Kanzlei. Kaffeeduft

schlug ihnen entgegen. Ivana war eben dabei, wieder ihren Zaubertrank aufzubrühen.

Bruno klopfte an die Tür des Oberinspectors.

»Herein!«

Er öffnete die Tür. Gellner war bei der Durchsicht der Berichte und Akten, die Speyer aus Wien mitgebracht hatte. Bruno nahm vor dem Schreibtisch Aufstellung. »Herr Oberinspector, wir sind jetzt so weit.«

»Das wurde auch Zeit.«

»Tut mir leid, dass es so lange gedauert hat. Die Daktyloskopie erfordert mindestens so viel Genauigkeit wie Geduld.«

»Sind Sie vorangekommen?«

»Allerdings. Wir können jetzt den nächsten Schritt einleiten.«

Gellner schaute Bruno für eine Weile mit düsterem Blick an, dann griff er zu seinem Telephon. Er war der Einzige in der Kanzlei, der über ein eigenes Tischtelephon verfügte. Anfangs hatte er den Apparat nur selten und mit gewisser Scheu benutzt, mittlerweile verging kein Tag, an dem er nicht zum Hörer griff oder angerufen wurde.

»Vermittlung? Hier Oberinspector Gellner. Verbinden Sie mich mit Polizeidirektor Dr. Rathkolb. Vielen Dank, ich warte.«

Conrad Speyer und Romano Materazzi gingen am Canal Grande entlang, überquerten diesen bei der Ponte Verde und näherten sich dem Hotel de la Ville auf der Riva Carciotti. Das vornehme Hotel bot Blick auf die Betriebsamkeit des Porto Vecchio.

Die beiden Polizisten suchten nach ihrem Kollegen Tribel und entdeckten ihn nach einer Weile in sicherer Entfernung. Als Tribel die beiden sah, ging er auf sie zu.

»Ist der Mann noch im Hotel?«, fragte Materazzi.

»Ja, außer er hat den Hinterausgang benutzt. Ich kann nur eine Seite im Auge behalten.«

»Schon klar.«

»Wie geht es weiter?«, fragte der junge Polizeiagent.

»Wir gehen hinein«, antwortete Materazzi und blickte Speyer an. »Herr Inspector, wollen Sie als ranghöchster Beamter die Führung übernehmen?«

Speyer winkte ab. »Nein, Herr Materazzi, ich bin nur zur Unterstützung hier, schließlich habe ich in Triest keine Amtsgewalt. Sie führen an, Herr Tribel sekundiert ihnen, und ich bin die Begleitung.«

Materazzi nickte. »Gehen wir.«

Vinzenz, Marin und ein uniformierter Beamter geleiteten den mehr als finster und verdrossen dreinblickenden Joseph Kestranek zur Polizeidirektion, führten ihn aber nicht in den dritten Stock in die Kanzlei des k.k. Polizeiagenteninstituts, sondern in das Kommissariat im Parterre des Gebäudes.

»Herr Fregattenleutnant, bitte folgen Sie mir in diesen Raum«, sagte Vinzenz und betrat ein kleines Zimmer mit vergitterten Fenstern.

»Ist das eine Zelle?«, fragte Joseph.

»Nein, das ist ein Vernehmungsraum, die Haftzellen sind im Kellergeschoss. Entsprechen Sie bitte den Anweisungen. Polizeiagent Marin wird jetzt Ihre Fingerabdrücke abnehmen.«

»Wozu denn das um Himmels willen?«

»Zur Sicherheit.«

»Wessen Sicherheit?«

»Zu Ihrer eigenen. Wir müssen Fehler in der Ermittlung ausschließen, daher nutzen wir verschiedene wissenschaftliche Untersuchungsmöglichkeiten. Die Abnahme der Fingerabdrücke gehört dazu. Folgen Sie bitte den Anweisungen von Polizeiagent Marin.«

»Das Theater, das Sie hier anstellen, Herr Inspector, ist beleidigend, sinnlos und strapaziös. Ich werde als Vertreter der k.u.k. Kriegsmarine wie ein Verbrecher vorgeführt. Sie können sich sicher sein, dass ich gegen Ihre Behörde Beschwerde einlegen werde.«

Vinzenz zuckte gleichmütig mit den Schultern. »Ach, das wäre nicht das erste Mal, dass gegen uns Beschwerde erhoben wird. Jetzt bitte die Abdrücke.«

Joseph wandte sich Marin zu, der bei dem vorbereiteten Tisch Stellung bezogen hatte. »Welche Schikane wollen Sie mir noch auferlegen?«

Marin zeigte auf ein Stempelkissen, ein Tintenfass und eine rund dreißig Zentimeter breite und fünf Zentimeter hohe Glasplatte. »Ich träufle jetzt Tinte auf das Stempelkissen. Und Sie drücken bitte zuerst die Fingerspitze in das Kissen, dann auf die Glasplatte. Beginnen Sie mit dem kleinen Finger links und drücken Sie den Abdruck links auf die Platte. Jeder Finger einzeln und der Reihe nach, von links nach rechts.«

Widerwillig tat Joseph, wie ihm geheißen. »Ist das richtig so?«

»Sehr gut, Herr Kestranek. Jetzt der linke Ringfinger. Wenn Sie fertig sind, können Sie hier am Lavoir mit Seife und Bürste die Tinte abwaschen.«

»Diese Schmach lasse ich nicht auf mir sitzen. So viel kann ich Ihnen versichern, meine Herren.«

Gellner und Jaunig standen am Rande des großen Zimmers und schauten schweigend auf die fünf konzentriert über ihre Arbeit gebeugten Kollegen. Zabini, Speyer, Bosovich, Materazzi und Marin verglichen mit verschiedenen Lupen die verschiedenen Abdrücke, machten sich Notizen, tauschten die Papierbögen untereinander aus, sortierten sie und berieten sich. Auf der großen Wandtafel vermerkten sie mit Kreide die Ergebnisse ihrer Untersuchungen. Obwohl es noch Tageslicht gab, waren sämtliche Schreibtischlampen eingeschaltet. Das Fenster stand offen, eine kühle Brise sorgte für beständig frische Luft.

Gellner neigte sich Vinzenz zu und flüsterte: »Wenn ich so zusehe, bin ich fast geneigt, mich auch einmal in der Daktyloskopie zu versuchen.«

»Ich kann Sie gut verstehen, Herr Oberinspector, es juckt mich auch in den Fingern.«

»Man ist nie zu alt, um etwas Neues zu erlernen.«

»Sehe ich auch so.«

Ivana kam mit einem Tablett herein, auf dem eine Kanne Kaffee und sieben Tassen standen. Die Schreibkraft trat leise ein und stellte das Tablett auf ein Fensterbrett.

»Ah, Ivana, Sie bringen Kaffee«, sagte Bruno, legte die Kreide nieder und wandte sich von der Tafel ab. Speyer folgte ihm. Ivana goss zwei Tassen ein. Bosovich notierte auch seine Ergebnisse auf der Tafel, ging dann auf Ivana zu, nahm eine Tasse entgegen, stellte sich zum offenen Fenster und entflammte eine Zigarette.

»Wie kommen Sie voran, meine Herren?«, fragte Gellner Zabini und Speyer.

Bruno schaute auf seine Armbanduhr. Der Abend rückte näher. »Wir sind beinahe fertig.« Bruno blickte zu Materazzi und Marin, die vor die Tafel traten und Ergebnisse notierten. »Ist der Abgleich durchgeführt?«, fragte Bruno.

»Ja, Herr Inspector. Das Ergebnis ist wie erwartet«, antwortete Materazzi und nahm eine Tasse Kaffee entgegen.

Bruno sah Gellner an. »Dann sind wir durch. Alle Abdrücke sind kontrolliert. Wir können zur Tat schreiten.«

Gellner suchte Blickkontakt mit Speyer. »Ist das auch Ihre Ansicht, Herr Kollege?«

»Jawohl, wir sind bereit.«

Gellner trat in die Mitte des Raumes. »Nun denn, meine Herren, die Entscheidung steht an. Man bringe die Verdächtigen zur Gegenüberstellung in das Besprechungszimmer.«

Vinzenz Jaunig marschierte los. »Ich mache mich nützlich.«

Bruno rückte die Stühle zurecht. Sie hatten das Mobiliar des Besprechungszimmers für ihre Zwecke verschoben. In der hinteren Ecke standen in einigem Abstand voneinander drei Stühle für die Verdächtigen, in der gegenüberliegenden Ecke befand sich zentral der Tisch, hinter dem Gellner und Speyer Platz nehmen würden, der Tisch für Jaunig und Materazzi war bei der Tür und jener für Bruno und Luigi bei den Fenstern platziert. Die Polizisten sammelten sich um den zentralen Tisch, auf dem Akten und weitere Materialien lagerten.

»Ich bitte die Herren, während der Gegenüberstellung nicht zu rauchen«, bat Gellner, der stark verqualmte Räume nicht besonders mochte.

Am Gang waren Stimmen und Schritte zu hören. Angeführt von Vinzenz Jaunig wurden die Brüder Kestranek jeweils von zwei Polizisten hereingeführt.

Gellner trat vor und musterte die Männer eingehend. Für Bruno war offensichtlich, dass der von allen dreien gezeigte störrische Widerstand einer beträchtlichen Verunsicherung gewichen war. Langsam wurde ihnen offenbar klar, dass die Polizei sie mit keinen Schikanen oder amtlicher Willkür konfrontieren würde, sondern dass hier Nägel mit Köpfen gemacht werden sollten. Das hatte den Brüdern sichtbar die Schneid abgekauft.

»Herr Eduard Kestranek, bitte nehmen Sie hier links Platz, Herr Meinrad Kestranek, bitte hier der zweite Stuhl, und Herr Fregattenleutnant, Sie nehmen bitte hier rechts Platz«, wies Gellner an.

»Worum geht es?«, fragte Joseph mit einem letzten Rest von Wagemut.

»Das werden Sie gleich erfahren.«

Bruno fand Gellners Auftritt bemerkenswert. Jede Äußerung und Bewegung strahlte Autorität und Kontrolle aus, es gab nicht den Funken eines Zweifels, welcher Mann in diesem Raum das Sagen hatte.

Gellner wandte sich an die uniformierten Männer des Kommissariats. »Vielen Dank, meine Herren, Sie können abtreten. Inspector Jaunig, bitte schließen Sie die Tür.«

Gellner verharrte in der Mitte des Raumes und wartete, bis alle Inspectoren und Polizeiagenten ihre ausgemachten Sitzplätze eingenommen hatten. Dann wandte er sich wieder den Brüdern zu.

»Meine Herren, Sie haben mich noch nicht kennengelernt, deswegen möchte ich mich vorstellen. Mein Name ist Oberinspector Johann Ernst Gellner, ich bin Leiter des k.k. Polizeiagenteninstituts. Und um Ihre Frage zu beantworten, Herr Fregattenleutnant, möchte ich Folgendes ausführen: Es geht hier um die Aufklärung von drei Mordfällen, die, wie wir Ihnen darlegen werden, in einem engen Zusammenhang stehen, obwohl einer der Mordfälle vor dreieinhalb Wochen in der Hauptstadt Wien verübt worden ist. Die von mir kommandierten Polizeibeamten konnten dank der Beihilfe unseres hochgeschätzten Kollegen Inspector Speyer aus Wien eine Fülle von Informationen sammeln und auswerten, weswegen ich Sie, meine Herren, zu einer Gegenüberstellung habe vorführen lassen.«

Gellner machte eine Pause und beobachtete die beträchtliche Wirkung seiner Worte.

»Meine Herren, das hier ist kein Gerichtsverfahren, Sie stehen nicht unter Eid, aber ich beschwöre Sie um Ihrer selbst willen, hier und jetzt die Wahrheit zu bekennen.« Gellner wandte sich an den ältesten Bruder. »Eduard Kestranek, gestehen Sie die Ermordung von Henriette Hohenau, Lubomír Pospischil und Ernestine Wenzel?«

»Was? Nein! Ich kann nicht gestehen, was ich nicht getan habe.«

Gellner fixierte nun den mittleren Bruder. »Meinrad Kestranek, gestehen Sie die Ermordung der zuvor genannten Personen?«

»Nein, niemals!«

Nun nahm Gellner den jüngsten Bruder in den Blick.

»Joseph Kestranek, gestehen Sie die Ermordung Ihrer Großtante und Tante sowie des Kammerdieners?«

»Nein!«

Gellner nickte mit ernster Miene, wandte sich um und setzte sich. »Dann möge die Befragung beginnen.«

Speyer räusperte sich. »Wie die Untersuchungen des Wiener k.k. Polizeiagenteninstituts ergeben haben, waren Sie alle drei am Sonntag, den 5. April in Wien und nicht in den Küstenlanden. Der Grund Ihres Aufenthalts war das Festbankett anlässlich des fünfundsiebzigsten Geburtstages Ihrer Großtante Henriette Hohenau. Wir haben Ihre Alibis gründlich geprüft und konnten keinen eindeutigen Nachweis erbringen, dass diese falsch sind. Andererseits konnten wir auch nachweisen, dass keines der Alibis Ihre Unschuld vollständig belegt.«

»Herr Inspector, darüber haben wir doch in Wien schon ausgiebig diskutiert«, warf Eduard ein. »Ja, ich war am genannten Sonntag für rund vier Stunden allein und kann keine Zeugen benennen, die für diese Zeit bürgen. Ja, ich könnte rein theoretisch die Zeit genutzt haben, um zu meiner Großtante zu fahren, in ihre Wohnung einzudringen und sie zu erwürgen. Bloß, das habe ich nicht getan! Und es gibt keinen Beweis, dass ich lüge, weil es keinen geben kann. Genauso verhält es sich bei meinen Brüdern.«

»Es stimmt, Sie waren von drei Uhr nachmittags bis sieben Uhr abends allein in der Wohnung eines Bekannten. Sie geben an, dass Sie Zeitung gelesen und ein Mittagsschläfchen auf dem Kanapee gemacht haben. Genauso gut könnten Sie sich unerkannt außer Haus geschlichen haben.«

»Müssen wir das erneut durchkauen? Ich verstehe wirklich nicht, warum Sie uns so hartnäckig verfolgen.«

»Da hat Eduard völlig recht«, sagte Meinrad. »Wobei ich ja an diesem Sonntag tagsüber überhaupt nicht in Wien war. Wie ich längst zu Protokoll gegeben habe.«

Speyer klappte einen Aktenumschlag auf und nahm einen Bericht heraus. »Den entsprechenden Bericht habe ich hier vor mir. Sie haben ausgesagt, dass Sie am 5. April um acht Uhr den Zug in Richtung Leobendorf genommen haben, dort sind Sie zur Burg Kreuzenstein gegangen und haben das Museum besucht. Danach haben Sie eine Wanderung unternommen und sind knapp nach fünf Uhr am Nachmittag wieder nach Wien zurückgekehrt und in Ihr Hotel gegangen.«

»Sie haben ja die Billetts und die Eintrittskarte des Museums an sich genommen.«

»Korrekt, diese Beweisstücke liegen vor. Aber Sie könnten unmittelbar nach Erwerb der Eintrittskarte zurück nach Wien gefahren sein, Ihre Großtante ermordet haben, dann wieder nach Leobendorf gefahren sein, um rechtzeitig mit dem Fünf-Uhr-Zug erneut nach Wien zu fahren. Die Billetts für die zwei zusätzlichen Fahrten haben Sie ganz einfach weggeworfen und die anderen für Ihr Alibi behalten.«

Meinrad verzog seinen Mund. »Auf diese lächerliche Unterstellung möchte ich überhaupt nicht antworten.«

»Und bei Ihnen, Herr Fregattenleutnant, sehe ich eine zeitliche Lücke von rund dreieinhalb Stunden.«

»Sie meinen den Ausritt, den ich unternommen habe?«

»Genau. Sie sind um zwei Uhr Nachmittag von den Stallungen in der Freudenau losgeritten und gegen halb sechs wieder zurückgekommen. Ihren Angaben gemäß sind Sie über die Hauptallee zum Lusthaus und dann weiter in die Auwälder des Praters geritten. Unterwegs haben Sie eine längere Pause eingelegt.«

»So ist es. Aber Sie wollen wohl behaupten, ich hätte das Pferd irgendwo angebunden, wäre wie ein Verrückter in die Schönburg Straße gelaufen, hätte meine geliebte Großtante erwürgt und wäre wieder zurück in den Prater gerannt, um das Pferd abzuholen?«

»Genau so hätte es sich zutragen können.«

»Das ist idiotisch.«

»Meine Herren, in Bezug auf die Ermordung von Lubomír Pospischil im Eilzug von Wien«, übernahm Bruno nun das Wort, »zeigt sich, dass jeder von Ihnen auf der Strecke von Laibach nach Triest für den Zeitraum von mindestens einer halben Stunde nicht im Coupé war und sich jeweils allein im Zug bewegt hat. Wodurch diese Tat von jedem von Ihnen hätte ausgeübt werden können.«

»Hätte werden können«, betonte Eduard. »Wichtig ist hier der Konjunktiv. Denn Gleiches gilt ja auch für Sie, Herr Zabini. Sie waren ja auch im genannten Zug. Sie hätten die Tat auch ausüben können.«

»Wir haben die Aussage eines Zeugen, wonach dieser nach der Abfahrt von Laibach zwei Männer bemerkt hat, die durch den Waggon der dritten Klasse nach hinten gegangen sind. Einer der Männer hat einen guten Anzug und elegante Halbschuhe aus braunem Leder getragen. Herr Fregattenleutnant, damit rücken Sie als Täter im Fall Pospischil aus dem Fokus der Untersuchung. Ich weiß, dass Sie Uniform und die üblichen Stiefeletten der Offiziere der Kriegsmarine getragen haben. Dieses Schuhwerk ist aus schwarzem Leder.«

»Na bitte, da ist der Beweis meiner Unschuld.«

»Aber Ihre älteren Brüder haben Halbschuhe getragen. Welche Farben haben diese?«

Eduard schluckte. »Ich habe während der Fahrt meine braunen Schuhe getragen.«

»Tja, ich allerdings auch«, ergänzte Meinrad. »Was wollen Sie damit beweisen?«

»Ich beweise damit nichts, sondern ich führe Untersuchungsergebnisse an.«

»Die Ermordung von Ernestine Wenzel«, sagte Vinzenz, »geschah am letzten Montag, höchstwahrscheinlich in der Zeit zwischen zehn Uhr abends und zwei Uhr früh. Was haben Sie in dieser Zeit gemacht?«

Eduard erhob als Erster die Stimme. »Das habe ich Ihnen doch gestern gesagt. Ich war abends mit Freunden im Kaffeehaus und bin gegen Mitternacht in meine Wohnung gekommen.«

»Und ich habe Inspector Zabini und dem Herrn neben Ihnen, dessen Name mir entfallen ist«, führte Meinrad aus, »ebenfalls gestern berichtet, dass ich ein Konzert in Barcola besucht habe und gegen Mitternacht in mein Hotel gekommen bin. Die Eintrittskarte habe ich übrigens nach der Befragung, zu der ich, wie ich noch einmal hervorstreichen will, freiwillig gekommen bin, aus dem Mistkübel geholt und jetzt dabei.« Er zog sein Portemonnaie, entnahm eine Eintrittskarte und legte sie demonstrativ auf den Tisch.

Bruno nickte Luigi zu, der sich erhob und die Karte vor Oberinspector Gellner ablegte.

Vinzenz schaute Joseph an. »Herr Fregattenleutnant, was haben Sie Montagabend getan?«

»Ich war den gesamten Montag mit drei Kameraden zusammen. Inspector Zabini kann das bezeugen, er hat mich nach dem Essen im Restaurant Dreher aufgeschreckt, mir seltsame Fragen gestellt und mir Beschuldigungen an den Kopf geworfen. Nach dem Essen war ich mit meinen Kameraden in den Stallungen beim Ippodromo di Montebello. Wir haben uns die Pferde angesehen, die bei den nächsten Rennen an den Start gehen werden. Später war ich mit den Kameraden im Kaffeehaus zum Kartenspiel und den Abend haben wir in einem Varieté ausklingen lassen. Ich war um etwa halb ein Uhr angeheitert zurück in meinem Hotel. Dass Offiziere in ihrer Freizeit trinken und sich amüsieren, ist ja wohl hoffentlich nicht polizeilich verboten. Fragen Sie meine Kameraden. Sie können meine Erzählung bezeugen.«

Vinzenz nickte ruhig. »Das haben wir längst getan, Herr Fregattenleutnant.«

»Und warum löchern Sie mich dann?«

»Meine Herren«, mahnte Gellner streng, »begnügen Sie sich darauf, die Fragen der Inspectoren zu beantworten.«

Bruno musterte die Brüder. Der jüngste schien zu begreifen, dass der Verdacht gegen ihn Schritt für Schritt schwand. Den beiden anderen sah man an, wie mulmig sie sich in ihrer Haut fühlten. »Herr Meinrad Kestranek, darf ich Sie bitten, uns Ihr Verhältnis zu Isabelle de Nicolay darzulegen?«

»Warum fragen Sie schon wieder danach?«

»Sie haben bestimmt die Aufforderung des Oberinspectors vernommen, oder etwa nicht?«

»Leisten Sie der Aufforderung des Inspectors Folge«, setzte Gellner nach.

Meinrads Blick pendelte zwischen Bruno und Gellner. »Na gut. Ich bin ein großer Verehrer der Primadonna, bete ihre Gesangskünste an und darf mich glücklich schätzen, ein intimer Freund der Göttlichen zu sein.«

»Sie haben am Samstagabend der Aufführung im Teatro Verdi beigewohnt, der Primadonna Blumen und Schmuck geschenkt und waren sodann mit Signora de Nicolay zum Abendessen. Ist das korrekt?«

»Das ist korrekt.«

»Haben Sie die Primadonna in der Zwischenzeit wieder getroffen?«

»Nein, habe ich nicht. Es ist alles andere als einfach, der großen Künstlerin häufig zu begegnen. Aber zu meiner unendlichen Erquickung bin ich am Freitagnachmittag zum Tee geladen.«

»Das ist sehr erfreulich. Haben Sie vor, Signora de Nicolay wieder zu beschenken?«

»Selbstverständlich. Es wäre eine unverzeihliche Sünde und eine unflätige Beleidigung der Primadonna, bei einem Besuch in ihrem Salon keine Geschenke zu offerieren.«

»Haben Sie dabei an Blumen gedacht?«

»Natürlich.«

»Und auch an Schmuck?«

»Ich würde sehr gerne Schmuck verschenken, aber dazu müsste ich die Zeit finden, die hiesigen Juweliere aufzusuchen. Ich kann doch nicht irgendwelchen Plunder besorgen. Aber leider werde ich durch Ihre fragwürdigen Untersuchungen davon abgehalten.«

»Haben Sie bei Ihren Aufenthalten in Wien auch Juweliere besucht, um geeignete Stücke als Geschenke zu suchen?«

»Das habe ich Ihnen doch schon gesagt, Herr Inspector. Ja, ich war in mehreren Juwelierläden in Wien.«

»Haben Sie am letzten Samstag Signora de Nicolay Schmuck geschenkt, den Sie in Wien gekauft haben?«

»Zum wiederholten Male: Ja, das habe ich.«

Bruno erhob sich, ging zum Tisch von Gellner und Speyer und zog ein Tuch fort, mit dem eine kunstvoll gefertigte Schatulle aus Silber verdeckt gewesen war. »Haben Sie Signora de Nicolay am Samstag diese Schatulle geschenkt?«

Meinrad war wie vor den Kopf geschlagen. »Wie kommen Sie in Gottes Namen zu dieser Schatulle?«

Bruno klappte die Schatulle auf und entnahm das Geschmeide. »Haben Sie diese Schmuckgegenstände an Signora de Nicolay mit dieser Schatulle verschenkt?«

»Ich begreife! Sie haben Isabelle belästigt und sich des Schmuckes bemächtigt. Sind Sie denn von allen guten Geistern verlassen?«

Bruno setzte sich wieder. »Herr Kestranek, wir haben eine Zeugenaussage.«

»Wie bitte?«

»Eine Zeugenaussage.«

»Was denn für eine Zeugenaussage?«

»Kennen Sie Ottilie Gomperz?«

»Wen bitte?«

»Fräulein Gomperz war das Zimmermädchen Ihrer Großtante. Sie haben, wie ich aus den Aussagen Ihrer Brüder weiß, das Fräulein im Zug wiedererkannt. Ja, Fräulein Gomperz ist auch mit dem Frühzug am Samstag in Wien abgefahren. Sie weilt gegenwärtig in Triest. Also eigentlich weilt sie sogar hier in diesem Gebäude. Nach drei brutalen Morden musste der Oberinspector die Bewachung des Fräuleins anordnen.« Bruno wechselte einen Blick mit Gellner, der ihm mit harter Miene zunickte.

»Aber … aber warum fragen Sie mich nach dem Zimmermädchen? Eduard unterhält doch ein Gspusi mit dem Fräulein.«

»Die Beziehungen von Fräulein Gomperz sind hier kein relevantes Thema«, konterte Bruno trocken. »Wichtig ist allein, dass sie zwei Jahre im Dienst bei Frau Hohenau stand und mit Sicherheit ausgesagt hat, dass die Kette, die Broschen und Ohrringe, die sich hier in dieser Schatulle befinden, nicht aus dem Besitz ihrer Dienstherrin stammen.«

Meinrad war sichtlich in die Defensive gedrängt. »Wie bitte?«

»Die Silberschatulle hingegen wurde von Fräulein Gomperz eindeutig wiedererkannt. Sie hat zugesichert, diese Aussage unter Eid vor Gericht zu wiederholen. Die Schatulle hat wahrscheinlich seit über dreißig Jahren im Besitz Ihrer Großtante gestanden.«

»So ein Blödsinn! Ich habe sie bei einem Juwelier in Wien gekauft.«

»Fräulein Gomperz ist sich sicher.«

»Die blöde Gans irrt sich. Ich habe das Schmuckkästchen in Wien gekauft.«

»Bei welchem Juwelier?«

»Weiß ich jetzt nicht mehr. Ich habe verschiedene besucht.«

»Können Sie rekonstruieren, bei welchem Juwelier Sie die Schatulle gekauft haben?«

Meinrad zuckte mit den Schultern. »Das weiß ich nicht. Vielleicht kann ich es.«

»Haben Sie die Quittung aufgehoben?«

»Nein. Ich habe von vornherein die Absicht gehabt, die Schatulle zu verschenken, daher habe ich der Quittung keine Bedeutung zugemessen.«

Bruno machte eine Pause und fixierte dabei den Mann, dann schaute er in die Runde seiner Kollegen. Er zwinkerte dem Wiener Kollegen zu.

»Herr Kestranek«, fragte Speyer, »wie erklären Sie sich, dass wir zwei Fingerabdrücke von Henriette Hohenau auf der Innenseite des Deckels dieser Schatulle gefunden haben?«

»Sie haben was gefunden?«, fragte Meinrad nach Worten ringend.

»Es sind Abdrücke des rechten Daumens von Frau Hohenau. Die Dame war Rechtshänderin. Die Abdrücke sind von drei hier anwesenden Kollegen und mir selbst eingehend geprüft worden. Es besteht kein Zweifel.«

»Aber … aber woher wollen Sie wissen, dass die Abdrücke von meiner Tante stammen? Sie wollen mir eine Falle stellen.«

»Die Polizei nimmt bei derartigen Fällen post mortem die Fingerabdrücke von Opfern. Wir brauchten unter der Lupe nur den Vergleich anzustellen. Unter anderem um den Triester Kollegen Henriette Hohenaus Originalabdrücke zu bringen, bin ich aus Wien angereist.«

Meinrad schnappte nach Luft. »Was beweist das schon?«

»Das beweist, dass Frau Hohenau diese Schatulle mindestens einmal, bestimmt aber auch mehrmals geöffnet und geschlossen hat«, sagte Bruno.

»Ich habe sie bei einem Juwelier gekauft, verdammt noch mal! Vielleicht hat Tante Henriette das Ding früher besessen und dann verscherbelt. Oder sie hat die Schatulle beim Juwelier gefunden und in der Hand gehabt.«

Bruno verzog anerkennend den Mund. »Ja, diese Möglichkeit besteht rein theoretisch, ich gebe Ihnen Recht.«

»Na also, dann kommen Sie mir nicht mit irgendwelchen abenteuerlichen Unterstellungen!«

Für eine Weile lag gespannte Stille im Raum.

»Polizeiagent Bosovich«, sagte Gellner mit gefasster Stimme.

»Ja, Herr Oberinspector?«

»Berichten Sie Herrn Kestranek, was Sie gestern Abend recherchiert haben.«

»Jawohl, Herr Oberinspector.«

Die drei Brüder starrten atemlos den jüngsten Mann im Raum an.

Luigi holte Luft. »Also, bei der Durchsicht von Namenslisten, die wir auf amtlichen Beschluss von den Triester Banken erhalten haben, ist mir der Name Meinrad Kestranek aufgefallen. Sie haben Dienstag um die Mittagszeit bei der Union-Bank im Palazzo del Tergesteo, dem Tergesteum, ein Schließfach eröffnet.«

Meinrads Teint war von der weiß gekalkten Wand hinter ihm kaum zu unterscheiden.

Gellner schaute demonstrativ auf seine Taschenuhr und wandte sich an Materazzi, der bei der Tür saß. »Polizeiagent Materazzi, bitte schauen Sie nach, ob die Polizeiagenten Marin und Tribel mit der Untersuchung fertig sind. Wenn ja, dann führen Sie die Kollegen unverzüglich herein.«

»Jawohl, Herr Oberinspector.« Materazzi erhob sich und schloss die Tür von außen.

»Nun, Herr Kestranek, ich bin sehr gespannt zu erfahren, was sich in diesem Schließfach befunden hat. Hat wohlgemerkt, denn das Schließfach wurde auf mein Geheiß geöffnet.«

Schon klopfte es an der Tür, Materazzi, Marin und Tribel traten ein und stellten einen gewichtigen Beutel auf dem Tisch des Oberinspectors ab. Marin reichte Gellner ein Schriftstück, welches dieser in Augenschein nahm. Speyer entleerte den Beutel und stapelte Geldbündel sowie Goldmünzen.

Gellner reichte das Papier an Speyer weiter und dieser an Bruno.

Bruno überflog die handschriftlichen Aufzeichnungen seiner jungen Kollegen. »Für mich ist noch nicht klar, wann und wie Sie Kenntnis vom Schließfach Ihrer Großtante erhalten haben. Ich gehe davon aus, dass sowohl Ernestine Wenzel als auch Lubomír Pospischil davon wussten und dass beide deswegen nach Triest gekommen sind. Vor allem bei Pospischil liegt die Annahme nahe, der Mann hatte sonst keine Beziehung zur Stadt, fuhr aber quer durch die Monarchie an die Adria. Wohl um sich des Inhalts des Schließfaches zu bemächtigen. In seinem Notizbuch haben wir den entscheidenden Hinweis auf das Schließfach Ihrer Großtante gefunden. Also entweder wussten Sie, Herr Kestranek, vorab von diesem Fach oder Sie haben es von Pospischil erfahren. Denkbar erscheint mir, dass der Kammerdiener Ihnen in dem Moment, als Sie die Schlinge um seinen Hals gelegt haben, um sein Leben zu retten, einen Anteil versprochen hat. Vielleicht bot er sogar den gesamten Inhalt im Tausch für sein Leben. Diese Frage können nur Sie selbst durch eine Aussage beantworten, Herr Kestranek.«

Meinrad schwieg.

»In jedem Fall hat die erste daktyloskopische Untersuchung ergeben, dass auf den Goldmünzen sowohl Ihre Fingerabdrücke vorhanden sind wie jene Ihrer Großtante. Möchten Sie diesen Umstand auch als Zufall abtun?«

»Höchstwahrscheinlich«, übernahm Speyer das Wort, »haben Sie Ihre Tante beobachtet, wie diese in der Banca Centrale das Geld und die Münzen abholte und in ihr Hotelzimmer brachte. Dann haben Sie sich nachts ins Hotel Adria geschlichen, Ihre Tante überrumpelt und erdrosselt, die Beute an sich genommen und tags darauf in einem Schließfach einer anderen Bank deponiert. Natürlich durften Sie Geld und Gold nicht in Ihrem Quartier belassen, die Polizei hätte sonst zu leicht darauf stoßen können.«

Meinrad schwieg weiterhin.

»Herr Kestranek, wollen Sie sich zu diesen Anschuldigungen äußern?«, fragte Gellner.

Die Männer warteten. Meinrad blieb jedes Wort schuldig.

Bruno erhob sich, ging um den Tisch herum, setzte sich an dessen Kante und verschränkte die Arme. »Herr Kestranek, eine einzige Frage beschäftigt uns noch.« Er fasste erst Eduard und dann Joseph in den Blick. »Was wussten Ihre Brüder von diesen Vorgängen?«

Eduard winkte erschrocken ab. »Ich habe nichts gewusst. Das ist entsetzlich! Meinrad, hast du das wirklich getan? Eine Katastrophe!«

Auch Joseph war der Panik nahe. »Ich habe nichts geahnt! Wie denn auch? Ich bin zutiefst erschüttert.«

Bruno musterte die beiden eingehend und zuckte schließlich mit den Schultern. »Nun, wir haben keine Anhaltspunkte von Verwicklungen Ihrerseits gefunden.«

Oberinspector Gellner erhob sich, mit ihm die anderen Polizisten. »Signor Materazzi, Signor Tribel, legen Sie Meinrad Kestranek Handschellen an. Mein Herr, Sie stehen im Verdacht des dreifachen Mordes und sind hiermit verhaftet. Abführen!«

Als sich Materazzi und Tribel näherten, sprangen Eduard und Joseph hoch und drückten sich mit dem Rücken an die Wand. Meinrad konnte nicht aufstehen, er war scheinbar wie gelähmt. Als ihm die Handschellen angelegt wurden, wirkte er geistig abwesend. Die beiden Polizeiagenten mussten ihn schließlich hochziehen und beim Abgang stützen.

Gellner wartete, bis Meinrad fort war, und wandte sich schließlich den beiden verbliebenen Brüdern zu. »Haben die werten Inspectoren noch Fragen an die Herren Kestranek?«

»Keine weiteren Fragen«, sagte Bruno.

»Auch von meiner Seite nicht«, fügte Speyer hinzu.

»Inspector Jaunig, noch Fragen?«

»Keine Fragen, Herr Oberinspector.«

»Also gut. Eduard und Joseph Kestranek, Sie haben gehört, gegen Sie wird nicht weiter ermittelt. Sie sind hiermit entlassen und können Ihrer Wege gehen. Auf Wiedersehen.«

Bruno deutete Luigi an, dass er die beiden nach draußen geleiten möge, denn die Männer standen starr vor Schreck an der Wand.

Als sie fort waren, fiel sichtlich die Anspannung von Gellner. Sein Blick sprang von Bruno zu Speyer und Vinzenz. »Meine Herren, folgen Sie mir unauffällig in mein Bureau. Wir haben uns einen Schluck Cognac und eine edle Virginier redlich verdient.«

Samstag, 2. Mai 1908

Conrad Speyer stopfte seine Pfeife, griff zu den Streichhölzern und hielt die Flamme in den Tabak. Würziger Geschmack verbreitete sich an seinem Gaumen. Die milde Brise vom Meer blies den ausgeatmeten Qualm fort. Zu dritt saßen sie vor dem Caffè degli Specchi auf der Piazza Grande und genossen die Nachmittagssonne. Nachdem sie am Mittwoch den Fall geklärt und am Donnerstag die nötige Schreibarbeit erledigt hatten, hatte Speyer zu seiner ungeteilten Freude zwei ganze Tage für die Besichtigung der Stadt nutzen können. Die Triester Kollegen hatten sich redlich bemüht, seinen Aufenthalt so abwechslungsreich und informativ wie möglich zu gestalten. Oberinspector Gellner und seine Gemahlin hatten Speyer gestern Abend zu einer Opernaufführung in das Teatro Verdi geladen, wodurch er das exquisite Vergnügen gehabt hatte, dem Gesang der unvergleichlichen Isabelle de Nicolay lauschen zu können.

Bruno schaute auf seine Armbanduhr. »Noch anderthalb Stunden bis zur Abfahrt. Wir könnten noch eine zweite Runde Wein bestellen. Was meint ihr?«

Speyer nickte. »Also der Friulano ist ja wirklich ein feines Tröpfchen. Den kriege ich in Wien nicht so einfach im Kaffeehaus.«

»Da gibt es wohl eher Gemischten Satz und Grünen Veltliner«, sagte Bruno. »Was ist, Vinzenz, noch ein Glas?«

Vinzenz Jaunig lächelte genießerisch. »Hab ich jemals bei einer Runde Wein Schwäche gezeigt?«

Bruno winkte dem Kellner, hob das Weinglas und zeigte drei Finger. Der Kellner nickte bestätigend.

Die drei Inspectoren hatten nach der aufwühlenden Arbeit und erfolgreichen Aufklärung schnell das Du-Wort gefunden. Vinzenz war seit Vormittag mit Speyer unterwegs, sie waren mit einer Dampfbarkasse nach Barcola gefahren und hatten einen Spaziergang zum Castello di Miramare unternommen. Sie hatten extra nicht die Elektrische, sondern die Fähre genommen. So konnte Speyer wahrheitsgemäß behaupten, dass er zum ersten Mal in seinem Leben auf hoher See gewesen sei, auch wenn die Fahrt nicht mehr als zwanzig Minuten gedauert hatte. Zurück in der Stadt hatten sie sich mit Bruno im Hotel getroffen, wo Speyer seine Koffer geholt und sich auf den Weg zum Bahnhof begeben hatte. Im berühmten Caffè auf der Piazza Grande hatten sie Halt gemacht, um auf den Erfolg anzustoßen und um Speyer zu verabschieden. Im Schlafwagen würde er wieder zurück an die Donau in die Hauptstadt reisen.

Der Kellner brachte die Bestellung, die Männer hoben die Gläser und stießen an.

»Conrad, jetzt sag, was dir in Triest am besten gefallen hat«, bat Vinzenz um Auskunft.

Speyer kniff die Lippen zusammen. »Das ist eine schwierige Frage. Wo soll ich bloß anfangen? Hm. Ich war ja sehr skeptisch, ob ich das überhaupt schlucken kann, daher vielen Dank, dass ihr gestern darauf bestanden habt, einen Teller Calamari fritti zu bestellen. Erstmals im Leben habe ich Tintenfisch gegessen, und das war, ich muss es so formulieren, eine kulinarische Sternstunde. Überhaupt, das Essen hier ist großartig. Auch der Wein. Und das belebende Sonnenlicht. Und der Wind. Die italienische Sprache ist Musik in meinen Ohren. Die Arbeit mit Fachleuten ersten Ranges wie euch. Ich weiß gar nicht, was ich besonders hervorheben könnte. Also von mir aus würde ich gerne noch zwei, drei Wochen hierbleiben.«

»Tja, der Dienst ruft«, sagte Vinzenz. »Aber vielleicht ergibt sich ja die Gelegenheit, dass du mit deiner Familie zur Sommerfrische an die Adria kommst.«

»Wenn ich meiner Frau von meinen Eindrücken erzähle, wird sie das gewiss fordern.«

»Sehr gut«, meinte Bruno. »Dann versammeln wir uns allesamt und kehren in eine Osmiza ein.«

»Gute Idee. Conrad, die hiesigen Osmize musst du unbedingt noch kennenlernen. Da gibt es herzhaftes Essen und Wein aus dem Karst«, bekräftigte Vinzenz.

»Liebend gern, meine Freunde«, sagte Speyer, griff zum Weinglas, hielt aber für einen Moment inne und suchte Blickkontakt zu Bruno und Vinzenz. »Ich weiß jetzt, was mir am besten gefallen hat.«

Die beiden Triester Polizisten schauten ihren Wiener Kollegen mit großen Augen an.

»Und was war es?«

Speyer blickte gen Westen in die Ferne des Golfo di Trieste, hob sein Glas zum Horizont und sagte mit Timbre in der Stimme. »Selbstverständlich das Meer.«

Sonntag, 3. Mai 1908

Bruno betrat den breiten Molo della Sanità und schaute sich um. Es war halb zehn Uhr, die Giulia würde in zwei Stunden ablegen und sich auf die lange Reise nach Übersee begeben. Er betrachtete das Schiff. Seit vier Jahren betrieb die Austro-Americana den in Glasgow gebauten mittelgroßen Dampfer, der speziell für den Auswandererdienst gebaut worden war. Die Giulia verfügte über wohldimensionierte Kohlebunker, denn mitten auf dem Atlantik gab es keine Möglichkeit zur Bekohlung, das Schiff musste also genug Heizmaterial mit sich führen, um die Ozeanquerung zu bewältigen.

Bruno lächelte in sich hinein. Er war wieder zu Hause im Hafen und bei den Schiffen. So interessant der Ausflug in die Welt der Eisenbahn auch gewesen war, so sehr fühlte er sich hier im Porto Vecchio heimisch. Er hob den Blick zur Möwe, deren Schreie über die Menschenmenge auf dem Molo hallten. Ein prächtiger Frühlingstag versprach milde Temperaturen und viele Sonnenstunden. Nach dem Frühstück war er wie so oft zu Fuß von Cologna zum Hafen gegangen. Er hatte es Ottilie versprochen.

Später würde er Fedora besuchen, sie hatte ihn zum Mittagessen eingeladen. Darauf freute sich Bruno. Sie würden das Mahl einnehmen und dann einen ausgedehnten Spaziergang unternehmen. Nachmittags würde Bruno Fedora und ihre beiden Söhne zu Kaffee und Kuchen ins Kaffeehaus ausführen. Das war ein freier Sonntag ganz nach seinem Geschmack.

Schon in zwei Tagen würde Luise spätnachts aus Brünn zurückkehren. Er freute sich auf sie und Gerwin.

Bruno blickte wieder um sich. Wo war Ottilie? Sie hatten das Treffen um halb zehn vereinbart. Eine Straßenbahngarnitur machte Halt, und viele der dicht gedrängt stehenden Fahrgäste mit Koffern und Gepäck stiegen aus und gingen in Richtung Molo. Aus der Ferne entdeckte er Ottilie im Kreise dreier weiterer junger Frauen. Sie schaute um sich, entdeckte Bruno und eilte los. Bruno wartete, bis das Fräulein ihn erreichte.

»Guten Morgen, Herr Zabini! Sie sind ja wirklich gekommen«, rief Ottilie schon aus einiger Entfernung.

»Guten Morgen, Ottilie. Natürlich bin ich hier, wir haben das ja so vereinbart.«

Ottilie trat auf ihn zu und stellte Koffer und Korb ab, sie reichte Bruno die Hand zum Gruß.

»Wollen Ihre Kameradinnen nicht auch Guten Tag sagen?«, fragte Bruno und schob dabei lässig seinen Hut ein wenig nach hinten.

»Dürfen sie?«

»Was heißt denn dürfen? Sie müssen! So hübsche Fräuleins lasse ich doch nicht auf einen Dampfer steigen, ohne zumindest Guten Tag gesagt zu haben.«

Ottilie winkte den dreien, die näher traten. Bruno grüßte sie mit Handschlag und witzelte mit den jungen Frauen.

»Herr Zabini, ich wollte Sie etwas fragen«, sagte Ottilie schließlich.

»Ja? Was wollen Sie wissen?«

»Na ja, wenn ich jetzt nach Amerika fahre, dann kann ich doch beim Gerichtsverfahren nicht hier sein. Ich weiß gar nicht, wo ich wohnen werde und wie lange es dauert, wieder nach Triest zu kommen.«

»Keine Sorge, Ottilie, Sie haben Ihre Aussage getätigt und den Bericht im Beisein zweier Polizeibeamten unterzeichnet, es ist behördlich verzeichnet, dass Sie nach Amerika auswandern. Mit einem Wort, die vorliegende Zeugenaussage gilt beim Verfahren so viel wie eine mündliche Aussage unter Eid. Das Gericht wird Sie nicht vorladen, Sie werden nicht wegen einer Zeugenaussage über den Atlantik dampfen müssen.«

Ottilie atmete erleichtert durch. »Gott sei Dank.«

»Und, sind Sie aufgeregt?«

»Natürlich! Amerika, Herr Zabini, die Neue Welt, ich bin sehr aufgeregt. Ich war noch nie auf einem Dampfer, und jetzt fahre ich gleich nach Übersee.«

»Haben Sie Ihren Eltern geschrieben?«

»Ja, ich habe Ihren Ratschlag befolgt.«

Bruno lächelte versonnen. »Das ist gut. Selbst wenn Sie kein so gutes Auskommen mit ihnen hatten, so finde ich doch angemessen, wenn Ihre Eltern wissen, dass Sie in ein neues Leben aufbrechen werden.«

Ottilie schlug verschämt die Augen nieder. »Danke vielmals, dass Sie mir die fehlenden zweihundert Kronen für die Überfahrt gegeben haben. Ich weiß nicht, wie ich diese Großzügigkeit jemals vergelten kann.«

»Das können Sie, meine Liebe, indem Sie in Amerika ein ehrliches und rechtschaffenes Leben führen, kluge Entscheidungen treffen und nicht auf die hochtrabenden Versprechungen von Blendern und Halunken hereinfallen.«

Ein Hauch von Bitterkeit flog über ihre Miene. »Ich glaube, ich habe in den letzten Tagen viel gelernt, Herr

Zabini. So leicht werde ich mich nicht mehr an der Nase herumführen lassen.«

»Gut so. Nun denn, ich trage noch Ihren Koffer zur Kontrollstation. Ihre Kameradinnen haben sich schon angestellt.«

»Vielen Dank.«

Bruno schnappte den Koffer und trug ihn ein Stück. Bevor die Passagiere an Bord durften, mussten Sie sich einer Kontrolle unterziehen. Nicht nur die Reisedokumente und Billetts wurden gesichtet, auch wurden die Fahrgäste auf Läuse im Haar, Flöhe in der Kleidung oder sonstiges Ungeziefer im Gepäck untersucht. Ottilie reihte sich in der Schlange hinter ihren Freundinnen ein, Bruno stellte den Koffer ab.

»Also, liebe Ottilie, ich wünsche Ihnen viel Glück, viel Erfolg und ein langes, erfülltes Leben in Übersee.«

Sie umarmte ihn impulsiv und drückte sich an ihn. Bruno hielt sie ein Weilchen fest.

»Vielen Dank, Herr Zabini.«

»Addio, Ottilie.«

Wenig später kam Bruno zum Canal Grande. Eben zog eine kleine Lokomotive mit Schlepptender einen Güterzug über den Ponte Nuovo in Richtung alten Hafen. Er hielt inne, schaute den vorbeirollenden Waggons hinterher, hob dann den Blick hinaus in den Golf von Triest und empor zum wolkenlosen Himmel. Eine milde Brise strich über den Hafen. Der Frühling war hell und luftig.

Wie groß und weit die Welt doch war.

ENDE

Alle Bücher von Günter Neuwirth:

Polizistin Christina Kayserling ermittelt:

Totentrank
ISBN 978-3-8392-0651-5

Erdenkinder
ISBN 978-3-8392-0258-6

Neumondnacht
ISBN 978-3-8392-0498-6

Inspektor Hoffmann ermittelt:

Die Frau im roten Mantel
ISBN 978-3-8392-2145-7

Zeidlers Gewissen
ISBN 978-3-8392-2278-2

In der Hitze Wiens
ISBN 978-3-8392-2407-6

Inspector Bruno Zabini ermittelt:

Dampfer ab Triest
ISBN 978-3-8392-2800-5

Caffè in Triest
ISBN 978-3-8392-0111-4

Sturm über Triest
ISBN 978-3-8392-0418-4

Südbahn nach Triest
ISBN 978-3-8392-0630-0

E-Book-Only:

Paulis Pub
ISBN 978-3-7349-9436-4

Fichtes Telefon
ISBN 978-3-7349-9438-8

Hoffmanns Erwachen
ISBN 978-3-7349-9444-9

Katharina Eigner
Oliva del Garda
Kriminalroman
288 Seiten, 13,5 x 21 cm,
Klappenbroschur
ISBN 978-3-8392-0634-8

Die junge Ornella Ronchetti, Spross einer mächtigen Olivenbauern-Dynastie, stürzt vom Felsen der Burg Arco. Die Erklärung der Familie: Selbstmord. Rosina Gamper, die auf dem Landgut der Ronchettis Deckenfresken restauriert, hat daran so ihre Zweifel. Sie kratzt an der Fassade der Vorzeige-Familie und stößt auf tiefe Gräben und vergiftete Stimmung. Als Ornellas beste Freundin Marta spurlos verschwindet, ist Rosina nicht mehr zu halten. Doch ermitteln muss sie allein, denn mit Mario, dem Ex-Kardinal ihres Herzens, hat sie keine Zukunft. Oder doch?

GMEINER SPANNUNG

WWW.GMEINER-VERLAG.DE
Wir machen's spannend

Carlos Ávila de Borba
Commissario Conti und die Gier am See
Kriminalroman
312 Seiten, 13,5 x 21 cm,
Klappenbroschur
ISBN 978-3-8392-0566-2

In Bardolino sind die Menschen in Aufruhr. Sie demonstrieren gegen einen Konzern, der auf den Filetstücken direkt am See ein Einkaufszentrum samt Casino bauen will. Der Konflikt eskaliert, denn für die Baugenehmigung geht die skrupellose Briefkastenfirma über Leichen. Commissario Luca Conti hat es plötzlich mit der Entführung eines Richters zu tun. Als der Architekt der Gemeinde ermordet aufgefunden wird, muss Conti das Netz aus Korruption und Gier am See entflechten. Wieder einmal führt ihn die Spur nach München …

GMEINER SPANNUNG

WWW.GMEINER-VERLAG.DE
Wir machen's spannend